AF596241

EL MISTERIO DE MEJORA MENTAL CORP.

(Cautivos Mentales)

Unai Sanz Arguiñano

Derechos de autor pertenecientes a: Unai Sanz Arguiñano

En caso de querer reproducir total o parcialmente el contenido de este libro, o para cualquier otra cuestión dirigirse a Unai Sanz en unai@resevi.net.

A mi madre, que tanto me ha dado,

A mi mujer, por lo mismo,

A Karlos Giménez por su inestimable colaboración,

A mi primo Javi, por ser el primero en leer esta historia y lo más importante, apoyarme.

INDICE

Capítulo I – Suicidio en MMC

"El conocimiento es la mejor inversión que se puede hacer."

Abraham Lincoln

Ciudad de la luz, lunes 19 de Septiembre de 2.044
9:00 AM

Mark no se había despertado con el buen humor de siempre. La noche anterior había discutido con su media naranja, su querida Victoria, y otra vez, como siempre, por una nimiez. La amaba demasiado, con un cariz enfermizo quizás. Sin embargo, algunas veces, sin ser lo habitual, un obtuso comportamiento por su parte suponía una china en el perfecto engranaje que era su relación; en esas contadas ocasiones podía llegar a ser realmente grosero.
Con todo, hasta el momento al menos, siempre había logrado hallar una bonita manera de excusarse. La dulce mezcla de sus pomposas acciones y la teatralidad con las que acompañaba a éstas le facilitaban el logro de la reconquista con una eficacia asombrosa. A decir verdad, siendo honestos, tampoco era complicado que las reconciliaciones fueran batallas fáciles de librar en su caso. Era un amor correspondido; el cariño que ella le profesaba era cuando menos recíproco, y probablemente mayor. Se querían mucho y en esos casos, cuando la mente trata de racionalizar los sentimientos, el corazón va muy por delante. Sabe de antemano cual va a ser la decisión que una persona ante la dura disyuntiva de la ruptura va a tomar. Los sucesos que acontecerían las semanas siguientes pondrían a prueba su amor y muchas cosas más, entre ellas... la estabilidad de la propia sociedad.

Esa mañana, todavía en su habitación del apartamento de la calle del patrimonio de la humanidad, barruntaba como arreglar el entuerto de la noche anterior. Su refugio, compartido con ella desde hacía algún tiempo, constaba de sesenta metros cuadrados, con una gran hermosa habitación principal con un baño incorporado, una pequeña habitación de invitados y una gran sala con la cocina incorporada. Todo el piso estaba decorado en un estilo relativamente moderno, estilo el cual, según su novia, era estropeado por la presencia de la gran pasión de Mark, la lectura. Había libros por todas partes, poseía más volúmenes de los que la capacidad de las estanterías de su vivienda pudieran albergar.

Después de la ducha matinal se dirigió a la cocina presto a acometer una disculpa en toda regla; no se podía permitir estar enfadado con Victoria más allá de unas pocas horas.
-Esto... Vic, buenos días cariño...yo... lo siento de...
-¡Shhh!- le espetó ella- calla, calla, que están poniendo el anuncio de esa empresa tan interesante en la tele.
-Ya, Vic, pero es que me gustaría...
-¡Calla, tonto! y mira lo que hacen estos tíos.

En ese momento Mark giró la vista hacia la pequeña pantalla digital de quince pulgadas adosada a una de las paredes pintadas en azul . Mark giró la vista hacia el pequeño monitor pensando que con ese gesto, a la vez que complaciéndola, habría comenzado la reconquista, aunque a tenor de la actitud de su amada Victoria no parecía claro que fuera necesario acometer tal empresa, lo había llamado tonto (cariñosamente) de lo contraría se habría encontrado con un sonoro "imbécil".

En el monitor aparecía un señor gris con fulgores artificiales y una dentadura tan blanca como falsa vendiendo los parabienes del servicio que la empresa a la que representaba ofrecía.
"Mejora Mental Corp. - MMC, la herramienta revolucionaria que todo empresario, trabajador, o estudiante querrá conocer y tener. ¿Qué pueden los programas de Mejora Mental Corp. hacer por usted? ¡Lo más! algo que jamás hubiera podido soñar...
Ahora usted se preguntará :
- ¿Qué es?
Y yo le diré:
- Nuestra herramienta le proporciona el conocimiento que usted precisa para prosperar.
Nuevamente se preguntará:
-¿Cómo puede saber este tío el conocimiento que preciso si apenas acabamos de conocernos? Si no sabe nada acerca de mí.
-Le digo esto por la sencilla razón de que esta herramienta contiene el conocimiento que usted precise, independientemente de cual sea éste.
Hizo una pausa para dejar al oyente asimilar el mensaje, repitiendo con voz pausada - ¿Una herramienta que me proporciona el conocimiento que preciso? – A la vez que afirmaba con lentos gestos de asentimiento mostrando una refulgente sonrisa llena de falsos y perfectos dientes.
- No le entiendo, se dirá usted cada vez más confundido; a lo que yo, nuevamente le afirmaré:
- Seamos pragmáticos, le pongo un ejemplo: imagine que necesita usted aprender un idioma, alemán por ejemplo ¿Cuántas horas ha de invertir para dominar la lengua Germana? ¿Cuánto dinero tiene que invertir?
- Mucho, me responderá usted, y estará en lo cierto, no lo dude.
-¿Qué me diría si le digo que con nuestro producto conocerá las rutinas gramaticales, el diccionario y las frases hechas de la lengua alemana? Increíble ¿cierto?
Ahora le pregunto: ¿Cuánto pagaría por evitar todas esas horas de aprendizaje? Piense detenidamente en las horas de estudio invertidas y el poco avance que logrará. Nosotros le ahorramos todo eso ¿Cuánto supone? Haga cálculos. Tres, cuatro o cinco

años de academias, horas que usted puede aprovechar siendo productivo en otro ámbito u ocupación. O mejor aún, ¿que ese ansiado ascenso vetado por su carencia en la lengua Germánica le llegue mañana mismo? Ponga una cifra a la suma de esos componentes, después venga a hablar con nosotros; el precio que le propondremos le parecerá ridículamente barato.

A Mark le pareció el típico anuncio basura, que desde la atalaya de un buen marketing vendería humo; se distrajo contemplando la belleza de su novia un segundo. Victoria vestía un albornoz azul de él, cubriendo su metro setenta, pero dejando ver la silueta de su cuerpo atlético a la vez que delicado. Sus firmes hombros daban paso a un cuello perfectamente definido, con un rostro que le embaucó desde el primer momento en el que la conoció. Un rostro compuesto de unas finas cejas bajo una frente no demasiado ancha, y bajo las cuales se encontraban dos ojos verde-azulados que Mark nunca se cansaba de mirar. En el centro de la bien parecida cara, una nariz recta, un punto larga y terminada en una fina punta en la vanguardia y remarcada por unas fosas nasales bien proporcionadas en la retaguardia.

En ese momento una exclamación de Vic lo sacó de su ensoñación centrándose nuevamente en la tele.
... Después de largas y arduas investigaciones hemos encontrado, mejor dicho, descubierto, la forma de implantar conocimientos sin ninguna intrusión física, química o de cualquier otra índole en nuestros clientes, simplemente suministrando a nuestra mente el mismo nutriente que ella misma genera por sí sola: ondas cerebrales.

En ese momento, propiciando un momento de intriga, digno del mejor manual de Marketing para captar la atención del receptor del mensaje, hizo una breve pausa mostrando nuevamente su ensayada sonrisa de profesional de las ventas, acto seguido prosiguió.

-¿cómo es eso? Se preguntarán, pues a pesar de que en el trasfondo lleva un innumerable monto de horas, experimentos y ensayos que nos llevarían horas explicar, en Mejora Mental Corp. hemos logrado sintetizar todo ello en esto - a la vez que mostraba una especie de casco ciclista de un color blanquecino con una serie de cables y unas tenues luces de neón de un metálico color azul que se iba difuminando a medida que se iba alejando del punto emisor.

-¡Guau! eso es increíble -exclamó Victoria-. Me lo contó mi amiga Elena el otro día en el gimnasio y no me lo podía creer, no le di crédito.
-¿Por qué lo ves tan interesante? – preguntó él quitándole importancia al asunto.
-¡Mark! ¿Estás dormido aún? ¿Eres consciente del cambio que esto puede suponer en el campo de la pedagogía? Quizá no harán falta más escuelas, o no al menos tal y como hoy las conocemos, esto puede suponer el cambio del paradigma de la educación.
-Tal vez... -balbuceó Mark.
-¿Tal vez.. qué? ¿Cómo puedes ser tan descreído con un avance tan significativo? Ahora mismo desconozco las limitaciones de ese sistema, pero si es capaz de hacer lo que dicen que hace, imagínate la de horas lectivas, de conocimientos básicos que podrán ser sustituidas por otras de mayor calado; podremos conocer la historia, los

idiomas, la cultura y teorías de cualquier clase sin que ello nos suponga duras horas de estudio, además de los costes de traslado, manutención etc., probablemente suponga un salto evolutivo en la humanidad, podremos transmitir conocimientos por medio de una especie de osmosis.
-Vic, le estas presuponiendo a ese sistema muchas cosas que el presentador, que no olvidemos es el representante de una empresa privada con un claro ánimo de lucro, nos ha contado a través de un anuncio cuyo objetivo es captar a gente dispuesta a creer cualquier cosa milagrosa, cualquier palurdo como....
-¿Yo? ¿Era eso lo que ibas a decir?- Le cortó seca Victoria, parecía que los nubarrones de la noche anterior no estaban tan lejos como Mark hubiera esperado y deseado.
-Yo he... este...- Mark se dio cuenta de que sin quererlo en la mañana de su reconciliación se estaba metiendo en un berenjenal en el que no tenía la más mínima intención de meterse, no había beneficio en enfrentarse con ella por algo que seguramente jamás podrían comprobar, fue inteligente y optó por una prudente retirada.
Ella lo miraba inquisitivamente, con el ceño a un lapso de fruncirse.
- ¡Por supuesto que no! Cariño, por supuesto que no me refería a ti, me refería a personas que no tienen un raciocinio y capacidades intelectuales parejas a la tuya. No todas son graduadas en Químicas que además cuentan con un cociente intelectual muy por encima de la media, además de una intuición difícilmente superable, lo cual no puede ser sino otra clara evidencia de un tipo de inteligencia que aún no dominamos – qué mal mientes Mark, pensó él.
-Que lisonjero que eres -le dijo ella, teniendo bien claro por dónde iba, relajando inmediatamente la tensión que a Mark le azoraba.
-Piensa que cualquier persona con un bajo perfil de conocimiento y limitadas capacidades intelectuales podrá pensar que de un día para otro se va a convertir en una eminencia, y que yo sepa ese aparato únicamente te implanta conocimientos, no neuronas.
-Ya, puede ser -Victoria tampoco estaba interesada en sumergirse en el mar de sargazos que significaba una disputa con su querido Mark a esas horas de la mañana.- No obstante, esta tarde cuando libre del trabajo pasaré por una de esas tiendas a informarme con mayor rigor y tal y como creo que debe ser, haré un análisis de lo que ofrecen a la altura de mis capacitaciones mentales - dijo sonriendo y con una buena pizca de sorna.
-Como quieras, Cariño -dijo satisfecho Mark al verse aliviado de una nueva e infructuosa bronca matutina, zanjado el trivial asunto de manera más que digna, se dirigió al baño presto a cepillarse los dientes para partir a una nueva jornada laboral en la comisaría de delitos tecnológicos.

En ese mismo momento sonó el teléfono del mueble del baño, consistente en una pantalla integrada dentro del propio espejo, en el cual se estaban mostrando los canales de noticias que Mark había pre programado anteriormente y que se mostraban como un pequeño cuadro dentro del marco reflectante; el reportaje estrella del día era el asesinato de una persona a manos de un completo desconocido, era la primicia en todos los canales.

-Dime, Don - había identificado la llamada porque así lo anunciaba el artilugio que cumplía las funciones de espejo - teléfono - televisor a la vez- ¿Que nuevas tenemos hoy? ¿Hay algo urgente para que me llames a casa veinte minutos antes de que aparezca por la oficina y vea tu fea cara?
-Buenos días, Mark, tú tan agradable como siempre.
-Ya me conoces, dime ¿qué ocurre?
-Tenemos un aviso de suicidio cerca de tu casa y he querido ahorrarte el traslado a la oficina para que luego tuvieras que volver, pero en vista de que he molestado al señor..., vienes a la oficina y te lo cuento.
-¡Ah! Gracias, ya te he dicho que bromeaba y espero que no me lo tomes en cuenta, pero dime ¿Qué tenemos nosotros que ver con un suicidio? eso dependería más de homicidios que de crímenes tecnológicos.
-Ya lo sé, eso es exactamente lo que le dije a Erika cuando nos encomendó esta tarea.
-¿Y?
-Verás, resulta que el suicida lo ha hecho en su centro de trabajo.
-Y que es...
-Mejora Mental Corp., en la calle del general Arlanza número uno, la sede de la empresa de la que todo el mundo habla porque en el último mes ha vendido millones de reservas para la nueva versión del sistema de enseñanza metida con embudo en nuestros cerebros; ni que tuviéramos un chorizo por cerebro.
-No lo habría descrito mejor.
-Paso a buscarte en cinco minutos y en otros diez estamos allí, hablaremos de camino.
-De acuerdo Don, cinco minutos son los que necesito para estar listo.

En realidad no los necesitaba, únicamente quería poder despedirse de su media naranja de la manera que ella merecía; fue sigiloso a la cocina y agarrándola por la cintura, tras apartar el pelo que le cubría la nuca, le dio unos suaves besos, ante los que ella reaccionó con una sonrisa que solo le mostró al girarse y asirle con ambos brazos por detrás de su nuca y besarle cariñosamente en las comisuras de los labios, un beso a cada lado y finalmente un ardiente beso ante el que él tuvo que apartarla cariñosamente de su lado, quien juega con cerillas corre el riesgo de quemarse y lamentablemente no tenía tiempo para dejarse llevar.

-Me vuelves loco, pero no te puedo dejar que sigas haciendo eso, porque si no voy a llegar tarde al trabajo.
-¿Qué pasa si llegas media hora tarde?- Dijo ella con cara de pícara- y así terminamos lo que dejamos por hacer ayer por aquella absurda discusión... No dejes para mañana lo que puedas hacer hoy dice el refrán.
-La verdad es que nada me tienta más, pero acaba de llamar Don y va a pasar a recogerme en tres minutos, no querrás que nos pille en el fragor de la batalla ¿verdad?
- Lástima -dijo ella con evidente frustración - pero ¿por qué viene si vas a ir a la oficina en nada?
-Don ha sido muy amable y me ha evitado tener que hacer dos viajes ya que parece ser que tenemos una investigación cerca.
-¿Cerca? ¿Es que ha pasado algo en el barrio? ¿Algún pirata informático? Porque este barrio es de lo más seguro.
-No, cariño - dijo Mark- ha sido un suicidio.

-¿Un suicidio? ¿En este barrio? Es curioso, pero ... ¿esas cosas no las llevan en otro departamento? – preguntó Victoria con cara de sorpresa.
-En efecto, pero esta vez es debido a que en este caso no es el acto en sí el que ha determinado la unidad encargada de investigar los hechos, sino el lugar en el que ha sucedido el mismo, y ése sí tiene que ver con nuestra unidad.
- ¿Dónde ha sucedido tal acto, como tú lo llamas, para que haya tenido más peso el lugar del suceso que una muerte? Resulta ilógico.
-No te lo vas a creer -dijo Mark, bajando el rostro y sonriéndose para sí mismo, esperando ver la reacción de ella.
Silencio por parte de ella, no quería perder el tiempo jugando a acertijos, ante lo que él rápidamente dedujo que tenía que contestar y así lo iba a hacer cuando de repente... bip! bip! El brazalete tecnológico de Mark sonó.
-Me tengo que ir. Don ha llegado, está en la puerta.
-¡No me dejarás así! -Victoria estaba comenzando a enfadarse, se interpuso en el camino con los brazos en jarra obstaculizando el camino hacia la puerta que él pretendió emprender.
-Ha sucedido en las instalaciones centrales de esa empresa de la tele, Mejora Mental Corp. Me voy - dijo con una jovial sonrisa ante la cara de sorpresa que ella puso, y dándole un sonoro beso se fue hacia la puerta.
-¡Pero cariño! Dime más, quiero saber...
-No puedo, tengo que dejarte y no quiero hacer esperar a Don, luego te cuento.
-Está bien, vete, pero quiero que me traigas información de esos cursos que implantan, y a ser posible un enchufe para lograr mejor precio de lo que anuncian -Dijo a viva voz cuando él ya franqueaba la puerta.
- Pero si no han dicho el precio... da igual ¡A mi cuenta! -chilló el a través de la puerta de madera maciza del apartamento mientras bajaba raudo por las escaleras del tercer piso del edificio de viviendas donde vivían.

El edificio era muy antiguo pero estaba restaurado, era de estilo neo colonial con fachada de ladrillo cara vista, con alfeizares, dinteles y puertas blancas en un barrio residencial tranquilo, el cual no había todavía sucumbido a la vorágine constructora renovadora del centro de la ciudad que en pleno año dos mil cuarenta y cuatro se empeñaba en convertirse en una especie de bosque ordenado. Un bosque donde las personas vivían en casas totalmente ecológicas y autosuficientes donde el material principal era la madera, en contraste con el hormigón que fue utilizado durante los últimos y primeros años del siglo XX y XXI respectivamente.

Bajó por la senda que llevaba hasta el centro de embarque de vehículos autómatas y vio que Don se encontraba en uno de ellos prestando atención a las noticias en la consola central: "Un nuevo y extraño asesinato ha sucedido en el centro esta mañana; una persona de mediana edad asesinó en plena calle con un cuchillo de cocina a una mujer recién divorciada; en principio, según el departamento de homicidios, no hay ninguna relación entre ambas personas, lo cual hace suponer que fuera una muerte bien accidental o bien algo más siniestro; incluso se ha planteado la posibilidad de que pudiera ser que fuera por encargo. Sin embargo a la policía lo que más le extraña es que el perfil del asesino no es el corriente en estos casos, el de un sicario; se trata de una persona casada, con tres hijos y una posición económica relativamente cómoda. El crimen ha afectado a la comunidad por lo inverosímil del mismo. Tememos aquello que no entendemos y este crimen no se entiende, se mire por donde se mire. Siendo ya varios los asesinatos de estas características acaecidos, innumerables ciudadanos ven potenciales asesinos por doquier"

El transporte había mejorado desde que se inventó la conducción autómata; al principio los vehículos auto guiados convivieron con los conducidos por personas al modo tradicional, sin embargo el gobierno pronto vio que no tenía sentido que cada conductor guiara su coche entre ese marasmo de autómatas perfectamente guiados y sincronizados en un fluir constante hacía sus destinos, la conducción por parte humana causaba que se produjeran muchos más accidentes, atascos etc. Así, en un momento dado, se prohibió la conducción de vehículos por personas en las carreteras de comunicación interior en las ciudades y las grandes vías de comunicación inter-regionales, relegando el pilotaje lúdico a circuitos cerrados habilitados para tal fin. Ese cambio trajo consigo la transformación radical de los vehículos, en los que ya no tenía sentido la presencia de un volante, y con él la posición predominante de un conductor al frente del vehículo. De este modo el transporte podía circular en cualquier sentido, desapareciendo la clásica configuración de dos asientos delante y tres detrás, ya que dejó de existir el "delante y detrás", dejando paso a un vehículo consistente en un habitáculo con cuatro asientos giratorios y una consola central en forma de mesa, donde se podía leer, ver las noticias, charlar, etc.
Ya que no había que preocuparse del transporte, había gente que incluso contrataba un vehículo a modo de oficina móvil para toda la jornada laboral, trabajando durante los trayectos de visita a visita y manteniendo las reuniones en las estaciones de recogida de vehículos autómatas o auto estaciones, tal y como se las conocía.

-Buenos días -dijo Mark, al pasar su brazalete tecnológico por la banda de identificación del vehículo a fin de que le fuera cargado el coste del viaje después de dar la dirección verbalmente.
-Buenos días- respondió Don, Donovan Sánchez, un tipo moreno, metro ochenta y cinco, rondando los cuarenta y cinco, con una buena condición física y unos ojos color miel que hasta que fue cazado por su mujer hacían las delicias de las chicas del departamento; todavía no sabían que se había vuelto a separar y ya cargaba con dos ex muy a pesar suyo.
-Cuéntame, ¿Qué sabemos del suicida? - preguntó Mark.
-¿Estamos locos o qué? - bramó Don-, no me convence nada ese sistema; si a mí me implantan un brazo biónico y falla, como mucho me dejarán una cicatriz, pero ¿jugar con nuestro cerebro? Si todo funciona bien, estupendo, pero ¿y si no? ¿Y si al principio empieza a desempeñar sus funciones bien y con el tiempo decae o se vuelve defectuoso? Tendremos personas tontas, taradas de por vida, y eso sin tener en cuenta el problema ético que ello conlleva.
-Bueno - dijo Mark- No era la respuesta que esperaba, pero ¿a qué problema ético te refieres? -le dijo con sorpresa ante el arrebato pseudo técnico- filosófico moral de su compañero.
-¿Te has parado a pensar en lo que la implantación de conocimiento puede suponer?
-La verdad, no he tenido demasiado tiempo para pensar en ello; estaba ocupado tratando de reconciliarme con Victoria.

-El conocimiento se puede mirar e interpretar desde muchos puntos de vista; el supuesto conocimiento que nos vende esta compañía es el conocimiento de materias, de acuerdo, compro un curso de inglés y en menos que canta un gallo me sé toda la teoría acerca del inglés, pero y ¿qué hay de la ética? ¿Y de la religión? ¿Y si una vez que les abrimos las puertas de nuestro cerebro nos "enseñan" que hay que votar a este político y no a otro? ¿O que hay que comprar tal producto? o peor aún ¿Si nos enseñan que violar a niñas está bien? ¿Dónde quedaría nuestra ética?

A Mark su compañero a veces le dejaba perplejo; normalmente era una persona llana, sin demasiados pliegues, fácil de llevar, pero en ocasiones salía de su más hondo interior una sabiduría y un sentido crítico de las cosas que le dejaba pasmado.

-Pues sinceramente, no lo había pensado, pero imagino que las autoridades competentes habrán analizado todas esas cosas antes de aceptar que se comercialice ese servicio, u objeto, o lo que quiera que sea esa cosa.

-¿Tú crees que habrán llegado hasta este punto? -preguntó Don con cierta cara de asqueo.- Esos hipócritas, al igual que han hecho los políticos durante los últimos cien años, siempre han antepuesto sus intereses personales sobre los de los demás. Probablemente, aunque me permito dudarlo, habrá políticos honestos, honrados, incluso altruistas que dan lo mejor de sí mismos por un bien común, que harán su labor como es debido, con estricta atención a lo que la responsabilidad de sus cargos les confiere, pero ¿qué hay de los otros? ¿De los que no? Porque los hay, solamente por estadística tiene que haberlos, ¿cómo sabes que esto ha sido supervisado por políticos honrados? ¿O por contra por unos crápulas que con la autorización gubernamental para la comercialización de este producto o servicio o lo que sea se han embolsado ingentes sumas de dinero?

-No lo sé, amigo, pero sí te puedo decir que creo que el mensaje ha calado, pues a Vic le emociona todo esto, dice que quiere probar un curso de esos, o al menos que quiere información.

-¡No la dejes! No hasta saber más de todo esto. No podría cargar con una babeante Victoria sobre mi conciencia.

-¡Qué exagerado eres! - exclamó Mark, empezando a cansarse y queriendo cortar ese tema de conversación.

-Está bien -concedió Don- cambiando de asunto ¿Sabes quién es el suicidado? -preguntó alzando las cejas, anticipando algo importante, que obviamente a Mark se le escapaba.

-Pues no, y es la primera pregunta que te he hecho nada más montarme en el vehículo, pero me has soltado una perorata que si la ética, que si nos van a lobotomizar a todos y vamos a estar dominados por Mejora Mental Corp. etc. Que hasta casi yo mismo había olvidado que te había hecho la dichosa pregunta.

-El suicidado es nada más y nada menos que el doctor Frank López, ¡doctor en neurocirugía por la universidad católica de Reims, doctor en psicología por la universidad europea del alto Benelux y doctor en psiquiatría por la universidad de Madrid!

-¡Fiuuu!- Silbó Mark ante tal retahíla de títulos- No sabía que se pudiera ser doctor en tantas cosas y todas relacionadas con el cerebro y la psique. Debía de ser una persona sobresaliente, con mucho talento e inteligencia ¿Tenía algún problema conocido?
-La verdad es que no; cincuenta y ocho años, tres hijos, una esposa fallecida hace cinco años, buen sueldo, publicaciones en revistas prestigiosas, un piso de ciento veinte metros en la ciudad, una casa pequeña en el monte y otra más grande en la costa. La verdad, nada que objetar salvo la muerte sobrevenida hoy, a las siete de la mañana según el forense.
-¿Han levantado el cadáver? -Mark esperaba que así fuera ya que, desde que fuera trasladado a la nueva unidad de delitos Tecnológicos hacía ya cinco años, no había visto finado alguno, y rememorar los fiambres que tuvo que ver cuando pertenecía a homicidios no le agradaba lo más mínimo, siempre le recordaban la certeza de la muerte.
-Me temo que no, esperan a que reconozcamos la zona y venga la unidad científica a recoger huellas y demás.
-¿La científica? ¿Es que acaso no está claro que sea un suicidio?
- No debe de estar nada claro -soltó Don con un punto de incertidumbre en su voz- Parece ser que hay algo que quieren que veamos.
-¿Qué es?
- Erika no me lo ha querido decir, me ha dicho que prefiere que saquemos nuestras propias conclusiones y que no quería crearnos prejuicios con lo que ella nos pudiera adelantar; de este modo la primera impresión será genuinamente nuestra.
-Ya veo. En ese caso esperaremos a llegar para hacernos una idea de a qué nos enfrentamos.

CAPITULO II – LA ORGANIZACIÓN

"La adquisición de cualquier conocimiento es siempre útil al intelecto, que sabrá descartar lo malo y conservar lo bueno."

Leonardo Da Vinci

Ciudad de la luz, lunes 19 de Septiembre de 2.044
10:00 AM

Las instalaciones de Mejora Mental Corp. cconsistían en dos pabellones con una estructura de madera con forma curva como si de dos inmensos invernaderos se tratara. Tenían éstos una piel constituida a base de capas superpuestas de madera y chapa ondulada que bajaba creando una onda vertical desde la parte superior hasta la más baja. Ambos pabellones contaban en su frente con una fachada retranqueada aproximadamente unos cinco metros de modo que la chapa de la piel dejaba al descubierto la madera interior y hacía las veces de una especie de visera, proyectando una acogedora sombra sobre el espacio que se creaba. La fachada estaba constituida por un cierre de cristal liso en el que únicamente se veían dos puertas de corte moderno, correderas y un rótulo compuesto de letras inoxidables sobre cada una de ellas. En uno de los textos se podía leer la palabra laboratorios y en el otro, oficinas. Ambos edificios se hallaban alojados en una zona ajardinada perfectamente cuidada donde una senda salpicada de gente practicando deporte rodeaba ambos edificios.

A Mark le llamó la atención que la estructura de madera estuviera conformada en sentido horizontal y no vertical, es decir, que en vez de estar compuesta por una serie de postes y vigas, la estructura estaba constituida por una serie de elementos que seccionaban el edificio transversalmente, con la misma forma circular que la cubierta, y que además no se apreciaran uniones en dichas "cuadernas", similares en *la función,* que no en la forma, por llamarlas de algún modo.

Entraron por la puerta del edificio de oficinas y se encontraron en un vestíbulo que tenía la altura libre hasta la piel de la cubierta y, retranqueada otros diez metros hacia el interior, se veía una subestructura de dos plantas con balcones que daban al vestíbulo. En ambas plantas se podían apreciar una serie de cubículos en los que personas vestidas con batas blancas se afanaban, sobre ordenadores en algunos casos y en una especie de laboratorios en otros. En el centro del vestíbulo había una estructura circular con forma de donut donde una chica pulcramente vestida con el uniforme de la empresa - se deducía por tener el anagrama cosido en la solapa- trabajaba sobre una consola ultramoderna.

Ambos se acercaron observando a los dos guardas de seguridad apostados a cada extremo del vestíbulo, los cuales no les prestaron demasiada atención.

La pareja de agentes se extrañó de que el ambiente fuera tan calmado en las instalaciones, era como si no hubiera habido un deceso en aquel lugar pocas horas antes, todo parecía normal, rutinario incluso. Ambos se miraron y en silencio, con un ligero alzamiento de hombros, se dirigieron a la chica del donut.

-Buenos días -dijo Mark.
-Buenos días -respondió ella-, mi nombre es Lorena ¿En qué puedo ayudarles?
-Verá... Somos agentes de la brigada del...
-¡Ah, sí! -lo interrumpió ella- ¡vienen por lo del Doctor Frank! Qué desgracia, era un tipo tan íntegro... jamás habría pensado que pudiera tener cualquier clase de problema, una persona de su talla, su inteligencia... en fin, así es la vida- Su rostro comenzó a nublarse paulatinamente, casi parecía que iba a comenzar a sollozar y en un momento, como si un resorte hubiera hecho clic en su cerebro, se recompuso, cerró los ojos, suspiró y con un hilo de voz les dijo -Pasen por esa puerta y esperen por favor, el Director Gerente, Manuel Gálves, les recibirá en breve.
-Gracias -dijeron ambos agentes al unísono a la par que dirigieron sus pasos hacia la puerta que su interlocutora les indicaba.
Al llegar a la sala vieron que se trataba de una sala de espera con paredes blancas, aunque era perceptible que una de las paredes era de las de tipo tecnológico, en la cual se podían proyectar imágenes, tomar notas, apuntes... e incluso en un momento dado ocultar una sala trasera desde la cual cualquiera podía tomarse unos segundos para estudiar al visitante antes de enfrentarse a una negociación clave, una disputa o una entrevista de trabajo. El suelo estaba impoluto, era una mezcla entre negro y gris marengo brillante al igual que el del vestíbulo, y la única puerta de la estancia era blanca. En cuanto cerraron la puerta tras de sí ambos se dirigieron una mirada de suspicacia y Don tomó la delantera, pisándole las palabras a su compañero.
-¿No te ha parecido extraño? Parece que nada haya ocurrido en esta casa, era como si la chica tuviera ensayada la escena, nos hace una interpretación de quince segundos y acto seguido nos envía a esta sala y sigue como si nada hubiera pasado. Esto me huele mal, muy mal.
-No lo sé, Don, extraño sí que es, pero tal vez te estés dejando llevar por los escrúpulos que ya me has demostrado tener hacia esta organización y sus productos.
-Pero no me negarás que esa chica fingía, he estado con muchas mujeres y se perfectamente cuando una te está engañando.
-No lo sé, Don, sinceramente; podría ser que sí o pudiera ser que el cúmulo de emociones a los que ha sido sometida debido a la muerte del Doctor Frank la hagan reaccionar de una forma un tanto artificial. Nunca se sabe cómo una persona puede actuar ante una situación límite.
En ese momento una asistenta vestida con el uniforme de la empresa abrió la puerta y les anunció que el director Manuel les recibiría en su despacho, pidiéndoles amablemente mediante un gesto que la siguieran.
A Mark le llamó la atención la desolación que reflejaba en la cara aquella mujer; se la veía abatida, como si la peor de las pesadillas se hubiera hecho realidad en su casa la noche anterior, no hubiera podido dormir y al sonar el despertador hubiese acudido al

trabajo como una autómata; quizá la muerte del Doctor influyó a muchas más personas de la organización y de formas diferentes.
Les guió a través de una serie de pasillos, con pequeñas dependencias a uno y otro lado; lo que más llamó la atención a los dos policías era que todas eran blancas pero que sin embargo unas tenían iluminado el frente con luces en color azul, otras en rojo, y estaban todas agrupadas por colores. Las personas que trabajaban en los habitáculos llevaban vestidas batas del mismo color que las luces identificativas de las dependencias. Finalmente llegaron al extremo del pasillo y subieron por una escalera entrando en un rellano en el que había tres puertas; la empleada de Mejora Mental Corp. pulso un botón y después de identificarse mediante su brazalete tecnológico una voz metálica anunció:
-Buenos días, Angie ¿Motivo de la visita?
Angie, pensó Mark, la chica de apariencia melancólica se llamaba Angie.
-Dos agentes de la ley solicitan ver al Director Manuel para interrogarle acerca de lo sucedido al doctor Frank.
Después de unos instantes, la voz metálica volvió a sonar:
-Adelante.
Mark y Don fueron acompañados hasta una sala circular de grandes dimensiones en cuyo centro dominaba una estructura tipo donut similar a la que habían visto en el vestíbulo. Sin embargo, esta estancia era diferente, pues en las paredes se podían percibir las líneas de unas sub-estructuras que seguramente quedaban ocultas a la vista según las necesidades que la sala pudiera tener en cada momento.
Angie, la secretaria de apariencia melancólica, les invitó a sentarse en unas sillas que aparecieron como por arte de magia desde el suelo de unas de esas líneas que se adivinaban en el solado. Ambos se sentaron y Angie despareció a sus espaldas como quien no quiere molestar ni ser molestado y va a refugiarse en su dolor.
Ahora que estaban sentados Mark pudo contemplar con mejor detalle la estructura de madera que tanto le había llamado la atención al entrar al edificio; en esta estancia, neurálgica a tenor de los cálculos de Mark, la estructura se podía observar en toda su dimensión. A diferencia del suelo y las paredes, la estructura y la cubierta abovedada -todas de madera- no mostraban la más mínima línea de ensamblaje y el acabado era redondeado en todas las aristas y ángulos. De pronto una voz surgió a sus espaldas.
-Veo que le interesa la arquitectura de nuestras instalaciones, inspector...
-Agente, Agente Mark Vela, del departamento de crímenes tecnológicos; y este es mi compañero Donovan Sánchez.
-¿Le interesa la arquitectura, agente Vela? O ¿puedo llamarle Mark?
-De momento Agente Mark está bien, y no, no me interesa la arquitectura, pero sí me ha llamado la atención la estructura de este edificio, dígame, si no es mucha molestia ¿cómo demonios está hecha?
-Veo que aunque la arquitectura no le interesa, su curiosidad, supongo que debida a su instinto policial, le hace querer saber todo ¿no es así? Desentrañar los misterios de todo y todos para que así todo forme parte de un orden establecido.
Después de un silencio de un minuto, mirando a la anteriormente mencionada estructura, el director Manuel asintió para sí mismo como rumiando sus palabras y después de una sonrisa a sus interlocutores comenzó a hablar.

-Esta estructura es la primera estructura del futuro ya convertido en presente, si se han fijado no está realizada por complejos sistemas de acero, ni hormigón, ni siquiera los modernos polímeros, está completamente realizada en madera. El agente... ¿Mark?
-Si señor - espetó Mark, intrigado por lo que ese extraño director de aquel aparentemente maravilloso complejo, o al menos el edificio que los cobijaba, les podía explicar acerca de esa intrigante estructura.
-El agente Mark ha advertido un detalle, y es que a pesar de ser una estructura de unos cuarenta metros de diámetro no se perciben juntas, uniones, clavos, tornillos o solapes de la madera. ¿Por qué? Porque sencillamente la última técnica, la cual podría denominarse botánica-arquitectónica, hace que mediante moldes se haga crecer el árbol en las direcciones y formas que interesen para poder así lograr las estructuras que se quieran o precisen.
-Hum -musitó Mark- Interesante, pero esta estructura cuenta con casi 40 metros desde un extremo al otro y además es circular; los arboles siempre crecen hacía la luz; se ha llegado a ver el caso de un árbol que estando situado en una ladera, al correrse ésta por el motivo que fuera, deja de crecer en el sentido que lo hacía y corrige su trayectoria hacia la luz, generalmente en vertical.
-Veo que tiene conocimientos de botánica, agente Mark; efectivamente, las plantas y árboles tienden a ir hacia la luz, por eso el tronco del árbol que constituyó esta estructura fue metido en un molde con forma de media circunferencia, como si fuera la mitad de una rueda ciclista, media cubierta mejor dicho, y a medida que iba creciendo el árbol esta estructura-molde iba girando para que la copa del árbol estuviera siempre en vertical, incluso con algunos grados de inclinación hacia el interior, hacia el centro de la circunferencia que quisimos que tuviera.
-Increíble -dijo Don-, pero si me permite una pregunta, si la estructura ha de tener cuarenta metros no valdrá cualquier árbol ¿no?
-Efectivamente, dependiendo de la longitud con la que se quiera dotar a la estructura hará falta un árbol capaz de crecer esa determinada altura, pura lógica.
Conocidos aunque fuera superficialmente los secretos de las nuevas estructuras de madera, Mark quiso pasar al meollo de la cuestión que les había llevado allí.
-Dígame, Director Manuel ¿Qué hacen exactamente aquí?
-Una vez satisfecha la curiosidad, al grano ¿eh?
Nuevamente el Director Manuel se tomó unos instantes para reflexionar acerca de la pregunta y tras un leve, casi imperceptible gesto de asentimiento, comenzó nuevamente a hablar.
-Verán, agentes Mark y Donovan, se podría decir que están ustedes en el origen de la institución, porque va más allá de la mera idea empresarial, que ofrecerá al mundo un nuevo paradigma del aprendizaje – las mismas palabras que usó Victoria, pensó Mark-, de la medicina neurológica y del conocimiento en profundidad del ser humano. Gracias a nuestro descubrimiento, en el que se han tenido que invertir ingentes sumas de dinero en investigación y desarrollo, suponiendo eso que un nutrido grupo de especialistas ha consumido horas y horas de arduo trabajo, tras el cual, hemos llegado a un avance sin precedentes para la humanidad. Hemos descubierto la forma de implantar conocimientos a cualquier persona, sin necesidad de implantar chips, ni electrodos, ni cirugías, simplemente aprovechando las ventanas que el subconsciente nos abre en los momentos previos antes de dormir, antes de llegar a la fase REM del sueño, la fase más profunda.

-Ya, ya – dijo Mark- eso, más o menos ya lo hemos oído a través de la publicidad que ustedes hacen. Mi pregunta iba más enfocada al cómo lo hacen, el proceso de implantación en sí.

-Bueno.... verá, no le puedo dar detalles ya que están estrictamente sujetos a confidencialidad de la patente; revelarlos me supondría la ruina personal de por vida, ello sin contar con que ni mi preparación académica me permitiría abordar esa tarea, puesto que hay cientos de conceptos que escapan a mi entendimiento, *y no quiero menospreciarle,* pero tampoco usted los comprendería ya que de no ser así estaría usted malgastando su cerebro cumpliendo su función de policía.

-En primer lugar- dijo Mark, con su orgullo un punto malherido-, no hemos venido a hablar de nuestras capacidades, hemos venido a hablar de lo que ustedes hacen aquí para poder contextualizar lo que el Dr. Frank López hacía y conocer así qué causas pudieron llevarle a ese supuesto suicidio. Imagino que habrá un modo de explicar lo que hacen ustedes de manera que unos lego como nosotros podamos entender.

-No se enfade, no quería ofenderles, simplemente quería hacerles entender que esto que nos ocupa es superior a la capacidad intelectual de la inmensa mayoría de las personas y que cuando el listón está muy alto pocos llegan a alcanzarlo. -El tono del Director Manuel era condescendiente, pero con un punto de altanería, era obvio que estaba orgulloso de pertenecer a donde pertenecía y hacer lo que hacía.

-De acuerdo -volvió a mascullar Mark, visiblemente irritado - ¿Me va a explicar lo que hacen o tengo que llamar a alguien con poder suficiente para que nos baje el listón hasta donde unos ineptos como nosotros podamos entenderlo?

-Verá, a groso modo le voy a explicar lo que hacemos –dijo un visiblemente nervioso Director Manuel, tratando de quitar peso a la tensión que ya se mascaba en el ambiente-. Implantamos conocimientos a cualquiera, conocimientos significa datos, es decir, ¿quiere usted aprender un idioma? Nosotros no le podemos enseñar a hablar, pero sí implantarle toda la teoría para poder hablar ese idioma, gramática, vocabulario, frases hechas etc. Luego usted en pocos días será capaz de entender cualquier texto, y cuando digo cualquiera incluyo hasta los más complejos, suponiendo que usted conozca el significado de las palabras en su propio idioma.

-¿Cómo lo hacen?

-Hemos descubierto- dijo el Director Manuel con un renovado punto de orgullo- que los conocimientos se fijan en la mente en la fase REM del sueño, la más profunda como he dicho antes, y que los mejores momentos para implantar conocimientos transcurren durante la hora previa a esa fase. En una hora se pueden insertar unas mil horas de contenido teórico, ya que la mente trabaja a una velocidad increíble. De este modo podemos inducir llegar a esa fase artificialmente y después, en un lapso de veinticuatro horas como máximo ya que si no se pierde, cuando el sujeto esté en la fase REM los conocimientos se implantarán en su cerebro.

-Antes ha dicho que los conocimientos que pueden inculcar son teóricos exclusivamente- dijo Mark- ¿Qué conocimientos no se pueden implantar?

-Por ejemplo, siguiendo con el ejemplo anterior, puedo implantarle todo el diccionario chino en la mente, pero no puedo enseñarle a pronunciar los sonidos, ya que eso requiere de una disciplina llamada propiocepción en la que mente y músculos a base de repetición pueden llegar a dominar la técnica adecuada para llegar a hablar un perfecto mandarín.

También puedo enseñarle toda la teoría relativa a los flujos de aire, corrientes y uso de velas para navegación, pero no preparar su mente para tener en cuenta todas las variables al mismo tiempo, eso requiere práctica, sin embargo cada vez que una situación teórica le vaya apareciendo en la vida real, usted será capaz de asimilar con mayor rapidez las habilidades prácticas.
-¿En qué campos se pueden implantar conocimientos?- preguntó Don, cada vez más interesado en el asunto.
-Eso es lo mejor de todo, se pueden implantar conocimientos en tantos campos como se quiera, la imaginación es la que limita la implantación.
-¿Por ejemplo?
-La medicina: puede tener en su mente todas las casuísticas, con sus síntomas, recetas mágicas, conocimientos de anatomía, historiales médicos previos, etc. La enseñanza; puericultura, siquiatría, deportes varios, leyes, normativas, teorías de cualquier tipo... y así hasta donde usted quiera.
-¿Militares? -preguntó Mark.
-¡Ah! Es usted sagaz agente Mark -dijo el director Manuel - las aplicaciones militares de nuestro sistema son básicas e importantes para cualquier ejército, imprescindibles diría yo.
-¿En qué sentido pueden ser tan vitales?
-¿Sabe usted el poder que puede suponer que su defensor, remarco lo de defensor y no atacante, conozca el uso de todas las armas? ¿Tácticas de supervivencia? ¿El conocimiento de la flora y la fauna para saber lo que es comestible y lo que no en casos de extrema necesidad? Añada la mecánica de vehículos, electricidad, comunicaciones, código morse etc. Eso haría de su ejército una súper-armada, un batallón de súper soldados.
-¿Trabajan para países extranjeros? –soltó a bocajarro un tanto preocupado, Don.
-No, cálmese, ese fue uno de los primeros acuerdos a los que llegamos con el Gobierno. Querían evitar a toda costa que una tecnología de este calibre cayese en las manos equivocadas, por la amenaza que esto pudiera suponer para la estabilidad de nuestro país.
-Imagino que con una importante dotación económica por parte del gobierno, dinero el cual sale de nuestros impuestos.
-Una ganga, créame, una ganga en relación a lo que nosotros reportamos a nuestro ejército e indirectamente a usted y a mí mismo. Y si me lo permite, un gasto justo y necesario el cual usted y otros como usted solamente en caso de conflicto armado entre nuestro país y un posible enemigo sabrán apreciar, ello sin tener en cuenta la fuerza disuasoria que este avance supone, ponga en perspectiva el ahorro que ello supone para el país y se dará cuenta de que el pago que actualmente se hace efectivo es una ganga.
-Sin duda es usted un vendedor nato, bien, pasemos al Doctor Frank López ¿Qué cree que lo pudo incitar al suicidio?
-Quien sabe, el amor tal vez, el dinero, ¿la sinrazón en la que algunos individuos han convertido su vida? No lo sé agente, sinceramente.
-¿Cuál era su función aquí?
-¡Oh! El Doctor Frank era una eminencia ¿Conocen su currículo?
-Lo conocemos, hemos sido informados previamente -contestaron ambos agentes al unísono.

-Entonces no les descubro nada nuevo si les digo que con esas credenciales el Doctor Frank suponía un pilar fundamental para las investigaciones que esta organización llevaba a cabo.
-¿Qué investigaba el Doctor exactamente?
-Ahora mismo estaba inmerso en las evoluciones de los procesos de implantación de conocimientos, básicamente era ese su hilo conductor de investigación actual, entre otras cuestiones menores por supuesto.
-¿Qué supone la pérdida del Doctor para ustedes?
-Mucho, agente, mucho; para empezar, un amigo, seguidamente un filón de conocimientos y la posibilidad de nuevos y mejores descubrimientos futuros. El Doctor Frank era, además del corazón de las investigaciones, un baluarte en cuanto al poder de atracción de inversores, de ahí que empleara parte de su tiempo a la promoción de la corporación.
-¿Va a afectar de manera sensible su muerte a la marcha de su organización?
-No especialmente; el Doctor era muy minucioso, dejando anotadas todas sus investigaciones, y además la más importante estaba concluida, la cual es la base de nuestra acción comercial. Ahora que tenemos el vehículo desarrollado, solo nos queda la ingente labor de la creación de contenidos para poder ofrecer al gran público, ofrecer el conocimiento.
- Y de paso a hacerse millonarios- soltó Don.
-¿Qué hay de malo en que una persona gane dinero por aquello que los demás estén dispuestos a pagar, voluntariamente, por una mejora sustancial en su vida y ningún perjuicio para nadie?
-Aparentemente ninguno, Director Manuel.
-Ese es un dogma que los seres humanos tenemos que asimilar y definitivamente superar, ganar dinero de manera ética no tiene por qué ser malo necesariamente, es más, puede ser bueno, ya que estimula la mejora personal y de paso la colectiva.
-Habló Adam Smith, -dijo Mark- Una última pregunta: mi amigo opina que aprovechando que ustedes puedan tener acceso ilimitado al cerebro de un paciente, perdón… cliente, pudieran aprovechar para implantar, además de los contenidos solicitados, otros que pudieran estar encaminados a digamos… "forzar" al cliente a cambiar de hábitos de consumo, variando una marca comercial por otra más afín a su corporación, una opción política favorable a MMC por otra contraria, etc.

Don miró a Mark con sorpresa, ante la fugaz mirada de curiosidad que su persona recibió antes de responder el Director Manuel y retornar la mirada a Mark, notó como una gota de sudor frio le corría la espalda, esa era una confesión que él había hecho a su amigo, esperaba un poco más de discreción por parte del depositario de su confianza.

-Oh, pero eso no es posible ¿Conocen la existencia del tribunal para los delitos síquicos y mentales y de la ley 12/2039 referente al uso de materias relativas a la intervención y/o implantación mental?
-Evidentemente, al pertenecer al departamento de delitos Tecnológicos conocemos la existencia de ambos, pero no hemos tenido ocasión de analizar las implicaciones de su tecnología para con respecto a la ley en cuestión, además no sé si sabe que hay un dicho que reza que todos los abogados tienen el mismo libro, pero con los puntos y las

comas en diferentes lugares, y sin duda los suyos, los abogados, serán de lo mejorcito del panorama jurídico nacional e internacional.
-Bien, les informaré entonces de que esta ley fue creada por expreso encargo del Gobierno en cuanto nosotros informamos de nuestros avances – dijo el Director haciendo caso omiso de la solapada acusación de corrupción del agente Mark - y que en esta ley se recoge la obligación de informar a los clientes del contenido exacto que Mejora Mental Corp. va a implantar en sus mentes; de hecho, les damos una copia en formato digital, vía email certificado, para que puedan confirmar por si mismos que la implantación ha sido correcta, porque de otro modo ¿Cómo saber si todo lo que le hemos implantado es todo lo que le teníamos que implantar?
-Comprendo, pero no existe forma material de evitar la inclusión de contenido no deseado.
-No físicamente, pero como medida de seguridad adicional, simultáneamente tenemos obligación por ley de entregar un archivo codificado a la central de datos neurológicos implantados, creada a tal fin; como ya he dicho, dichos archivos se envían simultáneamente a la implantación que se esté realizando de modo que siempre existe una copia del material implantado en el registro central de implantaciones.
-¿Sería susceptible de ser cambiado o modificado ese archivo?
-No, es técnicamente imposible, ya que el archivo se envía a la vez que se está realizando la implantación; si aquí cambiamos cualquier criterio de la implantación, esta se cambia en el registro central, y nosotros únicamente podemos subir datos, no nos es posible bajarlos ni mucho menos borrarlos.
-De acuerdo, parece difícil que suceda lo que mi amigo dice- dijo Mark mirando con sorna a su amigo; este respondió con una mirada de fingido enojo, y ambos se sonrieron.
-¿Podríamos visitar el cadáver y las instalaciones donde el Dr. Frank trabajaba? Simple rutina para el expediente.
-Y no me nieguen que un punto de curiosidad les aborda.
-No es plato de nuestro gusto el tener que ver cadáveres, créanos.
- De acuerdo, lo comprendo, Angie les acompañará, disculpen que no les ayude personalmente pero tengo tarea que hacer.
Se estrecharon las manos para despedirse y se dispusieron a seguir a Angie, que había llegado tan sigilosa como se había ido, hasta tal punto que cuando Don la vio se sobresaltó. En ese momento Mark recordó la petición de Vic cuando abandonaba la vivienda, dudó, más se dijo a si mismo que tenía que congraciarse con ella lo antes posible, y si bien los nubarrones parecían haberse alejado no podía ceder un centímetro a la esquiva suerte .
-Disculpe Director Manuel ¿le podría pedir un favor personal?
-Si puedo complacerle ¡cómo no!
-Vera... mi novia está interesada en sus cursos, o implantaciones ¿podría facilitarme información?- estaba un poco turbado pero la respuesta del director lo serenó.
-Será un placer, al salir déjele los datos de contacto a Lorena, la chica que estaba en el vestíbulo, y yo personalmente le haré llegar un dossier con todos nuestros servicios.
-De acuerdo, muchas gracias, Director Manuel.
-No se merecen, Agente Mark, estamos para servir a nuestros clientes.
-Vayamos a ver ese cadáver.

Cuando ambos agentes hubieron desaparecido por la puerta que daba acceso al conducto subterráneo que conducía al pabellón de los laboratorios, el director Manuel se dirigió a una de las puertas de su despacho y tras teclear en una consola cuatro números la puerta se abrió.

Al entrar a esta dependencia, gemela a la suya, simétrica más bien, pero sumida en una tenue penumbra, una voz carrasposa surgió del otro lado de la habitación.

-¿Y bien? ¿Qué querían los agentes?

-Nada especial, señor presidente- dijo el director Manuel con una voz y actitud totalmente reverenciosas- querían conocer cosas de la empresa relacionadas con la muerte del Dr. Frank, pura rutina diría yo.

-Así lo espero, estamos a las puertas de nuestro lanzamiento mundial y una noticia negativa ahora mismo sería un mazazo para nuestra reputación, además necesitamos que la gente solamente conozca aquellas partes de nuestro negocio que nos interesa que conozca.

-Así será, no se preocupe.

-Bien, manténgame informado acerca de esos dos agentes y de cualquier otro que pudiera venir; al más mínimo indicio de peligro activaremos el nivel uno del protocolo de seguridad y autoprotección.

-No será necesario, señor presidente, cuente con ello.

-Más le vale que así sea. Le repito que nos jugamos mucho en estos momentos, no podemos dar por sentado absolutamente nada.

Capitulo III – El Fiambre

"Sabemos muy poco, y sin embargo es sorprendente que sepamos tanto, y es todavía mas sorprendente que tan poco conocimiento nos de tanto poder."

Bertrand Russell

Ciudad de la luz, lunes 19 de Septiembre de 2.044
11:00 AM

Angie condujo a ambos agentes por unas escaleras que descendían más o menos el equivalente a una o dos plantas, y posteriormente, después de pasar por varias estancias, dieron con un pasillo de hormigón de unos cuarenta metros de longitud enteramente construido con hormigón. Mark supuso que sería un pasillo de comunicación interno entre ambos pabellones; efectivamente, una vez recorrido el pasillo llegaron al que albergaba los laboratorios.

Este pabellón era de tamaño similar al correspondiente al de las oficinas, tenía la misma estructura de madera y tablazón de cubierta que su edificio gemelo. También contaba con cubículos y al igual que en el pabellón de oficinas, a pesar de ser blancos, todos estaban agrupados en distintos grupos; dependiendo del color de la luz que su perímetro emitiera, se podían ver luces azules, rojas, naranjas. Algunos cubículos estaban en blanco, sin uso, como dispuestos a ser utilizados por o para un nuevo descubrimiento o experimento. Al igual que el otro pabellón, éste contaba con dos niveles con un pasillo central, únicamente faltaba el gran despacho semicircular que ocupaba el del Director Manuel y el vacío que no ocupaba el despacho había sido aprovechado para ubicar un gran atrio o plaza totalmente libre, el cual recibía luz cenital solar desde un lucero abierto en la cubierta. Era el punto neurálgico de este pabellón y era a su vez el punto de reunión del personal para tomar el café y estirar un poco las piernas .

La servicial Angie los condujo atravesando ese atrio central y posteriormente, girando a la derecha, los llevó hasta el fondo del corredor con cubículos a uno y otro lado, hasta que llegaron a una puerta gris, custodiada por un guarda de seguridad, con una consola a la derecha con su correspondiente consola compuesta de una pantalla y un teclado numérico, el cual no hizo falta manipular ya que debido a las circunstancias de la muerte del doctor Frank había personas ajenas en el laboratorio y habían dejado las puertas abiertas para facilitar las tareas de éstas.

El laboratorio se hallaba alojado al final de la estructura del edificio y a diferencia de la fachada frontal ésta era ciega y también se hallaba cubierta de madera, dejando unas franjas horizontales que atravesaban la pared de lado a lado, dejando la entrada de luz natural a través de unos cristales que por medidas de seguridad no podían ser abiertos. El resto de la dependencia era del mismo color blanco que el resto del edificio; dispuestas en paralelo y en perpendicular a la entrada se veían dos mesas de trabajo anchas, preparadas para poder afanarse de pié sobre ellas, con unos taburetes salpicados aquí y allá.
Un hombre de unos cincuenta años, de complexión fuerte y con cierto sobrepeso, peinando poco cabello ya, se les acercó tendiendo con cierto sometimiento una acreditación en la mano derecha.
-Buenos días, mi nombre es Ramón Márquez, soy el forense, ustedes deben ser los de homicidios ¿es así?
-Bueno, sí y no, somos agentes, pero no de homicidios, sino de delitos Tecnológicos.
-¿Delitos Tecnológicos? -acertó a decir el forense con evidente cara de confusión- ¿Por qué delitos Tecnológicos y no homicidios?
-En primer lugar, porque aunque es cierto que existe un cadáver, a priori no podemos afirmar que haya habido ningún homicidio, en segundo lugar, porque no había nadie de homicidios disponible, deben de andar todos locos con esos misteriosos asesinatos que copan las cabeceras de los noticieros, y en tercer lugar, debido a que nosotros pertenecemos al departamento de delitos Tecnológicos y como en estos pabellones precisamente éso es lo que sobra, nos han asignado la tarea.
- Ah, bien, comprendo - dijo el forense Ramón interiorizando la información que acababa de recibir- de todos modos, no es algo que me concierna –dijo con una nerviosa risa -, preguntaba por simple curiosidad y por saber a quién me dirigía.
- Bueno, forense Ramón ¿Qué nos puede contar usted del fiambre?
- Bien, la verdad es que me lo quiero llevar a la morgue cuanto antes para poder analizarlo con más detalle, pero a priori se trata del Dr. Frank López, cincuenta y ocho años, buena salud de acuerdo a su edad, parece que hacía deporte regularmente, cuidaba la alimentación… He pedido un informe a su médico de cabecera para saber si desconocemos algo de última hora no incluido en su historial. No existen signos de violencia, externa al menos, ni signos de pinchazos apreciables, no se le conocen adicciones, ni al alcohol ni a ninguna otra droga, a simple vista parece una muerte natural.
-¿Por qué han dicho entonces que es un suicidio?
-Por la sencilla razón de que se encontró una nota de suicidio- dijo el forense alzando las cejas.
-¿Dónde está esa nota? Me gustaría echarle un vistazo.
-Sí, claro, por supuesto, la tiene aquel agente de seguridad, que es quien lo encontró tal y como está- El Dr. Frank López se hallaba tumbado sobre la mesa, con los brazos cruzados apoyados totalmente en ella y con la cabeza sobre los brazos; podría decirse que estuviera dormido, pero lamentablemente no *era así*.
Mark se acercó al agente de seguridad, quien habiendo oído la conversación le tendió la nota de suicidio sin mediar palabra.

Cuando Mark miró la nota pensaba que se había vuelto loco, no entendía ni una sola palabra de lo escrito, lo que podía ver no se parecía a ningún texto que hubiera visto

jamás y tampoco era capaz de reconocer en ese mensaje las letras cirílicas o arábigas que otros países utilizaban para la comunicación escrita; ante su evidente cara de sorpresa, el forense intervino nuevamente con su nerviosa risa.
-Ah, sí, perdone, a mí me ha ocurrido lo mismo, luego me lo han explicado ¿conoce a Leonardo Da Vinci?
-¿El de la edad media?
-Sí, el mismo; era un genio, al igual que el Dr. Frank, y ambos escribían simétricamente a lo que los demás solemos hacer, de modo que la única forma de leer la nota para alguien que no tuviera sus capacidades, es mirándola reflejada en un espejo.
Con cierto asombro dibujado en el rostro, Mark cogió el espejo que el forense Ramón le tendió diciéndole muy serio: "Tenga, es el espejo que uso para peinarme, tenga cuidado con él". Mark tuvo que contener la risa al ver el poco pelo que el bueno de Ramón tenía sobre su cabeza.
La nota decía lo siguiente:

"Querida amada A.,
Siento tener que dejar este mundo,
Pero estaremos juntos,
Hasta el fin de nuestros días.
Tu amor"

La nota era un medio folio doblado sobre sí mismo, escrita con una impresora de buena calidad; era un mensaje escueto, pero había algo en aquella nota que a Mark no le acababa de cuadrar , decía mucho, y no decía nada. En casos de asesinato donde el criminal pretendía borrar su huella las notas de ese tipo eran muy comunes. Un mar de dudas asaltó a Mark ¿La habría escrito el doctor? O ¿había sido otra persona? ¿Quién era A? ¿Su mujer? ¿Su amante?¿hasta el fin de nuestros días? ¿A qué días se refería? A lo mejor era algo metafórico sin más. –Buff- bufó Mark- me estoy dejando llevar por las paranoias de Don, he venido a visitar un sitio con tecnología de última generación y las suspicacias de mi compañero me hacen ver fantasmas donde no los hay, ¿O sí?
-¡Don! necesito saber el nombre de la mujer del Dr. Frank y sus hijos, amigos etc. Si su mujer tiene un nombre que empieza por A. parecerá claro que la nota es para ella.
-De acuerdo, pero recuerda que el Doctor es viudo- dijo Don anotando la petición del compañero en su block de notas- En cuanto lleguemos al despacho lo consulto.
-Tienes razón -aceptó Mark- ¿Tendría una novia? ¿Sería un mensaje para alguno de sus hijos?
Era mediodía ya. Cómo pasaba el tiempo cuando las noticias y los casos eran interesantes, aunque a decir verdad Mark no sabía decir aún si había caso o no .
-Oye, Don, he dejado una cosa a medias en casa- Dijo Mark acordándose de su insinuante amada en paños menores , solo de pensarlo los humores se le ponían a hervir en su cuerpo- ¿ Te importa si me marcho y paso la tarde redactando el informe de lo acontecido hasta ahora?
-Por mi parte no hay problema, pero acuérdate de que Erika ha dicho que quería decirnos algo importante relativo al caso.
-¡Mierda! lo olvidé, vayamos para la oficina en ese caso, ya me escaparé luego -dijo Mark con indisimulado fastidio.

Ambos se dirigieron al terminal de vehículos autómatas, montaron y vieron en la pantalla una nueva noticia relacionada con los extraños crímenes que se estaban sucediendo.

-¿Has visto eso? -preguntó Don.

-Lo he visto, sí.

-¿Qué te parece?

-Sinceramente, creo que hay algo muy extraño ahí, por la información que han dado parece que no hay ningún tipo de vínculo entre las víctimas, y hay una cosa que me sorprende.

-¿Cuál?

-¿No te extraña que en todos los casos se coja al asesino con una facilidad pasmosa y éste se encuentre en todos los casos totalmente desorientado?

-Tienes razón, también me había percatado de lo mismo. Es como si hubiera una mano invisible que arrojara a personas a matar a otras, pero no sé, con el mundo que estamos creando todo lo incongruente e inverosímil comienzan a parecer más y más cotidiano.

-Qué funesto que eres, lo tienen difícil en homicidios.

-O muy fácil. Basta con investigar si existe algún punto en común, alguna vinculación entre asesinos y asesinos, entre asesinos y asesinados y entre asesinados y asesinados.

-Parece un trabalenguas.

-Puede ser, pero yo empezaría por ahí.

CAPITULO IV – ERIKA

"Sólo los instruidos son libres."

Epicteto

Ciudad de la luz, lunes 19 de Septiembre de 2.044
12:35 AM

Érica Steels, treinta y nueve años, pelo rubio abundante, metro setenta y siete, ojos azules, voluptuosa, muy seria y profesional en lo suyo, las investigaciones policiales. A pesar de ello las malas lenguas decían que alguna vez se la había visto de picos pardos, pasada de rosca con los margaritas, en algún club de mala muerte, quemando las últimas horas de una juerga desaforada. No se le conocía relación estable alguna, no obstante sus compañeros masculinos de oficina, casados o no, cada vez que la veían aparecer vestida con su falda de tubo hasta la rodilla, la blusa blanca enseñando algo de escote, chaqueta negra cruzada ciñéndole la cintura, zapatos de tacón de vértigo, el pelo recogido y con sus gafas finas de pasta, no la miraban, la devoraban.

Ella era consciente de lo que provocaba en los hombres, pero debajo de esa apariencia de bombón se escondía una mujer hecha a sí misma, inteligente, culta, experta en artes marciales y casi tan segura de lo que quería, como de lo que no tenía que saberse sobre su vida privada, su vestimenta era la llave que hábilmente utilizaba para abrir las puertas más oscuras y recónditas, esas donde los hombres guardaban sus más turbios secretos.

Mark y Don se sentaron frente a ella en el despacho de la quinta planta de un edificio de oficinas situado en el centro de la ciudad. El mismo se encontraba en el distrito administrativo junto a los juzgados, el ayuntamiento y otros edificios de índole pública, todos ellos construidos hacía una década aproximadamente con el fin de aunar todos los servicios públicos en una única área, a fin de facilitar al ciudadano cualquier tarea, trámite o gestión que tuviera que desarrollar ante la administración, quién pudiera haber imaginado que a esas alturas del siglo los trámites tecnológicos no habían logrado eliminar la necesidad de instalaciones burocráticas a la antigua usanza.

El despacho era austero, no había decoración apenas, tendría unos veinte metros cuadrados, había un gran ventanal orientado hacia un parque que los funcionarios utilizaban para estirar las piernas o hacer algo de deporte en los ratos de asueto. En el centro había una mesa redonda; a Erika no le gustaba la típica distribución de mesa principal y confidentes, le gustaba trabajar en la mesa con su Tablet de última generación, el cual la mantenía conectada a todos los artilugios tecnológicos del despacho. La consola de trabajo se encontraba en desuso, ya que Erika entendía más práctico utilizar el Tablet; la pantalla estaba integrada en una pared, y recurría a ella

cuando mantenía reuniones o cuando quería enseñar al político de turno que las inversiones realizadas por el erario público eran bien empleadas, ya que dentro de sus quehaceres como jefa del departamento también se econtraba la obligación de lamer algunos culos pertenecientes a ineptos enchufados . Erika aborrecía aquella faceta de su trabajo, mas sabía de la importancia que tenía el hecho de quedar bien con aquellos que decidían las nuevas inversiones a realizar. Ella domaba a los políticos, y si éstos eran hombres, desplegando sus artes y beldades, lo hacía más fácilmente aún, era un juego de niños para ella, un aburrido y repetitivo pero necesario juego de niños.
-Buenos días -dijo Erika,
-Buenos días -dijeron ambos.
-Permíteme –se adelantó Don- que te diga que también hoy estas radiante, deslumbrante.
-Gracias Don, deja de devorarme con los ojos como es tu costumbre y vamos al grano.
-Eso, eso, que tengo prisa, jefa - dijo Mark sin percatarse de la molestó, en el fondo él sabía que ella sentía algo especial por él y que si Victoria no se hubiera interpuesto en sus vidas probablemente hubiera podido pasar algo.
-Bien -dijo Erika- ¿Qué habéis visto en Mejora Mental Corp?
-Parece un suicidio, pero hay ciertas cosas que tenemos que cuadrar.
-¿Por ejemplo?
-Conocer cuál fue la causa exacta de la muerte del Doctor Frank, saber quién es la A. de la nota de suicidio, ya que parece evidente que la autoría de la nota se la podemos atribuir a él.
-¿Qué te hace tenerlo tan claro? Preguntó Erika intrigada
-Porque al parecer el Dr. Frank utilizaba un sistema de escritura el cual dudo que pocos puedan copiar.
-¿Acaso escribe en código?
-Se podría decir así, no es exactamente un código pero escribe de forma simétrica, de modo que su lectura solamente es legible a través del reflejo un espejo.
-Interesante, habrá que investigar eso ¿Qué habéis hecho al respecto al fiambre?
-Pedir al forense que en cuanto tenga más información se ponga en contacto con nosotros, y Don se va a encargar de tratar de averiguar quién es la A. de la nota.
-Eso es, en cuanto nos levantemos me pongo a ello –asintió Don.
-Ahora – dijo Mark con el ademán de levantarse- si me excusáis tengo algo urgente que hacer en casa –volviendo al sueño del cuerpo desnudo de su novia.
-Quieto ahí -ordenó Erika con un tono un tanto marcial.
-¿Qué ocurre ahora? - preguntó Mark con evidente cara de circunstancias.
-Hemos recibido este anónimo -Pasándoles una carpeta que sacó de debajo de su Tablet.
-¿Un anónimo? ¿De quién? ¿Qué dice?
-Es un anónimo agente, si conociéramos al autor no sería anónimo.
-Muy perspicaz -dijo Mark, molesto por haber hecho una pregunta tan ingenua.
-Leedlo y decidme que opináis al respecto.
Ambos se miraron con curiosidad y comenzaron a leer la nota;

"El Dr. Frank no se ha suicidado, lo han asesinado, no puedo decir quién soy, ni quien lo ha hecho, ya que mi vida correría peligro, solamente les diré que Mejora Mental Corp. no es lo que parece"

-¡Mierda! -Exclamaron ambos, abatidos en sus sillas,
-Tenemos que recapitular en todo- Dijo Don con tono solemne- parece ser que solamente hemos atisbado la punta del iceberg.
-Lo primero, saber quién ha escrito este anónimo, lo segundo, saber por qué dice lo que dice ¿Qué es realmente Mejora Mental Corp.? La nota dice que no es lo que parece. Habrá que volver a visitar al Director Manuel, han surgido nuevas preguntas, hay que conocer el contexto jurídico que las leyes nos imponen, ahondar en lo que representa el juzgado de lo mental y responder a las preguntas que ya teníamos.
-¿Por dónde empezar? Las preguntas se multiplican a cada paso - Preguntó Don.
-Además de lo anteriormente mencionado, tenemos que empezar por ti, Erika- dijo Mark mirándola fijamente, y ésta se sorprendió a la vez que sonrojó por lo inesperado de la reacción de Mark.
-¿Por mí? ¿Qué quieres decir?- dijo sin dejar de estar algo turbada.
-Según este anónimo, lo acontecido en esas instalaciones es un crimen, no un suicidio, de ti depende que sigamos investigando el caso o que transfieras el caso a homicidios ¿Qué piensas hacer?
-Menuda papeleta, no lo había pensado, ahora mismo no sé qué hacer, nos pasaron el caso por ser menor, estar ellos a tope por los dichosos crímenes y además ser un suicidio, si ahora lo reboto, a lo mejor estoy metiendo la pata ¿Qué creéis que debo hacer? – pidió ayuda a su vez.
Ambos se miraron, y sintieron correr la adrenalina por sus venas ¡un caso de asesinato que investigar! No hicieron falta palabras.
-Evidentemente tienes que informar , ya que de no hacerlo te juegas un expediente de tomo y lomo; pero si os parece bien, vas a informar en el siguiente marco: vas a decir que el hecho de que exista un posible crimen supone que presuntamente existirá un móvil, seguramente el meollo de la cuestión. Tratándose de la empresa de la que se trata, es lógico presuponer que la motivación será de base tecnológica, y es ahí donde nosotros podremos defender nuestra idoneidad para el caso, debido a nuestros conocimientos y experiencia en este campo. Además no olvides mencionar que yo mismo pertenecí a la división de homicidios y que los viejos hábitos no se olvidan.
-¡Genial! -Dijo Don, con los ojos centelleantes.
-A veces me das miedo, Mark, eres tan sibilino que podrías dedicarte a la política.
-Bueno, bueno, no lo celebremos todavía, Erika – le dijo mirándola a los ojos- sabes que este caso puede ser el trampolín para los tres, y en caso de que no lo sea, al menos habremos pasado un buen rato ¿Qué me dices?
-¡Ya!, olvidas que esto no es un juego, que hay un muerto de por medio, y que suponiendo que la nota anónima diga la verdad, también hay un asesino, o peor aún una banda de asesinos.
-Tienes razón, pero dime que no sientes crecer algo en tu interior , emoción, adrenalina, esas mariposas revoloteando en tu estómago ante una investigación de este calado.
-Está bien-claudicó finalmente Erika- Iinformaré tal y como has propuesto al jefe Goldman, pero tendremos que esperar a ver que nos dice, no se os ocurra meter al departamento en un berenjenal antes de tener autorización oficial.
-Perfecto - dijeron ambos , chocando palmas entusiasmados.

-¿Qué os parece si nos juntamos en mi casa esta noche para ir ordenando la información que tenemos y hacer una lista de lo que se nos ocurra que pueda faltar? Dijo Mark eufórico.
-Bien, dijeron ambos -Erika estaba entusiasmada por poder interactuar con Mark en un ambiente más relajado, a lo mejor, quien sabe si tendría una oportunidad de acercamiento más íntimo. Don estaba fantaseando con Erika a su vez, la imaginó en un embutida en un sugerente pijama, sabía que Victoria estaría en casa y cuando los dejaran solos él tendría la oportunidad, si no de atacar, si por lo menos de ir sitiando a Erika. La cosa prometía.
-Ahora si no os importa os dejo, que tengo un hambre de muerte y voy a preparar las cosas para la velada- dijo Mark, pensando en Victoria una vez más.
-Muy bien -dijo Erika, con una sonrisa de oreja a oreja.
-De acuerdo -susurró Don, con mirada y sonrisa lobunas.

Capítulo V – Vuelta a casa

Los grandes conocimientos engendran las grandes dudas.

Aristóteles

Ciudad de la luz, lunes 19 de Septiembre de 2.044
14:15 PM

-¡Hola, Cariño! - anunció Mark su llegada, deseaba encontrar *a Victoria en casa*- ¿Vic? - sin embargo Victoria no se hallaba en casa, la continuidad del escarceo amoroso comenzado a la mañana tendría que esperar. Fue a la cocina en busca de algo para comer, eran las tres de la tarde pasadas y el estómago se le retorcía con unos gruñidos audibles en toda la cocina, tenía mucha hambre ya. Vio que no había nada cocinado y se dispuso a hacerlo, abrió el frigorífico y... apenas había una lata de atún enmohecido abierta hacía demasiado, un par de latas de cerveza, una de refresco de cola y un poco de queso en polvo.
-¡Mierda! -Pensó Mark. Al no hallar a Victoria en casa había pensado recibir a su amada tal y como ella merecía, pero con tan pobre arsenal no tenía con qué hacerlo; en ese momento, un fugaz deseo de que ella hubiera quedado con alguna amiga para comer cruzó su mente, más el ansía por tenerla entre sus manos borró cualquier atisbo de rebelión contra el primario instinto de poseerla.
En esas estaba cuando pudo oír el inconfundible sonido de la llave introduciéndose en la cerradura; a pesar de un primer momento de turbación, pronto supo que quien empujaba aquella llave penetrando en el hueco del bombín de la cerradura era precisamente la persona que él anhelaba que fuera, Victoria, su amada Victoria. Aunque nunca se sabía, también podría ser que a su media naranja se le hubiera antojado ir a comer algo a algún restaurante o por el contrario que le montara un follón por no haber previsto nada; cruzó los dedos a la espalda y con una mueca de fingida inocencia fue al encuentro en el que podría saborear, por lo duce o por lo amargo, por cuál de las dos opciones se decantaba su querida Victoria.
-¡Hola, Cariño! -Dijo Mark, con una evidente voz de alegría forzada, tratando de esconder la angustia que fútilmente trató de ocultar con un carraspeo.
-¡Hola, mi amor! -Dijo ella con una sonrisa de oreja a oreja.
-¡Bien! -pensó Mark- esto va bien, está contenta.
-Salí a hacer algunas compras ya que no teníamos nada y he traído los ingredientes para hacer unos deliciosos burritos. Lechuga, tomate, pollo, salsa picante, frijoles...
-¡Uhm! -soltó un excitado Mark- deja eso para el postre, lo que yo quiero es otra cosa.
-¿Ah sí? Y ¿Qué puede ser? -Dijo Vic, poniendo cara de niña traviesa y el trasero en pompa, coqueteando abiertamente con un ligero balanceo de la parte donde la espalda pierde su nombre– a pesar de lo sobre actuado, ella sabía que a él le encantaba ese infantil gesto, no sabía si por el gesto en sí o por ser ella quien lo realizara, como lista que era, prefería no conocer la respuesta.

Ante el sublime espectáculo que su vista le ofrecía, con su novia posando cual ave gallarda esperando a su macho, enseñando hábilmente aquel preciado escote tan bien moldeado que atesoraba, y esa cara, esa faz de pícara, hacía que todo su ser deseara tomarla allí mismo, notaba como las piernas le flaqueaban, la boca se le hacía agua, y su masculinidad al completo hacía que en la entrepierna notara que el sexo se le agrandaba por momentos, apretando con tal dureza el pantalón que parecía que en cualquier momento fueran a reventar los botones del mismo.
Ella, al ver como él la miraba, sintió un calor húmedo y agradable instantáneos en su ser, ver aquel hombre de metro ochenta, con el pelo moreno ligeramente ondulado, ese torso fuerte y viril con los brazos musculosos, pero sin exceso, en tensión y ese culo duro y firme... ¡por dios! Deseaba sentir en su sexo el incipiente abultamiento que por momentos se iba dejando notar en el paquete de su amado. Sus pezones, como si de pronto hubieran cobrado vida propia, se le endurecieron al instante y un irrefrenable impulso la llevaba en volandas hacía su amante. Aunque la hubieran encadenado en ese momento nada podría detenerla o impedirla cometer el dulce delito que todos los poros de su cuerpo le pedían perpetrar .

Fue solo un instante, similar a esos que preceden a una gran batalla, o a un gran desastre, en el que la segregación de adrenalina hace que un segundo parezca un minuto, y luego... ¡sucedió!

Se abalanzaron a un abrazo pasional como pocos, como dos animales poseídos, comenzaron a besarse frenéticamente a la vez que a desnudarse mutuamente, arrancándose la ropa torpemente, allí mismo en el vestíbulo, tropezaron con un mueble que había equivocado el lugar en el que posarse. Ella bajó sus manos por el torso de él, despacio, disfrutando de cada instante, saboreando el momento de lucidez que la amatoria batalla le concedió por unos segundos. El, a su vez, la agarraba por las nalgas y la atraía hacia él con una fuerza animal producto del estallido de la necesidad contenida durante toda la jornada matinal. Vic metió la mano por la parte superior del pantalón en el cual únicamente dos fieles botones se mantenían en sus ojales, con manos expertas apartó el bóxer y cuando iba a asir el caliente y duro pene de su amado... ¡Sonó el timbre de la puerta!
¡Ding Dong!
-¡Mierda! Exclamaron ambos a la vez que se quedaron petrificados, con las respiraciones agitadas, miradas de sorpresa y jadeantes exhalaciones entrecortadas.
-¿Esperas a alguien? - Preguntó Victoria susurrando.
-No, ¿tú?
-Tampoco - dijo Victoria alzando la voz a un tono más normal.
-¡Shhh! - Dijo Mark en un susurro tapándole la boca a ella, a la vez que ésta lo miraba con ojos divertidos al comprender que su amado no se iba a dar por vencido.- Quizá no nos haya oído.
Ella pensó en la algarabía que montaron en el fragor de la batalla, y sin poder contener una incipiente sonrisa preguntó- ¿tú crees? acto seguido comenzó a reír, primero suavemente y paulatinamente fue alzando el tono de la risa hasta que finalmente lo hizo a carcajada limpia.
El se contagió, y a los pocos segundos ambos se reían a mandíbula partida.
En ese momento volvió a sonar el timbre, ¡Ding-Dong!

Ambos dejaron de reírse ipso facto, y tras unos breves segundos de respiración contenida, en voz baja dijo Mark- es evidente que nos han pillado , vete a la habitación y espérame, ¡desnuda!- Ordenó a la par que gritó a quien estuviera importunando en tan sagrado momento -¡Un segundo, ya va!

Maldiciendo entre dientes cogió un albornoz del baño, que le sirvió para tapar el torso que ya llevaba desnudo y de paso le disimulaba la importante hinchazón de la entrepierna, abrió la puerta y se encontró con una persona con el uniforme de la empresa Mejora Mental Corp. y una caja de unos cuarenta centímetros cuadrados de base por otros treinta de alto.

-¿El agente Mark Vela?- Preguntó el trabajador de MMC.

-Sí, soy yo ¿Qué desea? -Preguntó a su vez un tanto extrañado, pensó que tal vez lo hubieran seguido.

-Traigo esto de parte del director Manuel, le envía la información que solicitó esta mañana, dentro encontrará una nota del director.

-Ah, vaya, eso, sí que se han dado prisa, no les esperaba tan pronto- Exclamó Mark excusándose por la pinta con la que atendió la llamada – Démelo, yo lo recogeré.

-El trabajador de Mejora Mental Corp. le entregó el paquete y posteriormente se lo quedó mirando.

-Mark no comprendía la actitud de aquel mozo que se lo quedaba mirando embobada mente, de repente cayó - ¡Ah, la propina! –dijo pensando que la explicación ofrecida no fue lo suficientemente convincente.

-¡Oh! no señor, disculpe, es simplemente que me tiene que tiene que dar el visto bueno a la entrega.

-Perdone el despiste, es que me ha pillado concentrado en una cosa... -dijo a la par que se le escapó una sonrisa involuntaria que rápidamente borró de la faz cambiándola por una nerviosa sonrisa – Ni que me pudiera leer el pensamiento el pendejo este.

Se arremangó la manga del albornoz y posó su brazalete tecnológico sobre el del trabajador, este vio los datos de la pantalla confirmando la sincronización de la entrega y con un escueto gesto de la cabeza se despidió.

Mark dejó la caja sobre la mesa de la sala puesto que tenía asuntos mucho más importantes a los que prestar atención. Raudo se dirigió a la habitación... y allí estaba ella, radiante, con su escultural cuerpo desnudo esperándola como una loba en celo, se despojó de su albornoz e iba a lanzarse a tumba abierta cuando ella preguntó.

-¿Quién era?

-¡Eh! – pilló descolocado a Mark -Ahora no importa.

-Mira que me voy- dijo con un tono de humor evidente.

-Un repartidor, de MMC.

-¿De Mejora Mental Corp.? - Dijo con verdadera sorpresa Victoria.

-Siii-Respondió él agarrándola por la cintura tratando de recuperar el álgido momento y dejando que la química volviera a hacer su trabajo.

-¿Y que traía?

-¿Cómo sabes que traía algo? -Empezando a molestarse porque veía que ella se estaba distrayendo del objetivo y sin más dilación él quería pasar a la acción.

-Has dicho que era un repartidor, los repartidores reparten cosas ¿Qué ha traído?

-La información que me pediste acerca de Mejora Mental Corp.

-¡Bien!- dijo ella haciendo ademán de levantarse.

-¡Ni se te ocurra! – Hizo un sobreactuado gesto de estar en vías de enfadarse.
-¡Tienes razón, mi amor! - durante la siguiente media hora ambos se dejaron llevar por sus instintos más básicos, disfrutando de lo más profundo de la esencia humana, poniendo la debida guinda al pastel que su joven amor necesitaba.

Al poco, él dormía plácidamente con una evidente cara de satisfacción, ella no podía, tenía la cabeza en el nuevo juguete que los de MMC le habían regalado. Al igual que un niño el día de reyes, el ansía de conocer el contenido de la caja no le permitía relajarse lo más mínimo

.

Se levantó sigilosamente, se puso el albornoz con el que él entro a la habitación y salió del dormitorio camino al salón, donde una caja reinaba sobre la mesa con el logotipo MMC- Mejora Mental Corp. en dos de sus caras.

Abrió la caja y comenzó a sacar el contenido dejándolo ordenadamente sobre la mesa, había un sobre de color blanco con el nombre de Mark rotulado a mano con una letra sinuosa y con el final de las letras fugados hacía abajo. Con el sobre entre las manos sintió un irrefrenable impulso que la tentaba a abrirlo y descubrir su presuntamente interesante contenido, sin embargo tras pensarlo un poco, en el posible enfado de Mark sobre todo, prefirió dejarlo para más adelante. Posteriormente sacó lo que a priori pensó que era una réplica del casco que vio en el anuncio, cuyas luces también se encendían al igual que el original. Había un manual de instrucciones y un folleto explicativo de los contenidos a descargar para implantar.
Hojeó el folleto, instrucciones de uso, cómo recargar el casco en la base de carga que todas las viviendas tenían -hacía tiempo que los cables habían desaparecido-, una serie de instrucciones por si algo fallaba y unas fotos del Director Manuel Gálves y las instalaciones de Mejora Mental Corp. deseando el mejor de los usos para el producto de su compañía.
Se probó el casco y siguiendo las instrucciones se percató de que había que sincronizar el casco con Internet y meter una serie de códigos en una pequeña consola instalada en la parte trasera del casco. En ese momento pensó que carecía del casco original, y de los códigos para acceder al contenido descargable e implantable, más no pudo evitar la tentación de mirarse en el espejo con semejante elemento plantado sobre su cabeza. Fue al baño sigilosamente. Al ver su imagen reflejada no pudo contener una risa ahogada ante la pinta que presentaba la persona de la imagen que el espejo le devolvía. Se lo quitó despacio y lo volvió a meter en la caja nuevamente.
Entonces centró su atención en el sobre dirigido a Mark que previamente había dejado de lado, no pudo contenerse y comenzó a abrirlo, al principio lentamente como si no quisiera rasgar el papel, para poder enmendarlo después, pero finalmente decidió que esa información no era para Mark, o al menos no en exclusiva. Era ella quien había pedido la información, con lo cual lo más probable era que el casco fuera para ella. Además Mark había dicho que le habían traído la información que ella había pedido, y como ni el Director Manuel, ni nadie más de Mejora Mental Corp podía conocer su nombre, lógicamente lo habrían enviado a nombre de él, pero era evidente que era para ella, o al menos eso quería creer. En un proceso de auto convencimiento motivado por el ansia de conocer el contenido decidió que sin duda todo estaba

dirigido a ella y que lo correcto era abrirlo, -para corresponder la atención prestada- se dijo.
En el interior del sobre había una carta escrita a ordenador y un código de seis dígitos seguido de otro de catorce; comenzó a leer la carta.

"Estimado Mark,

Tal y como me pidió le adjunto no solo información de la implantación de los conocimientos descargables, también le entrego un casco de implantación de la empresa, éste es de los de última generación, logra descargar e implantar mejor y a mayor velocidad los conocimientos solicitados, únicamente un diez por ciento de la materia requiere de implantaciones de refuerzo.

Esperando cubrir las expectativas de su novia, reciba un cordial saludo,

Director Manuel."

-¡El casco es original! - Pensó Victoria sorprendida e ilusionada a la vez. Al no haber tenido la ocasión de ver uno real, le había parecido que el que le habían entregado era falso, de juguete, un prototipo, pero no, era un casco de implantación verdadero.

"En los folletos adjuntos podrá ver cómo funciona el sistema, y como podrá comprobar necesita dos códigos para poder hacer funcionar el casco MMC; el primer código de seis dígitos es el de usuario; al introducir ese código su casco se sincronizará con nuestra base de datos y le pedirá ciertos datos para poder identificarle en futuras sesiones, sus datos bancarios para futuras compras, así como unas preguntas de seguridad, para evitar un mal uso del casco en caso de robo o extravío.
Con el segundo código me he permitido obsequiarle la descarga e implantación de los tres bloques de datos que usted o su novia prefieran; al conectarse a la base de datos verán todas las opciones existentes en su pared digital.
Espero que le guste la experiencia y los tengamos como futuros clientes en Mejora Mental Corp.

Sin más, sabe dónde encontrarme para cualquier otra cuestión, reciba un cordial saludo.

Firmado, Director Manuel"

-¡Uah! -Exclamó Victoria, no encontraba el momento de empezar a probar el casco, se puso enfrente de la pared tecnológica, insertó el primer código y enseguida el casco se sincronizó con internet y la base de datos de Mejora Mental Corp. Aparecieron una serie de videos introductorios, algunos tutoriales y demás cosas que los aparatos electrónicos suelen traer en la pared Tecnológica y seguidamente comenzó el cuestionario de inserción de datos personales.
En la pantalla aparecía un Rótulo con la palabra "Nombre".
-Victoria -Dijo ella, apareciendo instantáneamente su nombre escrito con una bella grafía en la pantalla.

A continuación otro rótulo la conminaba a introducir en el sistema su apellido.
-Webber.
Dirección... etc., cuando hubo rellenado todo el cuestionario le apareció todo el catálogo disponible de bloques de datos implantables, se entusiasmó. Se podían ver cuatro grandes grupos: Historia, Arte y Música, Idiomas, Área científica.
Pasó del área científica porque, aunque era Química, descubrió tarde que a pesar de que le gustaba no era algo que despertara su verdadera pasión. Inmediatamente llamaron su atención los apartados dedicados a la historia y los idiomas. A pesar de que muchos de sus colegas eran de la opinión de que estudiar historia era absurdo, una pérdida de tiempo, ella conocía bien la importancia que radicaba en aprenderla; servía para conocer el origen de ciertas cosas, pensamientos, léxico y por supuesto para no cometer los mismos errores que nuestros ancestros. Los idiomas, por otra parte, facilitaban la posibilidad de poder comunicarse con muchísima gente de distintos orígenes y culturas. Tal y como la programación neurolingüística demostraba, nuestra forma de hablar deviene de nuestra forma de pensar y de este modo, conociendo idiomas, era posible poder poner en común sentimientos, ideas y cualquier otra cosa con personas de culturas antagónicas, sin que el idioma fuera una barrera; además, desde una perspectiva eminentemente práctica, servían para hacer turismo.

Pulsó en Historia para ver qué posibilidades le ofrecía; se encontró con un mapa y una barra de deslizamiento temporal; posicionando un dedo sobre la barra temporal permitía avanzar y retroceder en el tiempo. A medida que deslizaba el dedo en un sentido, hacía el futuro , en un marcador en la parte superior derecha del mapa desplegado iban apareciendo y despareciendo aquellos hechos relevantes de los cuales hubiera información y de los que se podía aprender.
En un momento dado dejó de mover el dedo y observó que el cuadro informativo de la época informaba estar en el siglo III después de cristo, y allí, en la mitad de la península itálica, se podía ver nitidamente el símbolo del imperio Romano, SPQR , *Senatus populus qve Romannus*. Sin dudarlo un segundo pulsó sobre él. Acto seguido en la pantalla apareció un nuevo rótulo en el que, además de informar de los contenidos que se iba a proceder a descargar, aparecía el precio del bloque de información: veinte mil ameros.
-¡Fiuuu! -Silbó Victoria para sí misma -esto no es barato, veinte mil ameros (la moneda que sustituyó al Dólar y al Euro en su momento para evitar más crisis de divisas, deviniendo definitivamente en la moneda única mundial) es lo que gano en una semana, aunque a decir verdad ¿cuánto me costaría aprender todo lo que se pueda aprender acerca de la cultura, la república y el imperio Romanos? Recordó lo que el mensaje publicitario decía y no pudo más que aceptar que pensándolo bien era un precio razonable teniendo en cuenta la contrapartida a recibir.
Debajo del símbolo de comprar, había un cuadro de diálogo donde aparecía en letras en cursiva "En *caso de disponer de un código promocional, insértelo y espere instrucciones*"
Victoria cogió rauda el segundo código de catorce dígitos e introdujo los números pausadamente, con detenimiento, temiendo equivocarse, uno a uno, con la voz alta y clara; no quería errores.
-Tres, dos, cinco, seis, seis, siete....

Cuando hubo terminado, un nuevo mensaje apareció en la pared tecnológica.
"Archivo a implantar en proceso de descarga, relájese, siéntese en un lugar cómodo, déjese mecer por la canción relajante que escuchará, en el momento en que sea oportuno el bloque estará listo para implantar, pulse sobre el botón donde se puede leer "comenzar" cuando quiera iniciar la implantación, "cambiar" si desea cambiar el contenido a implantar o "posponer" si desea dejar la implantación para un momento más propicio.
No pudiendo contenerse comenzó a decir...
-Com...
-¡Posponer! -gritó Mark a la vez que pulsaba el botón correspondiente, acababa de salir de la habitación; había escuchado la retahíla de números por Victoria desgranados y aunque al principio no había sido consciente de lo que estaba sucediendo, supo que algo extraño estaba haciendo su novia.
-¡Pero Mark! ¿Qué haces? - Dijo Victoria con fastidio y mirada de incredulidad por lo que su amor acababa de hacer.
-Vic, cariño ¿acaso estás loca? Piensa que todavía no sabemos si ese aparato o sistema son fiables, no puedes meterte cualquier cosa en la cabeza.
-Vamos, Mark, esto no es cualquier cosa, si lo están comercializando será porque las autoridades sanitarias o gubernamentales competentes habrán dado el visto bueno preceptivo, de lo contrario no autorizarían su comercialización.
-Yo no me fio, Vic- dijo Mark con evidente preocupación en sus ojos- y tengo mis razones.
-¿Razones? ¿Qué razones? Mira Mark, o me hablas más claro o ya te puedes ir metiendo en la habitación de dónde has salido y me dejas continuar con la implantación.
-Verás, Vic, hoy hemos descubierto que lo del Doctor Frank es posible que no sea un suicidio, parece haber indicios de que puede haber sido un asesinato.
-¿Asesinado?
-Si cariño, y a lo mejor no tiene nada que ver, a lo mejor son solo paranoias mías, tal vez ni siquiera sea un asesinato, pero hasta que sepamos más acerca de todo esto creo que es mejor dejar aparcado ese aparato.
-Está bien, lo dejaré de momento-dijo Victoria, quitándose el casco, y mostrando una leve decepción a la vez que comprensión, asintió dos veces con mirada pensativa y guardó todas las cosas en la caja.
-Por cierto, Victoria, esta noche vienen Don y Erika a hablar del caso.
-¿Aquí? Pero si tenéis la oficina para trabajar.
-Lo sé, pero es que queremos tratar el tema discretamente, al menos hasta saber si seremos elegidos por el jefe Goldman para liderar el caso.
-¿A qué es debido eso? ¿Por qué dudáis de que el caso sea vuestro? Antes me dijiste que os lo habían dado por tratarse de un deceso sucedido en una empresa de base tecnológica.
-Sencillamente porque una cosa es que investiguemos un posible delito Tecnológico y haya un suicidado de por medio y otra muy diferente es que alguien haya asesinado a alguien con el fin de cometer un delito tecnológico. Aunque a nosotros nos parezca claro y queramos dirigir la investigación, puede ser que a los mandos superiores les parezca que esto sobrepasa nuestra competencia y entiendan que la investigación del hipotético crimen tiene que ser liderada por el departamento de homicidios.

-Ya veo; en ese caso, viendo que con tanta historia son más de las cinco y que vamos a tener invitados ¿te parece que dejemos los burritos para cenar con tus compañeros? Picamos algo y punto.
-Eres un cielo, no sé qué haría sin ti, me voy a duchar y picamos algo- la dejó, dándole un apasionado beso en la boca que ella recibió con agrado.

CAPITULO VI – REUNIÓN EN CASA DE MARK

"La acción es el fruto propio del conocimiento."

Thomas Fuller

Ciudad de la luz, lunes 19 de Septiembre de 2.044
19:00 PM

¡Ding-Dong! Sonó el timbre de la puerta, eran las siete en punto. Por esa época estaban entrando en el final del verano y los días eran largos todavía, no había oscurecido aún.
-¡Voy!-Victoria abrió la puerta y se encontró al apuesto Don en la puerta con un paquete de doce latas de cerveza bajo el brazo.
Victoria le dio un abrazo, y a continuación le dijo:
-¡Don! Qué alegría verte, oye ¿pero tú no venías a trabajar? Te veo muy elegante, además ¿Desde cuándo son necesarios litros de cerveza para trabajar? – le interpeló mirándolo divertida y cómplice a la vez.
-¡Shh! Esto no es cerveza para trabajar, es un afloja-chicas, a ver si aflojo a Erika y puedo triunfar por una vez con esa indomable yegua salvaje.
-Pierdes el tiempo Don, no me lo tomes a mal pero ya sabes que esa yegua como tú la llamas, es demasiado para ti.
-¿Me estás llamando feo?
-Ya sabes que no, y también sabes que no estas nada mal, pero eso te sirve con las chicas inmaduras o en su defecto con maduras con la guardia baja, después de un desengaño amoroso, un divorcio, un inapropiado enfado, etcétera y Erika no está en ninguno de esos dos grupos.
-¿Entonces? ¿Qué es exactamente lo que hace que Erika no esté a mi alcance según tú? Dijo guiñando un ojo a su interlocutora pero con un halo de verdadera curiosidad indisimulada.
-No quería herir tus sentimientos Don, pero ya que me lo pides te lo diré, antes me tienes que prometer que no te enfadaras conmigo.
-De acuerdo, suéltalo ya, estoy en ascuas por saber cuál es mi imperdonable defecto. --
-Erika solo se emparejará con alguien más profundo e inteligente que tú, no es que tú seas la barrera en la cual coteje a sus posibles parejas, es que simplemente no estás centrado en ser una buena pareja y ofrecer lo mejor que puedes dar, estás centrado en recibir lo mejor para ti.
-Anda esta... ¡ahora me llama tonto, egoísta y superficial! Tres por uno, dime una cosa, ¿eres mi amiga? Porque con amigas así voy a unirme a las enemigas, seguro que me tratarán mejor.

-Que malote que eres, ella es especial, tú eres normalito, nada más. Pero no cejes en tu empeño, no de conquistarla, sino en saber qué es lo que realmente quieres tú, empieza por ofrecer lo mejor de ti dejando de buscar en los demás, si lo haces, todo vendrá de forma natural a su debido tiempo.
-¡Buenas tardes Don! -dijo Mark abriendo los ojos como platos ante la ristra de cervezas que Don posó sobre la encimera de la cocina- ¿Vienes a trabajar o a emborracharte?
-Para ti - dijo con una sonrisa de oreja a oreja mientras le ofrecía las latas de cerveza.
-¿Para mí? – preguntó sorprendido, inconsciente de lo trascendental que la conversación entre Victoria y su amigo había sido hasta ese momento.
-Sí, tenían otra destinataria pero tu novia "tan lista"- poniendo énfasis y guiñando a Victoria- me ha hecho ver la cruda realidad.
-¿A qué te refieres?
-Déjalo- intervino Victoria- le he ahorrado una humillación a su mal entendida masculinidad y hemos sentado las bases para ayudar a su corazón, el objetivo sigue siendo el mismo –guiñó a Don- pero hemos sentado las bases para cambiar la estrategia.
-¡Ah sí, eh!- respondió Don picado en su orgullo- ¡trae! -quitándole las cervezas-, que no son para ti, son para que brindemos cuando haya conquistado a Erika, le voy a demostrar a la gurú –señalando con el índice a una sonriente Victoria- que en el fondo todo se reduce a química y que independientemente de que juntes dos elementos químicos en una probeta o en un cenicero la reacción es imparable.
-¡Qué bien! - exclamó Victoria abrazándose a Mark, mientras ambos miraban a Don- hoy no tendremos que ir al cine, Mark, vamos a tener el espectáculo en casa, y gratis – la ironía hizo que los humores comenzaran a hervirle a Don.
-No sé qué juego os andáis pero espero que no me pille en medio, y sabed que las bromas en ocasiones terminan en enfados.
-No hay cuidado ¿verdad que no, Don?
-Por supuesto que no- dijo Don disimulando estar bastante atribulado.
En ese momento sonó el Ding-Dong de la puerta.
-Será Erika, voy a abrir- dijo Don, pasándose la mano por el pelo a la vez que echaba las cervezas a Mark y guiñaba a Victoria – ahora verás – guiño a Victoria.
-Holaaaa- dijo Don en un tono tratando de ser lo más sensual posible arrastrando la a final.
-¿Estás tonto o qué? Esto no es una fiesta, es una reunión de trabajo.
-Ehhh, estooo... perdona, quería empezar con buen pie la noche, Erika, lo siento si te he molestado.
Erika conocía bien a Don, demasiado bien, sabía que aquella recepción era el cortejo que Don utilizaría para impresionar a cualquier chiquilla de tres al cuarto en una discoteca lo suficientemente oscura para ocultar sus incipientes patas de gallo.
-Al grano- dijo pasando por debajo de su brazo que aún sujetaba la puerta abierta y entrando resuelta al salón donde se encontraban Mark y Victoria, ésta última contenía la risa por el pésimo resultado del primer asalto de Don.
-Si os parece bien, empezáis la reunión mientras yo voy preparando los burritos ¿de acuerdo? – anunció Victoria consciente de que no iba a aportar apenas nada a la reunión, pero sabiendo que podía ejercer de buena anfitriona.

-Estupenda idea - respondió Mark a la par que se sentaba en la mesa del salón e invitaba con un ademan a sus dos compañeros de trabajo.
-¡Oh! No esperaba que fuéramos a cenar, de saberlo hubiera traído algo – dijo Erika visiblemente turbada.
-No te preocupes querida, yo he traído lo necesario por los dos –se arrogó Don.
-En ese caso, os tengo que dar las gracias a los tres – Don sonrió abiertamente.
-De acuerdo- dijeron ambos tras los iniciales titubeos, y raudos se sentaron a la mesa.
-Bien, repasemos las tareas e hilos a investigar, he pensado que lo mejor es ordenarlos por prioridades ¿os parece bien?
-Perfecto.
-En primer lugar, Erika, tienes que lograr que nos asignen esta investigación, ya que de lo contrario no hay caso para nosotros.
-Ya he solicitado una reunión personal con el jefe Goldman para mañana, no quiero tratar esto por teléfono o de cualquier otro modo, he de convencerlo personalmente.
-Con tus dotes seductoras no te costará embaucarlo, conmigo lo tendrías fácil- dijo Don con una bobalicona sonrisa.
-¡Doooon! – dijo Erika con Sorna aliñada con un poco de cariño.
Mark y Vic se miraron de reojo y se lanzaron una nueva sonrisa de complicidad.
-En segundo lugar, por ir a lo concreto, tenemos al Doctor Frank; Don, pedirás el informe al forense Ramón, el cual dijo que a su vez iba a pedir el historial médico actualizado al hospital. Por otra parte investigarás su testamento, para ver quién se beneficia de su muerte, si tenía seguro de vida, la relación con sus hijos y quien era su viuda, si tenía amante o cualquier cosa extraña o indicio que te pudiera llamar la atención.
-De acuerdo -dijo Don.
-Posteriormente empezamos a entrar en el laberinto que parece ser Mejora Mental Corp.; tenemos que investigar quienes son los propietarios, un listado del personal que trabaja allí, directa o indirectamente, subcontratas, quienes son los inversores, permisos, cargos, estados bancarios etc.
-Me temo que eso no será fácil - dijo Erika poniendo cara compungida- Lo poco que he podido investigar es que, amparándose en que tienen contratos con el Gobierno para mejorar el ejército, tienen unos protocolos de seguridad muy estrictos, todos los accesos administrativos son inexpugnables.
-Bien, de acuerdo,en ese caso tendremos que pedir ayuda a instancias superiores ¿Qué hay del juez de lo mental?
-¿El juez Branson?
-Sí, ese, el honorable juez Pablo Branson; habrá que enseñarle el anónimo que hemos recíbido para que nos permita meter las narices en Mejora Mental Corp. y ver a que se refiere exactamente la nota anónima cuando dice no ser lo que parece.
-De acuerdo, tiene sentido, lo haré – dijo Erika- pero no antes de que el jefe Goldman nos asigne el caso oficialmente; de lo contrario, corro el riesgo de aparecer como una entrometida y nuestro camino habrá terminado antes de empezar.
-Tiene razón- le dijo Don a Mark.
-Sí, es verdad. Esperaremos a ser designados como los titulares de la investigación – dijo tras unos segundos de meditación- No obstante, mañana giraré visita al Director Manuel y trataré de que colabore dándonos esa información, a lo mejor no nos es

necesario acudir al Juez de lo mental y de paso podemos empezar a saber de qué pie cojea el director.
-Dudo de que nos preste su colaboración por las buenas, visto el recibimiento tan frio e innocuo que hemos tenido hoy, han colaborado, pero nada más allá de lo estrictamente necesario.
-Por lo que me habéis contado, y añadiendo lo que sé, me temo que Don tiene razón, no colaborará, no de buena gana al menos.
-Está bien, estamos haciendo hipótesis, dejemos que la realidad responda a estas preguntas. En cuarto lugar tenemos la nota de suicidio; parece evidente el autor, porque al parecer únicamente él era capaz de escribir de esa forma tan extraña, no obstante tendríamos que cotejar si algún o algunos de sus seguidores o colaboradores era capaz de copiar ese sistema de escritura.
-En eso estaba pensando, que no debemos descartar que con la debida motivación y tiempo suficiente alguien pudiera copiar su sistema y letra simétrica- dijo Erika.
-Tienes razón; Don, ¿enviarás la nota a un perito calígrafo? Para despejar definitivamente la incógnita de la autoría, debemos ir cerrando flecos y a priori este parece sencillo de cerrar.- A lo que Don asintió en silencio, apuntándolo en su libreta de tapas de piel.
-En cuanto al contenido, tenemos que descubrir quién es la A. de la nota- prosiguió Mark- Descubrir si tiene alguna relación con MMC y en caso opuesto buscar en el entorno cercano del Doctor, familiares, amigos, colegas etc.
-¿Nos centramos en las femeninas?- preguntó Don, mientras seguía escribiendo.
-¡Hum! No lo había pensado pero creo que la frase claramente denota una persona femenina, "mi querida A."-Dijo Mark ensimismado y con la mirada perdida-, ¿no os parece?
-Podría ser "mi querida alma gemela" en tal caso, desconocemos el género de esa alma.- dijo Erika, sorprendiéndose a sí misma.
-Bien -respondió Mark- No lo descartaremos, pero como parece un poco rebuscado empecemos por las personas de sexo femenino del entorno del Doctor Frank, a lo mejor en el futuro tendremos que retornar a este punto y retomar la bifurcación del sexo masculino.
-Estoy de acuerdo- musitó Don, remarcando en un cuadrado las palabras "bifurcación sexo masculino", seguido de un "recordar si la investigación no avanza" .
-Siguiente: hemos hablado del Doctor, de MMC, de la nota de suicidio, nos queda la nota anónima.-Como inmediata reacción a las palabras de Mark, Erika sacó la nota de la carpeta que había traído.
-Estupendo, analicemos el contenido de la nota, Erika, lee la primera frase por favor.
- *"El Dr. Frank no se ha suicidado, lo han asesinado"*.
-De acuerdo; en primer lugar, creo que debe de ser alguien que conocía al Doctor Frank, de otro modo no habría hablado en esos términos. Segundo, dice "no se ha suicidado"; eso quiere decir que conocía la muerte del Doctor incluso antes que nosotros, o como mucho a la vez que nosotros ¿Qué os dice eso?
-Que era alguien muy cercano al Doctor y que sabía que lo habían asesinado.
-Exacto en lo primero, impreciso en lo segundo; el suceso es un asesinato bajo el punto de vista del autor o de la autora de la nota anónima, no obstante puede ser una simple percepción del mismo o de la misma y realmente estar ante un suicidio. Sigamos, siguientes frases por favor, Erika.

- *"no puedo decir quién soy, ni quien lo ha hecho, ya que mi vida correría peligro"*
- "No puedo decir quién soy", el hecho de que utilice el singular denota que es una única persona, no son varias, y teme por su vida, además de insinuar que lo que le ha sucedido al Doctor Frank se podría repetir. ¿Algo más?
-No sabemos si es hombre o mujer- anunció Don, dibujando un esquema de posibilidades en su cuaderno, donde escribió: ¿hombre-mujer?
-También parece que está claro que no es el asesino, porque en caso contrario no temería por su vida ¿no? Preguntó Erika.
-Puede ser- respondió Don fijando la mirada en su cuaderno- pero también puede ser una tapadera para cubrir su asesinato; si se pone en el punto de mira del hipotético asesino, parece quedar fuera de toda sospecha, buena artimaña para ocultar su propia autoría.
-Es posible, pero no lo creo- dijo Mark- ya que de otro modo habría dejado que creyéramos que se trataba de un suicidio; ahora mismo, el único indicio que nos ha llevado a pensar que pueda ser un homicidio es precisamente esa nota; sería absurdo atraer a las autoridades hacía sí, auto inculpándose inocentemente .
-¡Touché! Respondió Don, tachando la posibilidad anteriormente escrita.
-¿Frase final, Erika?
-*"solamente les diré que Mejora Mental Corp. no es lo que parece"*
-*¿Ergo?*
-Esa frase me produce un malestar interior insoportable, dejar en suspense lo que algo o alguien puede ser, dejando entrever una siniestra realidad oculta me parece estremecedor – dijo Erika mirando al suelo.
-Es evidente que es alguien que conoce Mejora Mental Corp., y si anteriormente dijo que temía por su vida sabe que si hiciera público lo que sabe, aunque fuera de modo anónimo, simplemente por la información que diera sabría que sus posibles acechadores la o lo descubrirían. Eso significa que muy pocas personas conocen el porqué del hipotético asesinato, quizá el elenco sea tan reducido como una o dos personas.
-Brillante; pienso que es alguien de dentro sin duda; tal y como hemos dicho antes necesitamos esa lista de trabajadores, colaboradores, inversores etc.-repitió Mark dirigiéndose a Don.
-Para ello necesitamos primero que nos asignen el caso, mañana mismo hablaré con el jefe Goldman para que nos lo asigne cuanto antes.
-De acuerdo, pero déjame que paralelamente hable con el Director Manuel para ver si podemos obtener esa información por las buenas-¡Grun! Rugió su estómago, habían estado tan centrados en las posibilidades del caso que no se habían percatado del tiempo que había transcurrido y de que el aroma de los ingredientes que Victoria había servido en pequeños cuencos los atraía. Los cuencos estaban sobre la encimera de la cocina dispuestos en forma circular circunvalando el plato central donde se encontraban las tortas para que así cada cual pudiera rellenar el burrito con lo que quisiera.
-¿Habéis terminado chicos?- Pregunto Victoria con una sonrisa de suficiencia ante el exquisito manjar que había preparado para su pequeño elenco de invitados.
-Sí, ¿no? -Dijo Mark, mirando a sus compañeros, a lo que estos asintieron en silencio con las miradas clavadas en la comida, estaban igual de hambrientos que él.
-Despejadme la mesa que voy a poner todo tal y como aquí lo he preparado.

En cuanto estuvieron dispuestos y todo en su sitio, sirvió el dorado líquido helado en pequeñas jarras de cerveza, y se prestaron a cenar los suculentos burritos. Los investigadores estaban excitados por la investigación, Don estaba expectante además por ver que depararía la noche con Erika y la miró de reojo viendo que ésta miraba embobada a Mark; él sabía que contra Mark no tenía nada que hacer para lograr los favores de Erika, pero también sabía que Mark no iba a jugarse el amor de Victoria por muy impresionante que Erika fuera y que cuando ella asumiera lo imposible de su misión y bajara las defensas, ahí estaría él para consolarla, sería su tercera mujer, y como dice el dicho, a la tercera va la vencida.

-Por una buena investigación con un final feliz -dijo Don alzando la jarra a rebosar de espumosa cerveza helada.

-Empezaremos mañana viendo que es lo que nos depara la visita a MMC.- dijo Mark alzando su jarra - salud.

Capitulo VII – Segunda visita a MMC

"Después de todo, cualquier tipo de conocimiento implica auto-conocimiento."

Bruce Lee

Ciudad de la luz, martes 20 de Septiembre de 2.044
9:34 AM

-Buenos días Lorena- dijo Mark a la recepcionista de Mejora Mental Corp.- creo que el director Manuel nos espera.
-Los agentes Donovan Sánchez y Mark Vela, si no me equivoco –dijo ella risueña.
-Así es.
-Un segundo - pulsó una serie de teclas en su consola y al instante dijo:
-Pueden pasar a la sala de espera.
-De acuerdo - dijeron ambos, y se dirigieron a la sala de espera que ya conocían del día anterior.
Una vez en la sala, ambos se sentaron en las sillas existentes y Mark preguntó lo que había estado rumiando un buen rato y la curiosidad le reconcomía.
-¿Qué tal te fue ayer con Erika?
-¿Acaso te importa lo que Erika y yo hagamos? será cotilla... - respondió Don dándose aires de altanería.
-La verdad es que no demasiado, pero sí que me dio lastima perderme el final de la película que te montaste, además creo que tienes una apuesta con Vic, solo trato de saber de qué lado se está inclinando la balanza.
Don pasó de una cara de hermetismo a una de tristeza fingida en un santiamén.
-Creo que Victoria tenía razón, tendré que esperar mucho a que esa tortuga asome la cabeza del caparazón, y no creo que tenga paciencia.
-¿Tan pronto te das por vencido? Eso solo puede significar una cosa.
-¿Qué cosa?
-Que no la quieres de verdad, que es simplemente otra escala en tu discurrir por el océano de mujeres, no es el puerto definitivo que tanto dices ansiar.
-¿El puerto? ¿Has leído esa definición en una novela barata?
-La verdad es que se me acaba de ocurrir, pero pudiera ser perfectamente la definición del amor en una novela ñoña.
-Si tuviera la más mínima posibilidad de tener una relación con ella da por hecho que la exprimiría al máximo, pero esa posibilidad la veo imposible mientras ella siga ciega por otro.
-¿Por otro? ¿Está enamorada?
-No me lo explico, será porque eres medio lelo y aún no te has dado cuenta de que está loca por ti.
-¿Por mí?-dijo Mark sorprendido- ¡pero si tú tienes mejor percha que yo! además, tú estás disponible y dispuesto, cosa que yo no.

-Tienes razón, pero te olvidas de lo más básico, es mujer, y las mujeres en la cuestión del amor son muy diferentes.
-¿Y qué cambia el hecho de que sea mujer?
-*Ay, mi querido Mark,* qué poco sabes de las mujeres, nosotros somos perros de presa en cuanto al emparejamiento se refiere, vamos como locos a por una, y si esta nos falla vamos a por otra como si la primera no hubiera existido jamás, pero lo más increíble es que si la segunda también nos rechaza vamos a por una tercera, podemos pasar una colección de pretendidas sin aparente final hasta que finalmente una dice que sí a nuestra propuesta, y esa, solo esa, es nuestra verdadera princesa amada, olvidando la retahíla de calabazas previas. Por poner un símil, es como si tuviéramos dispuestos un montón de platos en línea, cada cual con un manjar diferente, y fuéramos probando de cada uno, sin embargo en todos nos fueran prohibiendo comer, siguiéramos probando así sucesivos platos, hasta que por fin nos dieran permiso para comer de uno de ellos. Pero ellas... - dijo mesándose el cabello con ambas manos y reclinándose hacia atrás a la par que exhalaba un profundo suspiro- ellas no, amigo. Ellas eligen un plato, el plato en mayúsculas, y aunque probablemente tengan a otro en la recamara, la diferencia radica en que en lugar de tener puestos los platos en una línea, los ponen en fila, una larga fila. Y van a por el primero con una determinación implacable, y aunque sean rechazadas, insisten, traman, urden estratagemas y siguen con ese plato entre ceja y ceja, y solo después de un prolongado tiempo llegan a darse por vencidas, plazo que para nosotros sería una eternidad, entonces, y solo entonces, se relamen las heridas y acto seguido después de un razonable periodo de duelo pasan al segundo plato de la fila, no sin un halo de melancolía pero sí con la misma determinación con la que fueron a comer del primer plato. Para entonces nosotros hemos olisqueado y recibido un sinfín de noes y alguna colleja a cambio de un sí.
Nuevamente Mark se sorprendió de la profundidad de las disquisiciones de su amigo, pudiera ser que estuviera en lo cierto, y pudiera ser que no, pero estaba claro que en lo que a emparejarse se refería, Don tenía mucha más experiencia que él. Por simple estadística Don podría estar más cerca de la realidad de las mujeres de lo que él nunca lo fuera a estar, del mismo modo que Don jamás llegaría a estar tan cerca del alma de una mujer como él lo estaba de la de Victoria. A lo mejor no era una cuestión de hombres y mujeres, sino de personas, pero como Don estaba en el bando de los superficiales, pensaba que todas las mujeres eran profundas. Para llegar a comprender eso requería un compromiso tal por parte de Don que tendría que cegar a su amigo ante la presencia y los encantos de una belleza como la de Erika, y eso era demasiado para el bueno de Don, Mark prefirió no compartir sus pensamientos con Don, al fin y al cabo no era más que una opinión personal .
En ese momento Angie, la chica desasosegada, apareció por la puerta haciéndoles un ademán para que les siguiera por el mismo recorrido que el día precedente. Una vez estuvieron en el despacho del Director Manuel volvieron al mismo ritual de la jornada anterior, con la diferencia de que esta vez eludieron la ceremonia de las presentaciones. Mark y Don se sentaron frente al director Manuel y éste, después de saludarlos, les ofreció algo de beber.
-¿Desean algo, caballeros? ¿Un té? ¿Una limonada?
-Nada para mí, gracias-dijo Mark.
-¿Tampoco usted desea nada, agente Donovan? -preguntó el director Manuel mirando al interpelado.

-Si pudiera ser un vaso de agua, por favor.
-Por supuesto, Angie se lo traerá inmediatamente.
-Muy amable de su parte.
-Y bien, caballeros ¿qué les trae a esta nuestra casa? Perdón, que desconsiderado he sido, casi lo olvido, Mark ¿recibió usted el obsequio que le enviamos?
-Si-carraspeó Mark- gracias, le estoy muy agradecido, era mucho más de lo que le pedí y con mucha mayor prontitud de la esperada.
-No es molestia por favor, es Marketing, con mayúsculas; si logro convencer a las autoridades de la inocuidad e idoneidad de nuestro producto estrella, muchos vendrán detrás a comprar más confiadamente nuestros servicios. Es una vieja táctica en el marketing la entrega de muestras gratuitas a modo de obsequio para que el público objetivo las pueda testar y comprobar las bondades de lo que se le ofrece.
-Los cárteles de la droga debieron de aprender en la misma escuela que ustedes –dijo Don muy serio, el director Manuel pasó por alto la impertinencia, Mark miró a su compañero sorprendido por tamaña grosería.
-De todos modos no hacía falta, pero reitero el agradecimiento- cortó hábilmente Mark, si deseaban lograr información del director no podían comenzar insultándole.
-¿Lo ha probado? - dijo el director Manuel con una mirada sagaz e indisimulada curiosidad.
-Aún no - balbuceo Mark- no he tenido tiempo aún –prefirió mentir para no tener que dar explicaciones de lo sucedido con Victoria.
-Hágalo, no le defraudará, le llevará a un nivel superior de conocimiento, será consciente de cosas que hasta ahora no lo es, solo el conocimiento nos da la libertad.
-Lo haré, descuide-volvió a mentir tratando de desviar la atención definitivamente de su persona.
-Bien, a lo que íbamos ¿Qué les trae por aquí?
-Tenemos nueva información relativa a los sucesos acaecidos, información que ayer desconocíamos.
-¿Cuál es esa nueva información?
-Tenemos serias sospechas de que el Doctor Frank no se suicidó, sino que por algún motivo que aún desconocemos fue asesinado.
Un gesto de sorpresa inicial y posterior desconcierto se reflejó en la cara del director Manuel, era como si toda su saliva hubiera desaparecido instantáneamente y no tuviera más fluidos en su cuerpo para restablecer el líquido bucal. Pero después del sobresalto inicial, trató de recuperar la compostura lo mejor que pudo, intento el cual no fue suficientemente acertado pues ambos agentes se percataron de la sincera sorpresa que la noticia había supuesto para el Director.
-Bien- dijo el director Manuel después de una honda aspiración y posterior exhalación- Como... - se calló al instante, justo en el mismo instante en que Angie había entrado en la sala con el vaso de agua.
Los tres se quedaron en silencio, viendo con gestos mecánicos como Angie se acercó a la mesa y puso el vaso delante de Don, dejándolo en el mismo borde. Por un momento pareció que el vaso iba a pender y caer, Don alargó la mano instantáneamente y sin querer rozó la suave y cálida piel de Angie, ambos se miraron durante un instante y Don quedó hechizado por el suave contacto de la piel de la asistenta por unos segundos.

Angie con un gesto brusco retiró su mano, dio media vuelta y se marchó con el sigilo habitual.
-¿Qué les hace sospechar que lo sucedido al Doctor Frank ha sido un asesinato? Según me explicaron ayer existía una nota de suicidio ¿Me equivoco?- Preguntó el Director Manuel claramente recuperado del golpe inicial.
-No se equivoca, pero ayer, un poco más tarde de nuestra reunión, recibimos un anónimo advirtiéndonos del posible asesinato.
-¿Podría ver ese anónimo? Quizá pudiera aportar algo que ayudara a esclarecer el misterio.
Ambos agentes se miraron y tras unos breves instantes Don asintió; querían ver la reacción del Director Manuel, así, Mark le enseñó una copia del documento proyectada sobre la mesa con el pico proyector de su brazalete tecnológico.
En la mesa se podía leer perfectamente el mensaje.

"El Dr. Frank no se ha suicidado, lo han asesinado, no puedo decir quién soy, ni quien lo ha hecho, ya que mi vida correría peligro, solamente les diré que Mejora Mental Corp. no es lo que parece"

-¡Pero por dios! ese mensaje es intolerable - saltó el presidente como un resorte visiblemente alterado al leer la última frase -. Espero que sean conscientes del daño que puede hacer a esta compañía la divulgación de ese mensaje ¡Es un mensaje que no dice nada y lo dice todo!
-¿A qué se refiere con todo?
-¿Cree usted que sería beneficioso para usted que su nombre apareciera al lado de la palabra asesinato, y posteriormente se dejara caer una sentencia sobre usted tan ambigua como esa? MMC no es lo que parece ¿Qué parece? Y ¿qué no es? ¿No parece tan bueno como parece? ¿No es buena para la gente? ¿La organización asesina? Ustedes saben cómo es la gente, deles un poco de cuerda y ellos harán el resto, la divulgación de ese mensaje supondría la suspensión de millares, o centenares de millares de pedidos, solo por el "algo habrá", y eso no gustaría a nuestros inversores. Me tienen ustedes que garantizar que ese mensaje no se hará público bajo ningún concepto y en caso contrario les hago a ustedes responsables de las consecuencias que pudiera haber, y créanme si les digo que no les conviene enfadar a los propietarios de esta compañía.
-No se preocupe, ese anónimo está bajo secreto de sumario, es información confidencial; ahora que ha hablado de los inversores y los propietarios, esa era la siguiente pregunta. ¿Sería posible conocer más acerca de su organización? Más que nada por disipar las dudas que este escrito anónimo puedan hacer surgir.
El director Manuel quedó pensativo.
-Ayúdenos a ayudarle – dijo Mark tratando de ser lo más convincente posible.
Finalmente, el director Manuel después de una breve reflexión preguntó - ¿Qué necesitarían conocer? –Mark pensó por un momento que el juez Pablo Branson no iba a ser necesario al ver la reacción del director Manuel.
-Un listado de personal trabajador de MMC, así como del personal de las subcontratas que pudieran tener acceso al Doctor Frank ; es evidente, vista la nota, que alguien de dentro fue quien la escribió, otra cosa será que en la misma nos contara la verdad o no.

-Me temo que eso va a ser imposible, tienen que comprender que nosotros colaboramos con el gobierno en aras a mejorar el ejército que nos pudiera defender de posibles enemigos contrarios a los intereses de nuestro país - ¡Que lista es Erika! Pensó Mark, había dado en el clavo sin necesidad de hablar con nadie, únicamente hojeando el historial de Mejora Mental Corp. pudo anticipar la respuesta del director Manuel.
-De acuerdo, es comprensible su postura, supongo que por el mismo motivo tampoco podremos conocer el listado de inversores, así como de los accionistas.
-Imposible me temo, es inconcebible que esa información sea dada a cualquier persona, incluso estando bajo las inoportunas y tristes circunstancias actuales, supongo que lo comprenderán.
-Hágase un favor, y de paso ayude a esta corporación que tan vehementemente defiende, al menos tendrá que concedernos algo, de lo contrario pensaremos que está usted obstruyendo una investigación criminal –No quería sonar amenazador, pero si lo suficientemente firme como para que el director les diera puerta como a dos pardillos.
-¿Qué tiene en mente señor Vela?
-¿Sería posible hablar con alguien cercano al Doctor Frank? Alguien que supiera en qué andaba metido, que conociera su trabajo.
-Imposible me temo.
-Mire –dijo Mark con una creciente indignación- una cosa es que amparándose en secretos militares no nos dé acceso a ciertos datos, otra cosa es que no nos deje interrogar a nadie cuando hay un posible asesinato sobre la mesa, en serio le pregunto y de paso advierto, si sabe usted que eso es obstrucción a la justicia ¿sabe que en ese caso el que se juega el pellejo es usted en persona y no su empresa u organización? Deje de proteger a quien esté protegiendo y empiece a colaborar o de lo contrario le saldrá a usted muy caro.
El director Manuel se quedó lívido, por un momento pareció que iba a quedarse petrificado allí mismo, se veía que estaba rumiando su respuesta, pero cada vez que parecía que iba a romper a hablar otro pensamiento le venía a la mente y acallaba la incipiente frase . Estaba claro que no quería dar información comprometedora porque después tendría que dar cuentas ante el presidente y el consejo de administración, pero tampoco quería verse inmerso en una causa contra su persona, estaba en un dilema de proporciones considerables.
-Está bien- claudicó finalmente el director Manuel - pueden hablar con la Doctora Ana S. Márquez, era la colaboradora habitual del doctor Frank, Angie les acompañará, espero que con ello redacten en sus informes que he colaborado en lo que he podido.
-Gracias- dijo en un tono seco Mark; una vez serenado se dio la vuelta, no sin antes sostener una escrutadora mirada al director; finalmente se retiró siguiendo a la servil Angie.
-No obstante- vociferó el director Manuel envalentonado por la falsa sensación de seguridad que la distancia ganada le daba- si una sola letra de ese anónimo o de su contenido sale a la luz pública dense por muertos, profesionalmente hablando quiero decir – corrigió al darse cuenta de la reacción de los dos agentes- , no volverán a investigar nada en su vida, y se podrán dar por satisfechos si logran seguir siendo representantes de la ley.

Cuando hubieron salido de su dependencia, el director Manuel con pasos nerviosos se dirigió a la puerta que daba al despacho del presidente, las piernas le temblaban,

sentía las manos sudadas, estaba siendo un mal día, tecleó el código en la consola y entró con paso titubeante.
-¿Y bien? –se oyó la gutural y ronca voz del presidente desde la penumbra de la sala gemela del director Manuel.
-Señor, yo...., esto.....creen que lo del Doctor Frank ha sido un asesinato.
-Hum... - Se escuchó al fondo de la sala, parecía que la maquinaria mental del presidente iba a toda máquina- ¿y qué les ha hecho pensar eso?
-Han recibido un escrito anónimo indicando ese extremo.
-¿Un anónimo de quién? – exclamó el presidente alzando la voz dejando entreverada una sensación de debilidad, alguien les había traicionado.
-Parece que de alguien de la organización señor.
-¡Maldita sea! -masculló el presidente entre dientes- tenemos una rata.Quiero que inicie una investigación interna inmediatamente, si tenemos un topo o varios, los tenemos que localizar cuanto antes y acabar con ellos de inmediato.
-Si señor presidente.
-Además, con respecto a esos agentes, creo que ha llegado el momento de activar el protocolo de seguridad y protección de nivel número uno.
-Oh, señor, no creo que eso sea necesario, están investigando porque alguien de aquí cometió la estupidez de enviar una nota anónima. Están investigando el suicidio o el posible homicidio del Doctor Frank, no han hecho mención a la organización.
-Director Manuel- Dijo el presidente con evidente irritación- ¿es usted consciente de lo que la organización, y por ende usted y yo mismo nos jugamos? No sea usted ingenuo, la investigación de lo sucedido al Doctor Frank llevará inexcusablemente pareja la investigación del contexto del Doctor y eso supone investigar esta corporación. No podemos correr el más mínimo riesgo de que dos agentes husmeen en los asuntos de Mejora Mental Corp.
-Tiene usted razón, señor presidente - concedió el director Manuel, no quería contrariar, y de paso irritar, más al presidente.
-Pues no se hable más, active el protocolo uno de seguridad inmediatamente y manténgame informado.
-Como ordene - dijo el Director Manuel, haciendo una exagerada reverencia a la vez que abandonaba la sala apresuradamente.
-Patético. – dijo el presidente para sí sin que el director le llegara a oír.

Una vez estuvieron en el laboratorio donde el Doctor Frank había fallecido se les acercó una chica morena, tirando a mulata, de gran belleza, alta, en torno al metro ochenta, con el pelo corto, una nariz chata, unos labios carnosos, sensuales, el pelo negro azabache y unos ojos negros que daban vértigo; toda ella iba vestida con una bata blanca de laboratorio y uno zuecos blancos del tipo de los que se usan en hospitales.
-¿Los agentes Donovan y Mark?
Esta vez se adelantó Donovan al ver la belleza de la interlocutora- presentes, señora...
-Señorita, mejor llámenme Doctora Márquez, Doctora Ana Márquez.
¡Bien! Pensó Don, una buena candidata para ser la señora de Donovan Sánchez.
- ¿Cuál es su ocupación aquí Doctora Márquez? – Preguntó Mark mirando con renovada curiosidad al inconsistente, por no decir insulso de su compañero.

- Era habitual colaboradora y colega del Doctor Frank, me han dicho que tienen algunas preguntas que hacerme ¡Pues bien! Aquí me tienen ¿qué quieren saber?
-¿Desde cuándo colaboraba usted con el Doctor Frank?
-Desde que nos contrataron a ambos para comenzar con este estudio.
-¿Eso fue hace...?
-Oh, perdón, hará cinco años aproximadamente.
-¿Cuál es su especialidad? – intervino Mark.
-Soy neuróloga.
-Entiendo que conocía todo el proceso, experimentos, avances científicos que aquí se gestaban entonces.
-En muchos aspectos sí, colaboré activamente en más de diez patentes para el desarrollo del producto estrella, el que hace que esta corporación sea de las más rentables del país.
-¿Está refiriéndose al chisme ese? – dijo Don centrado en el cuerpo de su interlocutora.
-Efectivamente, me refiero al casco de implantación – dijo visiblemente molesta por lo poco acertado de la definición del casco y por la lujuriosa y poco elegante mirada del detective más alto.
-Dígame ¿cuantas patentes fueron necesarias para el desarrollo del casco de implantación? – Cortó Mark tratando de disimular el rudo comportamiento de su compañero.
-Doce, fueron necesarias doce patentes.
-En ese caso, ¿se podría decir que usted sola podría diseñar un casco de implantación?
-Lamentablemente no. En este sitio se toman muy en serio todo el tema de la seguridad en cuanto a las patentes clave, y yo no tenía, ni tengo, acceso a todos los conocimientos necesarios para poder construir un casco de implantación por mí misma.
-Dígame ¿Quién desarrolló las otras dos patentes necesarias?
-El Doctor Frank, por supuesto.
-¿Colaboró alguien más para el desarrollo de esas dos patentes?
-No, él en exclusiva fue quien las desarrolló.
-¿Supongo entonces que eran importantes esas dos patentes?
-Ya lo creo, eran vitales si me permite la expresión, una era específicamente el núcleo de la implantación en sí.
-¿Y la otra?
-No lo sé.
-¿No lo sabe?
-No, medidas de seguridad, ya sabe...
-¿Ni siquiera tiene una noción de que era? O ¿Qué podía ser?
-Ni siquiera sé si esas patente están integrada en el casco de implantación.
-Ya veo - intervino Don poniendo nuevamente aire de interesante- ¿Cuál era su relación con el doctor?
-Ya se lo he dicho- titubeó- éramos colegas.
Mark no sabía cómo lo hacía Don, pero el titubeo de la doctora le decía que había encontrado algo.
-¿En lo personal? Prosiguió Don sin soltar a la presa.
-Bueno, éramos muy amigos, ya sabe...al final tantas horas juntos...

-Ya, el roce crea cariño y el cariño puede llevar a algo más ¿me equivoco?
En ese momento la doctora Ana Márquez se derrumbó, el muro de contención cedió subrepticiamente desparramando en su mente todos los sentimientos, hechos, dolores relacionados con el Doctor, en un momento toda su entereza se vino abajo y comenzó a llorar desconsoladamente.
-Mantuvimos una relación, una maravillosa relación, pero no sé por qué los últimos tres meses la actitud del doctor cambió radicalmente hacía mí, sabía que me seguía queriendo, yo lo intuía, pero lo sentía más y más distante, nuestros encuentros fueron cada vez más esporádicos, hasta que hace dos meses nuestra relación pasó a ser la de simples colegas, como si nada hubiera pasado nunca, eso me destrozó, no obstante tuve que hacer de tripas corazón para seguir viniendo a trabajar codo con codo con él.
-No se preocupe- aprovechó Don para abrazarla con la excusa del consuelo, mirando a Mark por encima del hombro de ella y guiñándole un ojo a este.
Mark pensó que la teoría de los platos alineados de su amigo se estaba mostrando en toda su verdadera dimensión ante sí mismo. Estaba perplejo- Anoche parecía que el mundo se acababa con Erika y en cuanto se le había puesto Ana a tiro, una mujer con las defensas evidentemente bajas, ahí estaba el verdadero Don para cubrir el hueco interestelar dejado por la muerte del Doctor Frank en el alma de esa pobre mujer- Le recordó una escena de una cacería en la que una indefensa presa queda herida y ahí aparece la en este caso desmemoriada hiena, con buena intención, pero hiena al fin al cabo.
Mark concentró su atención en los hechos que estaban sucediendo ante sí, tenía a Ana vulnerable debido al asunto sentimental, probablemente esa barrera no estaría abierta mucho tiempo, así que Mark decidió añadirse a la jauría de hienas pero con otra intención.
-¿Cree usted que el Doctor Frank fue asesinado? Soltó a bocajarro.
Ana se sintió violenta, estaba en un momento íntimo,de soledad y con el corazón roto, no podía tragar más bilis, ese amargor que la había carcomido durante los últimos tiempos estalló en un brote de ira incontrolado. Se giró de ipso facto y rápidamente comenzó a maldecir a Mark a la vez que salpicados entre sollozos e insultos dijo- ¡Pues claro que lo han matado!- y en ese momento quedó petrificada, quieta, la tez pálida a pesar de su natural moreno, los labios le temblaban, se sorbió los mocos, se puso ambas manos en la cara y nuevamente comenzó a llorar.
-Esto es demasiado, por dios.
Don acudió nuevamente presto a consolarla, la abrazó y suavemente la meció a la vez que pasaba su fuerte mano por el cabello de la bella mujer.
-¿Quién fue?
-Basta -dijo ella, entre sollozos- no entiende en el juego en el que se están metiendo, aquí no es seguro hablar, está todo bajo control. ¡Déjeme en paz! –le grito con los ojos en lágrimas.
Mark se quedó quieto un instante, después iba a decir algo, pero Don, en silencio, le hizo el gesto de negación dejando claro que ni siquiera una hiena podía aprovechar un momento de debilidad de esa forma tan miserable. Mark comprendió, había logrado el propósito buscado y podía posponer el siguiente asalto, alargó el brazalete tecnológico hasta el de ella y le dijo.
-Cuando esté dispuesta a hablar, llámeme- ella, sin mirarlo, con el rostro hundido en el pecho de Don, se dejó hacer; Mark agarró su brazo dejando a la vista el brazalete

tecnológico de ella y los datos de contacto se entrecruzaron en algún punto del ciberespacio.
-¿Nos vamos, Don?
-Si no te importa, tengo que hablar con alguien aquí- le dijo guiñando un ojo.
Hiena, su amigo era una hiena, se fue a casa a comer con Victoria.
Cuando salía del edificio y se dirigía a la terminal de coches autómatas recibió una llamada.
Beep-Beep- Resonó su brazalete tecnológico.
-Dime, Erika.
-He hablado con el jefe Goldman.
-¿Qué te ha dicho?
-Me ha costado convencerlo, pero después de hablar con mi equivalente de homicidios, un tal Andrea García, nos ha asignado el caso, parece que andan escasos de efectivos.
-¡Bien!
-Hay un pero.
-¿Cuál?
-Nos van a asignar a un detective de homicidios, es la única condición que me ha puesto el jefe Goldman; dice que si las cosas salen bien será todo maravilloso y nos congratularemos en el jolgorio, ya sabes lo irónico que puede llegar a ser, pero que si salen mal quiere poder repartir la mierda entre todos.
-Este Goldman, siempre tan precavido.
-No olvides que además de agente de la ley tiene alma de político, y si hay éxito aparecerá en las pantallas de todos los aparatos en los que sea posible salir, pero si sale mal saldrán nuestros nombres y el de ese detective de homicidios como únicos responsables del desastre.
-Estoy de acuerdo, no obstante este tipo de cuestiones siempre ha sido así. Por otro lado, si ese es el precio a pagar para que nos den oficialmente el mando de la investigación, me parece razonable además de habitual. No creo que lo vayamos a hacer tan mal, y veremos cuál es la eficacia de ese agente de homicidios; por muy patán que sea, si es que lo es, será difícil que vaya a echar la investigación al traste ¿Cómo se llama?
-Ente, Ente... -parecía que lo estuviera consultando en algún sitio a la par que hablando- Torres Swarz ¡Menudo apellido!
-¿El nombre no te ha llamado la atención? Investígalo un poco por mí ¿vale, jefa? Me gusta saber con quién me juego los cuartos.
-¿Quién tiene que dar órdenes a quien, mequetrefe? – dijo con cariño.
Mark pensó que su amigo estaba en lo cierto en lo concerniente a los sentimientos de su jefa hacia él, jamás la había oído hablar con semejante condescendencia a Don, esperaba que eso no le creara problemas en el futuro inmediato.
-Lo sé, jefa, pero es que ando liado y como te he dicho me gusta saber en quién confiar y en quién no.
-Vaale- voz condescendiente otra vez- ¿Qué tal vuestra visita a MMC?
-Me temo que el juez Pablo Branson va a tener que ser nuestro aliado. No hemos podido saber nada de lo que es la organización.
-¿Nada en absoluto?

-Nada de nada, se han cerrado como un puerco espín, amenazando con que como algo de la nota anónima salga a la luz vamos a tener que limpiar los baños de todo el departamento para los restos de nuestra vida profesional.
-Vaya con los de MMC ¿Por qué has incidido en "nada de la organización"?
-Porque nos han dejado hablar con la colaboradora del Doctor Frank, la Doctora Ana Márquez.
-¿Podría ser la A. de la nota de suicidio?
-Eso mismo he pensado yo, pero hay más.
-¿Qué os ha contado?
-Nos ha declarado que mantenía una relación con el Doctor Frank hasta hace no mucho, un par de meses.
-Eso le da más fuerza a la alternativa de pensar que es la A. de la nota de suicidio ¿no crees? Si no recuerdo mal era "mi querida A".
-Es muy posible, pero hay más.
-¿Más? Veo que la mañana ha sido productiva ¿qué es lo que habéis descubierto?
-En un momento de debilidad se ha hundido, y ha confesado que cree que el Doctor Frank ha sido asesinado.
-Hum... Interesante, comienzan a ser varias las voces que apuntan en esa dirección.
-¿Estás pensando lo mismo que yo?-Preguntó Mark.
-No lo sé ¿en qué piensas tú?
-Que si ella es la A. de la nota de suicidio, y que si tal y como ha declarado cree, o sabe, que la muerte del doctor Frank ha sido un asesinato, puede ser que sea ella quien ha escrito el anónimo. Todo cuadraría a la perfección y aparentemente sería un caso muy fácil de solucionar.
-Puede ser ¿acaso creías que por ser un caso de asesinato iba a ser como en las novelas policiacas? ¿Algo rebuscado con agentes internacionales metidos en la trama? –dijo Erika con voz de retintín.
-Tal vez; pensaba que para una vez que nos tocaba una investigación diferente a las sustracciones de datos y cosas del estilo podía hacernos la vida interesante durante un tiempo.
-Generalmente los casos de asesinato son fácilmente solventables, no hay más que mirar en el círculo más cercano del finado para encontrar las primeras pistas, y en muchas ocasiones al propio asesino.
-Por una parte sería mejor, pero por otra se nos acabaría este paréntesis y volveríamos a la aburrida rutina de los crímenes tecnológicos.
-Te tengo que dejar Mark, que tengo una reunión pendiente.
-Hasta luego Erika.
-Adiós.

CAPITULO VIII – VIC Y EL CASCO DE IMPLANTACIÓN

El conocimiento es como el fuego, que primero debe ser encendido por algún agente externo, pero que después se propaga por sí solo.

Ben Jonson

Ciudad de la luz, martes 20 de Septiembre de 2.044
13:34 PM

Victoria no podía resistir más la tentación, se estaba comiendo la cabeza de una manera atroz. Quería probar el casco, necesitaba probar el casco, estaba allí mismo, en el armario de la sala. Tan cerca que lo podía tocar con las yemas de sus dedos, tan lejos que la advertencia de Mark resonaba como un eco eterno en el interior de su cerebro. Finalmente, en un arrebato lo cogió, se lo puso en la cabeza, hizo los preparativos, iba a encenderlo... y sonó el teléfono.

¡Beep-Beep!

Dejó cuidadosamente el casco en su sitio y miró el brazalete tecnológico, era Elena, su amiga del gimnasio.

-Buenos días Elena, ¿Qué te cuentas?

-Buenos días Vic., te he llamado para comentarte que esta tarde no me esperes para ir al gimnasio, tengo un resfriado importante, y por más que haya avanzado la medicina en los últimos años me sorprende que no sean capaces aún de curarlo en menos de veinticuatro horas.

-Tienes razón, pero por otra parte imagínate lo que debía de ser para nuestros abuelos hace una pila de años, no se pasaban veinticuatro horas resfriados, eran al menos tres o cuatro días.

-Es verdad, recuerdo que mi abuela decía que la gripe, ya sé que no es lo mismo que un resfriado, se curaba en siete días con medicinas o en una semana de cama sin ellas, para que veas la efectividad que tenían las medicinas a principios de siglo.

-¡Que gracia! mi abuela decía lo mismo, sería verdad entonces.

-Desconozco como serían los resfriados de aquella época, pero las gripes debían de ser de aúpa, se hacían vacunaciones en masa por temporadas, es más, debían de anunciarlo como las previsiones meteorológicas, este año la gripe se prevé ataque fuerte- dijo simulando la voz de un presentador de un informativo.

-¡Uff! Menos mal que ya se erradicó la gripe, perder una semana me parece una eternidad.

-Bueno, según se mire- dijo Victoria suspirando- según mi abuela, cuando era niña, aprovechaba esa semana, o al menos lo últimos días cuando había recobrado algo de fuerza, para ponerse al día con las materias del colegio o para leer algún libro interesante.

-Ya, pero ahora no va a hacer falta ponerse al día con las materias del colegio, con el maravilloso casco de Mejora Mental Corp. Es facilísimo –aprovechó Elena para pavonearse por su última adquisición tecnológica.

Victoria sintió una punzada de intriga elevada a la enésima potencia en su fuero interno. Elena había probado el casco y era la misma de siempre, no había cambiado en nada, al contrario, se la veía mejor que nunca.
-Oye, Elena, a propósito del casco, tengo una pregunta que hacerte.
-Dime, querida.
-¿Duele la implantación?
-Ja,ja,ja -se oyó una carcajada al otro lado del hilo- para nada, mujer, la implantación es placenteramente maravillosa.
-¿Qué sientes?
-Nada, es como echarse una siesta, más etéreo aún. Te pones el casco, comienza una música relajante y para cuando te das cuenta te despiertas, si es que te has llegado a dormir, que no lo sé, y de pronto ves que sabes un montón de cosas que no sabías.
-Ya... verás, es que tengo uno y no me atrevo a probarlo.
-¡Victoria! Tú crees que si eso fuera malo ¿las autoridades sanitarias no lo habrían prohibido ya?
-¡Eso es! ¡Exactamente eso mismo es lo que le digo a Mark! –Se alegró de tener una aliada en su bando, alguien que pensaba como ella, alguien quien había andado la senda que ella quería recorrer y los prejuicios de su novio le impedían emprender.
-¿Es Mark el que pone reparos? Ni caso, mujer, yo llevo descargados dos programas y me puedes preguntar lo que quieras acerca de la cultura griega y romana, lo sé todo, es maravilloso, veo las esculturas con otra mirada, la pintura, incluso las películas que versan sobre esas temáticas; el conocimiento hace que todas las cosas sean mucho más interesantes de lo que a priori parecían.
Un nuevo pinchazo atravesó la sien de Victoria; Grecia y Roma, precisamente lo que a ella mayor interés le suscitaba y había estado preparando para la implantación antes de que Mark la cortara bruscamente.
-De acuerdo, Elena, me has convencido, lo voy a hacer ahora, y con un poco de suerte él no llegará a tiempo para ver nada y yo podré demostrarle que la implantación no me ha cambiado para nada.
-Vamoooss- se oyó al otro lado del comunicador en el lapso de tiempo que necesitó Victoria para cortar la comunicación.

Colgó el teléfono y fue rauda a preparar el casco, se acomodó en el sofá, encendió el implantador, al estar hecha la sincronización previamente, la pared tecnológica le mostró el punto donde lo había dejado la última vez, la cultura romana, democracia e imperio romanos; debajo volvía a aparecer el cuadro de diálogo donde debía insertar el código promocional. Cogió el pedazo de papel donde aparecía el código e insertó los catorce números, sin embargo en el último dudó...

...Tras unos momentos de incertidumbre y pensarlo mejor finalmente decidió cambiar de materia. Necesitaba demostrar a Mark que la implantación había funcionado y demostrarlo mediante conocimientos de culturas clásicas era más difícil de probar. Cambió la materia, pasó a idiomas y seleccionó la lengua Francesa; menuda sorpresa iba a dar a Mark cuando la encontrara hablándole en la lengua de Molière. Pulsó el botón de activación, no sin cierto nerviosismo, y esperó.

En unos momentos el casco se activó, bajando unas gafas de cristales oscuros ocultas en la estructura del casco, Victoria se relajó, y a los pocos segundos, tras unas instrucciones de confirmación de usuario y del archivo a implantar, tal y como su amiga le había comentado comenzó a oír una música suave...

...El cielo se veía azul, la sensación térmica era de un calor agradable, sentía estar en tumbada plácidamente en una hamaca en la playa, la música era muy suave y rítmica. El sol se iba desplazando poco a poco hacía el horizonte, a ella se le entrecerraron los ojos, el sol se ponía, lentamente, los rayos de luz rebotaban en las placidas aguas de la bahía que tenía enfrente, poco a poco el viento se fue aquietando, pasando a ser una ligera, reconfortante y cálida brisa, la música fue bajando paulatinamente el volumen. Era como sumirse en un sueño; cuando los últimos rayos de sol hubieron desaparecido comenzaron a vislumbrarse lo que a ella le parecieron estrellas fugaces en el firmamento; al principio parecían descoordinadas, sin orden ni concierto, pero poco a poco iban adquiriendo un cierto ritmo y orden, e iban formando letras, ***sí***, letras que se iban uniendo y configuraban textos; el cielo estaba ya completamente negro y los textos se sucedían cada vez a mayor velocidad; de repente comenzaron a intercalarse imágenes, ella las veía nítidas, y se le grababan mediante los implantes de la cabeza y los efectos sensoriales a una velocidad increíbles. Después de los textos y las imágenes, comenzaron a aparecer fragmentos de diferentes videos a una velocidad inimaginable, sin embargo ella los percibía cada vez con mayor nitidez, como si alguien estuviera sincronizando la velocidad de proyección con la de asimilación de conocimientos; si las proyecciones fueran un poco más despacio le sobraría capacidad de atención y eso haría que se despistara, si fueran un poco más rápido, a pesar de que iban a una velocidad endiablada, comenzaría a perder detalles y en última instancia, se perdería. El sistema de implantación del casco era prodigioso.

Mark llegó a casa para comer un poco antes de lo habitual, después de la visita a MMC; en cuanto hubo cerrado la puerta, la sorpresa que se llevó fue mayúscula, la sala estaba en penumbra y Vic estaba recostada en el sillón, con el casco puesto. Este parecía funcionar a tenor de las luces que iban haciendo parpadeos inconstantes y repetitivos.
- ¡Maldita sea! - masculló Mark. En un primer momento su instinto le pidió quitar ese artefacto de la cabeza de su novia, pero cuando se encontraba a escasos centímetros se detuvo - ¿Qué podría pasarle a Vic si a mitad de implantación le quitara el casco?- acto seguido, no pudiendo contener su enfado, decidió meterse en la ducha para no tener que enfrentarse a Victoria en ese estado, tenía que serenarse antes de enfrentarse a ella.
Una vez metido en la ducha comenzó a cavilar cual podía haber sido el motivo para que ella lo contradijera.
-¿En qué diablos estabas pensando Vic? – se preguntó a sí mismo - Ayer mismo le dije que no sabíamos lo que ese casco podía representar, probablemente no sea nada, pero ¿y si lo es? ¿Qué ocurrirá si a raíz de lo que ese casco le haga Vic no es nunca más la Vic que yo quiero? Espero que todo vaya bien. Y aunque no era demasiado religioso imploró a dios por primera vez en su vida adulta- ¡Dios mío! no dejes que le suceda nada- Posteriormente pensó que a lo mejor se estaba dejando llevar por fantasmas

inexistentes empujado por las peroratas de su compañero; finalmente, diciendo un "mejor será" entre dientes, dejó de torturarse mentalmente y cerró la llave del grifo. Comenzó a secarse lentamente, pensando aún en las posibles consecuencias de un cambio en Victoria contrario a los intereses de pareja de ambos, se preguntaba cómo reaccionaría a un pequeño cambio de ella, incluso al hecho de que si ella no cambiaba su manera de ser, el simple hecho de tener muchos más conocimientos podía hacer que cambiara. ¿Se volvería un tostón estar con ella por volverse una repipi? Copérnico descubrió tal, Galileo cual, y Da Vinci... - Me estoy volviendo loco yo solo, seguramente nada cambiará y aquí estoy haciendo unas cábalas, mejor me callo y veo qué sucede. Salió del dormitorio y Victoria estaba en la mitad del salón contemplándolo con una sonrisa de oreja a oreja y en un aparente estado de Relax.

- ¡Pero qué has hecho! Insensata, más que insensata.
- Bonjour, comment vas tu? Moi, je vais super bien.
-¿Qué? – dijo él, horrorizado.
-Mark, déjame que te explique antes de que te pongas impertinente- dijo Victoria poniéndose en pié de guardia al ver el gesto de terror de su amado.
- A ver, dime ¿qué excusa vas a soltar para justificar que hayas hecho caso omiso de lo que ayer tu y yo pactamos?- dijo furioso.
- ¡Mark! escúchame antes de juzgarme.
- ¿Qué tengo que escuchar? ¿Una burda excusa para justificar que te hayas puesto ese chisme del que no sabemos nada? Me diste la palabra de que no lo ibas a utilizar - Más furioso aún.
-¡Mira, Mark!- dijo ella a grito pelado- si esto se va a convertir en una pelea de tu ego contra el mío prefiero que lo dejemos aquí antes de que nos hagamos daño de verdad.
Ante las palabras de Victoria, Mark se sosegó un tanto y por fin se prestó a escuchar.
-Dime- ladró con el gesto torcido y la mirada perdida en el suelo.
-Veras, Cariño- dijo ella tratando de suavizar la conversación, haciendo un gesto con ambas manos tratando de acompañar a sus palabras- He hablado con Elena, mi amiga del gimnasio, y me ha dicho que se ha implantado dos cursos de MMC, y ella es la misma, no le ha ocurrido nada, está incluso mejor que antes, se la ve feliz.
-Ya cariño, que sí, pero recuerda que al que se emborracha también se le ve feliz las primeras horas ¿y después? O mejor aún ¿al drogadicto?
-Mira, Mark, si quieres enfadarte enfádate, pero tienes que ser consciente de que este producto está en millones de hogares y si fuera malo las autoridades ya lo habrían retirado.
-Ya me has dicho eso antes, Vic, conozco a las autoridades y precisamente por eso te digo que hay que andar con cuidado con las tecnologías que se implantan en nuestros cerebros. Somos lo que somos por nuestros pensamientos, nuestras ideas y conocimientos, y todo ello es producto de tu cerebro y yo te quiero por ese compendio de cosas, cariño, si te faltara una pierna, o incluso las dos, seguirías siendo tú. Pero si por el contrario te achicharráramos el cerebro y éste comenzara a desvariar ya no serías tú, serías un pedazo de carne sin personalidad, sin capacidad para poder siquiera controlar el esfínter; Dime ¿qué vale más, una Victoria íntegra o un curso de Francés que puedes aprender por otros medios?

-Que paranoico eres ¿tú crees que el gobierno aprobaría algo con lo que millones de personas tuvieran el riesgo de acabar cagándose encima? Yo creo que no, el curso o conocimiento está implantado y yo soy la misma.
Mark comprendió que en eso tenía razón, el conocimiento estaba implantado ya, si Victoria había cambiado o iba a cambiar en el futuro ya no había remedio, se acercó suavemente, la abrazó y comenzó a besarla.
-Te quiero tanto... que me moriría si no te tuviera para el resto de mi vida, vivir sin ti sería como vivir muerto, sería como morir viviendo.
-Soy yo, cariño, la de siempre, te quiero igual. Le besó ardientemente y ambos abrazados se fueron al dormitorio, al altar que es una cama con sexo para perdonar y ser perdonado por nuestras pequeñas y fatuas disputas terrenales.
Mark cogió la tarde libre para disfrutar de la compañía de su novia y tratar de poner las ideas en orden.

CAPITULO IX – REVOLUCIÓN EN LA OFICINA

"Todo conocimiento tiene por sí mismo algún valor, no hay nada tan pequeño e insignificante que yo no prefiera conocer a ignorar."

Ben Jonson

Ciudad de la luz, miércoles 21 de Septiembre de 2.044
9:23 AM

A la mañana siguiente, al llegar Mark a la oficina, se encontró a todos reunidos en corrillos, la situación era inusual, parecía que algo extraño hubiera ocurrido, ni siquiera la disciplinada Margaret estaba en su sitio; para que incluso ella estuviera fuera del puesto de trabajo algo increíblemente inesperado debía de haber sucedido.

Mark se acercó al más cercano de los corrillos, donde se encontraba Erika junto con dos o tres personas de administración: Lorena, de unos veinticinco años, un poco regordeta, lo que sumado a su estatura la hacía parecer aún más gruesa, con unas gafas de pasta similares a las de Erika; a su lado se encontraba Juan, de cuarenta y cinco años, un atleta fuera de las horas de oficina; se podía apreciar su adicción al deporte observando su ancho pero no sobrado y musculado torso, los brazos finos pero igualmente musculados cruzados a la altura del pecho; tenía la cara cuadrada, con una calva que le llegaba desde la coronilla hasta la frente; para compensar la carencia de pelo se dejaba unas patillas bien luengas que le llegaban a besar la comisura de los labios; en el centro de la cara tenía una nariz chata, como si de un botón se tratara, y con los ojos muy oscuros y marrones sobre ella. Había un par de personas más que Mark solo conocía de vista pero que sabía que eran de administración. Una vez Erika lo vio, lo saludo con una efusiva sonrisa.
-Hola Mark, que alegría verte.
-¿Qué ocurre? ¿Por qué nadie está en su sitio?
-¿Es que no lo sabes? ¿No te ha llegado el casco?
-¿Casco? Repitió Mark con la boca abierta temiéndose lo peor.
-Sí, el casco que Mejora Mental Corp. nos ha regalado a todo el departamento por estar haciendo una labor tan importante para los intereses de su corporación.
-¡Erika! Dime que no lo has utilizado.
-Sí que lo he utilizado, no pude contenerme ¿por qué lo dices?
-¿Eres consciente de que además del contenido que tú has decidido descargar te pueden haber implantado fraudulentamente otro?
-¿Cómo qué? - preguntó ella con una evidente cara de confusión.
-Cualquier cosa, Erika ¡por dios! Estoy empezando a creer que Don puede tener algo de razón, tanta generosidad me hace ser suspicaz para con ellos, por cierto ¿dónde está Don?
-Me ha pedido permiso para retrasarse esta mañana, tenía que quedar con alguien de Mejora Mental Corp.

-¡Maldita sea! ¿Es que acaso habéis decidido todos contravenir por sistema y a la vez el sentido común? Tengo que llamarle de inmediato, necesito saber a qué ha ido.
-Espera, vaquero - dijo Erika mostrándose más sensual de lo habitual – Había pensado que tú y yo podíamos hablar a solas acerca del caso, repasar la documentación etc. ¿qué te parece?- dijo mordisqueando sensualmente la punta de su puntero electrónico.
Mark no sabía que creer, Erika estaba aparentemente normal, si acaso un poco más sensual de lo habitual, pero ello podía ser debido a que Don le había quitado el velo de los ojos al hacerle ver lo que ella pudiera sentir hacia él. Como consecuencia de ello pudiera ser que Mark mirara ahora con otros ojos a Erika. O quizás simplemente se podía deber al ciclo menstrual de Erika y ello hiciera que actuara de esa forma- pensó; necesitaba respirar, no sabía a qué atenerse, tenía que hablar con Don inmediatamente.
-Dime, Erika ¿todos se han descargado contenidos de MMC?
-Por lo que me han comentado antes de que llegaras, parece ser que sí.
-¿No has notado nada extraño, diferente?
-Sinceramente Mark, no creo que me hayan implantado nada diferente de la materia que pedí, me parece que estás un poco paranoico.
-Puede ser, necesito un lugar tranquilo para llamar a Don – se movió en varias direcciones y finalmente se dirigió al servicio de caballeros, allí lo dejarían en paz.
Iba a llamar a Don cuando la puerta del servicio de caballeros se abrió de golpe. Era Erika, iba hacía Mark desatada, se la notaba excitada, con los botones de la blusa sueltos; a Mark, ante lo inesperado de la escena, no le dio tiempo a reaccionar y para cuando quiso darse cuenta estaba sentado en la taza de un inodoro mientras Erika le lanzaba ardientes besos y tenía los senos al descubierto, totalmente ofrecidos a Mark. Ante tal vista Mark no pudo evitar una erección pero todavía tuvo un punto de cordura para poder quitársela de encima y salir corriendo, dejando a Erika chillando como una loba en celo tras de sí, la escena era surrealista se mirara por donde se mirara, Mark huyó despavorido de la oficina.
-¡Mark! ¡Mark, ven aquí!
¿Qué diablos le había sucedido a Erika? Jamás había perdido la compostura de esa manera ¿le habrían implantado algún dato extraño que liberase su ser más sexual? ¿Qué subiera su libido a límites increíbles? Necesitaba hablar con Don imperiosamente, necesitaba saber si lo sucedido la noche anterior tenía algo que ver, o si a él le habían hecho algo parecido. Se metió en un despacho de otra planta que parecía vacío y llamó a Don.
-Dime, Mark, buenos días.
-Buenos días Don. Me ha dicho Erika que has ido a Mejora Mental Corp.
-Eso no es cierto.
Mark se sorprendió y pensó - ¿Mentira? - Erika no había mentido nunca ¿la habrían anulado por estar acercándose a algo?
-Pero si me ha dicho que te ibas a reunir con alguien de Mejora Mental Corp.
-Eso sí es cierto.
Al menos lo de Erika no era tan grave, en vez de mentir había cambiado la literalidad de la afirmación.
-¿A quién de MMC has ido a ver?

-¿Acaso te tengo que dar explicaciones de mi vida personal? No es por motivos profesionales.
Mark pensó que el día anterior Don y la Doctora Ana podrían haber hecho buena pareja, pudiera ser que hubiera surgido la chispa del amor, además al ir a salir Don dijo que iba a hablar con alguien.
-¿Estás con la Doctora Ana?
-¿No te parece que estás siendo un poco entrometido? Mi vida personal es exclusivamente mía y no tengo por qué darte explicaciones de con quien me veo o me dejo de ver ¿Acaso eres mi madre? a la que, por cierto, tampoco doy cuentas de con quien me veo.
Mark pensó que había perdido a Don también, nunca había tenido ningún reparo en alardear de sus conquistas dando detalles de todo tipo, y lo del nombre era lo de menos- ¡Maldita sea! - Pensó que Don también habría sucumbido a la tentación del casco y que le habrían implantado algo para que estuviera en contra suya.
-Don ¿recibiste un casco de Mejora Mental Corp. ayer? – preguntó Mark deseando que la respuesta fuera negativa, cerró los ojos con fuerza en un acto reflejo.
-Recibí un paquete de Mejora Mental pero no lo abrí.
-Dime que no te has implantado nada. – Volvió a abrir los ojos y alzó una mano haciendo una señal de stop como si Don pudiera verle.
-¿Estás loco? Te he dicho que no abrí el paquete, además ya sabes que soy contrario a esas cosas, por nada del mundo me dejaría poner ese chisme freidor de cerebros sobre la cabeza.
Mark respiró aliviado.
-Dime, Don ¿Te estás viendo con la Doctora Ana Márquez?
-Mark, me estás importunando de verdad, voy a colgar.
-¡Don! ¡Por favor!
Demasiado tarde; Don había colgado.
Acto seguido llamó a Victoria.
-Dime, cariño - respondió Victoria.
-¡Vic! No te implantes más contenidos con el casco de Mejora Mental Corp.
-Ya lo he hecho cariño, no podía esperar a implantarme el conocimiento sobre la Grecia clásica; ahora puedo mantener diálogos con mi amiga Elena a un nivel que ni dos catedráticos hubieran podido, es maravillosamente increíble.
-¡No!
-¿Qué ocurre?
-Mejora Mental Corp. ha obsequiado cascos a todo el departamento y hoy Erika se ha abalanzado sobre mí como una loba en celo, jamás había hecho algo así.
-¡Maldita zorra! Ya sabía yo que la tenías loca. Cuando la vea le voy a partir la cara.
-¡Cariño, por favor! Nunca te he oído hablar así, cálmate.
-¡Tú cállate! Algo le habrás hecho a esa zorra para que se te lance así ¿Te has negado ante sus insinuaciones?
- Han sido más que insinuaciones, pero por supuesto que me he negado, cariño.
-Pero no me negarás que has sentido una excitación.
El quedó en silencio al recordar la erección que había sufrido, por un segundo rememoró la excitación que sintió al ver aquellos pechos bailar ante él y titubeó; esa fue su perdición- yo... yo....

-¡Tus dudas y silencio te delatan, Mark! ¡No te quiero volver a ver!- Gritó Victoria hecha una furia por el teléfono y cortó la comunicación bruscamente.
Él sabía que aquella no era una reacción normal, ahora tenía claro que su sospecha de que había ocurrido algo con el casco de marras era real. Sin embargo no podía, o mejor dicho, no sabía qué era lo que podía hacer, estaba cada vez más angustiado. Erika se había vuelto loca, Don le había dicho que no se había puesto el casco, pero sin embargo también tenía un comportamiento anómalo hacía él; en el momento de la conversación Mark estaba seguro de que Don estaba con alguien de Mejora Mental Corp. y éste no quiso decirle con quién. Pero por si todo esto fuera poco, era evidente que Victoria estaba trastornada; Mark no quería ver pasar las horas para tener que llegar a casa y ver qué se iba a encontrar. ¿Qué podía hacer? Solo se le ocurrió una cosa: volver al origen, volver a Mejora Mental Corp.

Cuando salía del edificio de oficinas, un hombre de aspecto lánguido, de unos cincuenta años, pelo alborotado, cara fofa pero mirada inteligente, un bigote mal cortado y una larga gabardina negra, se interpuso en su camino.
-¿El agente Mark Vela?
-Sí ¿que desea? Tengo prisa- No quería perder un segundo para saber cómo solucionar lo de Victoria y los demás problemas que parecían acumularse por momentos.
-Soy el agente Ente Torres, de homicidios, me han dicho que tengo que investigar algo con ustedes, que una tal Erika me informaría; he preguntado por ella pero nadie la ha visto, así que me han remitido a usted.
-¿Ente? ¿Qué nombre es ese?
-El que mis padres me pusieron - dijo poniendo cara de ¿y a ti que te importa?
-Bien, bien, perdone ¿le importa si nos damos los números de contacto y le llamo más tarde? es que ahora mismo me pilla en un muy mal momento.
-Bien, no hay problema - dijo alargando su brazalete para transmitir el contacto. Mark acercó el suyo y en cuanto se hubieron sincronizado, no más de cinco milésimas, emitiendo un sordo beep, se disculpó y salió a la carrera.

Capitulo X – Tercera visita a MMC

"Y mi noción del conocimiento es: elevar toda profundidad hacia mi altura."

Friedrich Nietzsche

Ciudad de la luz, miércoles 21 de Septiembre de 2.044
10:23 AM

Mark llegó a las instalaciones de Mejora Mental Corp. totalmente impaciente, tenía que hablar con el Director Manuel de inmediato. Accedió al edificio por la puerta que comenzaba a hacérsele familiar.
-Buenos días- le dijo Lorena con la ya habitual agradable sonrisa.
-Necesito ver al Director Manuel, urgentemente.
-¡Huy! No sé si va a ser posible, me consta que tenía una reunión a primera hora, déjeme llamar para ver si está disponible- dijo la recepcionista amablemente.
-De acuerdo- dijo Mark, mientras se paseaba nerviosamente enfrente del mostrador, frotándose las manos enérgicamente, cabizbajo y con un rictus de honda preocupación; una miserable investigación había puesto su mundo patas arriba en unos pocos días. Lo peor de todo era que parecía que nadie más se percataba de lo que estaba sucediendo ¿Cómo podía ser?
La eficiente Lorena le sacó de su ensimismamiento llamándolo por su nombre.
-¡Agente Mark!
-¿Si? Disculpe, estaba absorto.
-Le he llamado tres veces y por dios que está a usted alterado, que hasta he tenido que levantar la voz para que me oyera, relájese, nada puede ser tan malo.
-¿Usted cree? ¿Qué le ha dicho el Director Manuel?
-Está terminando la reunión, en breves minutos estará con usted, pase a la sala de espera, por favor.
-Gracias- Respondió el agente, dirigiéndose con enérgicos pasos -delatores de su impaciencia- hacia la sala indicada, la cual empezaba a hacérsele cada vez más familiar con el correr de las visitas.
Una vez se encontraba en la sala de espera comenzó a repasar los acontecimientos de uno en uno, para ver cuál podía ser el siguiente paso y lograr serenar el ánimo. No tardó demasiado en comprender que dependiendo de la información que le diera el Director Manuel, información escasa seguramente, debía visitar a la doctora Ana Márquez; también pensó que tal vez tuviera que hablar antes con Don para saber definitivamente si era ella la persona con la que se estaba viendo, y hasta incluso a lo mejor pudiera ser que le ayudara a sonsacar a la Doctora. Dependía de si era cierta su sospecha de que algo había comenzado a surgir entre ellos.
-Buenos días – Dijo la sigilosa Angie a su espalda.
-Perdón, no la había oído llegar.
-Si hace el favor de acompañarme.

Mark la siguió por los corredizos y escaleras contemplando la espalda de su guía; era la espalda de alguien cansado, tenía los hombros ligeramente caídos como por efecto de mantener mucho peso sobre sus espaldas cual hercúleo atlas - Tal vez debiera tratar de hablar con ella; a veces una pequeña fisura es el medio de derrumbar una gran muralla- Pensó Mark- Siendo asistenta del Director Manuel, seguramente conocería secretos de aquella organización que ninguna otra persona podría conocer, aunque rápidamente decidió posponer tal opción; tenía a la doctora Ana, mucho mejor conectada en aquel extraño universo, y el momento de fragilidad mostrado el día precedente le hacía pensar que sería más sencillo asaltar por ese flanco al castillo que era MMC . Además, esta asistenta carecía de conocimientos técnicos como para poder saber algo y por otra parte estaba su discreción; lo era hasta tal punto que pensó que probablemente no iba a sacar nada en claro; pospuso todas las divagaciones acerca de Angie pensando en que quizá podría ser utilizada como último recurso.

Cuando llegaron al despacho del Director Manuel éste le recibió con una sonrisa y un apretón de manos, invitándolo a sentarse. Mark lo hizo desplomándose sobre la silla, como si en vez de estar a media mañana fueran aquellas las últimas horas de una dura y extenuante jornada de trabajo.

-Buenos días Agente Mark, no se le ve en su mejor momento, lo veo alicaído.

-Lánguidos y mustios presagios me circundan allá por donde voy, Director Manuel- se maldijo al instante por mostrarse débil y acto seguido con un titánico esfuerzo se recompuso.

-¿Qué le sucede? – dijo el director, mirando con renovado interés al interpelado; por más que tratara de disimular estaba claro que ese agente estaba en horas bajas sin duda.

-Pensaba que usted me podría ayudar con eso.

-¿Yo? ¿Qué le hace creer que yo pueda saber qué le sucede a usted? Somos buenos, pero no llegamos a tanto, mi querido Mark. Apenas controlo poco más que las vicisitudes inherentes a mi organización; lo sé todo, o casi todo, de paredes para adentro, pero de lo que ocurre afuera, más allá de nuestros datos de ventas y algún que otro cotilleo bien airado por la prensa más amarilla, poco le puedo contar.

-¿Ah, sí? – miró al director desafiante - ¿Me puede decir a qué demonios juegan entregando cascos de implantación a todo el departamento?

-¿Qué hay de malo en que tratemos de agradecer a quien colabora con esta entidad? ¿Más aún para esclarecer un terrible suceso ocurrido a una persona de esta organización?

-Pues, para empezar, que ello ya supone que usted, o ustedes, han mirado más allá de estas paredes para conocer los datos de las personas que colaboran conmigo, que incluso conocen sus direcciones; y eso sólo para empezar.

-Esa es una cuestión que desconozco, Agente, mi orden fue que entregaran los cascos al departamento; de hecho, la orden fue literalmente que se entregaran una docena, porque desconocía cuantas personas trabajan en su departamento- dijo el Director Manuel, poniendo cara de auténtica franqueza.

-Bien, pues parece ser que alguien de esta organización ha investigado, en un solo día – puso énfasis en esta frase alzando las cejas - , a lo sumo dos, cuantas personas trabajan en mi departamento, sus direcciones y datos personales.

-Bueno, discúlpenos si eso le ha molestado, no era nuestra intención causar revuelo, pero tiene que entender que en muchas ocasiones el departamento de marketing ha de hacer pequeñas investigaciones de mercado para así satisfacer mejor a sus clientes, supongo que en esta ocasión se han utilizado nuestras armas comerciales para satisfacer a su departamento en agradecimiento por la buena labor que seguro realizarán.
-Dígame – dijo un hastiado Mark ante tanta hipocresía - Director Manuel- mirándole a los ojos- ¿han implantado datos no autorizados estos días en las mentes de mis colegas?
-¡Esa es una acusación muy grave! –saltó el Director Manuel, poniéndose en pié como sacudido por un rayo.
-Pues a mí me están jodiendo la vida ¿sabe? Perdone mi lenguaje pero es que a estas alturas me importa una mierda que a usted le parezca un ultraje que yo diga *lo que diga, porque* lo que ustedes están haciendo es un delito.
-Pero ¿cómo se atreve? ¿Tiene usted pruebas para sostener una acusación de ese calado? – dijo el director alzando un dedo acusador al enfadado agente.
Mark no aguantó más el impulso, saltó por encima de la mesa presa de los nervios y la ira contenida y agarró al director Manuel por el cuello de la camisa.
-¿Cómo se han atrevido ustedes a jugar con mis compañeros? ¿con mi vida?
-¡No sabe con quién se la juega! Váyase a casa y recapacite sobre el error que está cometiendo, aún está a tiempo- dijo el Director Manuel, con evidente nerviosismo y dificultad para respirar.
-¿Qué pasa si yo le mato aquí mismo y fingimos que ha sido un suicidio? ¿Eh?
-Tanto usted como yo sabemos que usted no es capaz de hacer eso.
-¿Cómo lo sabe? Hace un momento me ha dicho que no sabía nada de puertas para afuera y ¿ahora resulta que sabe de mí como para saber que no voy a ser capaz de matarlo? ¿Sabe usted que cuando a un hombre se le quita todo también se le quita el miedo a atacar?
-Suélteme- dijo nervioso y con serias dificultades para respirar- suélteme y podré hacer algo para ayudarle - trató de zafarse el director a lo que Mark reaccionó apretando aún más el nudo que sus manos tejían sobre el cuello del director.
-¿Cómo? ¿Es consciente de lo que dice?
-Suélteme y hablaremos.
En ese momento Mark soltó al Director Manuel y éste raudo, aprovechando el impulso que el furioso agente le dio contra la mesa al soltarlo, pulsó un botón de alarma oculto bajo su escritorio sin que Mark se percatara; al instante entraron dos guardias de seguridad que a una orden del Director Manuel, todavía frotándose la garganta tratando de recuperar el resuello , se pusieron uno a cada lado del agente Mark. Este los miró con desdén y preguntó al director Manuel.
-¿Es usted consciente de lo que me acaba de revelar?
-¿Qué le he revelado?- dijo un recuperado y envalentonado director Manuel ante la presencia de sus dos gorilas.
-Me ha insinuado que algo puede hacer, luego ha reconocido que algo han hecho para después poder deshacer lo anterior.
-¿Yo le he dicho eso? Creo que se equivoca amigo, únicamente le he dicho que algo podré hacer, usted ha hecho interpretaciones sesgadas y totalmente fuera de lugar del hecho de que sus amigos hayan recibido unos cascos promocionales de implantación.

-Ustedes han implantado algo en las mentes de mis colegas.
-Vuelve a ser usted quien lo dice y no yo. Solo le digo que si quiere recuperar su vida algo podría hacer, de ahí a poder lograrlo va un mundo.
- Vuelve a insinuarlo.
-¿El qué?
-Está reconociendo que han metido algo en la cabeza de mis allegados y que algo puede hacer; ese algo, para que sea eficaz, debería borrar los contenidos implantados.
-Ja,ja,ja- se rió a carcajadas el Director Manuel- ¿Es usted consciente de lo que dice?
-Perfectamente.
-Está usted diciendo que Mejora Mental Corp. no solo puede implantar conocimientos en una mente, sino que además los puede borrar a placer. Esa tecnología, amigo mío, no existe, está usted diciendo estupideces producto de su ignorancia.
- ¿Ah, no? ¿En qué estaba investigando el Doctor Frank cuando fue asesinado?
-Sabe usted muy bien que eso es información restringida –se puso serio el director.
-Ya, ya, los militares, el gobierno, la seguridad nacional y todas esas patrañas – dijo el agente Mark, haciendo un gesto con la mano, sugiriendo que ya había oído esa cantinela antes.
-Bueno –cortó el Director Manuel- de todos modos, usted no puede saber si yo se algo que usted no, o si lo que le he dicho era simplemente una estratagema para que me liberara usted. Así, si no tiene más que hablar, estos señores le acompañarán amablemente a la puerta, no obstante, sepa que mi ofrecimiento es sincero y sigue en pie- dijo el Director Manuel guiñando un burlón ojo al agente.
-Una cosa más –dijo Mark de improvisto- ¿Sabe con quién de aquí se está viendo el agente Donovan?
Una cara de completa extrañeza se dibujó en la cara del Director Manuel.
-¡Vale! –dijo Mark- por su cara, ya me ha contestado, gracias.
Cuando Mark hubo abandonado la sala en compañía de los dos agentes, el Director Manuel corrió presto a la puerta que daba al salón del presidente, tecleó el número en la consola y entró.
-¿Cómo va la implantación del protocolo de seguridad?
-Estupendamente, señor presidente. Todos recibieron el casco y la mayoría ya ha descargado las implantaciones, excepto el agente Mark, el cual creo que no lo va a hacer; tiene la certeza de que algo hemos hecho. No obstante, ha comenzado a perder los papeles, se ve que los investigadores han hecho una buena labor de campo y las implantaciones estaban bien estudiadas.
-Bien, bien, cuanto más caos causemos menos se fijarán en nosotros.
-Como le he dicho, el problema es que él sospecha que con las implantaciones les hemos descargado otro material; esperemos que no se le ocurra hacerlo público.
-¡Hum!- dijo reflexivamente el presidente- no tiene pruebas de nada, veremos por donde tira; en caso de que decidiera hacer eso desprestigiaríamos al agente Vela en público además de demandarlo por calumnias. No obstante, en caso de peligro inminente de salir algo a la luz pública o de cualquier otra circunstancia que pueda dejar expuesta a la corporación no dude en avisarme. ¿Sabe si el otro agente también se ha hecho la implantación?
-Según los archivos no lo ha hecho, señor-dijo el director Manuel poniendo cara de circunstancias.
-¿Se han enviado los cascos a los miembros del Gobierno?

-Sí señor, y a los jueces también.
-¿Qué ocurre, Director Manuel? Le veo cara de preocupado, ¿hay algo que no me haya contado?
-Verá, señor presidente, me preocupa que por los acontecimientos estemos alterando los planes iniciales; además, según me ha dicho el agente Mark, el otro agente, el agente Donovan, se está viendo con alguien de la organización.
-¿Con quién? ¿Con que fines?
-Los desconozco señor, tampoco sé si es cierto o si me ha mentido para desestabilizarme y con ello ver mi reacción, aunque tampoco entendería que me mintiera con el mero objeto de pillarme fuera de juego.
-Bien, de momento no haremos nada, investigue con quien se está viendo el agente Donovan. De todos modos, como sigan hurgando demasiado en lo que no deben tendremos que activar la fase dos del protocolo de seguridad.
-Eso no será necesario, señor.
-Ya, ya, veremos, Director Manuel, veremos y esperemos que así sea, no quiero recordarle lo que usted y yo nos jugamos en esta empresa.
-No es necesario, señor- dijo el Director Manuel, a la vez que hacía una reverencia y abandonaba la sala del presidente.

CAPITULO XI – VUELTA A CASA

"Amor es deseo de conocimiento."

Cesare Pavese

Ciudad de la luz, miércoles 21 de Septiembre de 2.044
12:23 AM

Mark salió del edificio en un estado de inquietud palpable; no obstante, ahora que creía conocer fehacientemente el origen de todos sus males, Mejora Mental Corp., pues estaba cada vez más seguro de ello, se dirigió un poco más calmado de lo que había venido a la terminal de vehículos auto guiados. Se metió en el primero que estaba disponible y le dio la dirección de su casa después de pasar el brazalete tecnológico por el sensor del vehículo. Las puertas se cerraron y comenzó el trayecto que a Mark se le hacía más macabro; tenía que pensar muy bien en el encuentro que iba a tener con Victoria. Sabía que ella tenía algo implantado en su mente, pero también sabía que el amor que ella le profesaba era inmenso, de modo que tenía que poner a prueba la capacidad de influencia de lo que los de Mejora Mental Corp. le habían introducido en la cabeza . Sin embargo, también tenía que prever lo peor, es decir, que esa implantación hubiera quebrado el profundo sentimiento de amor que ella sentía por él. En ese caso tendría que prepararse muy bien para no causar ningún daño irreparable, tenía que ser consciente de que por muy dura que se pusiera la disputa tenía que tener presente en todo momento que ella estaba alienada, que no era ella quien hablaba. Posteriormente tendría que buscar la forma de recuperar a su amada, no sabía si a través de esos malditos cascos de implantación o comenzando una nueva conquista desde cero, pero tampoco sabía si eso era posible; negó por dos veces, se pasó ambas manos por la cara y los ojos se le enrojecieron hasta tal punto que dos perlas surgieron en el lacrimal de sus ojos- ¿Y si la había perdido para siempre? ¿Qué haría él si lo implantado no fuera borrable, tal y como el Director Manuel le había informado? – Desesperación, angustia, todos estos sentimientos no cabían en el minúsculo espacio del vehículo auto guiado. Su novia, su amigo y compañero, su jefa... ¿Quién más de su entorno habría perdido la cabeza?

En cuanto el vehículo paró, bajó lentamente, como no queriendo enfrentarse a lo que podía ser la última conversación con su amada. Entró en el recinto del bloque de viviendas pasando la verja con pasmosa lentitud. La letanía que su amada le había soltado por teléfono resonaba en su cabeza; cansinamente comenzó a subir los peldaños, uno a uno, no quería coger el elevador que aceleraría su encuentro con Victoria. Pero ineludiblemente tuvo que llegar a su destino, pasó su pulsera tecnológica por la consola y tecleó los cuatro números de seguridad. La puerta no se abrió; lo volvió a intentar, nada. Pulsó el timbre hasta en tres ocasiones, hasta que la voz de Victoria sonó por el interfono, ella lo podía ver a él, él a ella no, había apagado la cámara de visión interior.

-¿Qué quieres?

-Vic, has cambiado el código de la puerta; abre, por favor.
-¿Crees que voy a abrir la puerta a un cabrón como tú?
-Vic, cariño, no soy ningún cabrón.
-¿Ah, no? ¿Cómo llamas al que después de cepillarse a su jefa viene a casa como si nada?
-Vic ¡Yo no me he cepillado a nadie!- comenzó a alzar la voz, pero al momento se dio cuenta de que estaba quebrando la promesa que se había hecho a sí mismo- No es ella, no es ella- se dijo a sí mismo en un susurro.
-¡Serás animal! pero si me lo has reconocido antes por teléfono.
-Vic, cariño, yo no te he dicho eso.
-No, pero ante mi pregunta de si te has excitado te has callado; dime ¿cómo tiene las tetas Erika? ¿redondas? ¿caídas?
-Cariño, las tetas de Erika me importan un pimiento.
-Ya, pero las ha visto ¿no?
Maldita sea ¿tiene una cámara oculta o qué? No le quería mentir.
-¿Ves? Otra vez tu silencio te delata, te conozco, Mark –dijo llorando como una histérica.- Le has visto las tetas, te has excitado, y no me has contado nada, todo te lo he sonsacado yo. ¿Qué va a ser lo siguiente? ¿Que sin querer habéis hecho el amor?
Mark lloraba en silencio, no sabía si las instrucciones o datos implantados a Erika eran enseñarle los pechos, y a Victoria que preguntara por ellos, porque si no ¿de que otro modo podía Vic hacer esas preguntas tan concisas y concretas? Pero ese era un juego en el que él no podía entrar, estaba hablando con mentes alteradas artificialmente, no podía luchar contra personas que no distinguían lo real de lo artificial, no con las pocas armas de las que disponía, al menos; una retirada era lo más prudente, no quería cometer un terrible error que supusiera no poder enmendar nada en el futuro, optó por posponer las decisiones, era lo mejor.
-Te quiero, Vic- dijo Mark y comenzó a alejarse de la puerta.
No hubo respuesta; Victoria, llorando desconsoladamente, se dejó caer con la espalda contra la pared tratando de contener con ambas manos el reguero de lágrimas que de sus ojos salía con ambas manos; estaba destrozada.

Era mediodía, el sol estaba alto; Mark, desolado, con los ojos arrasados en lágrimas, se dirigió al terminal de vehículos auto guiados, se montó en uno, y por un momento titubeó. ¿Dónde ir? No tenía a nadie más que a sus amigos y colegas; durante un largo minuto estuvo pensando a donde quién acudir. Finalmente pensó que Don era el único que le había dicho que no se había probado el casco, es decir, que su mente no estaba contaminada por el veneno de Mejora Mental Corp.
Pasó nuevamente la pulsera tecnológica por el sensor del vehículo y dio la dirección de la casa de Don.

Durante el trayecto nuevamente se sumergió en sus pensamientos. Pensó un largo rato en cómo podría recuperar a Victoria y en unos minutos concluyó que todos los caminos le llevaban inexorablemente a Mejora Mental Corp.; su única vía de esclarecer algo las cosas era la Doctora Ana Márquez; esperaba que Don no estuviera enfadado, y que se encontrara en casa. No lo había pensado, pero pudiera ser que Don no estuviera; alzó la pulsera tecnológica para dar las instrucciones de llamada a Don, pero desistió; por una parte temía que Don estuviera enfadado por la discusión de la mañana y lo rechazara. Por otro lado, si Don estaba con la Doctora Ana Márquez, a lo mejor con su llamada lo pondría sobre aviso y ella escaparía. Lo mejor era ir a casa de Don, enfrentarse cara a cara con él, y ver si ese comportamiento de la mañana era por algo relacionado con Mejora Mental Corp., o simplemente había tenido una mala mañana.

CAPITULO XII – EN CASA DE DON

"El conocimiento descansa no solo sobre la verdad sino también sobre el error."

Carl Jung

Ciudad de la luz, miércoles 21 de Septiembre de 2.044
15:12 PM

Beep- Mark pulsó el timbre de casa de Don.

Al segundo la puerta se abrió; al menos Don, sabiendo que era él quien llamaba a la puerta le había abierto, eso era un buen augurio después de tan infaustos acontecimientos. Mark entró con cautela, como sin querer molestar, no quería espantar los supuestos buenos augurios antes de siquiera abrir la boca. El apartamento de Don era el de un Soltero a todas luces, era pequeño, unos cuarenta y cinco metros cuadrados; el espacio no abundaba en la segunda mitad del siglo XXI. Tenía una habitación, una sala y un baño. La sala era el espacio central de la casa, y el baño se encontraba incrustado en la habitación; un baño moderno, de esos que en un metro cuadrado tienen todas las funciones: ducha, lavabo e inodoro. Al ser un espacio de metro por metro, únicamente tenía un desagüe central; de una de las paredes se desplegaba una especie de taza de inodoro, de otra un lavabo y de la tercera el telefonillo para la ducha.

Es decir, el baño era inexistente; más parecía una cabina telefónica blanca con puerta de cristal de las de principio de siglo que un baño.

El apartamento estaba pulcramente ordenado; Don se encontraba recostado en el sofá viendo las noticias en la pared tecnológica, tenía la cara mustia, bebía una cerveza y tenía los ojos perdidos, miraba sin mirar. Mark se fue a sentar suavemente a su lado sin saber qué decir, se dejó caer y se mantuvo en silencio.

-Vaya pinta que tienes, sírvete una cerveza- musitó Don.

Mark, sin acabar de sentarse, se levantó como un resorte y fue presto a la nevera, el gesto de que lo invitara a tomar cerveza era mucho, no estaba enfadado con él, pero tampoco sabía a qué venía esa cara mustia, tenía que tener cuidado si no quería encontrarse de patitas en la calle. Tomó la cerveza y se sentó muy despacio al lado de Don. Antes de que este abriera la boca, Don soltó a bocajarro:

-Me he tirado a Erika.

-¿Qué?- dijo Mark con los ojos desorbitados, desde luego el día no daba para más sorpresas-

-Que me la he tirado.

-¿Dónde?¿Cómo ha sido?

-En los baños de la oficina.

A Mark la cabeza le empezó a dar vueltas; las instrucciones de Erika no eran para con Mark ¿Eran para con cualquier compañero? No era un ataque contra él, lo era contra

todo el departamento, estaban saboteando la investigación claramente, estaban atacando, y bien sabido es que la mejor defensa es un ataque.
-¿Y por qué estás tan mustio? hace dos días eso era lo que más deseabas en el mundo.
-Sí, pero eso era antes de que conociera a alguien. Alguien que me ha llegado a lo más hondo de mi corazón, alguien tan especial como nunca antes había conocido.
-¿Te refieres a la persona de Mejora Mental Corp.?
Afirmó con un gesto, en silencio.
-¿La doctora Ana Márquez?
-No te lo puedo decir.
-Por dios, soy tu compañero, Don ¿Temes por ella? ¿es por eso que no me lo quieres decir?
-Hay otra razón.
-¿Cuál es?
-No puedo decírtelo, porque correría el riesgo de perder lo que esa persona me aporta, y ahora mismo es mucho.
Mark vio que por ahí no tenía nada que hacer así que decidió cambiar de tema.
-No te preocupes por lo de Erika.
-¿Ah, no? ¿ Por qué dices eso?
-No está siendo ella misma, es por el casco, a mí también se me ha insinuado.
-¿Cómo?- dijo asombrado Don esta vez.
-La verdad es que de una forma bastante burda, nada coherente con lo que ella es, se me ha echado encima a la par que se desnudaba.
Don casi se atragantó con la cerveza.
-¿Cuando?
-A la mañana, a primera hora.
-Pero eso es una hora antes que conmigo... Yo llegué sobre las diez de la mañana y fue todo en un santiamén, no se siquiera todavía cómo llegó a pasar.
-Ya te he dicho que es por el casco, su mente está trastocada para que no pueda cumplir con su cometido.
-Ya, pero es que yo... ya sabes que me gustan las mujeres- comenzó a disculparse- y Erika en especial; cuando he llegado me han dicho que habías salido y he ido a hablar con ella. Por dios te juro que al encontrarla era un imán sexual, estaba caliente, solo verla me ha causado una excitación que me hacía perder el sentido. En ese momento esperaba que ella me parara, como es habitual, pero no, me agarró de la camisa y me llevó al interior del baño; te juro que parecía un quinceañero en su primera relación; verla así me ha puesto a mil, y soy hombre, Mark, y como hombre tengo mis instintos.- Se echó las manos a la cara- Ahora que había conocido a alguien tan especial, y en veinticuatro horas ya he fallado a mi promesa para con esa persona.
-No te preocupes, esa falta no cuenta, te repito que Erika estaba alienada- le dijo, pasándole una reconfortante mano por el hombro.
-Eso es lo de menos, Mark, puede ser que ella estuviera alienada pero yo no lo estaba; ahora mis sentimientos están totalmente confusos y no sé qué es lo que tengo que hacer.
-Date un respiro.
-¿Qué es eso del casco? ¿Su comportamiento tiene que ver con el caso?
-Me temo que sí; no sé si sabes que los de MMC han regalado un casco a todas las personas del departamento.

-Lo ignoraba, pensaba que solo a ti y a mí.

-Pues no, nos lo han regalado a todos, y aquellos que han hecho uso de él están alienados; fuera de juego, en apariencia están normal, pero algo ha cambiado ahí arriba –dijo señalándose la sesera- A Erika le ha dado por tirarse a todo el departamento, o al menos a ti y a mí, a Victoria le ha dado por pensar que es una cornuda y que yo soy una especie de depravado sexual.

-¿Victoria?- Dijo mirando con asombro y alzando las cejas a su amigo.

-Sí, tiene como un renovado sexto sentido para captar cualquier indicio sexual con otra persona, y como quiera que cuando Erika se me ha insinuado también yo me he excitado, ella lo ha intuido y solo por eso me ha echado de casa.

-Como un perro apaleado.

-Así estoy, compañero.

-¿Y tú me estabas consolando a mí?

-Eres mi amigo, además de compañero.

-Gracias tío, cuenta conmigo.- brindaron con la cerveza.

-¿Te importa si paso unos días aquí?

-Mientras no quieras compartir el gran baño a la vez puedes quedarte cuanto te haga falta.

-Gracias, Don, de verdad que aprecio que hagas esto por mí.

-No hay de qué, Mark. ¿Por dónde crees que hay que seguir la investigación?

-Creo que hay que hablar con una persona de Mejora Mental Corp. que esté dispuesta a darnos algo más que puro Marketing o palabras vacías.

-¿En quién piensas?- dijo Don poniéndose tenso anticipando la respuesta de su compañero.

-En la doctora Ana Márquez.- dijo Mark escrutando la cara de su compañero para ver algún indicio de algo.

Don quedó en callado unos segundos. Después asintió en silencio- De acuerdo, citémonos con ella.

CAPITULO XIII – ENCUENTRO CON ANA MÁRQUEZ

"El conocimiento de hechos curiosos no sólo hace menos desagradables las cosas desagradables, sino que hace más agradables las cosas agradables."

Bertrand Russell

Ciudad de la luz, miércoles 21 de Septiembre de 2.044
18:23 PM

Don y Mark se dirigieron a casa de la Doctora Ana Márquez, no querían reunirse con ella en Mejora Mental Corp. por razones obvias. Don tenía la mente confusa debido al suceso ocurrido con Erika a la mañana. Mark iba rumiando su hilo de investigación y por donde acometer el interrogatorio a la Doctora Ana sin que esta se espantara. Por una parte tenía que investigar acerca del sistema de implantación y la posibilidad de recuperar su vida, sobre todo la personal, la concerniente a Victoria, y algo le decía que cuanto antes hallara la forma de deshacer en la mente de su amada el lío que ese maldito casco había creado, mayores posibilidades de éxito tendría en el resto de la investigación. Por otro lado tenía que saber más acerca de la relación de la Doctora con el Doctor Frank y si éste le había transmitido alguna vez la sensación de peligro o amenaza para su vida. También tenía la clara intención de descubrir si la misteriosa persona con la que se estaba viendo su amigo era ella o no, e iba confrontar ese punto ya mismo.

Estaban en la terminal de vehículos auto guiados más cercana a la casa de Don; Mark le dejó pasar primero cuando el vehículo estuvo disponible.

-Bien -dijo Mark sentándose al lado de Don y mirándole fijamente.

-¿No sé dónde tenemos que ir? ¿Tú lo sabes?

-Mira Mark -dijo Don enfadándose al instante al ver lo puerilmente que su amigo trató de sonsacarle- en primer lugar eres mi amigo y por eso te consiento estas estupideces.

-¿Qué estupidez? Solamente digo que desconozco la dirección de la Doctora Ana Márquez, tú te quedaste ayer con ella y supuse que a lo mejor la habías acompañado a casa.

-¿O a lo mejor estas tratando de saber subrepticiamente lo que sé acerca de la Doctora para ver si es ella la persona con la que me he visto últimamente?

-Que mal pensado –dijo Mark con cara de haber sido descubierto ¿en que estaba pensando? Su amigo era mucho más listo que eso; asumió la comisión de la estupidez como una prueba de que él mismo se estaba viendo desestabilizado por todo aquel galimatías que se había montado en escasos tres días.- Perdona- musitó al fin.

-Mira, Mark, si no te digo el nombre de la persona con la que me he encontrado es porque esta persona así me lo ha pedido. Cuando llegue el momento te lo diré ¿de acuerdo? Confía en mí.

-Está bien ¿Vamos?

-Vamos.

Pulsaron en la consola y teclearon el nombre de la doctora Márquez, el sistema que cumplía las funciones de guía callejero señaló en un indicador luminoso "Calle de los pinos número doce".
-No tiene piso, probablemente será por tratarse de una vivienda unifamiliar.
-Tiene que ganar mucho dinero, el suelo es muy caro y el espacio que una unifamiliar requiere es desproporcionado en comparación con lo que una torre de viviendas puede ofrecer - dieron la orden de partida al vehículo.
-Ese es otro de los despropósitos de la arquitectura de la primera mitad de siglo ¿A quién no le gustaría disfrutar de una vivienda unifamiliar para sí mismo y su familia? Pero la cantidad de recursos que consume una vivienda de ese tipo en relación a los que varias viviendas en bloque es abismal. Necesita infraestructuras de: luz, agua, saneamiento, por no hablar de kilómetros de urbanización. Si halláramos el ratio gasto público por familia para ese tipo de viviendas debieran de ser demolidas al instante, son un insulto a la eficiencia energética. Esas viviendas podían tener sentido cuando la población mundial era de cinco o seis mil millones de habitantes, pero ahora, a punto de entrar en la segunda mitad del siglo veintiuno, con diez mil millones de habitantes, debieran de estar prohibidas por el gobierno y demostrar así tener conciencia Global. ¿Qué es mejor? ¿Un montón de pequeños jardines privados para cada persona o un gran parque en mitad de cada ciudad? Un espacio donde la gente pueda hacer deporte, disfrutar de la naturaleza, urbana, pero naturaleza al fin y al cabo ¡joder! Es que incluso para las relaciones sociales creo que es mejor.
-No sabía que fueras un teórico del urbanismo también, Don, me sorprendes cada vez más asiduamente.
-Soy un teórico en contra de la estupidez humana; la extensión y recursos del planeta son finitos, dime ¿sabes cuanta tierra sería necesaria si todo el mundo viviera en viviendas unifamiliares?
-No lo sé.
-Pues la equivalente a toda América y Oceanía, contando con las carreteras y obras hidráulicas ¿Cuánto espacio dejaríamos para la naturaleza? ¿para la ecología? Si en vez de unifamiliares pusieras a toda esa gente en torres de quince pisos, con la extensión de Oceanía sería suficiente; dime si no merecería la pena ganar espacio para la flora, la fauna y cultivos para alimentar a toda la población mundial, hasta el hambre se podría erradicar con el simple cambio mental de los urbanistas.
-No había pensado en eso tampoco, te repito que me sorprendes con preguntas que no soy capaz de pensar y menos aún responder, así, a vuelapluma.

Llegaron a la terminal de vehículos autómatas del barrio de la Doctora Ana Márquez; efectivamente, se trataba de uno de los pocos barrios residenciales de los quedaban ; tenía unas doscientas villas unifamiliares esparcidas en una cuadrícula, cada cual con su cercado, y algunas incluso con piscina individual...

-¿Ves este despilfarro? -Dijo Don al ver eso.
-¿A qué te refieres ahora?
-No habíamos hablado del agua, pero siendo un recurso limitado como es ¿Te parece lógico que en vez de una instalación comunitaria la gente tenga sus piscinas personales? ¿En exclusiva? Con todos sus gastos unitarios: pérdidas de la valiosa agua, emisión de gases procedentes de los tratamientos anti algas y microbios...

-Visto desde esa perspectiva, no me dejas más remedio que volver a darte la razón.
-¿Y desde que perspectiva si no?- Dijo Don, alzando una ceja y mirando con escepticismo a su compañero.
-Desde el de la privacidad; habrá gente que preferirá bañarse plácidamente en su piscina, con sus propias limitaciones, las que se quiera poner, no las normas que una comunidad pueda imponer, y si pueden pagar por el lujo de tener una de éstas ¿Quién se lo prohíbe?
-Sí, pensar en uno mismo en vez de en todos- dijo Don, sin querer ahondar más en la conversación- Hemos llegado, calle de los pinos número doce.

La casa de la doctora era una casa de corte moderno, con estructura de madera similar a la de los pabellones de Mejora Mental Corp.; probablemente los mismos arquitectos que diseñaron las instalaciones de MMC fueran contratados a posteriori para hacer el diseño de su vivienda. Esta contaba con dos plantas, era de base rectangular y cubierta plana, es decir, un cubo. Posteriormente había una serie de vanos intercalados aquí y allá como si de cajones se trataran; uno de ellos llamaba la atención sobremanera: sobresalía por el costado a la altura de la segunda planta y colgaba hasta la mitad de la primera, era de cristal, y estaba lleno de agua; una piscina aérea. La luz del sol se filtraba a través del agua cristalina de la piscina y proyectaba sombras desiguales en el jardín ubicado debajo de la misma . El edificio era de un color marrón pardo y todas las carpinterías eran de un color negro mate. No se vislumbraba ningún tipo de luminaria en el exterior. Don pensó que probablemente todas las luces serían indirectas y a la luz del día estas quedarían ocultas; se veían dos proyectores que sobresalían de la base de la piscina para que ésta iluminara hacia arriba; vamos, que un baño nocturno de la doctora debía de ser un espectáculo para los vecinos pensó Mark. Algo que no concordaba con la actitud sería, recta y profesional de la Doctora; ella era discreta, esa casa era la de un exhibicionista.

Tocaron el timbre y a los pocos segundos salió proyectada la imagen de la Doctora en el display del portero automático.

-Buenas tardes, Agentes- dijo, confiriendo una agradable sonrisa a Don.
Mark se dijo para sus adentros- ¿tendrá algún significado esa sonrisa?
-Buenas tardes -dijeron ambos.
-Pasen- se retiró de la pantallita del portero y automáticamente sonó un zumbido que anunciaba que el electroimán que cerraba la cerradura de la cancela había cedido dejando paso franco a ambos agentes.
Mark y Don pasaron, caminaron por el sendero rodeado de vegetación y algunas flores silvestres esparcidas por aquí y por allá, en unos pocos pasos se plantaron ante la puerta de la vivienda.
La doctora abrió y los recibió con una cálida sonrisa, extendió la mano a Mark y dio un cariñoso abrazo a Don a la vez que le dijo: Gracias por lo de ayer, fue muy reconfortante; en los pequeños gestos está el germen de las grandes amistades.
Mark se resistía a pensar en ello, pero cada vez estaba más convencido de que la exótica y bella doctora y su amigo habían compartido algo prohibido, algo vedado a unos simples amigos; no obstante no quería comenzar la visita siendo un bocazas y destrozar la delicada conexión que mantenía con los únicos aliados que tenía para salir

de ese entuerto. Con el mismo pensamiento, fue consciente de la fragilidad de su situación, tenía que tener cuidado con lo que fuera a decir, ya que de lo contrario podía encontrarse solo y en la calle; de momento el plan para esa noche era dormir en el sofá "chester" de su amigo.

El interior de la vivienda era amplio y, en contraste con el exterior, era blanco; esos cajones que parecían entrar y salir eran ventanas y balcones de la vivienda. Estaban en un espacio amplio el cual cumplía las funciones de sala, al fondo se veía una escalera ascender -hacia los dormitorios supuso Mark- y a mano derecha había una puerta donde, por el mobiliario que se podía ver, se intuía claramente que era la cocina.

-Pasen y siéntense, pónganse cómodos, por favor.
Ambos agentes se sentaron.
-Díganme ¿En qué puedo serles de ayuda?- Su expresión era mucho más serena que el día anterior. Como quiera que Mark no quisiera entrar de lleno al asunto, prefirió hacer unas preguntas de rodeo, a modo de calentamiento, y ver cuán distendida podía llegar a ser la conversación.
-Quería pedirle disculpas por lo de ayer.
-No se preocupe, no fue nada, simplemente un bajón moral que permitió que sus preguntas me afectaran sobremanera; en todo caso soy yo quien les tiene que pedir perdón por mi comportamiento.
- Arreglado ¿Es suya la casa?- Siguió con el rodeo, tratando de evitar el peligroso mundo de los sentimientos; un error en ese terreno podía resultar capital.
Ella mostró sorpresa por el directo cariz de la pregunta, pero sin darle mayor importancia contestó.
-Sí ¿Por qué lo pregunta?
-No sé, se me hace extraño que una persona como usted mande construir una vivienda como esta.
-¿Qué le hace pensar eso?
-La piscina, por ejemplo; no la veo bañándose desnuda en plena noche con los focos encendidos y los vecinos contemplándola a corro. Los masculinos – quiso apuntillar.
-Es usted inteligente, Mark, efectivamente no la mandé construir. Esta vivienda perteneció al Director Manuel; no obstante, se ve que en cuanto la hubo construido le pareció pequeña y se la ofreció a mi padre, viejo conocido del director, entonces me la ofreció a mí como parte del pago de mi contrato por trabajar para él. Me la ofreció a un precio muy asequible en relación a lo que realmente costaba, y si me guarda el secreto, de vez en cuando me baño desnuda en las noches de verano, pero no enciendo las luces- guiñó a Don, Mark carraspeó.
-¡Touché!- Dijo Don, guiñando un ojo a la Doctora como respuesta.
-¿Cuándo fue usted contratada por Mejora Mental Corp.?
-Ya le dije ayer que hará unos cinco años, más o menos cuando comenzaron a vislumbrar en serio la posibilidad de que las teorías del Doctor Frank podrían ser ciertas, y por supuesto tener una vertiente lucrativa muy interesante.
-¿Fue usted contratada por el Director Manuel directamente? – Comenzó a cerrar los círculos sobre la incauta presa acechada.
-Sí, así fue, aunque por recomendación de mi padre tal y como le he dicho antes.

-Pero el director Manuel no tendría suficiente criterio técnico como para poder saber si era usted la persona indicada, alguien le haría unas pruebas técnicas, un psicotécnico o algún tipo de estudio de sus capacitaciones profesionales ¿Es así?
-No, no es así.
-¿Me lo puede explicar? Es que me cuesta comprender como pudieron fichar a alguien para un cargo tan importante sin esos pasos precedentes.
-En cuanto se supo de mi candidatura ,fui sugerida por el Doctor Frank directamente; de hecho creo que lo exigió.
-Entonces ¿Ustedes se conocían antes de empezar a trabajar para MMC?
-Sí, así es.
-¿Qué relación mantenían?
-El Doctor Frank en realidad no es Doctor en una única materia.
-Lo sé.
-Pues bien, para alguien que estuviera metido en el mundillo científico, que el Doctor Frank, el de la triple D, por ser Doctor en tres materias: neurocirugía, sicología y psiquiatría, se fijara en alguien era poco más o menos como que a alguien le nominaran para el premio Nobel.
-Entiendo , ¿Y la recomendó a usted porque...?- En ese momento a Frank le traicionó su condición de hombre y no pudo evitar mirar de arriba abajo a la escultural Doctora.
-No por mis encantos, Mark- Mark se ruborizó por la torpeza- si no por ser la persona que mejor lo podría complementar en las investigaciones que estaba llevando a cabo; una Doctora en Neurología, materia de la cual él sabía muchísimo obviamente, pero hubo unas cuantas veces en las que le pude ayudar.
-Ya veo. Dígame ¿Cuándo comenzó la relación sentimental con él?
-Hará un año aproximadamente; generalmente siempre estábamos enfrascados en arduas tareas de investigación, donde el plano personal prácticamente queda a un lado. Los niveles de concentración llegan a ser tan profundos que podría estar usted desnudo en la mitad del laboratorio y no ser consciente de ello.
-Ajá, curiosos ustedes los científicos- asintió Mark imaginándose a sí mismo en la escena propuesta por la doctora.
-Pero hará un año tuvimos una conferencia en Oslo; después de la misma un temporal de nieve nos sorprendió, era algo inesperado porque todavía estábamos al final del verano, pero en aquellas latitudes ya sabe, puede tener sol hasta Noviembre como que empiece a nevar en Septiembre.
-Una tormenta de nieve-dijo para sí mismo Don apuntando los datos en su libreta de piel.
Mark lo miró un momento y con un gesto invitó a la Doctora a seguir con el relato.
-La tormenta no fue especialmente severa, pero al ser todavía Septiembre pilló a todos los servicios especiales fuera de juego; después supimos que los servicios gubernamentales tenían previsto comenzar la campaña de invierno el uno de Octubre, y esto sería hacía el veinticinco o veintiséis del mes precedente.
-¿Qué supuso el hecho de quedar allí atascados? ¿Cuánto tiempo duró el temporal?
-En total duró cuatro días, pero estuvimos atascados una semana; por otra parte, que nos quedáramos ese tiempo atascados en Noruega supuso algo nuevo para ambos; después de cuatro años de intenso trabajo tuvimos por primera vez... como decirlo, un marco temporal para nosotros solos, sin tareas que cumplir.
-Marco temporal, un concepto muy científico para expresar tiempo muerto.

-Bueno, no sabía cómo expresarlo. Imagínese, llevábamos cuatro años trabajando a destajo, asistiendo a conferencias, los primeros cascos ya se habían comercializado hacía un año, el tiempo se me había pasado volando y de repente tuvimos un paréntesis, un marco temporal de una semana, la cual, al haber déficit de trabajos específicos que realizar, daba una sensación de estirar el tiempo de manera increíble. Por supuesto, hacíamos tareas rutinarias de seguimiento de los proyectos, pero por primera vez en cuatro años nos tomábamos dos horas para comer, otras dos para cenar, y a la noche, viendo los copos de nieve caer sobre las calles de Oslo nos apretujábamos junto a la chimenea del salón del Hotel y nos contábamos historias personales al albur de una buena copa de Gin-Tonic. Imagínese, cuanto tiempo hacía que no tomaba un Gin Tonic, probablemente desde mis años de estudiante.

-¿No bebe?

-Los viernes me suele gustar beber una copita o dos de vino; si hace calor, en verano alguna cerveza, pero nada más, me gusta mantener el control.

-¿Qué ocurrió en aquel Hotel?

-Verá, para el tercer día creo que a ambos se nos habían desactivado las rutinas de científicos y comenzaron a florecer los sentimientos humanos durante tanto tiempo embotados, dejaron de hablar los científicos, y empezaron a hablar las personas. Una calidez humana se hizo hueco poco a poco entre sesudas disquisiciones acerca de cómo el conocimiento, la memoria, los recuerdos iban conformando el crisol que todos tenemos por mente. Dejamos de hablar de neuronas, y empezamos a hablar de sentimientos. Al cuarto día él me contó lo de la pérdida de su mujer por alzhéimer; una de las principales razones por las que se embarcó en este proyecto era conocer los procesos de implantación y degeneración de la memoria, conocer los mecanismos que hacían posible aprender y olvidar.

Fue atroz, ella era joven, y para él fue muy doloroso ver como alguien como ella iba perdiendo sus facultades día a día sin poder hacer nada para evitarlo. El cuarto día, acabó contándome cómo ese suceso había distanciado definitivamente a sus hijos de él, ya que ella era el eslabón que mantenía unida a la familia. Al perder sus facultades fue como si ese eslabón débil se fuera fundiendo poco a poco, dando paso a dos cadenas más distantes y cortas en vez de la original. Al contarme estas cosas se derrumbó y comenzó a llorar, yo le reconforté, y a pesar de que era bastantes años mayor que yo, no sé si porque lo idolatraba o por qué, sin pensarlo demasiado me lancé y le di un apasionado beso. Al principio no reaccionó, pero después se entregó con pasión y esa noche, sin demasiados miramientos ni pensar en las consecuencias, hicimos el amor en una fría noche Noruega.

Don carraspeó.

Mark lo miró de reojo.

-Antes ha dicho que lo que investigaban era la implantación y el borrado de datos ¿es posible el borrado de lo implantado? – Dijo Mark, suspirando porque así fuera con el fin de lograr recuperar a Victoria.

-¡Oh! Verá, eso es algo que desconozco, creo que las investigaciones del doctor Frank iban encaminadas en ese sentido, más que nada por un interés comercial y garantista de la empresa.

-¿A qué se refiere con lo de garantista?

-Imagínese que usted se hace implantar un conocimiento concreto, da igual la materia, y la implantación, sea por la causa que sea falla ¿Cómo arreglarlo? Simple y llanamente, borrando lo implantado.
-Claro, una medida preventiva para que no les caigan demandas .
-En parte sí, por eso le he dicho lo de garantista; esa medida se investigaba para evitar perder dinero, pero también para poder ganarlo.
-¿Cómo?
-Suponga que le implantan un conocimiento, el que le hace a usted más sabio; esa sabiduría le hace cambiar su actitud hacía algo o alguien. De pronto descubre que ese cambio de actitud en su relación con algo o alguien le hace sentirse desgraciado, por lo que sea, porque sus allegados no toleran al nuevo ser en el que se ha convertido, o porque ese nuevo yo en el que se ha convertido usted es más exigente para con los suyos. Sin embargo, lo curioso de la situación es que usted no puede demandar a la empresa MMC porque ésta únicamente le ha implantado lo que pidió, pagando por ello además. Pero ¿qué haría si le ofrecen eliminar lo implantado por una buena suma de dinero y recuperar así su vida? – Esas palabras le recordaron a las vertidas por el Director Manuel.
-Comprendo- asintió Mark- ¿Escribió usted la nota anónima?
La doctora se puso rígida, miró a Don y este asintió en silencio mientras mantenía su libreta de piel en la mano y el bolígrafo en la otra.
-Sssí- concedió ella- fui yo quien la escribió.
-¿Por qué lo hizo? – Mark estaba contento por el cariz que el interrogatorio estaba tomando.
-Porque estoy convencida de que el doctor Frank fue asesinado.
-¿Por qué lo dice? ¿Tiene pruebas?
-No tengo pruebas, es solo una intuición, pero la verdad es que el control de seguridad al que nos someten es exhaustivo. Y durante los últimos tiempos veía al Doctor más temeroso, además de que en los últimos meses, tal y como ayer les relaté, dejó la relación conmigo. Creí que si escribía ese anónimo a lo mejor podría llegar a saber la verdad de por qué me dejó, además de atrapar a su asesino, por supuesto.
-¿Sospecha de alguien en particular?
-No especialmente; en MMC nos tenían a todos trabajando en departamentos estancos para evitar la fuga de información y eso hacía que no tuviéramos oportunidad de conocer a demasiada gente dentro.
-¿Por qué decía en la nota aquello de que Mejora Mental Corp. no era lo que parecía?
-Porque no es lo que parece, el poder que sustentan bajo ese supuesto caparazón de avance tecnológico social es terrorífico.
-¿Poder?, ¿En qué sentido puede ser el poder terrorífico?
-En cargas de material no solicitado.
-¡Lo sabía! ¡Maldita sea!- Saltó Mark efusivo, eso suponía una ventana de posibilidades para recuperar a su amada. Se percató de que el motor de investigación más fuerte era el de recuperar a su amada; más fuerte que conocer al asesino del Doctor Frank.
-¿Qué tipo de material ilícito se descarga a los clientes?
-Lo desconozco, pues eso lo llevaba el Doctor Frank junto con el director Manuel.
-¿Alguna intuición?
-Imagínese, si el espectro de clientes de MMC pasa desde el ejército hasta políticos, jueces, gobernadores y el mismísimo presidente ¿Qué contenido es susceptible de ser

implantado? Subvenciones a la empresa, compra de acciones, o en un momento dado, traición; podrían hacer que mediante subterfugios vendieran el país a otra nación si se lo propusieran.
-¿Cómo sabe que eso es así?
-Le repito que desconozco el contenido y a quienes se ha implantado, o puede estar previsto implantar, pero sí sé que todo empezó como una brillante idea de marketing. Por eso sé que se puede hacer.
- ¿Qué idea?
-Los servicios de Mejora Mental Corp. no son baratos precisamente.
-Lo desconozco, no he prestado atención a ese dato.
-Pues aunque el ratio coste beneficio sea razonable le aseguro que los precios no son precisamente baratos. Entonces al Director Manuel se le ocurrió la posibilidad de incorporar contenido adicional a cambio de la implantación de ciertos cursos para ciertos clientes.
-Pero eso puede ser muy peligroso, eso supone abrir la mente a cualquier contenido.
-Sí, pero se hizo de forma limpia y legal, se ofrecía a los clientes la posibilidad de implantarse conocimientos a cambio de ese contenido extra, el cual debía cumplir unas condiciones.
-¿Qué condiciones?
-Para empezar, el contenido se tenía que descargar con autorización voluntaria del cliente.
-Lógico.
-El cliente tenía que conocer obligatoriamente acerca de qué materia se iba a realizar la implantación aproximadamente, de una forma genérica.
-No sé si me convence, no es nada preciso.
-Eso fue lo que más costó, que las autoridades aceptaran este extremo, pero diciéndoles que el contenido sería registrado en el registro central de descargas con una M al inicio del código, quedaba claro que de este modo el contenido sería fácilmente identificable por las autoridades, para poder investigar cualquier demanda relativa a contenidos fraudulentos implantados, ello en el caso de que el sujeto implantado o sus allegados comprobaran una modificación anormal de su conducta, sobre todo si ésta era perjudicial para él mismo.
-Bueno, no sé si a mí me convencería.
-Le comprendo, pero piense que esto se trata de una balanza, en un lado tiene estas implantaciones con condiciones que pueden parecer kafkianas, pero en el otro lado tiene el conocimiento que usted ansía.
-Pura coerción.
-Sería discutible, nadie le obliga a aceptar la implantación, no tiene más que pagar la cuenta.
-Está bien, supongo que siempre hay gente para todo y eso sería una faceta más del catálogo de estupideces al alcance de la humanidad, continúe por favor.
-La siguiente condición era que el contenido descargado no podía incitar a la acción.
-¿Por ejemplo?
-No podía implantarse a un cliente ordenes tales como compra esto, o compra lo otro, ya que de ese modo se podría sufragar el coste del producto obligando al cliente a comprar otro de la propia empresa con un precio disparatado en el que el cliente debido a la implantación no repararía.

-Entiendo.
-La siguiente era que el contenido no podía ser autodestructivo para el cliente y sus allegados.
-¿En qué sentido?
-Imagínese que no le obligara a comprar whisky, pero que le hiciera hablar siempre en sentido positivo acerca del mismo; a lo mejor , el marido o la esposa de esa persona, a base de tanto oír que le gustaba el whisky, empieza a comprarlo compulsivamente y al final pudiera ser que acabara bebiendo, no él, pero si su familia.
-Ya veo.
-La última condición era que cualquier información implantada tendría que ser objetiva bajo cualquier circunstancia; eso evitaba que se influyera subjetivamente al cliente. No se le podía decir "esto es mejor que eso" porque a un patrocinador de MMC así le pareciera; solo se le podía decir "esto es más grande que eso, más pequeño" etc.
-Tal y cómo me lo cuenta parece un laberinto poder implantar algo parcial, tendencioso etc.
-De eso era de lo que se trataba, pero sabe usted que quien hace la ley hace la trampa.
-¿No la entiendo?
-Pues que sencillamente, se construye un castillo en apariencia inexpugnable, pero que todo castillo tiene su salida secreta, de otro modo ¿qué interés podría tener MMC en regalar contenidos?
-¿Cuál es esa salida secreta?
-La desconozco, solamente digo que la lógica me dice que la tiene que haber.
-Captado, no tenemos pruebas de ello, ¿Cómo se podría descubrir si han implantado datos perjudiciales o contrarios a la ley de lo mental?
-Yendo al registro central de implantaciones con una orden de un juez de lo mental, para poder ver los datos implantados.
-Muy bien, una última pregunta ¿Escribió usted la nota de suicidio?
-No, eso no lo hice yo, eso solamente lo pudo hacer el Doctor Frank, pues él era el único capaz de escribir con escritura asimétrica.
-Lo sé, únicamente quería saber si cree usted que alguien pudiera copiar su sistema de escritura y ya me ha contestado.
-Creo que sería muy difícil, pudiera ser que con tiempo se llegara a lograr, pero ello significaría que la nota se habría escrito antes que él muriera y eso confirmaría mis sospechas de que fue asesinado.
-Puede ser; creo por mi parte que hemos terminado ¿le importaría estar disponible los próximos días?
-No hay problema, no tenía intención de ir a ninguna parte.
- ¿Nos vamos, Don?
-Déjame que me despida ¿quieres? -Dijo Don, guardando su libreta de piel en un bolsillo de su pantalón.
-De acuerdo, te espero fuera – dijo Mark lanzando una escrutadora mirada, todavía no llegaba a comprender por qué necesitaban disimular su relación .

Mark salió al exterior de la casa con varias conclusiones claras; la primera, que a su novia, Erika etc. les habían añadido contenido en sus implantaciones; lo que no sabía era si el resultado de las mismas era el mismo en todos los casos. La segunda era que cada vez tenía más claro que la A. de la nota de suicidio se refería a la Doctora Ana

Márquez; la tercera era que claramente Don estaba manteniendo una relación especial con la doctora Ana; se habían mirado en varias ocasiones con una complicidad que solo una relación da. La última, y la que más le intrigaba, era a qué se estaban enfrentando, ¿Hasta dónde llegaban los tentáculos de Mejora Mental Corp.? ¿Qué contenido "especial" añadido podían haber esparcido por el mundo?

Don salió de la casa y se unió a él, se puso a su par y mirando ambos al horizonte, donde el sol comenzaba a ponerse , le preguntó.
-¿Siguiente paso?
-Quiero hablar con el agente de homicidios ¿cómo se llamaba...? ¡Ente! Ente Torres.
- ¿Quién es ese?
-El agente de homicidios que nos han asignado para investigar el caso.
-¡Ah! desconocía eso , ¿quién nos lo ha asignado?
-Recuerdas que Erika interpeló al jefe Goldman para que nos dejara llevar la investigación?
-Si, por supuesto.
-Bien, pues el precavido de él quiso que un agente de homicidios nos ayudara por si algo sale mal, no quiere tener que cargar con todo el mérito de la cagada.
-Entiendo, ¿Qué le vas a pedir que investigue al agente de homicidios?
-Quiero saberlo todo acerca de Mejora Mental Corp. y también quiero que investigue al departamento.
-¿Al nuestro?- preguntó un desconcertado Don.
-Si, al nuestro. Quiero saber a quienes ha afectado la implantación y en qué sentido lo ha hecho. Has de conocer a tu enemigo para poder combatirlo.
-Muy bien, vayamos a casa, te prepararé mi especialidad, atún de lata con pimiento y cebolla, por el camino le llamas.
-Muy bien, se agradece la invitación.

CAPITULO XIV – EL AGENTE ENTE

"Al ampliar el campo del conocimiento no hacemos sino aumentar el horizonte de la ignorancia."

Henry Miller

Ciudad de la luz, Jueves 22 de Septiembre de 2.044
9:15 AM

A la mañana siguiente, tras una revista al estado de la nevera de Don, la cual parecía un desierto en el que el blanco fondo dominaba en todos los compartimentos de la misma, únicamente se podía encontrar una docena de latas de cerveza de la marca que a él más le gustaba; mal desayuno les esperaba con semejantes ingredientes. Vista la precaria situación, decidieron desayunar en una cafetería cercana a la oficina; no querían enfrentarse a la ahora ardiente e inoperante Erika, no sin haber diseñado una estrategia previamente al menos. Aprovecharon la hora del desayuno para quedar con el Agente Ente, al cual Mark llamó con una hora de antelación. El agente Ente se sorprendió de que lo citaran en una cafetería en vez de en la oficina, pero visto el comportamiento de algunas personas de ese departamento de crímenes Tecnológicos durante el día anterior empezaba a pensar que ese departamento se había confeccionado cogiendo a las personas más desequilibradas de todos los demás; era como un crisol de tarados y salidos esquizoides.

Eran las nueve en punto cuando el Agente Ente entró por la puerta de la cafetería, hizo un barrido visual y reconoció a Mark sentado en una mesa redonda al fondo. El agente Ente llevaba la misma ropa del día anterior, y tampoco había perdido excesivo tiempo peinando su ralo cabello, era evidente que la presencia física no era una prioridad para él.
-Otro soltero- dijo en un susurro Mark a la par que levantaba la mano para que el agente se le acercara.
-Buenos días, agentes.
-Igualmente, agente- Replicaron ambos.
-Estábamos a punto de pedir la comanda ¿le apetece acompañarnos para el desayuno?
-No, gracias, ya he desayunado.
-Pero algo tomará, no es cortés sentarse en una cafetería y no pedir nada.
-De acuerdo, un zumo de naranja... y un café. El zumo es muy sano y el café me ayuda a mantenerme alerta, ojo avizor ante los avatares de una investigación.
-¿Seguro que no quiere acompañarlo con un bollo o una tostada?
-Bueno, ya que insiste, una tostada con mantequilla y una buena porción de mermelada de fresa estaría bien.
Menos mal que no quería desayunar, pensó Don.

Pidieron dos cafés con leche con otros tantos croissants para ambos y el menú del agente Ente a la solícita camarera llamada Yenny, según se podía leer en el rótulo de la solapa de su uniforme.
-Bien, bien - dijo el Agente Ente una vez se quedaron a solas- ¿Cuál es el caso a investigar? Nadie me ha informado absolutamente de nada todavía.
-Pero... ¿Estuvo usted en la oficina ayer? ¿Nadie le puso en antecedentes?
-Si, al principio traté de que alguien me atendiera, pregunté por aquí y por allá, pero fue todo en vano. Pero visto el comportamiento general del personal, aquello en vez de una oficina de la agencia para la protección de la ley parecía una universidad; y no me refiero a los conocimientos que allí se imparten precisamente.
-¿A qué se refiere? -Preguntaron ambos, intrigados.
-¿Es normal el comportamiento de sus colegas? Porque como el comportamiento del personal sea siempre así... sinceramente no entiendo cómo pueden trabajar.
-¿Pero a qué se refiere?
-Eso parecía un patio de colegio. Algunos hombres estaban en plan gallitos, pavoneándose ante las mujeres, otros parecían fuera de lugar, desconcertados, mirando el espectáculo desde la grada, algunos se sonreían, otros parecían patidifusos, un circo, vamos.
-¿Y las mujeres? ¿Cómo se comportaban ellas?
-Peor aún, parecía que algunas fueran presas de alguna enfermedad que las conducía inexorablemente a practicar sexo compulsivamente. Iban pavoneándose gallardas de un lado a otro mirando lascivamente y siendo miradas de peor manera aún. Por dios juro que mantener un cierto orden en una oficina debe de ser harto imposible con esos indecorosos comportamientos. Me pareció contar que una mujer, la recepcionista... ¿cómo me dijeron que se llamaba...? ¡Margaret! Se fue al baño con tres hombres diferentes en dos horas ¡No lo podía creer!
-¿Margaret? -Dijeron ambos con los ojos como platos y las bocas abiertas enseñando dos blancas hileras de dientes jalonadas con pedazos de tostada mantequilla y mermelada- esto es más serio de lo que pensábamos.
-¿El qué? – dijo el agente asqueado ante la visión de dos sucias bocas, pensó que ambos agentes encajaban en el departamento del día anterior, pero por guarros esta vez.
-Verá, el lunes recibimos un aviso para ir a investigar un suicidio en Mejora Mental Corp. – cerraron las bocas al percatarse del escaso protocolo que estaban mostrando una vez recuperados de la sorpresa de lo de Margaret.
-Eso era lo que me habían dicho que había que investigar, pero nadie me ha ofrecido un dossier, ni informe ni nada.
-Sí , lo comprendemos, pero es que el asunto es mucho más complejo de lo que cree.
-¿En qué sentido se puede complicar un suicidio?
-En primer lugar, que creemos firmemente que no se trata de un suicidio; parece cada vez más evidentemente que se trata de un homicidio.
-¿Cómo lo saben?
-El departamento recibió un escrito anónimo diciendo que había sido un asesinato.
-¿Han logrado reunir pruebas?
-No, pero es que ahí es donde se está complicando todo sobremanera, y aunque le parezca difícil de asimilar, de la investigación del asesinato deriva el comportamiento de la gente de la oficina que usted vio ayer.

-¿Cómo puede una simple investigación alterar el comportamiento de todo un departamento?
-Verá... -dudo Mark un instante- ¿Puedo fiarme de usted?
-Por supuesto- dijo poniéndose muy serio - ¿Qué insinúa?
-No insinúo nada, pero es que lo que le voy a contar es muy inverosímil si no lo ha vivido, y como quiera que necesitamos el mayor número de aliados, le necesitamos en nuestro bando, Ente.
-Usted no tiene un casco de esos de Mejora Mental, ¿no?
-Ni por asomo me dejo tocar mi brillante sesera por cualquier matasanos y menos por unos que dicen que van a poner no sé cuántos conocimientos en mi mente. Díganme una cosa, si llenamos la mente de conocimientos ¿dónde queda el espacio para los pensamientos?
-Uno de los míos – dijo Don. –Además tiene razón – interpeló a Mark.
-En primer lugar, odio esos cascos tanto como tú Don, en segundo lugar agente Ente, no tengo ni idea de si llenar la mente de contenidos deja o no espacio para los pensamientos, lo que quiero saber es si podemos contar con usted.
-Aquí estoy para servirles en lo que pueda, y no tenga dudas de que mi compromiso para con el departamento es total, llevo veinticinco años de servicio y jamás he fallado en mis labores como detective. A veces, ciertos crímenes han quedado irresolutos, pero estoy convencido de que con más medios y más tiempo habríamos resuelto todos.
Mark vio que a pesar de su desaliñada forma de vestir y esa cara fofa los ojos inteligentes del Agente Ente chispeaban, y supo ver en ellos al buen policía que este era.
-De acuerdo ¿Conoce Mejora Mental Corp.?
-Ya le he dicho que sí, de los anuncios; le implantan conocimientos a uno a cambio de una suma de dinero ¿No?
-Efectivamente; sepa entonces que el suicidado, o mejor dicho, supuesto asesinado, era el Doctor Frank López, el alma mater del producto estrella de Mejora Mental Corp.
-Leí la nota necrológica en el periódico, pero no hacía mención al cargo que desempeñaba en la organización.
-Bien, pues el mismo día fueron halladas o enviadas dos notas, una de suicidio y otra desmintiendo el suicidio e implicando a Mejora Mental Corp. en turbios asuntos de los cuales no daba detalles.
- ¿Se conoce la autoría de las notas?
-La del suicidio la escribió al parecer indudablemente el Doctor Frank de su puño y letra.
-¿Qué hay de la otra?
-La otra fue enviada por una persona de Mejora Mental Corp., la cual era colega y mantuvo una relación con el Doctor.
-¿No me quiere decir el nombre?
-Creo que no es relevante, por su seguridad creo que es mejor que de momento no lo sepa – miró de reojo a Don y este asintió en silencio en un gesto de agradecimiento.
-De acuerdo, conocen la autoría del segundo escrito y ha dicho que el primero parecía que indudablemente fue escrita por el propio finado ¿Por qué dice que lo parecía y no lo afirma?

-Porque la nota fue escrita con un sistema de escritura que solo él y Leonardo Da Vinci parecían dominar.
-¿Leonardo Da Vinci? ¿El de la edad media?
-Sí, parece que solo los genios tienen la capacidad de escribir de esa forma.
-¿Cuál es esa capacidad? A lo mejor soy un genio y lo desconozco –dijo con sorna.
Ambos agentes se sonrieron.
-Escribía en simétrico, de modo que para nosotros la única forma de leer sus textos es proyectando la imagen en un espejo.
-Definitivamente no soy un genio ¿Por qué duda de su autoría?
-No dudo de la autoría, o no al menos en términos absolutos, dudo del motivo que impulsara a escribir la nota ¿Pudo alguien haberle forzado a escribirla antes de matarlo? Esa es mi pregunta.
-¿Cómo lo mataron?
-No lo sabemos aún, no había signos de violencia externa, estamos a la espera del informe del forense. Debe de estar a punto de terminarlo.
-He quedado con él a la tarde- dijo Don, revisando los apuntes de su libreta de piel.
-De acuerdo, así sabremos fehacientemente si fue asesinado o por el contrario se suicidó.
-¿Qué me dice del comportamiento de la gente de la oficina? No me lo ha explicado aún.
-Esa es la otra alternativa con que nos hemos encontrado durante la investigación, el escollo de Mejora Mental Corp.. En cuanto comenzamos a investigar a la Corporación todas las personas integrantes del departamento recibieron un obsequio.
-¿Consistente en?
-Un casco de implantación de la compañía.
-¿Y el casco ha alterado el comportamiento de la gente del departamento?
-Hemos descubierto que Mejora Mental Corp. a la hora de implantar conocimientos, en ciertas ocasiones, implanta contenido no solicitado por el cliente.
-Pero eso es muy grave ¿Qué tipo de contenidos?
-Contenidos en principio contrarios a la ley de contenidos cerebrales, ley que se creó expresamente para poder acotar las intervenciones de Mejora Mental Corp. ya que el desarrollo de ambas fue paralelo; el de MMC y la ley, me refiero.
-¿Tienen pruebas de ello?
-¿Le parece poca prueba el comportamiento de la gente del departamento que usted vio ayer? Hasta que he hablado con usted desconocía el conocimiento que Mejora Mental Corp. había podido implantar en las mentes de nuestros colegas, pero al contarnos usted lo que vio, y al ver nosotros el comportamiento que nuestra jefa Erika – Don carraspeó- tuvo ayer, lo tengo claro.
-¿El qué?
-¿Qué hay más desestabilizador que las relaciones humanas? ¿y más concretamente de su máxima expresión, algo tan íntimo como el sexo? Una persona a la que usted quiere le puede decir barbaridades un día, usted pensará que tiene un mal día y punto. Pero si esa persona a la que usted quiere de repente tiene unos impulsos sexuales fortísimos y una mezcla de sentimientos encontrados vinculados a los mismos comportamientos ¿qué le hará pensar?
-Que esa persona se ha vuelto loca.

-Exactamente, y como a usted esa persona le importa, quien haya implantado el conocimiento que genera esas actitudes habrá logrado lo que pretendía.
-Apartarle de sus obligaciones diarias y hacerle centrarse en ayudar a esa persona, porque además tampoco usted entenderá la gravedad de la situación; pero a su vez, tampoco se puede arriesgar a dejar a esa persona pulular por ahí con el riesgo de que se ponga a copular indiscriminadamente – dijo el agente Ente pensativo, a la par que esa afirmación supuso una dura punzada en el corazón de Mark ,no había pensado en Victoria en los términos que el agente Ente describió.
-Entonces hay que tratar de que esos comportamientos no nos influyan, tenemos que ser conscientes de que el comportamiento es artificial y no estamos tratando con la persona que conocíamos.
-Nuestra prioridad es evitar que nadie más del departamento use ese casco ¿no?
-Efectivamente, y esa es la primera investigación que me gustaría llevara usted a cabo, saber quién se ha implantado conocimientos y quién no.
-¿Del departamento?
-Sí señor, además… - dudó Mark- me gustaría que investigara a esta persona también – enseñándole una foto de Victoria, mientras que con un disimulado gesto se secaba los ojos llorosos - Luego le paso los datos.
-¿Qué quiere saber exactamente?
-Quiero saber quiénes se han descargado los contenidos; del departamento y de las personas afines al departamento. Imagino que seré el único en este caso, ya que el casco era para mí, aunque fue mi novia quien lo utilizó, pero no se sabe, puede ser que el personal regalara implantaciones a familiares y amigos, necesitamos una lista.
-¿Es su novia la de la foto?
-Si – dijo Mark con un leve gesto de dolor.
-Lo siento.
-No hay nada que sentir, y sí que arreglar, quiero que no deje que nadie cometa una estupidez como causa del efecto que esas implantaciones hayan podido crear.
-¿Por ejemplo?
-Evitar que tengan relaciones de riesgo y sus consecuencias; por ejemplo, que un marido celoso golpee a su mujer implantada.
-No sé si eso será posible. No puedo vigilar a una veintena de personas al mismo tiempo.
-Al menos céntrese en mi novia… me haría un gran favor –dijo Mark tragando saliva-. Yo no me puedo acercar; cada vez que me ve carga contra mí como una loca.
-Descuide, me hago cargo, haré lo que esté en mi mano.
-Por una parte, lo bueno que tenemos, tal y como usted ha dicho, es que las personas que no se han implantado conocimientos perciben esas actitudes como extrañas y a no ser que les pillen desprevenidos o muy necesitados no caen en la trampa- Don volvió a producir un sonido gutural.
-¿Cómo piensa arreglar la situación del departamento? ¿Puede borrar los contenidos implantados?
-No lo sabemos a ciencia cierta pero parece que sí es posible, ya que una de las ramas de investigación de MMC iba por ese camino; y por insinuaciones del Director, el cual se llama Manuel, creo que es factible.
-¿Hay algo más que deba saber acerca de Mejora Mental Corp.?

-Sí, creemos que hay una trama inmensa detrás de esa empresa, pero amparándose en que trabajan para proyectos secretos del ejército es todo muy opaco y restringido. Es posible que incluso hayan implantado contenidos a personas influyentes del país.
-¡Fiuuu! -silbó el agente Ente- eso sí que sería grave.
-Efectivamente, estaríamos hablando de una cuestión de estado, de seguridad nacional incluso.
-¿Se pueden probar todas esas cosas?
-Parece que sí, acudiendo al registro central de implantaciones y solicitando las copias de las implantaciones realizadas.
-Por lo que se al respecto, hará falta una orden de un juez de lo mental para lograr el acceso a esos archivos.
-Efectivamente, esa es la segunda parte que me gustaría que investigara; saber qué entramado se esconde tras Mejora Mental Corp., y saber qué jueces disponen del casco de MMC; aunque seguramente lo tendrán todos, como colectivo importante para los intereses de Mejora Mental Corp. que es, pero desconozco ese dato ahora mismo.
-De acuerdo, yo que pensaba que me habían relegado a un caso de segunda, tratándose de un suicidio, y resulta que va a ser esta una macro investigación, tocando incluso esferas de poder. ¿Saben lo peligroso que es eso? ¿Son conscientes de que tocar esas esferas es tocar a las personas que gobiernan nuestros destinos? Si metemos la pata nos podemos olvidar de ver la luz del sol en mucho tiempo. Aunque la verdad es que nos debemos a nuestro trabajo, el cual es una labor sorda en muchas ocasiones, ya que si salen bien las cosas las medallas se las cuelgan esos papanatas de políticos que salen en la prensa, pero si las cosas salen mal seremos nosotros quienes seamos expuestos al escarnio público.
-Lo sabemos -dijeron ambos- pero una vez metidos en harina, hay que ir hasta el final.
-Brindo por ello -levantando la taza de café humeante.
Brindaron y se separaron al salir de la cafetería; acordaron que hasta no conocer el resultado de las investigaciones del agente Ente tendrían que formar un equipo los tres y que tendrían que aparecer lo menos posible por la oficina.

CAPITULO XV – EL INFORME DE DON

"La mejor admiración es hija del conocimiento."

Petrus Jacobus Jouber

Ciudad de la luz, Jueves 22 de Septiembre de 2.044
15:00 PM

A la tarde, a primera hora, Don tenía una reunión con el forense y pensaba recoger ciertos informes que los días previos había solicitado. Por su parte, Mark aprovechó las primeras horas de la tarde para descansar un poco, comprar algo de ropa, ya que Victoria no le había permitido sacar absolutamente nada de la vivienda, y hacer algo de deporte, el cuerpo se lo pedía a gritos.

El deporte es la mejor terapia que una persona puede tener, ayuda al cuerpo a regular las funciones vitales, hace que la mente se despeje y oxigene al igual que el resto de la musculatura.

Después, a media tarde, quedaron en casa de Don para ver lo que los informes que Don traía podían revelar acerca del Doctor Frank. Habían quedado a las seis, Don se retrasaba, era extraño, su amigo no solía retrasarse prácticamente nunca, y si lo hacía siempre llamaba con antelación para explicar qué lo retenía.

Mark pensó que quizá las reuniones que tenía concertadas se le habrían alargado y al estar reunido le era imposible llamar, pero la verdad era que enviar un sencillo mensaje no tomaba demasiado tiempo. Al principio se preocupó, después la preocupación dio paso a unas palabras de auto convencimiento. No será nada, se decía. Posteriormente volvió a preocuparse como si de una madre esperando a su retoño se tratara, abrió una lata de cerveza, pegó un trago y miró el reloj: las siete ya. Iba a coger el teléfono cuando la puerta del apartamento se abrió lentamente; Mark se sobresaltó. Era Don; entró como si nada pasara.

-¿No tienes nada que decirme?

-¿Respecto a qué?

-Habíamos quedado a las seis.

-¿No eres mi madre, no?

-No, pero soy tu compañero y habíamos quedado a las seis, me había preocupado.

-Vaaaale, perdona ¿Te vale así, cariño? –con un tono de retintín.

-De veras que no te entiendo.

-¿Quieres oír lo que los informes dicen o no?

-¿Dónde has estado?

-Con el forense y recogiendo documentos del registro de la propiedad y de la notaría.

-¿Casi cuatro horas para eso?

-Bien, vale, Mark, es suficiente, también he estado con la persona de MMC.

-¿Y por qué no lo has puesto en tu agenda y quedas conmigo a las siete? Ni te habría preguntado en ese caso.

-Es que no tenía previsto ir a ver a la persona hoy.

-¿No me vas a decir quién es?
-Te dije que hasta que ella no me lo autorice no lo voy a hacer, no insistas más, por favor.
-Bien- dijo Mark, sentándose a la mesa donde Don ya había acumulado varios montones de papeles- ¿Por dónde empezamos?
-El análisis del Forense.
-De acuerdo ¿Qué dice?
-Muerte por veneno, un veneno muy potente, el cual fue ingerido vía oral.
-Entonces tenemos la dicotomía siguiente, puede ser que lo forzaran a tomarlo o que lo tomara a iniciativa propia ¿Es así?
-Efectivamente, no aclara nada.
-¿Algo más?
-Sí, recibió el informe de su médico.
-¿Algo relevante?
- Se estaba muriendo.
-¿Qué? ¿Para qué suicidarte si te estás muriendo?- preguntó un cada vez más confuso Mark
-¿Y para que matar a quien se está muriendo?- Replicó Don.
- Una de dos, o el que lo mató no sabía que estaba muriéndose, o él se suicidó porque desconocía el diagnóstico.
-No lo creo, aunque también podría ser porque no quisiera pasar sus últimos días de hospital en hospital y optara por una eutanasia por la vía rápida.
-Puede ser, pero tampoco lo creo, se me hace difícil creer que en ese caso eligiera hacerlo en el lugar de trabajo.
-Parece razonable.
-¿Te importa interrogar a su Médico para saber si éste se lo había comunicado ya? ¿Por qué dices que no lo crees?
-Porque ya lo hice, el diagnóstico es de hace tres meses, él lo tenía que saber por fuerza.
-Tres meses, justo el tiempo en el que cambió de actitud y cortó su relación con la Doctora Ana Márquez- dijo, mirando la reacción de su compañero, para ver si revelaba algo... pero nada, su compañero mostraba una faz de mutismo total en cuanto la Doctora era nombrada.
-Entonces la suposición de asesinato cobra ventaja. Quien lo mató desconocía el diagnostico.
-Puede ser.
-Este asunto se complica a cada paso ¿Hay algo más? - preguntó Mark suspirando.
-En cuanto al forense e informes médicos no.
-¿En cuánto a qué sí lo hay?
-Recientemente se casó.
- Pero bueno, vamos de sorpresa en sorpresa ¿Cuando? ¿Con la Doctora Ana Márquez?
-Hace tres meses, con una tal Ángela Holmes.
-¡Esta es nueva! Los senderos por los que transcurre esta investigación son cada vez más serpenteantes y sorprendentes. ¿Primera noticia de esto y nadie lo sabía?
-Parece ser que no, o al menos nadie nos lo ha siguiera insinuado.
-¿Nadie sabía que se había casado? ¿Justo hace tres meses? Me estoy perdiendo aún más, ahora resulta que puede ser que la actitud del Doctor Frank hacía la Doctora

Márquez variara porque conoció su diagnóstico o porque se enamoró y casó con esta tal Ángela.
-No solo eso, puede ser que la A. de la nota de suicidio, que habíamos dado por sentado era Ana Márquez, sea la A. de Ángela Holmes.
-¡Por dios! ¿Cómo se puede complicar algo tanto? Si alguien sabe con quién se casó y cuando, tienen que ser los hijos del Doctor.
-Lo he intentado, nada por ese camino, ambos se cierran en banda, dicen que hace nueve meses que no lo ven, desde navidades, creo que la relación familiar se rompió con la muerte de la madre.
-¡Al menos vendrán a heredar!
-Negativo, han renunciado; por lo visto él renunció a la herencia de la madre de ellos y parece ser que la madre tenía un patrimonio considerable; ni les hace falta ni quieren nada.
-¿Quién es el heredero entonces? ¿Su nueva mujer?
-Efectivamente, Ángela Holmes.
-Sí, eso puede ser un potente móvil para el asesinato.
-Dime que no hay más sorpresas.
-Una última, el Doctor Frank suscribió un seguro de vida hace tres meses por un importe de un millón de Ameros.
-No me lo digas, el beneficiario es... Ángela Holmes.
-Nominalmente. Es decir, no pone que será su mujer, si no que pone el nombre y el apellido, de modo que aunque alguien quisiera impugnar el matrimonio, la beneficiaria del seguro seguiría siendo ella.
-Ahora parece claro que el Doctor conoció a esta mujer, cayó perdidamente enamorado de ella, al poco supo lo del diagnóstico, y se lo cedió todo ¿Puede ser?
-No sé qué pensar, Mark.
-Tenemos que saber quién es la tal Ángela Holmes; tenemos que preguntar a la Doctora Ana Márquez si sabe algo de ella y de dónde demonios ha salido. Tiene que haber alguien que lo sepa; no puede ser que nadie en el entorno del doctor la conociera y de repente aparezca casado con ella.

CAPITULO XVI – ERIKA HA CAMBIADO

"El conocimiento es poder."

Francis Bacon

Ciudad de la luz, Viernes 23 de Septiembre de 2.044
9:30 AM

Don y Mark habían diseñado la estrategia para enfrentarse a Erika, era una solución presuntamente sencilla, en la cual ambos creían que podrían desenvolverse con relativa comodidad. La solución consistía simple y llanamente en no dejarse solos ni por un segundo; ambos pensaron que si lograban mantenerse junto a ella, por mucho implante que le hubieran hecho no se le ocurriría acosar a ambos a la vez.

Los dos entraron en las oficinas y se sorprendieron al verlas prácticamente vacías, apenas un par de administrativos, un grupito de agentes y nadie más. Se acercaron a la chica que estaba en la primera mesa de recepción; una joven de unos veinticinco años, morena, con la tez limpia, una cara corriente y el pelo recogido en dos juveniles trenzas, llevaba una camiseta sin mangas que en los hombros dejaban a la vista las tiras del sujetador a la par que un tatuaje tribal, mascaba chicle con fruición. Ambos agentes se sorprendieron pues no la conocían y acercándose le preguntaron.

-Perdona ¿Quién eres?

-Hola, me llamo Natalia Sánchez ¿Y Ustedes? –dijo con una voz un tanto chillona, era una cría, alguna becaria sacada de la manga supusieron.

-Verás, somos los agentes Donovan y Mark Vela.

- Soy becaria del departamento de administración central, pero ante el cúmulo de bajas he sido trasladada aquí. Por fin vienen ustedes ¿Dónde habéis andado? ¿Os importa que os tutee?

-Hemos estado investigando, pero no creo que debamos darte ninguna explicación a ti ¿verdad?

-¡Oh, por supuesto! perdonad, era simple curiosidad, es que el jefe Goldman me dijo el miércoles a la mañana y a la tarde, el jueves dos veces y hoy otras dos en lo que va de mañana, que paséis por su despacho en cuanto podáis.

Ambos agentes se miraron - ¿El jefe Goldman quiere vernos a ti y a mí? Pero, si pensaba que no sabía casi ni que existíamos...

-Pues se ve que estos días se ha acordado de vosotros, y mucho, aunque no sé si eso es malo o bueno – dijo la becaria encogiéndose de hombros.

-¿Está Erika en su despacho?

-Sí, pero no sé si está para visitas.

-¿Por qué lo dices?

-Porque parece deprimida, está muy mustia la pobre.

-Bien, gracias, iremos a visitarla antes de ir al despacho del Jefe Goldman.

Ambos agentes atravesaron las oficinas y llegaron al final de las mismas, donde se encontraba la puerta que daba al despacho de Erika. Mark tocó la puerta con los nudillos y una voz cansina y apagada sonó al otro lado.
-¡Adelante!
Ambos penetraron en el despacho de Erika; tenía una pinta atroz, aunque la belleza seguía ahí, oculta tras unas horribles ojeras, el pelo despeinado... y la vestimenta había pasado del traje de chaqué de ejecutiva agresiva a una ropa deportiva consistente en un chándal y unas zapatillas deportivas.
-¡Ah, chicos! sois vosotros. Llevo dos días esperándoos, os he llamado varias veces pero no me habéis atendido.
-Estooo, verás, Erika.
-Lo sé, lo sé, os tengo que pedir disculpas a ambos –dijo, mirándolos con ojos vidriosos.
Mark se fijó en que Erika estaba como adormecida, algo había cambiado, no era ella ¿Qué había hecho para encontrarse en ese lamentable estado?
-No tienes por qué disculparte- se apresuró a cortar Mark.
-Bueno, quizás contigo algo menos, pero con Don...
Don se arrojó sobre ella, la abrazó, no podía verla así. Mark se sorprendió, pensó en la facilidad que tenía su amigo para abrazar a mujeres hermosas cuando estaban llorando, rotas, fuera por el motivo que fuera. Erika se puso a llorar en los brazos de Don, toda su vida había peleado por forjarse una reputación, ser una persona digna, recta, honesta y merecedora del elogio hacia esas virtudes que cultivaba con ahínco. Ahora había destrozado esa reputación dejándola a la altura del barro.
-Erika, no tienes por qué hablar de eso ahora, no hacen falta explicaciones...
-Gracias, chicos, gracias de todo corazón, pero me temo que me va a ser muy difícil remontar después de los sucesos de estos días, cambiando de tema ¿Cómo va la investigación?
-Primero lo primero, Erika ¿Qué ha pasado aquí?- preguntó Mark, para ver cuál era la versión de ella y para saber cómo había logrado evitar el influjo de la implantación.
-Verás, estos días he deducido que a quienes nos implantaron datos de MMC hemos alterado nuestro comportamiento, eso es obvio. Para mí era como una lucha constante conmigo misma, veía los impulsos sexuales que me invadían y no me lo podía creer, pero eran superiores a mí. El primer día, después del incidente que tuve con vosotros me fui a casa y me metí a la cama presa de un dolor incontrolable, tenía una batalla campal en mi mente, por una parte tenía mi yo y por otra esa salvaje yo, con los instintos primarios desbocados, me tomé varias pastillas para dormir, y durante el letargo o somnolencia que me causaron los tranquilizantes vi que esos instintos eran ligeramente reprimidos. Me dormí deseando que a la mañana siguiente hubieran pasado, pero al despertarme lo hice como una perra en celo, no podía controlarme a mí misma, me di varias duchas frías y luego recordé que los somníferos aplacaron esa sensación la noche anterior, así que me tomé un par; así descubrí que a base de tranquilizantes, podía aletargar mi mente y aplacar los molestos instintos. Vine a la oficina y descubrí que esto parecía Sodoma y Gomorra, la gente iba al baño a tener escarceos sexuales cada media hora, sin disimulo alguno; entonces me di cuenta de que no era la única con ese comportamiento; estuve estudiando quienes se comportaban de esa forma obscena y quiénes no. Hablé con los que no tenían ese comportamiento y les pregunté qué era lo que habían hecho diferente a los demás, y rápidamente descubrimos que eran todos los que no se habían implantado

conocimientos de MMC. Posteriormente hablé con el jefe Goldman, le expuse mis sospechas y le propuse que se diera de baja a todo aquel que mostrara esos síntomas y que me relevara del mando hasta que esto se pudiera arreglar. Él se mostró de acuerdo, pero me dijo que no me fuera hasta dejar el relevo en manos de alguien que no estuviera afectado; os he esperado para informaros de esto y para que habléis con el jefe Goldman para continuar con la investigación, yo estoy muy cansada, quiero irme a casa a dormir.
-¿Pero no quieres saber lo que hemos descubierto?
-No puedo, chicos, de verdad que en cuanto me despierto un poco, el cuerpo empieza a actuar por sí mismo, y el único modo dominarlo es tomando somníferos o calmantes; después de cuatro días así estoy hecha un asco.
-Bien, jefa, no te preocupes, iremos a hablar con el jefe Goldman.
-Mark- dijo Don.
-¿Si?
-¿Te importa si acompaño a Erika a casa?
Este hombre siempre se las ingenia para quedarse a solas con las mujeres, pensó Mark, no obstante vio a la pobre Erika en el estado lamentable en el que se encontraba y pensó que sería lo mejor.
-Está bien, de acuerdo, iré a ver al jefe Goldman y luego hablaremos ¿De acuerdo?
-Gracias, Mark, dijeron ambos.
Erika miró a Mark en un momento de lucidez y le dijo -Mark, no sé cómo pedirte perdón.
-Erika, no te preocupes, no ocurrió nada, y sé que no eras tú. Vete a casa y Don y yo buscaremos la manera de arreglar esto.
-Gracias- dijo llorando otra vez, a la par que Don se la llevaba cuidadosamente hacia el exterior.

Mark se quedó pensativo un momento, pensó en lo inteligente que había sido Erika nuevamente, mientras todo el mundo perdía la cabeza a su alrededor ella fue capaz de mantener un punto de lucidez, también pensó en que probablemente Erika le había enseñado el camino para poder hablar con Victoria. Acto seguido dirigió sus pasos hacía la oficina del jefe Goldman.

La oficina del jefe Goldman estaba dos plantas más arriba que la de ellos. Subió mediante el ascensor que se encontraba en el núcleo de comunicaciones del edificio, éste era una columna vertical con cuatro ascensores y dos escaleras dispuestas de forma simétrica. Llegó a la planta del jefe Goldman y se encontró nada más franquear la puerta con una mesa de recepción idéntica a la de su planta, pensó que la planta del Jefe, donde le constaba que había más jefes, tendría acabados más nobles y una decoración más rica, pero no, no era así, era una planta idéntica a la de ellos, eso le ayudaría a moverse con más comodidad por el marasmo de despachos de la planta. La chica de recepción le indicó que esperara en una sala mientras avisaba al jefe Goldman. A Mark se le erizó el vello del cuello ya que esa era la sala que ellos utilizaban en "su" planta para retener a los detenidos. Sintió un alivio considerable cuando la chica llamada Susana le hizo un ademan para que lo siguiera y así salir de allí.

Una vez enfrente del jefe Goldman, él sentado, Mark de pié- marcando jerarquía, pensó el agente- el jefe Goldman escrutó a Mark a la vez que repasaba el dossier que sin duda se referiría a Mark, Don y la investigación que tenían entre manos redactado por Erika.

El jefe Goldman era un señor de unos sesenta años, su nombre de pila era Patrik, pero muy poca gente lo sabía y menos aún se atrevía a llamarlo por ese nombre. Tenía una importante alopecia ya, con el poco pelo que le quedaba a ambos costados de la cabeza totalmente gris. Tenía un gran mostacho, también gris, que le cubría el labio superior del Jefe y subrayaba un apéndice nasal prominente, acabada en una forma un tanto bulbosa. Sus ojos azules escrutaban a Mark por enésima vez, pasando de este al informe y viceversa.
-¿Agente Mark Vela?
-Señor.
-¿Dónde está su compañero Donovan?
-Ha tenido que acompañar a la teniente Erika, señor- nunca se refería a ella por su rango, siempre la llamaba jefa pero delante del jefe no la podía nombrar por ese título.
-Claro... -guardó silencio unos instantes, rumiando la decisión de si esperar al agente Don o comenzar con Mark; la decisión estaba clara, no tenían tiempo que perder.
-Agente Mark ¿Le importa que le llame así?
-Para nada, jefe Goldman.
-¿Me puede contar en sus palabras qué cojones está pasando en mi departamento?
-Verá, señor...

Mark se pasó prácticamente una hora contándole al Jefe Goldman todas las vicisitudes ocurridas durante los pasados cuatro días; el jefe a veces asentía, en otras se ponía extremadamente serio, y algunas veces, al menos tres o cuatro, abrió los ojos como platos. Cuando Mark estaba concluyendo su relato el jefe Goldman le preguntó.

-Dígame, Mark ¿Cómo es que la teniente Erika no me ha contado nada de esto?
-Ella no estaba informada del curso de la investigación señor, ya sabe, debido a las consecuencias de los datos implantados... -trató de excusar a su jefa y amiga.
-Entiendo, por lo que a mí se refiere ella únicamente me pidió que el caso no saliera del departamento de crímenes tecnológicos, tuve que discutir con los otros jefes para que no se llevaran el caso a homicidios ¿Cree usted procedente que en este momento pasemos el caso a homicidios?
-No lo creo, señor.
-¿Qué alega para defender esa postura?
-Señor, aunque solamente llevamos esta semana de investigación creo que hemos avanzado mucho.
-Desde luego, si están en lo cierto tiene razón, sin embargo...- hizo una pausa reflexiva y acto seguido preguntó - ¿Ha medido los riesgos de equivocarse?
-Sí, señor, pero si me lo permite, he oído esa pregunta innumerables veces desde que nos involucramos en esta investigación, y si las fuerzas de la ley y el orden no realizamos nuestra labor por el miedo a equivocarnos, ¿quién lo hará señor?
-Vale, vale, eso queda muy bonito para la prensa, ahora digame la verdadera motivación.

-No le miento cuando le digo lo que le he dicho, pero independientemente de eso también se trata de que desde que involucraron a mi novia se ha convertido en algo personal.

-Si me admite un consejo, no lo haga por eso, hágalo porque de verdad quiere extraer la verdad y hacer un bien a la sociedad para la que trabaja; lo que le he dicho de los periódicos es cierto, pero también es verdad que su primera argumentación es la que debemos defender, y creer; de lo contrario, si lo hace con ánimo de venganza, le puede salir el tiro por la culata.

-Descuide, señor, tendré la cabeza fría si es a lo que se refiere.

-A eso precisamente me refería;¿Qué hay del agente de homicidios que les fue asignado?

-Está colaborando con nosotros y está informado de todo.

-¿Qué les sería necesario para continuar con la investigación? ¿más efectivos? ¿Recursos?

-Señor, necesitaríamos tener acceso a los archivos del registro unificado de descargas.

-Para ello tendría que hablar con algún juez de lo mental . Imagino que Erika ya les anticiparía algo acerca del Juez Pablo Branson.

-Sí, señor, nosotros no conocemos a prácticamente ningún juez, tendremos que lograr la orden a través de quien usted considere más oportuno.

-De acuerdo, trataré de hablar con él, me debe algunos favores y quizá con la simple exposición de los hechos logremos desentrañar lo suficiente. En las investigaciones lo difícil es lograr hallar la punta del hilo, si la logra tiene toda la madeja en su mano.

-Sí, señor.

-Trataré de hablar con él esta misma tarde. Le mantendré informado , aparte de eso ¿necesitan algo más? ¿alguien extra de homicidios? Visto el percal en nuestro departamento...

-De momento no, señor, creo que con el agente Ente, Don y un servidor, nos las apañaremos.

-De acuerdo, manténgame informado si hay novedades, le doy mi contacto -dijo el Jefe Goldman, arremangándose la chaqueta y acercando su pulsera tecnológica a la de Mark.

CAPITULO XVII – SIGUIENDO A DON

"Para saber que sabemos lo que sabemos, y saber que no sabemos lo que no sabemos, hay que tener cierto conocimiento."

Nicolás Copérnico

Ciudad de la luz, Sábado 24 de Septiembre de 2.044
7:10 AM

Era sábado por la mañana, un maravilloso día azul se observaba por los ventanales del apartamento de Don, las calles se veían desiertas, era temprano aún. Algún que otro barrendero pululaba por las calles terminando su jornada, dejando la ciudad impoluta para que los transeúntes se encontraran con un espacio cuidado, limpio y ordenado.

Don se levantó temprano, haciendo el menor ruido posible se asomó al salón donde su amigo dormía en el incómodo sofá Chester, se vistió con sigilo, se calzó unos tejanos, una camiseta, unas deportivas y una cazadora de cuero, lentamente se dirigió hacia la puerta del apartamento, y cuando la hubo abierto unas palabras a su espalda lo sobresaltaron.
-¿A dónde vas?
-A hacer deporte- mintió Don, le había pillado desprevenido, no había pensado en una excusa para el caso de encontrarse en esa situación.
-¿Vestido así?
-Tengo la bolsa de deporte en el gimnasio- en esa sí que había estado lúcido.
-Te acompaño, también necesito hacer deporte.
-No, no te molestes, acabas de levantarte, yo llevo un par de horas, quédate tranquilamente y desayuna como es debido.
-Te acompaño- dijo *Mark,* escrutando a su compañero; tantos años interrogando a los sospechosos le habían hecho desarrollar un sexto sentido para descubrir las mentiras.
-Está bien, Mark, no quiero que me acompañes –se puso tenso Don - ¿Es eso lo que querías oír?
-Vas a verla.
-No te he dicho en ningún momento que sea mujer.
-Vale ¿Vas a ver a esa persona de Mejora Mental Corp.?
-Sí, volveré hacía el mediodía.
-Ante la severidad del rostro de su compañero optó por soltar un lacónico "de acuerdo".
En cuanto Don hubo salido por la puerta, Mark se levantó de un salto, se puso sus tejanos, las deportivas, una camisa, y salió disparado detrás de su compañero; volvió un instante a coger una gorra de beisbol para poder cubrir su rostro.
Don se dirigía a la terminal de vehículos auto guiados, Mark a una distancia prudente se cubría con la gorra. Don se metió en un vehículo autoguiado. Todos los vehículos

llevaban un número en la carrocería, para control, mantenimiento etc. El de Don llevaba un gran treinta y tres rotulado en ambos costados. Cuando el vehículo hubo desaparecido de la terminal, Mark embarcó apresuradamente en otro, metió la clave en la consola tras pasar la pulsera tecnológica y tecleó una nueva clave especial habilitada para los agentes de la ley; esa nueva rutina abría un nuevo menú en la consola, con diferentes opciones para facilitar las labores de persecución de prófugos, sospechosos etcétera. En ese menú se contemplaban las posibilidades de parar un vehículo, cambiar su destino o perseguirlo; esa era la opción que Mark pulsó. Después, en el cuadro de diálogo insertó el número treinta y tres. De este modo podían seguir a un sospechoso sin que este lo supiera y podían hacerlo a cierta distancia ya que los vehículos estaban intercomunicados.
El vehículo de Don dejó atrás los barrios centrales de la ciudad, posteriormente atravesó los barrios periféricos; algunos de estos eran de las clases más pudientes, con viviendas unifamiliares como la de la Doctora Ana Márquez; al principio, Mark pensó que se dirigirían hacía allí, de hecho era la misma dirección que la de la casa de la Doctora, sin embargo, al llegar a la bifurcación que llevaba a la terminal del barrio de la Doctora el vehículo de Don continuó y al salir de la ciudad pasó de la velocidad de ciudad de sesenta kilómetros por hora a la de crucero en el exterior inter ciudades, doscientos cincuenta *kilómetros* por hora.

Ese era otro avance que se logró con la unificación de los sistemas de transporte y centralización del control del mismo. Al ir todos los vehículos a la misma velocidad no existían atascos, ni accidentes, y doscientos cincuenta era una buena velocidad, la cual permitía enlazar una ciudad distante de otra quinientos kilómetros en dos horas, horas que podían ser empleadas para descansar, leer o trabajar; dada la comodidad del transporte se podían incluso mantener reuniones a doscientos cincuenta por hora.

El trayecto duró aproximadamente cuarenta y cinco kilómetros; no se dirigían a ninguna ciudad, si no que se dirigían hacía una zona rural, con casas diseminadas aquí y allá. Mark no conseguía recordar por qué el nombre del área en la que se estaban adentrando le sonaba, sabía que esa zona había aparecido antes en algún diálogo, algún informe, o quizá Vic le hablara de aquello. En cuanto se acordó de Vic su cara se tornó en una rígida máscara, como de piedra caliza ¿Qué estaría haciendo? Pensó que a la tarde se acercaría a visitar su barrio y ver que tal estaba Victoria. Con tanto ajetreo y disputa se había olvidado por unas horas de ella.

Cuando el vehículo de Don paró en la terminal, Mark deseó que éste la abandonara cuanto antes, ya que él no podía frenar la velocidad de su vehículo pues todo estaba automatizado. Sin embargo, Don se entretuvo, compró algo de beber y algo de comida en las máquinas expendedoras de la terminal. En ese momento, un vehículo marcado con el número setenta y dos llegó a su destino; Don se extrañó de ver que un vehículo llegara vacío, pero después de mirarlo varios segundos alzó los hombros, cogió lo comprado y se fue, pensó que a lo mejor era una transporte de balance entre estaciones terminales, era una labor común del sistema quitar vehículos de una terminal donde hubiera muchos y ponerlos en otra donde hubiera déficit de ellos.

A Mark el corazón le bombeaba a mil pulsaciones por minuto. Estaba tirado en el suelo del vehículo detrás de la mesa consola y esperaba que a Don no le diera por curiosear; lo había visto en la máquina expendedora en el momento en el que el vehículo entraba en la terminal. Pasados unos minutos asomó la cabeza, despacio. Don no estaba, había desaparecido. Salió del vehículo y comenzó a correr hacía la salida de la terminal, maldita sea, no veía a Don por ninguna parte.
-¿Dónde te has metido? -corrió nervioso hacía el otro extremo de la terminal para ver si había salido por éste lado. Nada.

En el ámbito rural, fuera de las grandes vías de comunicación y de las ciudades, existían los vehículos con la concepción antigua, es decir, podías conducir un vehículo; los había de tres clases: bicicletas eléctricas, las cuales desempeñaban una velocidad de ochenta kilómetros por hora, coches biplaza para trayectos cortos, y vehículos de carga, tipo furgoneta. Mark se decantó por una bici eléctrica, que podría ser tanto o más eficaz que una moto de principios de siglo. Pero no sabía hacía donde dirigirse, así que se quedó sentado en el exterior de la terminal, frustrado.
¿Dónde puede haber ido? ¿Dónde? - Se estrujaba el cerebro. Lo tenía en la punta de la lengua, intuía que había algo conocido por allí, el eco de una dirección retumbaba silenciosamente en su mente, pero no quería darse a conocer. Finalmente se dio por vencido, fue a la terminal y sacó un refresco, dejó de pensar en la dichosa dirección y de repente, como por arte de magia, le vino un recuerdo clara y nítidamente.
-¡La casa del Doctor Frank! Eso es, la casa de la montaña del doctor Frank estaba por allí. No recordaba la dirección exacta, pero buscó en su pulsera tecnológica y en seguida la encontró. Metió las coordenadas en el GPS, estaba a tres kilómetros de allí. Dejó el refresco sin apenas probar y fue corriendo a la bici, se puso el casco y salió pitando, llegaría en minutos.

Fue por la calzada que el GPS le indicaba; era una estampa hermosa, había algunos árboles en lo alto de la colina que había comenzado a subir y campos sin cercar a ambos lados, había algunas flores silvestres a ambas orillas del camino, el cielo estaba azul y se alegró de haber escogido la bici; cuando llegó a la cima, vio la casa al otro lado. Tal y como le habían descrito, era una casa pequeña, apenas noventa metros en una planta; era antigua, por la piedra de mampostería de la fachada se le podrían adivinar ciento cincuenta años por lo menos. El tejado, a dos aguas, estaba reparado y las ventanas se veían renovadas también.

Bajó por la colina despacio y poco a poco se acercó a la vivienda; dejó la bicicleta eléctrica en un costado, asegurándose de que las placas solares quedaran bien expuestas al sol para que se recargara automáticamente; las bicicletas eléctricas habían llegado a una autonomía de en torno a los cien kilómetros con apenas una hora de carga. La evolución había sido importante en ese sentido.

Agachado, pues no sabía muy bien cómo actuar, pensó que pudiera ser que quien estuviera detrás del asesinato del Doctor Frank estuviera coaccionando de alguna manera que no llegaba a imaginar a Don para que revelara información acerca de cómo iba la investigación. También pensó que pudiera ser que su amigo estuviera en peligro.

Se asomó a una ventana, era la cocina, no había nadie. Rodeó la casa hacía el este, era todavía la mañana y no quería que su sombra proyectada lo delatara; había en esa fachada una nueva ventana, de mayor tamaño que la de la cocina, se asomó, muy lentamente para que su movimiento no lo descubriera… ¡Bingo! Podía ver a Don. Éste se dirigía a alguien a quien Mark no alcanzaba a ver debido al ángulo muerto; cuando estiró el cuello, Repentinamente Don giró la cabeza, lo había descubierto; Mark vio un gesto de desaprobación en su serio rostro y vio que se levantaba de un salto ¿Qué hacer? ¿Salir huyendo? No, de su propio compañero no ¿Vendría a pedirle explicaciones? ¿a insultarle? O pero aún ¿a matarle? Mark no sabía a qué atenerse, ¿habían captado a Don? ¿Era bueno o malo? Para cuando quiso darse cuenta Don había llegado a su par en unas briosas y ágiles zancadas; rápidamente, a Mark le cayó un puñetazo que no esperaba, seguía sin saber cómo reaccionar ante su amigo, o ¿quizá no lo era? Mientras Mark estaba noqueado por los pensamientos un segundo golpe le llegó de abajo arriba, impactando en su mandíbula y haciéndole perder el sentido de la orientación; estaba mareado, necesitaba aire, sus pulmones demandaban aire a la par que su cerebro le advertía del enorme dolor que sentía en la mandíbula y la parte trasera del cuello debido al golpe, comenzó a sangrar por la boca, se había mordido la lengua. Don iba a arremeter nuevamente pero esta vez Mark estuvo alerta, paró el golpe con la parte baja del brazo, como no quería golpear a su amigo se abrazó a él al estilo de los boxeadores cuando exhaustos buscan una tregua abrazando al oponente.

-Cobarde- grito Don tratando de desasirse del abrazo de su compañero.

-Don, déjame que te explique.

-¿Explicarme qué? ¿Qué has incumplido tu palabra? ¿Qué me aseguraste que esperarías a que la persona estuviera dispuesta a decirte quién era?

-¡Don! pensaba que corrías peligro, de hecho no sé si lo corres ¿Lo corres? –dijo soltando poco a poco el abrazo que mantenía sobre su amigo.

-Por supuesto que no, patán.

Una voz de mujer sonó desde la esquina de la cabaña.

-Déjalo Don, tarde o temprano se iba a enterar; os espero dentro.

Mark no pudo ver quien era, y con el cerebro martilleándole por el dolor de los golpes no fue capaz ni de retener las palabras. Don agarró a Mark por debajo del brazo y aupándolo le ayudo a entrar en la casa. Mark iba magullado pero expectante, necesitaba saber quién era la persona con la que Don se estaba viendo y necesitaba saber a qué venía tanto secretismo. Cuando llegaron a la sala y se encontró con la tan misteriosa persona su cara cambió.

-¿Angie?- Mark no entendía nada; pero ¿y la doctora Ana Márquez? Habría entendido que fuera cualquiera de los investigados, hasta incluso el director Manuel, en cierto modo habrían sido lógicos, pero ¿Angie?

-Si Mark, Angie.

-Pero, si no has hablado con ella en ningún momento…

-¿Te acuerdas del día en que me quedé consolando a la Doctora Ana Márquez?

-Sí, por supuesto.

-Ese día estuve más de dos horas con la doctora, pero después, una vez hube acabado de hablar con ella, al dirigirme a la salida coincidí con Angie.

-¿Y qué fue lo que sucedió?

-Mark- dijo Angie con una voz firme, segura pero dulce- ¿Recuerdas cuando a Don casi se le cae el agua que pidió?
-Sí, lo recuerdo, cuando estábamos hablando con el director Manuel.
-En ese momento algo sucedió, fue como encontrar a alguien especial, no hablo de sexo, ni siquiera de amor, que podría haberlo sido, simplemente la necesidad de estar con esa persona.
¿Qué historia me está contando?- pensó Mark.
-Sentí la necesidad de hablar con Don a solas; en primer lugar vi que él necesitaba mi ayuda, en segundo lugar quería saber cómo iba la investigación.
-¿Cómo iba a ayudar a Don?
-Vi que el hombre tenía un sufrimiento interior, no se encontraba a sí mismo, comencé a ayudarlo esa misma tarde.
-Pero ¿qué tipo de ayuda?
-Algo tan simple como ayuda sicológica ¿No le llama la atención la soledad de este hombre? Más aún ¿no le llama la atención que siempre esté rodeado de mujeres bellas y él se sienta tan solo? Esa torpeza para dominar sus instintos y sentimientos y saber cómo comportarse y que esperar de una relación con una mujer, incluso con un hombre, ya que repito no se trata de sexo, se debe a que él no era capaz de escucharse a sí mismo, no sabía lo que de verdad su corazón quería.
-Me deja usted atónito ¿Eso lo ha descubierto en apenas una semana? Permítame la osadía pero ¿Qué es usted? Pensaba que era la ayudante del Director Manuel.
-Soy sicóloga; en cuanto a lo de ayudante del director Manuel, lo soy, o lo era, me despedí ayer viernes.
-¿Y por qué preguntó cómo iba la investigación? ¿qué interés podía usted tener en los descubrimientos que fuéramos haciendo?
-¿No se lo ha imaginado aún? Piense un poco, es usted capaz de responder a su propia pregunta, vamos agente Mark.
-Estamos en la casa del Doctor Frank, usted tiene las llaves, debía de ser muy cercana a él... ¡Angie es el diminutivo de Ángela!- Mark se quedó lívido, ni en sus más remotos pensamientos hubiera pensado que en todo momento tuvieron a la mujer del difunto tan cerca.
-Efectivamente, yo era su mujer.
-¿Pero la Doctora Ana no sabía nada?
-No, ni siquiera yo misma hubiera sido capaz de imaginar algo así, al menos hasta hace tres meses.
-No lo comprendo ¿Tiene esto algo que ver con la enfermedad del Doctor?
-Efectivamente; el doctor quería mucho a la doctora, pero cuando se enteró de que estaba enfermo tuvo que pensar mucho en cómo arreglar sus asuntos, y había varios que lo desconcertaban.
-¿Por ejemplo?
-Sus investigaciones; el Doctor Frank sabía que la Doctora Ana habría podido continuar con las investigaciones, no obstante, creía que la doctora, a pesar de ser buena persona, era demasiado ambiciosa en lo profesional; no en el sentido material, más bien en el sentido científico. Era una investigadora eficaz, y no quería casarse con ella y dejarle el legado de sus investigaciones, parte de las cuales se encontraban en sus posesiones, porque ello supondría que ella seguiría investigando, con altas

probabilidades de mejorar lo ya descubierto, y aunque eso le hubiera gustado, sería contrario a los intereses de la humanidad.
-¿De la humanidad? –Dijo Mark frunciendo el ceño.
-Sí, de la humanidad, era eso, o la Doctora correría un grave peligro.
-De verdad que me siento torpe, no la entiendo.
-El éxito de la doctora habría supuesto la mejora de los procesos para Mejora Mental Corp. y una vez que los de la organización supieran eso, en el caso de que la Doctora se negase a entregar el fruto de las investigaciones, su propia vida correría peligro.
-Dígame ¿Por qué usted? ¿Por qué la eligió en lugar de a cualquier otra? ¿qué vio en usted para fijarse en una ayudante?
-El doctor Frank no tenía demasiado tiempo y buscó en su entorno cercano; él sabía que yo era sicóloga, pero evidentemente no tan buena como él, por supuesto; no le hacía falta mi saber para complementar sus conocimientos, a diferencia de los de la Doctora Márquez. Para mí fue duro saber que no iba a estar con los mejores, así que falsifiqué mi identidad, cambiando el nombre de Ángela por el de Angie; no quería aventurarme demasiado, así que elegí el diminutivo en previsión de que pudiera tener problemas con la justicia por la falsificación de identidad. La excusa era buena, había renovado mis documentos con el diminutivo, un despiste. De ese modo, en cuanto supe de una oferta de trabajo de asistente me apunté sin dudarlo, quería estar con los mejores, aunque no fuera en mi campo y ellos no fueran conscientes de mi posible aportación, solamente sabía que estando allí quizá en algún momento tendría la posibilidad de hacerme valer.
-Ya veo. Por eso tenía esa cara de tristeza el día en que fue hallado muerto.
-Así es. Una vez casados, pensaba que tendría más tiempo para compartir con él, aprender de él, beber del conocimiento que desparramaba por doquier, ha sido un golpe muy duro para mí.
-¿Qué hacían aquí Don y usted?
-Me ayudaba, Mark – dijo Don en esta ocasión – Me ayudaba enseñándome a comprender mis sentimientos, y ahora mismo, después de lo pasado con Erika, era lo que más necesitaba, pues amo a Erika y temo que ese acto atroz haya supuesto el fin de mis posibilidades para con ella. No te lo quería decir porque ella me pidió que guardara el secreto y porque a mí me daba vergüenza; pensé que no habría nada malo en ello, el ocultarlo era algo inocuo para la investigación, además de tratarse de un asunto personal.
-De hecho, creo que no lo hay, únicamente que conocer el dato de que Angie era Ángela nos habría ayudado- mintió Mark por no tener que enfrentarse a su amigo- Además, una vez sabido no parecía grave ¿o sí?
-Ese era un dato que desconocía Mark – se excusó Don – muy torpe de mi parte, después de visto...
Ambos lo miraron con curiosidad.
-Dígame una cosa, Ángela, ¿Mató usted al Doctor Frank? – atacó Mark aprovechando el supuesto ambiente de sinceridad en el que se hallaban inmersos.
-¡No, por dios! – exclamó ella horrorizada.
-Una vez que se casaron, y que el Doctor hizo un seguro a su nombre, el Doctor valía mucho más para usted muerto que vivo.
-Se equivoca de lleno agente, cuando más valía para mí el doctor Frank era en estos últimos tres meses, ya que después de casados seguimos haciendo la misma vida que

de solteros, para no levantar sospechas; pero aunque no lo quisiéramos, tuvimos muchos más ratos para hablar de los que jamás tuve, ratos que aproveché para aprender de neurología, de procesos mentales, de conexiones neuronales y de sicología también. Además de un hombre al que amar, encontré al más excepcional de los profesores; muerto no me sirve de absolutamente nada.

CAPITULO XVIII – VICTORIA

"Recuerde, mi amigo, que el conocimiento es más fuerte que la memoria, y no debemos confiar en lo más débil."

Bram Stoker

Ciudad de la luz, Domingo 25 de Septiembre de 2.044
9:37 AM

Era domingo por la mañana, el tiempo era típico de finales de Septiembre, frio, con nubes bajas por la mañana, mejora al mediodía, chaqueta y manga larga por la mañana, manga corta las horas centrales del día y chaqueta nuevamente por la noche. Mark se despertó temprano y decidió hacer un poco de deporte, se vistió con ropa deportiva, salió de la casa y comenzó a correr. A esa hora la ciudad aún dormitaba y Mark aprovechó los grandes bulevares peatonales para hacer su recorrido. A mediados del siglo XXI las ciudades, o mejor dicho los gobernantes de las ciudades, comprendieron lo ilógico de dejar entrar vehículos al centro de las urbes, o al menos en lo que a su superficie se refiere. De ese modo, se levantaron carreteras enteras para poder soterrar las vías de circulación de los vehículos. Los beneficios fueron inmensos, se redujo la contaminación acústica una barbaridad, el aire era mucho más limpio, se potenció el transporte en bicicleta, patines y otros vehículos sin motor, los niños podían hacerse dueños del entorno público y jugar tranquilamente en los parques, en una frase, se antropometrizaron las ciudades, se adecuaron al ser humano en vez de a los vehículos.

Mark corrió durante una hora, al principio inconscientemente, pero a medida que se iba acercando cada vez más consciente, cuando se dio de bruces con su barrio. Había corrido en dirección a él de una manera automática, olvidando por un momento todo lo sucedido los días anteriores. Iba a darse la vuelta, cuando pensó que a lo mejor podría echar un vistazo y ver si coincidía con victoria; se quedó haciendo estiramientos en el parque de al lado de su casa. Por una parte no llamaría la atención, y por la otra el portal de su casa quedaba oculto a la vista, pero si alguien, o en el mejor de los casos Victoria, saliera del mismo, al haber dado dos o tres pasos habría aparecido a la vista de Mark, sin que ella se percatara, por estar dándole la espalda.

Pasaron cerca de cuarenta minutos, en los que Mark había estirado todos los músculos que podían estirarse en un cuerpo humano, estaba comenzando a aburrirse y se estaba quedando frío además. Varias veces pensó que estaba cometiendo una tontería pero después se auto convencía preguntándose qué mal podía hacer el ver a su novia, a su amada Victoria. En esas estaba, totalmente ensimismado, que por poco no se dio cuenta de que Victoria había salido del portal. Iba sola; Mark pensó en abordarla, sin embargo, cuando ya se disponía a hacerlo, Victoria se encontró con un joven que la esperaba. El joven, de unos treinta años, la agarró por la cintura y ella le dio un cálido beso; a Mark se le revolvió el estómago, sabía que con todo lo ocurrido eso podía pasar , en vista de los efectos que el casco había tenido sobre Erika, pero esperaba que la implantación de Victoria fuera de otro tipo, no estaba preparado para aceptarlo. De hecho, en ese momento pensó que no conocía a ese joven, ilusamente pensó que quizá se estuviera haciendo una idea equivocada.

La pareja emprendió el camino por un bulevar y Mark se fue por la calle paralela, corrió durante un par de manzanas, las transitó de manera que al doblar la esquina se encontrara de cara con ellos, quería ver su reacción. El plan surtió efecto y en la siguiente esquina se encontraron de bruces, como si hubiera sido casual.
-Hola, Vic.
-Hola, cerdo – soltó ella abruptamente sin dar tiempo de reacción a Mark ante lo inesperado de la lindeza que su amada le dirigió.
-Vic ¿Qué te he hecho para que me trates así?
-Perdona- dijo el joven en un tono no muy agradable- ¿Quién eres?
-¿Quién eres tú para preguntarme en ese tono?
-Soy el novio de Victoria.
Mark miró a Victoria con ojos vidriosos haciendo caso omiso del muchacho -Vic ¿Qué dice este mequetrefe?
-Lo que has oído, Mark, para mí eres historia.
-¿Así que tú eres Mark? Debería darte vergüenza presentarte aquí después de lo que le hiciste a Victoria.
-Yo no le hice nada, además estoy hablando con Victoria.
-No hay nada de qué hablar- dijo ella resuelta mirando al suelo.
-Vic, por favor.
-¿No la has oído? ¿Es que eres tonto o qué? –volvió a hablar el impertinente.
Mark no se contuvo más, se lanzó a por aquel mequetrefe con toda la rabia y el ansia acumulada durante los últimos días. Sus músculos respondían con una prodigiosa fuerza debido a los litros de adrenalina acumulados que corrían por sus venas . El primer puñetazo tumbó al acompañante de Victoria, pero Mark no lo dejó caer, lo agarró por la pechera y en el preciso momento en que atraía hacía si la cara del joven, otro puño fue a su encuentro partiéndole la nariz.
-¡Ahhhh!- gritó el joven despavorido – este salvaje me ha roto la nariz.
-¡Largo de aquí!- chillo una histérica Victoria- no te quiero ver nunca más, cerdo, animal – mientras le golpeaba con todas sus fuerzas.
Mark no supo que decir, ni hacer, se miró los nudillos ensangrentados, el sudor le corría por la frente, se dio la vuelta y comenzó a correr, iba completamente aturdido, había caído en la trampa él solo. Se había dicho innumerables veces que no debía caer en la tentación de seguirle el juego a victoria, ella estaba alienada, y él había obrado con muy mal juicio. El pobre joven no tenía culpa alguna, y él le había dejado el tabique nasal totalmente partido; se maldijo a sí mismo una y mil veces por semejante acto de debilidad, corrió hasta la extenuación y cuando llegó a un parque se tumbó exhausto en la mitad del prado y comenzó a llorar amargamente. Su vida se estaba derrumbando por momentos y no sabía si en algún momento de los últimos días había sido dueño de su destino.

CAPITULO XIX – EL JUEZ DE LO MENTAL

"Todo lo que nos da nuevos conocimientos nos da la oportunidad de ser más racionales."

Herbert Simón

Ciudad de la luz, Lunes 26 de Septiembre de 2.044
9:27 AM

Lunes por la mañana, Mark recibe una llamada a primera hora, es el jefe Goldman. Mark, todavía somnoliento, no se percata del porqué de tan extraño hecho, se despereza y cuando va a atender la llamada sus pensamientos se ordenan en un momento y es consciente de toda la situación, sale de la nebulosa y el embotamiento de su mente en menos de cinco segundos.
-Buenos días, jefe Goldman.
-¿No le habré despertado?
-No, no, jefe- mintió Mark.
-Sepa usted que el hombre que se levanta temprano será sano, rico e inteligente.
-Ya, ya, y el pájaro tempranero se come al gusano, jefe ¿Qué quiere?
-Tengo noticias del juez de lo mental.
-¿Pablo Branson?
-Efectivamente.
-¿Qué ha dicho?
-No quiero comentarlo por teléfono, venga cuanto antes a verme al despacho.
-De acuerdo, deme media hora.
Mark se levantó y se dirigió al dormitorio de Don; ahora que había descubierto el supuesto "terrible" secreto de Don sentía que la confianza de su amigo se había restablecido, el hilo de comunicación entre ambos volvía a funcionar de maravilla. Además Mark, ahora que miraba a su amigo dormir, se dijo a si mismo que si había alguien que le importara aparte de Victoria ese era Don, y lo tenía que cuidar. Si en algún momento la felicidad de su amigo dependiera de un acto suyo no vacilaría en hacer lo que fuera preciso para ayudarlo.

-¡Don! -susurró Mark.
Don ni se inmutó.
-¡Dooon! -volvió a repetir.
Su amigo se movió perezosamente en la cama.
-¡Dooon!- dijo Mark en un tono más alto.
-¿Queee?- preguntó Don con una voz que parecía provenir de ultratumba.
-Ha llamado el jefe Goldman.
-¿Qué quería un lunes por la mañana?
-Hablar con nosotros.
-Contigo dirás, yo no me presenté ante él, dudo que conozca mi cara aún.

-No te preocupes, sabe que estás tomando partido en la investigación, además sabe que somos un equipo, que el uno sin el otro no funcionamos, y hoy conocerá tu fea cara - bromeó.
-Vaaale, déjame que me duche, en cinco minutos estoy.
-Te espero con un café en la cocina.
-De acuerdo.

Cinco minutos más tarde ambos se encontraban de camino al edificio gubernamental; Don preguntó a Mark acerca de la entrevista mantenida con el jefe el viernes pasado, para saber a que atenerse, qué sabía el jefe Goldman y qué no. Luego hablaron de cómo podrían recuperar a Victoria y Erika, a un nivel personal. A Mark le agradó ver que a su compañero le había sentado de maravilla la terapia que estaba llevando a cabo con Ángela, Angie. Estaba contento poco a poco las cosas iban encajando, no estaban claras aún pero comenzaban a destejer el galimatías paulatinamente, solo le quedaba un nudo por afrontar, el nudo gordiano que suponía su mayor tormento, Victoria. Llegaron al edificio gubernamental, se metieron en el ascensor y debido a la costumbre pulsaron el tercero en vez del quinto de la planta del jefe Goldman.
-La costumbre- se disculpó Mark levantando los hombros.
-No es nada - dijo Don.
Llegaron al despacho del jefe Goldman.
-Buenos días, agentes- rostro serio, como acostumbraba en él.
-Buenos días, jefe Goldman.
-Tomen asiento – esto va para largo pensó Mark, la vez pasada no me invitó a sentarme.
Ambos agentes se sentaron y fijaron sus miradas en la del jefe Goldman.
-No sé por dónde empezar... - dudó el jefe.
-¿Hay algún problema?
-Depende de por donde se mire, lo hay y no lo hay.
-Jefe, no estamos para perder el tiempo.
-Tenéis razón, lo del juez va a estar duro.
-¿Por qué razón?
-Creo que a este juez también le han implantado "algo".
-¿En qué lo ha notado?
-Veréis, el juez Branson y yo tenemos una amistad especial desde antiguo. Hubo un época, hace mucho tiempo, en el que ambos éramos estudiantes. Éramos colegas íntimos, y ya sabéis lo que ocurre a esas edades, fiestas, alcohol, alguna droga, el juez y yo nunca fuimos demasiado lanzados, pero tampoco nos cortábamos. Una noche de juerga vimos a la que esa noche nos pareció la mujer de nuestra vida, una rubia escultural, alta, de labios carnosos y nariz fina, culo respingón enfundado en un pantalón negro. El juez, por aquella época, tenía buena planta, un torso musculado, un pelo negro que le gustaba peinar y repeinar con un poco de fijador, una camiseta blanca para poder lucir abdominales, pantalones ajustados marcando sus musculadas piernas, e iba descalzo.Tampoco yo estaba mal por esa época, la verdad es que quien no lo está a los veinte... Bueno, el asunto es que ambos nos enamoramos perdidamente de la chica y ella se dejó hacer, al principio a escondidas, luego no; luego la compartíamos directamente.
-¿tri, tríos?- dijo Don con los ojos como platos.

-No exactamente, bueno, quizá alguno cayó, alguna noche de juerga, pero era más limpio, no queríamos sexo por sexo, era amor. Hasta que ella nos traicionó. Nos dejó tirados en la cuneta a los dos, pero no lo hizo a la vez, en primer lugar me dejó a mí. Me enojé muchísimo, pensaba que se había ido con él, sin embargo a los dos días lo dejó a él también. Fue algo bonito que duró un año aproximadamente, desde entonces no hemos hablado de ello, y espero que por el bien de nuestros matrimonios no salga de esta habitación, es un ya superado pacto de dolor entre caballeros lo que nos une, del que ahora les he hecho cómplices a ustedes.
-Claro, claro -dijeron los dos a la vez a la par que asentían.
-Bueno, el asunto es que desde entonces hemos tenido una conexión especial, nunca lo hemos hablado, pero más que la unión o el compartir a aquella mujer lo que nos unió fueron los meses siguientes a que nos dejara tirados; tened en cuenta que ambos pensábamos que era la mujer de nuestra vida, y aunque sabíamos que en algún momento uno de los dos la iba a perder, cuando la tontería estudiantil acabara probablemente, hablábamos hasta el punto de decir estar dispuestos a compartirla para no perderla. Desde entonces una o dos veces al año hacemos alguna comida o cena, incluso alguna vez con la familia, obviamente nunca hablamos de aquello, pero la amistad ha perdurado con esa ascua calentando bajo la mesa, me entienden.
- Perfectamente señor, ¿qué le ha notado diferente esta vez?
-No noté nada al principio; cuando nos vimos todo fue como antes, comenzamos a hablar de nuestras cosas, la familia, el trabajo etc. Sin embargo, en un momento dado, cuando le hablé de Mejora Mental Corp. su mirada cambió, pero no tanto como su actitud, se volvió frio, comenzó a contestarme con monosílabos, si, no... ya sabéis.
-Entiendo que eso sea lo que le ha hecho suponer que le han implantado "algo", pero ¿tiene algo más?
-Sí; cuando vi la actitud que adoptaba quise cambiar el curso de la conversación y comencé a hablarle de pedagogía, enseñanza etcétera. Entonces recupero su brío natural y me habló de Mejora Mental Corp., pero en un sentido totalmente opuesto al que yo le había enfocado al inicio de la conversación.
-¿A qué se refiere exactamente?
-Lo crean o no –dijo adelantándose en su silla como si fuera a hacer una confesión inconfesable - comenzó a hacerme publicidad de los sistemas de aprendizaje, y me dijo que él mismo se había implantado no sé cuántas leyes. El cambio de actitud, pasar del mutismo a una euforia tratándose del mismo sujeto, es decir, de Mejora Mental Corp., me lo hizo ver claro.
-Dígame, jefe Goldman ¿Cree que se ha acabado este recorrido? ¿No conoce a otro juez?
-No lo sé, chicos, sé que es necesario hacerlo, pero no sé cuál es la alternativa que podemos tener, por donde tirar.
-¿Le importaría que intentáramos nosotros un acercamiento al Juez Branson?
El jefe Goldman se quedó en silencio, pensativo, se mesó el poco cabello que tenía , se pasó la mano por la cara mal afeitada, se quedó mirando a alguna parte por encima de ellos, tamborileó con los dedos sobre la mesa y finalmente preguntó.
-¿A qué se refiere con un acercamiento? concreción, por favor.
-Nada violento, mantener una conversación en algún lugar fuera de su hábitat natural, en el gimnasio, el parque o dondequiera que el juez vaya en su tiempo libre.

-De acuerdo, pero con una condición: no menten mi nombre. En el supuesto de que sus ocupaciones surjan en la conversación, digan que pertenecen a otro departamento, o incluso a otro organismo del gobierno ¿De acuerdo?
Don se quedó pensativo al igual que Mark ¿Les estaba negando la posibilidad de investigar el jefe Goldman? Finalmente, Don, saliendo de su ensimismamiento, dijo:
-¿No podríamos citarle con el pretexto de otra investigación? A lo mejor si buscamos la forma de abordar el asunto sin hablarle de Mejora Mental Corp., y logramos una autorización para acceder al registro unificado de descargas puede ser suficiente...
-¡Eso es! Si no mentamos Mejora Mental Corp. , palabra la cual parece ser la clave para que se active su mecanismo de defensa,a lo mejor logramos el permiso; buena idea, Don.
-Por mi parte no hay objeción – dijo el jefe Goldman enderezándose en su asiento -, sin embargo tengo que insistir en que no me mencionen pues de lo contrario temo que relacione todo en un momento. Dudo que reciba dos peticiones de acceso al registro de descargas la misma semana, ni siquiera en el mismo mes.
-Por nuestra parte de acuerdo, ahora nos queda pensar en la estrategia a emplear ¿Cómo preguntar por algo concreto sin poder mencionarlo? - parecía un juego de esos que sirven para juntar a la familia en torno a una mesa en una fría y lluviosa tarde de domingo- Una última cosa ¿Sabe si el juez ha tenido desmanes sexuales últimamente?
-¿Qué pregunta es esa?- Después recapacitó y se dio cuenta de que la pregunta venía relacionada con el comportamiento que sus compañeros habían tenido desde las implantaciones- no, no le ha afectado como a sus compañeros.
-De acuerdo.
-Sobra decirles que si la cosa se tuerce con el juez Branson se retiren de inmediato y me mantengan informado ¿Entendido?
-Sí, señor -ambos agentes se levantaron con las miradas extraviadas, señal inequívoca de que sus mentes fraguaban ya una estrategia de abordaje al juez de lo mental.

Mark y Don se retiraron a casa e hicieron una de sus reuniones tipo Brain storming; se sirvieron dos cervezas bien frías y una vez puestos en la mesa comenzaron a lanzar suposiciones e ideas sobre la investigación y de la estrategia a seguir con el Juez.
-Vayamos escribiendo en primer lugar lo que sabemos.
Don sacó su libreta de piel y se dispuso a apuntar.
-Hemos dado por sentado, a pesar de existir la posibilidad de una copia del estilo de escritura del Doctor intencionada, que la nota de suicidio la escribió el Doctor Frank.
-Posteriormente éste murió, no sabemos si suicidado o asesinado aún.
-¿Quién pudo ser?
-Quizá el director Manuel ¿Puede ser que el Doctor descubriera algo que no era bueno para MMC? Acaso les traicionó por un impulso materialista, viendo el aspecto lucrativo de sus descubrimientos.
-¿Cómo?
-¿Decidiendo montar su propio Negocio paralelo con servicios similares a los de MMC?
-No lo creo, no hemos hallado indicio alguno; tampoco creo que a tenor de lo que sabemos acerca de su persona, por lo descubierto hasta ahora, fuera ese el estilo del Doctor.
-Todavía estamos verdes en ese aspecto, Don, esperemos al informe del agente Ente.
-¿Angie quizás?

Don miró sobresaltado a Mark.
-No olvidemos que es quien hereda; eso la convierte en parte interesada, por más que nos dijera que para ella él valía más vivo que muerto.
-¿La Doctora Ana?
-Creía que eso estaba descartado.
-Hasta que supimos de la existencia de Ángela, sí. Ahora pudiera ser que el móvil sean los celos; si la Doctora conociera la existencia de Ángela, y de la relación de ésta con el doctor, relación de marido y mujer, cuando hace tres meses estaba con ella...
-Pero fue ella quien escribió el anónimo ¿Porque iba a encaminarnos hacia la investigación si fue ella la asesina?
-Pudiera ser que no supiera lo del matrimonio, por otro lado no olvides que estamos tratando con gente muy inteligente, ella sabría que al doctor se le iba a hacer una autopsia, descubriríamos el veneno, si era ella la denunciante se libraría de las sospechas, al menos en las etapas iniciales de la investigación.
-Entonces tenemos tres posibles sospechosos ¿Alguno más?
-Cualquier enemigo del Doctor que desconozcamos aún, o alguien de dentro, alguien de Mejora Mental Corp., o Mejora Mental Corp. entera como organización.
-De acuerdo, vayamos con lo referente al juez ¿Qué sabemos?
-Que necesitamos acceder al registro central de descargas, y que solamente alguien de su rango nos lo puede autorizar.
-También sabemos, por lo que dijo el jefe Goldman, que en este caso la implantación del juez no tiene el mismo efecto que sobre nuestros compañeros.
-Efectivamente, la diferencia es palpable, unos se vuelven desinhibidos a la hora de sufrir la implantación de Mejora Mental Corp. y éste todo lo contrario, se esconde en un caparazón ¿Qué nos dice eso?
-Que la capacidad de implantación es muy potente, pudiendo influenciar sobre las actitudes de las personas de la forma que más convenga a MMC.

Ambos agentes llegaron al punto en el que pensaban abordar al juez. El jefe Goldman les dio ciertas pistas para poder hacerlo. Los lunes por la tarde el juez tenía el hábito de practicar deporte en un gimnasio cercano al juzgado donde pasaba la mañana. El gimnasio ocupaba las plantas baja y primera de un imponente edificio de oficinas; las personas que trabajaban allí tenían la posibilitad de asistir al gimnasio durante la hora de comer o en alguna escapada rápida. Se accedía mediante un gran hall, el cual disponía de un recibidor en forma de circunferencia y dos escaleras que subían, una a cada lado, con forma redondeada también. Los materiales eran nobles y con corte moderno; cerámicas de gran tamaño rectificadas cubrían todo el suelo y subían por las paredes hasta una altura de metro setenta aproximadamente, donde daban paso a una pintura beige clarita, muy neutra. Todos los cerramientos de la planta superior eran de cristal, de modo que podía verse a la gente ejercitarse mirando al vestíbulo; en la planta baja los cerramientos eran mixtos, los de los vestuarios eran de tabiquería normal, pero a ambos costados de la recepción se veían dos cristaleras donde se veía gente jugando a squash en un lado y a pádel en el otro.

Mark y don tuvieron que abonarse al gimnasio -un mes era el tiempo mínimo- ya que la entrada de un día era el equivalente a un mes; era evidente que no querían merodeadores en el gimnasio, era una forma de tener menos clientela, pero más selecta y leal. Ambos se ejercitaron discretamente en la máquina de ejercicios que más cerca se encontraba de la cristalera que daba al vestíbulo, se iban turnando, esperando a que el juez hiciera acto de presencia en el gimnasio, tenían que coordinarse con él, hacerse notar por él de una forma discreta, para posteriormente en la cafetería del gimnasio, donde sabían que tomaba un tentempié sin más compañía que un diario, abordarlo ; tenían que ser extremadamente cuidadosos.

El juez hizo acto de presencia, saludó al recepcionista -un monitor musculado que apuntaba los turnos de las clases en un cuaderno-, se despidieron y acto seguido el juez desapareció por la puerta del vestuario; en ese preciso momento Mark y Don ocuparon las dos únicas máquinas de bicicleta estática con pantalla de simulación de competición. Sabían que la rutina del juez era una hora de bici y media hora de ejercicios, con otra media hora para el tentempié leyendo el periódico digital, que ambos se hicieron cargo de estropear accidentalmente.

Cuando el Juez llegó a las máquinas de ciclismo bkool donde ambos competían por no descolgarse de un pelotón de profesionales virtual, una mueca de disgusto se dibujó en el rostro del juez, se dio la vuelta y por un momento parecía que había decidido ir a otra máquina; Mark y Don se miraron preocupados, sin embargo el juez pareció pensárselo mejor, se dio la vuelta y se encamino hacía ellos; se miraron con disimulo esperándolo.
-Disculpen- dijo el Juez.
-¿Si?- dijo Don con la respiración entrecortada.
-¿Tienen para mucho rato?
-Estamos haciendo los últimos cincuenta kilómetros de la clásica Paris Roubaix, el pavés...
-Sí, Sí- Era la prueba que más gustaba al juez, y para más inri compitiendo en paralelo... Ahora se sentía frustrado y con envidia. Se iba a retirar, cuando Mark le dijo.
-Si quiere podemos hacerlo a relevos.
-¿Cómo? -preguntó el juez con unos sonrientes ojos, no se quedaría tirado sino que además podría demostrar su capacidad a los dos; llevaban una media de treinta y ocho kilómetros por hora, él era capaz de hacerlo rozando los cuarenta- de acuerdo.
-Póngase aquí- dijo Mark, bajando de un salto y sorprendiéndose de que el juez tuviera esa agilidad para montarse a su edad. Don había seguido pedaleando, le sacó cerca de un kilómetro.
El juez se puso a dar pedales, primero a un ritmo inferior al de Don, estaba calentando; Don se sintió tentado de aflojar, sin embargo una mirada de Mark lo persuadió de no hacerlo, sabían de lo que era capaz el juez. A los cinco minutos, una vez que el juez hubo calentado, comenzó a comerle terreno a Don; estaba a kilómetro y medio, le quitaba casi tres minutos. En cinco minutos había reducido la ventaja a la mitad y en diez estaba a rueda. Don sudaba profusamente, el juez mantenía la compostura de quien está en su ambiente; sudaba, pero tenía un porte firme, unas piernas finas y fibrosas rodaban como un molinillo; el contraste con Don era evidente; tenía éste los hombros caídos del ya considerable cansancio, el sudor le corría por la frente copiosamente y tenía un considerable charco bajo la bici; pidió el relevo. Mark se colocó en la bici y comenzó a pedalear con toda la energía de que era capaz, cogió al juez, le rebasó y ganó cierta distancia; veía el pelotón a lo lejos, durante cinco minutos

tiró como un poseso, tratando de integrarse en el pelotón, ya que la protección del mismo le quitaría la resistencia del viento, y esa la máquina bkool era capaz de reproducir la sensación de facilidad de pedaleo, sin embargo por más que lo intentaba acababa de cazar, y cada vez estaba más cansado. El juez seguía impasible con su ritmo, le volvió a coger, lo rebasó... en ese momento Mark simuló un tirón.
-¡Aaahhh!- aulló, dejando de pedalear y estirando la pierna.
-¿Qué le ocurre?- preguntó el juez sin dejar de pedalear.
-Un tirón, me ha dado un tirón.
-Ya te ayudo- dijo Don, cogiendo a su amigo por debajo de los brazos y tumbándolo en el suelo.
El juez comenzó a dejar de pedalear poco a poco mirando a Mark; no quería dejar el disfrute de pedalear pero tampoco quería ser descortés. Mark le hizo un gesto.
-Siga usted, no se preocupe.- El juez hizo un gesto de agradecimiento y siguió.
Mark y Don se fueron al vestuario, el plan iba bien; se ducharon, se cambiaron y fueron a la cafetería; pidieron dos cervezas, dos bocadillos de jamón serrano, y se sentaron a esperar.

A los quince minutos el juez entró en la cafetería, fue a la barra y pidió un refresco de cola y un bocadillo de salami, se giró, fue a sentarse a la mesa donde solía hacerlo y vio que estaba ocupada por los dos ciclistas del gimnasio; se les acercó.
-Disculpen...
-¿Si?- dijeron ambos girando las cabezas- caramba ¡Si es nuestro líder! Menuda paliza nos ha dado usted.
-No ha sido para tanto ¿Les importa que me siente?
-Por supuesto que no.
-Me llamo Pablo, Pablo Branson.
-Nosotros somos Donovan y Mark.
-Encantado ¿Vienen a menudo al gimnasio? Creo que no les había visto hasta hoy.
-La verdad es que somos nuevos, trabajamos por aquí y decidimos que teníamos que cuidar estos cuerpos.
-Han hecho bien, esa máquina es una maravilla ¿no les parece? Y no la tienen en los demás gimnasios de la zona, no para competir en paralelo.
-Sí, la verdad, nos ha impresionado, la sensación de realismo que aporta es impresionante.
-Esa máquina cuesta una fortuna, tiene sensores de todo tipo, la velocidad y la resistencia de los pedales viene determinada por el tipo de carretera, la inclinación, el viento etc.
-Lo del viento sorprende, dispone de ventiladores ¿verdad?
-Tiene uno únicamente, pero a través de unas toberas la máquina conduce el viento para que incida por donde debe.
-Muy interesante ¿Cuántas etapas simuladas tiene?
-Cientos. Tiene las clásicas de un día más conocidas, tiene pruebas por etapas como el tour de Francia, la vuelta a España etc.
-Le veo muy enterado de todas las vicisitudes relativas al ciclismo y su práctica; le gusta aparte de practicarlo ¿verdad?
-Pues que quiere que le diga, antes la bici estática me aburría, pero ahora con todas las opciones que te da, competir contra otro, simular una etapa de juveniles, aficionados o

profesionales, ver cuál es tu nivel de desempeño, y a su vez poder ver el nivel de los profesionales… es increíble ¿Nunca se han preguntado si serían capaces de seguir a ciclistas profesionales durante un kilómetro? ahí tienen la posibilidad de hacer la prueba.
-¿Trabaja por aquí? - preguntó Mark, empezando a cansarse de tanto rodeo.
-Sí, soy juez en el tribunal de lo mental.
-¡Hum! Que interesante –dijo Don mientras daba un mordisco a su bocadillo.
-¿Qué hace un juez de lo mental?- preguntó Mark
-Básicamente juzgar, juzgar actuaciones ilícitas o ilegales para con asuntos mentales.
-Entonces conocerá esa empresa que hace implantaciones mentales, Mejora Mental Corp.- He metido la pata, pensó.
-Si- dijo el juez con una cara mucho más seria.
Primer monosílabo, pensó Don.
-Mi amigo dice que eso puede ser peligroso.
-No veo por qué.
-Porque dice que si usted abre la mente a esa empresa, o cualquier otra parecida, tiene el riesgo de que le implanten contenido que usted no haya solicitado.
-Imposible.
-¿Por la ley 12/2039 del uso de materias relativas a la intervención mental?
El juez dejó de comer, miró hacia abajo y después fijamente a los dos.
-Ustedes son los agentes que están investigando Mejora Mental Corp.
Mark y Don se quedaron helados.
-Al principio no he caído- dijo el juez- pero sabía que sus nombres me sonaban de algo; son ustedes los perros de presa del jefe Goldman.
-Señor, si me permite –dijo Mark en un susurro y tragando a duras penas el pedazo de bocadillo que aún tenía en la boca, tenía que impedir que la tormenta estallara.
-No le permito nada –dijo el juez en un tono severo ,con la tez totalmente paralizada por la ira que irradiaba por todos sus poros - ¿Qué se creen ustedes? ¿Que soy estúpido o qué? Como sigan importunándome voy a presentar una queja en toda regla contra ustedes y el jefe Goldman.

Los acontecimientos se precipitaban; que el juez presentara una queja supondría una amonestación contra el jefe, la suspensión de ellos, dejar la investigación en el aire...
-¡Señor!- dijo Mark con un tono de súplica enérgico- En primer lugar, el jefe Goldman no sabe que estamos aquí, no lo involucre por favor; en segundo lugar, tenemos claro que Mejora Mental Corp. ha implantado contenidos no deseados en personas de nuestro entorno. Necesitamos de usted una autorización para ver el registro central de descargas; si estamos en lo cierto todos ganaremos, si estamos equivocados asumiremos el castigo que usted proponga, incluso renunciar a nuestros cargos si es necesario..

-No hace falta que renuncie usted, yo les echaré por abordarme así, y aunque tuvieran razón, que no la tienen, este no sería el medio; es la última advertencia.
¿Cómo hacer entender a alguien que está enfermo y que su propia enfermedad no le deja ver que lo está? Es imposible, pensó Mark ¿Cómo hacerlo?
El juez se levantó enérgicamente y se dispuso a dirigirse hacia la puerta. Mark y Don no sabían qué hacer, pero hicieran lo que hicieran debía de ser rápido, por de pronto

decidieron no atosigar al juez más, ofrecer una disculpa y tratar de salir lo más rápidamente de aquel lugar. Tendrían que pensar en una estrategia alternativa para poder acudir al registro central de descargas.
-Disculpe nuestro comportamiento señor Branson, tiene usted nuestra palabra de que no vamos a importunarle más.
-Más les vale que así sea, se lo digo por su bien, déjenme que recapacite y más calmado decidiré si presento una reclamación formal contra ustedes.
-Cómo quiere señor Branson, reiteramos nuestras disculpas – Mark hizo un gesto a don y ambos abandonaron la cafetería ipso facto a la par que el juez salió por otra puerta con gesto de muy pocos amigos.

CAPITULO XX – EL INFORME DEL AGENTE ENTE.

"El mundo académico avanzaba hacia un conocimiento cada vez más especializado, expresado mediante una jerga cada vez más opaca."

Michael Crichton

Ciudad de la luz, Martes 27 de Septiembre de 2.044
9:30 AM

Habían quedado con el Agente Ente en la misma cafetería que la primera vez, querían discreción y no podían arriesgarse a que nada más saliera mal, tenían un montón de interrogantes en su cabeza y ahora estaban en el punto de mira del Juez. No sabían hasta qué punto se podían fiar de que éste no fuera al director Manuel a contarle lo que le habían pedido. Habían pasado casi diez días desde la muerte del Doctor Frank, y aunque cada vez tenían más evidencias no eran capaces de afirmar ni probar nada. ¿Había habido asesinato, sí o no? Porque si la respuesta era que no estaban haciendo el mayor ridículo de su historia, y como mal menor podrían tratar de descubrir delitos perpetrados por Mejora Mental Corp., pero esa empresa parecía una tortuga con su caparazón impermeable a todo tipo de filtraciones. Esperaban que con el informe del Agente Ente pudieran saber algo más acerca del enemigo, la información es poder.

-Buenos días, Agente Ente ¿Qué va a tomar?
-Un desayuno como el del otro día estaría bien, gracias.
Esta vez pidieron a la camarera Olga y esperaron a que después de tomada la comanda se retirara.
-Bien ¿Qué ha descubierto?
-Es muy gordo, la trama de intereses y empresas que hay detrás de Mejora Mental Corp. es inmensa.
-No entiendo, la empresa es relativamente nueva, tendrá diez años como mucho, y funcionando con comercialización, es decir, generando ingresos, no llevará más de cinco años ¿Tan potente es?
-Verá, por lo que he descubierto, a todo aquel al que he preguntado no ha sabido responderme con claridad las razones de por qué creen que vale tanto esa empresa, pero todos concuerdan en que vale mucho, muchísimo dinero.
-¿Cotiza en Bolsa?
-Sí, y por ahí encaminé mi primer hilo de investigación ¿Y si están creando una burbuja? La mejor manera de hacer crecer el valor de las acciones es crear expectativas, y la verdad, en los últimos tiempos nada ha creado más expectación que la nueva versión del software que MMC está promocionando ahora mismo.
-¿Cree que puede ser que no haya nada detrás?
-A tenor de lo descubierto no, creo que algo hay, porque dentro del grupo de los inversores,uno de los más potentes es el departamento de desarrollos tecnológicos del Gobierno. Dudo mucho que el gobierno esté dispuesto a meterse en una inversión

especulativa, porque en el momento en que el asunto explotara la opinión pública iría de lleno contra el presidente y todos los demás miembros se la jugarían con él.
-Entonces ¿Ha descubierto qué hay detrás?
-Imposible, esa organización y su accionariado es totalmente hermético; tiene que pensar que uno de los mayores clientes es el Gobierno, con el programa de mejora del ejército; eso es asunto de seguridad nacional, y si un simple detective como yo hubiera descubierto algo sin medios, ni tiempo, no quiero pensar que podrían hacer espías con medios y tiempo.
-En ese caso... veo dos alternativas- dijo Don, dejando de apuntar en su libreta de piel- O Mejora Mental Corp. está tramando algo en colaboración con el Gobierno, lo cual sería gravísimo, o Mejora Mental Corp. está recorriendo un tortuoso camino en paralelo.
-Yo apostaría por lo segundo –dijo el agente Ente- Nadie en su sano juicio se jugaría su puesto, prestigio e incluso libertad, por algo tan arriesgado.
-Nadie del sector público.
-Afirmativo- dijo el agente Ente, dejando entrever su pasado militar.
-¿Qué me dice del Director Manuel y de las demás personas del consejo de Administración?
-El director Manuel es un tipo hecho a sí mismo, pero no creo que esté dispuesto a meterse en asuntos turbios. Se ha labrado su camino a base de esfuerzo; como ya he dicho, de origen humilde, le ha costado mucho llegar a donde está, tiene mujer y cuatro hijos... Es ambicioso, pero creo que honrado.
-¿Qué sabemos acerca de los demás?- dijo Don, apuntando datos continuamente sin levantar la vista.
-El único que me crea ciertas dudas es el presidente.
-¿Qué ha descubierto acerca de él?- preguntó Mark
-Es muy misterioso, solo se sabe su nombre y apellido: Francisco Swarz. Nada más; ni siquiera le he localizado un domicilio, diría que vive en las instalaciones de MMC. No hay registros de él antes de la existencia de Mejora Mental Corp., es como si hubiera nacido hace diez años, no hay fotos, nada; en los medios de prensa siempre ha salido el director Manuel, ha sido la cara visible del proyecto desde que éste nació, además el presidente posee un paquete de acciones importante en la empresa.
-Habrá que hablar con él- dijo Mark.
-¿Bromeas?- dijo Don, mirando con cara de suspicacia.
-No, a veces para sacar la verdad a la luz tienes que hablar cara a cara con la persona y solamente viendo su comunicación no verbal, los gestos, los tics, etc. sabes cuándo miente, cuando está nervioso, y cuando dice la verdad.
-Claro , pero es que a estas alturas, si el juez Pablo Branson no ha difundido una orden de suspensión contra nosotros, si se llega a enterar de que estamos importunando al presidente de MMC lo hará.
-Puede ser, y es posible que no nos podamos acercar a los edificios gubernamentales, sin embargo es posible que en Mejora Mental Corp. no sepan nada y podamos jugar nuestra baza.
-También podría ir yo- dijo el agente Ente.
-No, es mejor que tengamos a alguien limpio en el departamento antes de que aclaremos nada; si usted se presenta en Mejora Mental Corp. puede acabar marcado como nosotros; deje el trabajo sucio en nuestras manos.

-De acuerdo entonces.
-¿Ha terminado?
-En realidad no- titubeó el agente Ente.
-¿Qué más hay?
-Su novia... - Mark palideció.
-¿Le ha ocurrido algo? Por dios, dígame algo ya- presa de los nervios agarró al atribulado agente Ente por las solapas de la gabardina, urgiéndole a que desembuchara lo descubierto inmediatamente.
-Verá,- dijo el agente planchando su arrugada gabardina con las manos después de que Mark lo soltara- la he seguido y ha tenido comportamientos extraños –Mark lo sabía por experiencia propia- pero hasta ahora había conseguido que evitara toda clase de peligros.
-¿A qué peligros se refiere?-dijo Mark angustiado.
-Sexuales, señor; su novia..., perdóneme la expresión, parece una ninfómana, trata de tirarse a todo lo que se mueve.
-Ha dicho que hasta ahora había conseguido que evitara toda clase de peligros ¿Qué no ha conseguido evitar?
-Verá... hasta ahora iba buscando a hombres, y en cuanto tenía la oportunidad yo conseguía disuadirlos, a veces diciéndoles que estaba enferma; en otras ocasiones insinuando que era mi mujer y que si iba ella iba yo; y ante tales tesituras ellos rechazaban, claro.
-Me cuesta creer que alguien pensara que era usted el marido de Vic- dijo Don mirando a su amigo, que tenía un rio de lágrimas en los ojos y miraba fijamente a la mesa.
-Continúe –dijo Mark en un susurro.
-Anoche, paseando... más bien deambulando sin rumbo fijo, se topó con un club de intercambio de parejas, ya sabe, esos clubs donde la gente va a cambiar de pareja por una noche; me metí tras de ella pero resultó que era un día especial, era, señor...
-¿Qué era?
-Una bacanal, señor, todo el mundo practicaba sexo con todo el mundo.
-¿Una orgía?
-Afirmativo, señor; luces oscuras, música moderna a todo volumen, un montón de cuerpos a medio desnudar y otros totalmente desnudos... entregados al más puro onanismo. No la vi al principio, me costó un par de minutos acostumbrar la vista y otro más para asimilar lo que veía ; pensará que soy un mojigato, pero jamás había visto algo así. Para cuando me acerqué, ella estaba con un hombre, la tenía asida por el cabello, puesta a horcajadas sobre él, y me atrevería a decir que la tenía profundamente penetrada; ella gritaba, supongo que de placer –dijo visiblemente nervioso el agente Ente.
-Por favor, ahórrese ese tipo de comentarios superfluos – dijo Don viendo a su compañero completamente hundido.
-Perdón, ejem...discúlpenme, es que la situación me superó y no puedo quitarme de la cabeza las cosas que vi. Después de encontrarla traté de persuadirla para que abandonara conmigo aquel antro, pero no me hizo el más mínimo caso, y unos guardas de seguridad, al verme vestido y tratando de hablar a grito pelado con una mujer probablemente pensaron que era la nota discordante, me expulsaron, yo me opuse con vehemencia tratando de explicar el porqué de mi comportamiento, pero eran dos

gorilas que no atendían a razones, además al ver que forcejeaba se sumaron dos guardas más; no tuve más opción que retirarme, señor, siento haberle fallado.
Mark permanecía callado, rumiando su dolor.
Don trató de poner algo de cordura en aquel pozo de amargo dolor – hizo usted lo que pudo agente Ente.
Con las explicaciones del agente el alma de Mark se partió, fue como la explosión de un globo de agua a cámara lenta; en primer lugar el continente se resquebrajó para posteriormente, en una fracción de segundo desintegrarse, dispersándose en miles de gotas el contenido de la misma, el amor, el odio, la raíz más profunda de su ser cayó al suelo con un sordo estruendo; Mark estaba lívido, ido.
Don le pidió al agente Ente que no diera más detalles. Este asintió, pidió permiso y se retiró.
Al cabo de unos minutos de mutuo silencio Don tomó la palabra - Mark -.
No reaccionaba, estaba muerto en vida, su amada Vic había hecho el amor con otro, y no solo eso, buscaba ansiosamente con quien hacerlo; sería posible que lo sucedido se repitiera, o que se estuviera repitiendo en ese mismo instante, barruntadas las posibilidades inherentes a los sentidos, al ya de por si insoportable dolor se sumó el abanico de posibles consecuencias físicas; podía contraer enfermedades o, peor aún, quedar embarazada. De repente Mark se vio con Vic y un montón de hijos, unos blancos, otros morenos, otros negros, chinos... Era una pesadilla, una pesadilla real.
-Mark- insistió Don.
Seguía sin reaccionar.
Finalmente Don le sacudió un tortazo.
-Mark, vuelve.
-No merece la pena, Don.
-No seas estúpido, sabes que no es ella la que ha cometido esos actos, sabes que es la implantación lo que la empuja a obrar de ese modo.
-Claro... pero si los hijos no son míos... - balbuceó.
-No digas sandeces, tenemos que solucionar esto cuanto antes y en éste estado no vas a poder arreglar absolutamente nada.
Finalmente, tras unos duros y silenciosos minutos, Mark reaccionó, tímidamente, pero reaccionó.
-Tienes razón, gracias amigo, tenemos que lograr saber que ocurre y empezaremos por el juez Pablo Branson, él es la llave – dijo secándose las lágrimas con el dorso de la mano.
-Vamos a casa, te preparo algo de comer, te recuperas del shock y a la tarde pensamos por donde atacar o cazar al juez.
-De acuerdo- dijo Mark, con una honda tristeza apegada a sus palabras.

CAPITULO XXI – EL JUEZ TIENE UN PUNTO DÉBIL

"El conocimiento depende del tiempo, mientras que el saber no. El conocimiento es una fuente de acumulación, de conclusión, mientras que el saber es un continuo movimiento."

Bruce Lee

Ciudad de la luz, Martes 27 de Septiembre de 2.044
15:30 PM

Después de comer y echar una cabezadita Mark ya había digerido mejor lo que el Agente Ente les reportó acerca de Victoria. La verdad era que Mark, en su fuero interno ya espera algo así, sabía que después de lo visto con el joven aquel, aquello podía ser únicamente la punta del iceberg. Pero a pesar de intuirlo no quería verlo por el daño que ello le podía infligir.

Mark y Don se sentaron en torno a la mesa y volvieron a repasar una vez más los elementos clave de la investigación, qué tenían y qué podían usar. Después de revisar la nota de suicidio y el anónimo, que ya no lo era, tenían que averiguar por donde podían acceder a la fortaleza en la que la mente del juez se hallaba presa.

-Pensemos- dijo Mark-, ¿Qué podemos utilizar y qué no?

-No podemos utilizar a nadie del departamento ya que los que están anulados son inoperantes y al resto los quemaríamos.

-Lo mismo que le dijimos al agente Ente, el mensaje a transmitir es claro.

-Que nos dejen husmear en el registro central para ver qué diablos han implantado en las mentes de nuestros compañeros.

-¿Y en la suya propia?

-Quizá, pero a lo mejor el simple hecho de que logremos filtrar en su mente la idea de que le han implantado algo pueda ser contraproducente; vayamos por partes. Primero tenemos que saber qué hay en las mentes de nuestros compañeros y en caso de que encontremos algo podremos ir a por las demás cosas.

-¿Por qué dices en el caso de que encontremos algo?- preguntó Mark saliendo del aturdimiento y la melancolía por tener que concentrarse en la reunión.

-Porque podría ser que hubieran encontrado un sistema para descargar paralelamente los contenidos.

- Lo dudo; acuérdate de que las descargas de contenido se han hecho a través de internet y únicamente siguiendo el rastro de la IP las autoridades podrían detectar trafico sospechoso.

-¿Y si han encontrado la forma de borrar o alterar el contenido de la computadora central?

-Pudiera ser; primero necesitamos llegar hasta él, y aunque solo lográramos que nos dejaran ver la carcasa de la computadora por fuera sería más de lo que tenemos ahora.

-Entonces, si no nos vale nada oficial, necesitamos algo extraoficial.

-¿Te refieres a robar?

-Sí, entramos en el silo donde se encuentre esa computadora y la robamos.
-Piensa, Don; si robáramos la computadora, además de no servirnos de nada porque las pruebas serían anuladas, nos jugaríamos ir a la cárcel por hurtar información muy valiosa.
-¡Maldita sea!- Se levantó Don exasperado, comenzó a andar de un lado para el otro, exprimiéndose la mente, en un momento dado miró a su silencioso compañero y vio en él una determinación y concentración como pocas veces había visto, le iba a preguntar en que pensaba cuando...
-¡Lo tengo! - dijo Mark, apuntando hacia el cielo- Necesitamos a alguien de su entorno, alguien en quien el juez confíe ciegamente.
-Pero el jefe Goldman ya nos explicó la confianza que tenían y que en cuanto le mencionó el asunto de Mejora Mental Corp. se cerró en banda ¿Por qué habría de ser diferente en este caso?
-Sencillamente porque lo que propongo es que él autorice el registro sin que lo sepa.
-¿Cómo va a ser eso posible?
-Verás, tenemos que explicar el asunto, lo que creemos, nuestras sospechas, a alguien en quien el juez confíe ciegamente, de modo que en un determinado momento, al recoger el correo por ejemplo, le haga firmar un papel sin que éste lo lea siquiera; así tendremos una orden judicial firmada.
-Pero en caso de que salga mal puede ser muy grave.
-Precisamente por eso no tenemos que ser ambiciosos; podríamos pedirle que nos firmara una hoja en blanco, o una orden de registro integral, pero por el bien de todos, y porque necesitamos a alguien, como por ejemplo su mujer, tenemos que ir poco a poco.
-¿Crees que vamos a poder convencer a su mujer? – dijo Don con cara de absoluta incredulidad.
-Míralo así ¿Qué pierde ella? nosotros le pedimos que haga firmar al juez una orden sin demasiado contenido, revisar el archivo de implantación de Erika, por ejemplo. Si el juez se da cuenta pero en la orden solamente pone el nombre de Erika Steels, es posible que el juez ni siquiera la relacione ni con nosotros ni con el jefe Goldman.
-Parece buena idea; la mujer del juez solamente está abriendo la puerta un poquito, y en caso de que el juez la sorprenda, esta le dirá simplemente que la cierre de un portazo – comenzó a convencerse Don.
-Y en el caso de que en el futuro necesitáramos utilizar esa orden, sería porque habríamos hallado contenido interesante para la investigación, y en el momento en el que el juez dijera no recordar haber firmado esa orden su mujer entraría en juego y le diría que la firmó delante de ella, además incluso podría dejar una copia en el fondo del armario del juez.
-Brillante - admitió Don con los ojos muy abiertos y asintiendo repetidamente con la cabeza mientras aplaudía con grandes ademanes – oye Mark ¿Cómo vamos a abordar a la mujer del Juez?
-Tenemos que ser cautelosos; pero creo que no será complicado hacer algo parecido a lo que hicimos con el juez.
-Está bien, pero en el caso del juez el jefe Goldman nos dio información precisa de sus rutinas, en este caso las desconocemos por completo.

-Por eso mismo, antes que nada tendremos que saber si estamos suspendidos o no, ya que en caso de estarlo y no mencionar nada ante ella, en el momento en el que ella lo descubriera, suponiendo que lo hiciera, perderíamos toda credibilidad.
-De acuerdo, voy a investigar todo lo posible acerca de ella para poder hacer la maniobra de acercamiento con las mejores armas.
-Nos interesa saber qué le gusta, para la entrada al tema de conversación; nos interesa conocer sus rutinas, para saber cuándo abordarla, sabiendo que necesitamos un marco de tiempo de una hora aproximadamente para convencerla.
-¿Por dónde empezamos?
-Por el nombre, no lo recuerdo.
Don sacó su libreta de piel y repasando la documentación finalmente dijo-Daniela, se llama Daniela Gil.
-Bien, sé que mañana a la tarde el juez Pablo está invitado para asistir a una recepción de un diputado del Gobierno, imagino que su mujer lo acompañará, aprovecharemos para colarnos en su casa y tratar de sacar la mayor información posible.
-¿Colarnos? ¿En la casa de un juez? –dijo Don con un gesto de oposición.
-¿Conoces algún medio más rápido y eficaz mediante el cual podamos investigarla a fondo en menos tiempo? – trató de convencerlo.
-¿Tienen seguridad en casa? – claudicó Don.
-Son las dos primeras cosas que tenemos que saber, qué seguridad tienen y si Daniela va a acompañar a su marido a la recepción.

Ciudad de la luz, Miércoles 2 de Octubre de 2.044
11:30 AM

Daniela se encontraba en el salón de su casa, una estancia inmensa de unos cuarenta metros cuadrados, decorada con estilo retro de gusto exquisito, grandes cortinas blancas de guasa y cortinones blancos por encima de estas. Había dos grandes alfombras color rubí ajado jalonando en el pulcro solado el espacio destinado a una pretenciosa mesa de madera y cristal, acompañada de veinte sillas tapizadas en un crema claro, y culminado el bodegón en lo alto por una gran lámpara de araña con cristales perlados color blancos. La otra alfombra daba cobertura a un gran sofá con forma de U en el cual podían fácilmente acomodarse la veintena de personas que en la mesa anteriormente descrita habrían de ser agasajadas. Había poca ornamentación, pero se veía que era una sala preparada para acoger a un nutrido grupo de visitantes y darles un ágape de consideración a la altura de los mejores establecimientos mundiales del ramo de la hostelería. Daniela miraba la tele en un mural tecnológico cuando el timbre sonó. Se levantó, se mesó el cabello mirándose de reojo en un espejo de marco plateado, sin detener la marcha hacía la puerta. El juez y su esposa no tenían servicio de mayordomo, habían prescindido del último cuando los hijos habían abandonado el nido paternal, eran gente adinerada, pero austera a su vez, únicamente mantenían a una doncella que limpiaba la casa por las mañanas, la cual acababa de marchar, y una cocinera que preparaba la comida y la cena al mismo tiempo, es decir, por la mañana había algo de trasiego en la vivienda, después del mediodía el servicio tenía fiesta dejando al matrimonio solo el resto del día, con la casa reluciente y las viandas para el almuerzo, la merienda y la cena prestas en la despensa o en el refrigerador dependiendo de la naturaleza de los mismos.

La mujer del juez abrió la puerta y se encontró con un empleado de una conocida sastrería; se podía adivinar porque éste llevaba un uniforme y en la propia gorra ponía el nombre del negocio; el empleado era un atractivo moreno de unos cuarenta y cinco años y mirada penetrante, con el pelo negro, sin que cana alguna asomara aún; llevaba un paquete en sus manos y al ver a Daniela en la puerta observándolo fijamente con curiosidad preguntó, simulando un acento ligeramente distinto del suyo:
-La señora Daniela... - hizo un ademán de mirar en un papel que llevaba en el bolsillo frontal de su chaleco el apellido de la receptora- Gil ¿Daniela Gil?
-Soy yo ¿Qué desea? – dijo mirando a su interlocutor con notable curiosidad.
-Le traigo un paquete con el vestido que su marido desea que utilice esta tarde en la recepción.
Daniela miró con curiosidad el paquete, como tratando de adivinar qué tipo de vestido podía ser.
-De acuerdo, lo cogeré.
Abrió el paquete un poco, más por curiosidad que por otra cosa, y vio un precioso vestido negro, ingenuamente pensó que su marido la conocía bien.
-Verá, señora, necesito saber si le sienta bien, ya que en el caso de que no le sirva tenemos tiempo de cambiarlo o ajustarlo para que pueda asistir al evento de esta tarde como una dama de su talla merece.
-Qué galantes y qué servicio,- dijo ella sonriendo satisfecha por el vestido que tenía entre manos-, espere un momento, me lo probaré; espere aquí, por favor.
Daniela cerró la puerta tras de sí, dejando al disfrazado Don esperando, pero lo dejó con una sonrisa que ella atribuyó a la cortesía profesional y no por haber confirmado que también ella asistiría al evento dejando la vivienda a su disposición. Daniela se probó el traje y le sentaba de maravilla, Mark y Don habían hecho bien su trabajo la tarde anterior y el primer paso del plan había funcionado fenomenalmente. Volvió sobre sus pasos con el vestido puesto, abrió la puerta y preguntó al empleado del atelier de costura.
-¿Qué tal me sienta? He pensado que siendo usted trabajador de una sastrería tendrá buen ojo para estas cosas.
-Le sienta a usted de maravilla, señora – dijo Don obsequiándola con una de sus mejores sonrisas-, pasaré el aviso de que, como siempre, hemos acertado con las medidas; de todos modos, si necesitara cualquier cosa le dejo mi contacto -acercaron sus pulseras y en el momento de hacer el intercambio de datos a Don le pareció que la mujer le había guiñado - ¿Estará ella implantada? - pensó Don - Después saludó a Daniela, recogió la propina que esta le ofreció con un acercamiento de pulsera, dio media vuelta y se alejó calle abajo. Allí, lejos de la visión de Daniela, en una cafetería lo esperaba Mark; vestía un atuendo extraño a su vez, tenía puesto un uniforme de la compañía eléctrica; Don se sentó a su lado.
-Hecho, entrega realizada y asistencia confirmada.
-Muy bien, he aprovechado para cortar el cable de suministro de la alarma, todo lo demás está intacto, el sistema funciona pero el router que ha de enviar la señal de alarma está inutilizado, a la tarde tendremos la casa a nuestra entera disposición.

-De acuerdo – dijo satisfecho Don – podemos retirarnos a descansar un poco, comer algo y sobre todo cambiarnos estos ridículos disfraces.

-¡Cariño!
-¿Si?
-Cariño, se está haciendo tarde, el servicio de transporte nos va a recoger a las seis en punto y son menos cinco ya.
-Estoy casi lista, ahora mismo voy.
El juez estaba impaciente, daba vueltas en el vestíbulo de la vivienda, jamás le había gustado llegar tarde a una cita, lo entendía como una falta de respeto hacía la otra persona con la que se hubiese citado. En el preciso instante en el que iba a volver a llamarla, apareció su mujer dejándolo con la boca abierta, su querida Daniela, con un precioso vestido negro espectacular; sus cabellos dorados, con ayuda del ciertas dosis de tinte por supuesto, resbalaban por la aún bella espalda desnuda; en el frente tenía un cuello cerrado, adornado con un collar de perlas, el vestido bajaba ceñido hasta la cintura y volaba hasta casi tocar el suelo en unos graciosos pero discretos volantes.
-Lindísima, espectacular, como siempre cariño.
-Gracias, querido, gracias a tu generosidad.
El juez no entendió a qué se refería pero con las prisas lo pasó por alto. Bajaron de la vivienda y un transporte privado auto guiado los esperaba. Se acercaron al vehículo, montaron y el juez, pasando su pulsera, dio la orden de partir.

A las pocas horas, doblando la esquina, Mark y Don se acercaron elegantemente vestidos hacía el portal del edificio donde vivían el Juez y su mujer. Era un edificio de bella factura, tendría unas veinte plantas y el juez vivía en la décima, alto pero no demasiado. Mark y Don se adentraron en el portal y subieron al décimo piso en el ascensor, al llegar a la puerta de la vivienda del Juez, la cual ocupaba media planta -la otra media planta acogía otras tres viviendas-, Mark hizo guardia a la par que Don manejaba la cerradura electrónica con la soltura que da realizar esa operación innumerables veces; en menos de dos minutos tenía la puerta lista para ser franqueada . Raudos se introdujeron en la vivienda y cerraron tras de sí la puerta. Al ser una vivienda tan grande, que debía de tener en torno a los doscientos metros calculó Mark, decidieron repartirse las tareas: Mark el dormitorio, Don la cocina, la sala y la biblioteca.

Mark enseguida dio con lo que necesitaban; encontró el bolso de uso diario de Daniela y en él halló el pase del gimnasio que ella solía utilizar, en el dorso de la tarjeta tenía apuntados los horarios del masajista del centro. Mark no entendía cómo en pleno siglo XXI la gente no utilizaba todos los aparatos electrónicos existentes; había personas que se negaban a utilizar los soportes informáticos que prestaban las pulseras tecnológicas y otros artilugios utilísimos; la dichosa libreta de Don le vino a la mente, él tenía todo en la nube, cualquier dato, cualquier cosa que necesitara, no tenía más que mirarla en su pulsera tecnológica; solo hacía una excepción con los libros. En este caso le vino bien para conocer a la mujer del juez. Don por su parte revisó la literatura que tenían en la biblioteca; al igual que a Mark, al juez y a su mujer les gustaban los libros en

papel. Eran unos carcamales - pensó Don, sin ser consciente que apuntaba los datos en una libreta de hojas con tapas de piel-. La literatura del lado de la biblioteca correspondiente a Daniela le dio una idea de qué tipo de mujer era, inteligente, culta, muy leída y a la vez atrevida, ya que al lado de los clásicos del siglo XX tenía literatura erótica, literatura relativa a las artes, magia, ocultismo etc. La biblioteca de una persona dice mucho más de esa persona de lo que a priori se pueda creer.
Mark revisó los armarios de Daniela y se encontró con que la inmensa mayoría de la ropa de la esposa del juez provenía de tres tiendas; en sus etiquetas se reflejaban los nombres y direcciones de las mismas, todas exclusivas. Don revisó la cocina, se veía que cuidaban la dieta, no había comida basura, ni las modernas barritas liofilizadas que te permitían comiendo una suplir una de las comidas del día, tenían comida fresca, poca, natural, tomates, cebollas, puerros, patatas, guisantes, zanahorias, etc. Comían sano, se cuidaban, estaba claro. Mark entró en el despacho del Juez, revisó libros, cuadernos, notas, encendió la consola tecnológica consistente en un teclado y un ratón en la mesa, los cuales gobernaban la pared tecnológica que tenía enfrente. Era una de las más modernas que hubiera visto; al entrar no se había percatado ni siquiera de que estuviera allí, parecía una pared del mismo color y tono que las demás, sin embargo al encender la consola se iluminó dándole un susto considerable. Trató de entrar en la base de datos del juez, pero éste era precavido, tenía todo bajo control mediante una contraseña, sin la que no había acceso posible. Mark pensó introducir algunas posibilidades, pero en cuanto reflexionó un poco fue consciente de la pérdida de tiempo que ello iba a suponer, y posiblemente iba a dejar rastro de los intentos de acceso. Apagó la consola y se giró, cuando de repente lo vio. Allí estaba, en la estantería de detrás de la mesa del juez, el maldito casco de Mejora Mental Corp. Blanco, reluciente con todas las luces apagadas, lo miró con desdén, tenía ganas de empotrarlo contra la pared; sabía que no debía, que no podía hacerlo, más aún si no quería dejar pistas de su incursión, pero ganas no le faltaban. Cuando hubieron recogido suficiente información se volvieron a reunir en el vestíbulo, esperaron un momento a ver a través del portero automático que no hubiera nadie en el rellano y salieron tan sigilosamente como habían entrado.

CAPITULO XXII – LA MUJER DEL JUEZ

"Quien ha sufrido tus imposiciones, te conoce."

William Blake

Ciudad de la luz, Jueves 29 de Septiembre de 2.044
7:30 AM

Daniela madrugó, tenía que estar en el Gimnasio a las ocho para la cita con Luiz, el masajista portugués, a ella le gustaba ir una hora antes y nadar unos largos en la piscina antes de su cita con Luiz, así lograba ir entonada, los músculos elongados, desperezados. La natación hacía que su corazón se pusiera en marcha, con vigor, no excesivo, ya que a su edad había que ejercitar el corazón pero tampoco llevarlo a situaciones extremas, eso era contraproducente. La natación hacía que sus músculos fueran irrigados con sangre recién oxigenada, y a la hora del masaje soportaban mejor los meneos de las regias manos del ducho Luiz, y lo que era mejor, le dejaban menos agujetas para el día siguiente.

Daniela salió a la calle, era un día gris, hasta entonces el otoño había dado tregua, no obstante, esta vez se apreciaba claramente que las nubes bajas que cubrían la ciudad no se iban a levantar para el mediodía al igual que lo había hecho en las jornadas precedentes, de hecho, bajo el punto de vista de Daniela, una vez oteado el cielo, esa jornada sería más plausible ver un aguacero que ver lucir los rayos de sol. Ese maravilloso sol que los había acompañado los últimos cuatro meses. Se dirigió a la terminal de vehículos auto guiados, se montó en el primero que estuvo disponible, lo cual se daba con relativa rapidez, ya que el sistema central controlaba los parámetros de asiduidad, velocidad, densidad de tráfico y afluencia de cada terminal, de modo que era difícil encontrar una terminal abarrotada de vehículos y sin gente que transportar y viceversa. Llegó al gimnasio a las siete, según lo acostumbrado. El plan del día era: natación de siete a ocho, masaje con Luiz de ocho a nueve, y desayuno con Teresa, una amiga desde hacía muchos años, de nueve a diez; posteriormente tenía trabajo que hacer en casa.

Mark y Don conocían sus planes, y estaban dispuestos a interferir en ellos, a pesar del soliloquio que el Agente Ente tuvo consigo mismo y que Mark y Don accidentalmente escucharon, argumentando lo ridículo de la idea en la que le habían propuesto participar. Decidieron que, en primer lugar, Mark sustituiría al socorrista de la piscina; en un principio habían pensado hacer ver que Don se ahogaba y que Mark lo salvaba, de este modo llamarían la atención de Daniela. Sin embargo desecharon el plan por pensar que era ridículo, Don era un tipo musculado, en forma, y nadie se iba a creer que eso pudiera llegar a pasarle a una persona que medía más de metro ochenta en una piscina donde apenas cubría metro ochenta, además de que Daniela lo podía

reconocer como el empleado de la sastrería del día anterior. De modo que decidieron que la única persona que podía cumplir el papel perfecto para ahogarse simuladamente era el agente Ente. Este puso sus reparos y quejas; los dos agentes no podían reprimir la risa ante la patética imagen que el bueno de Ente representaba enseñando su "fornido" cuerpo.
-Me las pagaréis, bribones – dijo Ente, medio en broma, medio en serio.

Daniela, ya cambiada, se dirigió a la pileta. A pesar de sus sesenta años, tenía un cuerpo fibroso, el cabello recogido en un gorro de baño, gafas deportivas y unos anchos hombros testigos de las horas de piscina por ella invertidos. Lucía un moreno veraniego el cual comenzaba a diluirse debido a la vuelta a la rutina de hacía quince días aproximadamente; habían estado de vacaciones hasta mediados de Septiembre. El contraste con el agente Ente fue total, se podía ver perfectamente que éste no estaba habituado a los chapuzones deportivos; una piel blanca y fofa, moteada con corrillos de pecas colgaba de los laterales y el frente del traje de baño más espantoso que uno pudiera imaginar. Unas piernas blancas y con unos finos pelos a corros atestiguaban la vida sedentaria del Agente, el cual haciendo gala de un gusto más que dudoso decidió acompañar con un gorro color rosa, como colofón al conjunto. Llamaba la atención entre los asiduos; como en cualquier otro centro deportivo, la gente no suele conocerse, mucho menos tener lazos de amistad, pero en este caso era evidente que a aquél pulpo blanco con bañador nadie lo había visto nunca en una alberca.

Daniela comenzó a nadar como era habitual en ella; primero hizo unos cuantos largos a braza, despacio, dejando que el cuerpo se habituara a la sensación de la inmersión en el agua tibia; después de cinco o diez minutos comenzaba la tarea seria, sumergió la cabeza y comenzó a nadar con un impecable estilo de Crol. No llevaría ni diez minutos nadando cuando un cuerpo inerte se cruzó en su camino; al principio pensó que era el hombre aquel haciendo juegos submarinos, aguantar la respiración etc., típico de alguien que no sabe comportarse en una piscina natatoria.

El agente ente tenía los ojos entrecerrados, miraba a Daniela aproximarse, estaba aguantando la respiración simulando estar ahogado, pero como ella no viniera pronto a rescatarlo tendría que optar por deshacer su engaño y hacer ver a Daniela que en realidad estaba jugando a aguantar la respiración lo más posible, o simplemente continuar con el engaño y ahogarse; evidentemente, no tenía el más mínimo ánimo de seguir la senda de la segunda opción. Los pulmones le empezaban a quemar, no aguantaría mucho más, y la maldita mujer del juez no se acercaba a salvarlo.
Daniela, después de unos segundos dubitativos, mientras continuaba nadando, paró en seco y se dirigió a salvar a aquel cefalópodo de tierra. Se veía a la legua que ese hombre no se había sumergido en una piscina desde hacía años ¿Qué hacía allí? Fuera cual fuera la respuesta no podía dejarlo ahogarse. Se sumergió, agarró por debajo de los fofos brazos al Agente Ente y de un fuerte impulso de sus piernas logró sacarlo a la superficie.
El agente Ente tomó una bocanada de aire y con los ojos entrecerrados aún, siguiendo con el papel de ahogado, ahora que sus pulmones tenían renovado crédito, se giró sobre sí mismo volviendo a sumergir la cabeza en el agua.

Daniela trataba de levantarle la cara al pobre ahogado, pero entre que no hacía pié y que el fofo hombre pesaba como un muerto -a lo mejor lo estaba, pensó ella-, volvió a dejarse hundir, hizo pie y de un nuevo impulso sacó la cabeza del agua aprovechando el momento para chillar:
-¡Socorro! ¡Ayuda!
Mark, cumpliendo su papel, se zambulló al agua y asió al agente Ente tal y como en el curso de presas y zafas le habían enseñado. Ese curso consistía en saber cómo apresar y zafarse de los delincuentes a los que se suponía que tenía que arrestar, era una técnica de autodefensa. En este caso cogió al agente ente por el mentón y se lo llevó a la orilla de la pileta; allí, entre Daniela y él lograron sacar al agente Ente de la piscina; sin embargo éste seguía haciéndose el ahogado.
Mark pensó para sus adentros que el agente estaba disimulando demasiado bien; por un momento llegó a pensar que de verdad estaba inconsciente, sin embargo en un momento lo vio entreabrir los ojos. Estaba disimulando, mientras Daniela miraba fijamente a Mark.
-¿No va a hacer usted nada? Estos momentos son vitales para lograr la supervivencia! – gritó a Mark con una mezcla de enojo e incredulidad ante la falta de acción de aquel socorrista.
-Esto... por supuesto -dijo Mark, maldiciendo al agente Ente por llevar su actuación hasta esos límites.
No le apetecía lo más mínimo hacer el boca a boca a ese hombre fofo, sin embargo la mirada de Daniela, clavada en él, se volvía más severa cada vez.
-Según tengo entendido los primeros instantes son esenciales -repitió Daniela evidenciando un punto de retintín a esas alturas.
-Ya va, ya va -dijo Mark. Echó la cabeza del Agente Ente hacía atrás, le tapó la nariz con una mano y cuando posó su boca sobre la del Agente Ente, este le metió por sorpresa la lengua a Mark en la boca.
Mark se echó para atrás rápidamente.
-¡Pero que!- dijo con cara de asco.
Daniela lo miró sorprendido, no se había percatado de nada- ¿Qué ocurre?
En ese momento el agente Ente, pensando que su actuación merecía un premio al mejor actor, tosió para disimular la risa repetidas veces y abrió los ojos.
-¿Se encuentra bien? Preguntó Daniela.
-¿Está usted bien?- preguntó Mark, mirándolo con ojos asesinos y continuando con la actuación.
-Ay, sí, gracias, gracias, me han salvado la vida -miró divertido a Mark, mientras este le devolvía una fulminante mirada.
-Son casi las ocho, les tengo que dejar, tengo hora con el masajista ¿Estarán bien?- preguntó Daniela.
-Sí, sí, no se preocupe, yo me hago cargo -dijo Mark.
Daniela se levantó y saludando al agente Ente se alejó camino a los vestuarios.
-¿A santo de qué ha venido eso? –gritó furioso Mark.
-Eso es por hacerme pasar por el trago de desnudarme ante todo el mundo- dijo el Agente Ente riéndose con estridencia.
A Mark le dieron ganas de partirle la cara, pero no estaría bien visto que un socorrista sacudiera a un recién rescatado. El primer paso del plan estaba dado, Daniela ya sabía de su existencia; ahora, en el segundo punto del plan, era el turno de Don.

Don estaba esperando la llegada de Teresa, la amiga de Daniela, tenía que interceptarla. Sabía que ésta llegaría sobre las ocho, y el plan de Teresa era ligeramente diferente al de Daniela; lo que Teresa tenía por costumbre hacer era: empezar con natación, luego desayuno con Daniela y posteriormente masajes con Luiz. Don había tenido tiempo de investigar a Teresa, era algo más joven que Daniela, divorciada, con una buena renta y estaba de muy buen ver a pesar de sus cincuenta y algún años. Pelo largo hasta la cintura, elegante, seria, pero Don sabía que una mujer como aquella no haría ascos a un galán como él, al menos esperaba que se dejara coquetear. Nada más llegar al gimnasio la abordó.
-Disculpe, soy nuevo aquí ¿Podría ayudarme?
Teresa lo miró de arriba abajo y de abajo arriba, con interés, tenía un buen espécimen ante sus ojos.
-¿En qué puedo ayudarle?
-Verá, no quiero importunarla pero me gustaría saber exactamente los servicios que se ofrecen en este gimnasio, me he mudado recientemente después de mi separación –dejó caer como por casualidad- y busco rehacer mi vida.
Teresa lo volvió a mirar con renovado interés, cogió su pulsera tecnológica y como sabía que Daniela estaría nadando, le envió un mensaje: *"me retrasaré, creo que voy a tener que ayudar a un alma cándida."* Ofreció su brazo a Don, este lo aceptó encantado y juntos se perdieron en dirección al interior de las instalaciones.
-¿Por dónde quiere empezar?- dijo ella con una mirada coqueta.
-Por donde usted quiera, por supuesto – dijo él galantemente.

Daniela salió del vestuario; estaba un tanto contrariada por no haber podido acabar sus series de natación, pero a la vez no se quitaba de la cabeza la imprudencia de aquel torpe hombre y de la extraña reacción del socorrista; le pareció incompetente. Miró la pulsera y sus ojos leyeron raudos un mensaje en la pantalla flexible de la misma, era de Teresa, se iba a retrasar, otra contrariedad. Tenía hambre y el día no había empezado demasiado bien, se dirigió a la cafetería presta a desayunar y ver si cambiaba su suerte. Pidió un zumo de naranja y un té con leche; se iba a sentar en alguna mesa a leer algunos asuntos de trabajo cuando descubrió que todas las mesas estaban ocupadas -qué extraño, pensó Daniela- Nunca había visto así de abarrotada la cafetería, oteó la sala para ver si encontraba alguna mesa libre y vio que alguien la saludaba desde el fondo insistentemente, no podía ser, era el socorrista, se acercó sin saber muy bien a qué atenerse y Mark, tendiéndole la mano, le dijo:
-Tome asiento, se lo ruego.
-¿Por qué habría de sentarme con un desconocido?
-Oh, perdone, a lo mejor no me ha reconocido.
-Por supuesto que le he reconocido, es usted el socorrista, que por cierto no me ha parecido demasiado profesional –dijo ella altiva.
-Me llamo Mark, y si me concede el honor de sentarse le explicaré por qué la invito y porque me ha visto usted tan torpe.
-De acuerdo, de todos modos no hay ninguna mesa libre...
-Mea culpa.
-¿Cómo? – preguntó Daniela atónita.

-Sí, he invitado a un montón de gente a desayunar para tener la posibilidad de hablar con usted.
-¿Está usted enfermo o es que simplemente es rarito? – dijo, a la par que hizo el gesto de marcharse.
-Le voy a ser sincero; tenía una estrategia para mentirle y decirle que era mi primer día de socorrista, pero la verdad es que la he visto e inmediatamente he comprendido que usted no es una persona a la que se pueda engañar; la persona que simulaba ahogarse era un compañero mío.
-Disculpe, pero no estoy para tonterías- hizo nuevamente el ademán de levantarse, pero Mark, con una mirada sincera, asiéndola suavemente la mano que tenía apoyada sobre la mesa, con el tono más solemne que pudo sacar de su repertorio le dijo:
-Es sobre su marido.
-¿Mi marido?- se quedó muda un segundo, pero rápidamente reacciono- ¿Cómo sabe usted quien es mi marido?
-Verá, Daniela, ¿la puedo llamar Daniela?
-Me está usted poniendo muy nerviosa; o me dice que pasa aquí o me pongo a chillar como una loca y hago que le detengan.
-Vayamos por partes; primero, mantenga la calma, por favor, estamos en un lugar público y rodeados de gente, si fuera a hacerle algo malo tendría mucha gente para defenderla, no pierda los papeles, por favor.
-De acuerdo, le escucho – con un tono adusto, afilando la mirada y sin un atisbo de empatía hacía la actitud que aquel chalado le demostraba.
-Segundo, soy agente de la ley, no soy socorrista, razón de más para pensar que no le voy a hacer daño.
-¿Cómo sé si eso es verdad? Y si es agente ¿por qué diablos se ha tomado tantas molestias para hablar conmigo?
-Puede llamar a mi jefe, el jefe Goldman, creo que lo conoce; puede ser que lo del teatro haya sido una payasada, aunque ahora reconozco que ha sido absurdo en su momento nos pareció la mejor manera de abordarla.
-Por supuesto que lo conozco, pero no entiendo que tengo que ver yo con el jefe Goldman, con usted, y me ha dicho que con mi marido; explíquese o ahora que sé quién es hago que le empapelen de por vida.
-¿Ha notado usted algún cambio en su marido en las últimas semanas?
-No especialmente, nada que me haya llamado la atención, desde luego.
-¿Recuerda cuando el jefe Goldman les visitó hará un par de semanas atrás?
-Si me acuerdo – dijo ella rememorando más calmada.
-¿No recuerda que el jefe Goldman le interrogó a su marido acerca de Mejora Mental Corp.?
-Si, y ahora que lo dice, sí que recuerdo que tuvo una reacción y comportamiento extraños, supuse que se debió a que estaba cansado, o que había bebido un poco más de cerveza de lo habitual.
-Su marido tiene un casco de implantación de MMC. ¿No es así? –El lo sabía pero quería que fuera ella quien se lo confirmara, de lo contrario podría descubrir que habían estado en su casa, y ya no habría explicación posible.
-Sí..., no entiendo.

-Estamos investigando un posible crimen en la sede de Mejora Mental Corp. y tenemos fundadas sospechas de que esa compañía implanta información más allá de la solicitada en sus clientes.
-¿Qué información? – dijo aterrorizada ¿Qué le han metido a mi marido?
-Lo desconocemos, pero creemos que es información destinada a alterar los comportamientos de las personas, siempre con un objetivo.
-¿Cuál?
-Lograr la supervivencia de Mejora Mental Corp., que nadie pueda husmear en sus secretos, que nadie investigue nada relacionado con ellos. Por eso, cuando el Jefe Goldman interrogó a su marido acerca de esa compañía, la reacción de su marido fue tan violenta.
-¿Qué quieren de mí?
-Para demostrar que Mejora Mental Corp. ha implantado contenido no solicitado por parte de sus clientes solo existe un camino, ir al archivo central de implantes, el cual se supone que es inexpugnable e incorruptible, y ver qué han descargado en la mente de alguien que fehacientemente sepamos ha sido contaminado, si es que se puede decir así.
-¿Y en que me influye eso?
-Solo podemos acceder al archivo central con una orden de un juez de lo mental, y por lo que hemos investigado creemos que todos los jueces tienen un casco por cortesía de Mejora Mental Corp., es decir, que a todos les han metido datos corruptos o no deseados para poder así garantizar que nadie extenderá una orden de registro contra esos archivos para buscar lo que nosotros buscamos.
-¿Entonces en qué quieren que colabore?
-Señora, queremos lograr mediante usted una orden de registro del archivo central.
-¿Quieren que convenza a mi marido?
-No, señora, no se puede; si usted comenzara a hablarle de Mejora Mental Corp. en un sentido negativo, el mecanismo que han implantado en su mente saltaría automáticamente, dejándola a usted fuera de juego, no logrando absolutamente nada. Tiene que pensar que su marido es el de siempre, excepto cuando alguien le habla de Mejora Mental Corp. en sentido negativo.
-¿Qué debo hacer entonces?
-Ser lo más discreta posible, hablar con normalidad de temas normales, no salirse de la rutina, no levantar sospechas.
-¿Y para ustedes? ¿Qué debo hacer para ustedes si no es convencer a mi marido?
-Lograr que firme esta orden- Mark le tendió un escrito.
Ella lo leyó con una velocidad inusitada para Mark, no sabía que alguien pudiera leer tan rápido, sin duda era una mujer sobresaliente.
-Pero esta orden es simplemente para el registro de una persona, Erika Steels, ¿Quién es?
-Es mi jefa.
-¿No ha dicho que su jefe era el Jefe Goldman?
-Lo es actualmente, debido a que Erika ha sufrido un implante mucho más severo que el de su marido, está de baja temporalmente.
-¿Con que efectos?- preguntó, con cara de analizar la situación, a la par que asumiendo y asimilando toda la información recibida.
-Se ha vuelto una loca sexual, una depravada.

-¿Hasta qué punto?
-Hasta el punto de que la mitad del departamento mantiene esa actitud y eso nos ha desestabilizado de una manera increíble, no hay arma más poderosa que el sexo.
-Entiendo ¿Por qué he de arriesgarme para una simple orden de una chica? ¿no sería mejor pedir una orden general?
-Es por su protección; si le entrego una orden en la que se autoricen los registros de Mejora Mental Corp. al completo, o de su marido, o si por lo que sea su marido la descubre, será problemático para usted, pero por el contrario su marido no dará importancia a una simple orden para conocer el implante de una desconocida mujer; usted podría argumentar que se trata de un favor personal para alguien.
-Bien pensado.
-No solo eso; si encontramos información interesante o vinculante que demuestre que las implantaciones se han realizado de manera fraudulenta conseguiremos más ordenes, ya que me extrañaría mucho que el gobierno al completo estuviera contaminado -pensó en esa posibilidad por un momento y un escalofrió recorrió su espalda- Si eso llegara a suceder no habría modo alguno de hacer nada, sería como ser el único cuerdo en una fiesta de locos, nadie lo atendería, o peor aún, pensarían que el loco sería él.
- Nos abrirá las puertas para pedir más registros - continuó Mark - En ese momento es probable que desde instancias superiores, previa presión de los accionistas de MMC, que a su marido le sean solicitadas explicaciones, y si simplemente ha autorizado un pequeño registro de una persona será muy diferente a tener que explicar una macro orden de registro, y ahí entrará usted en juego diciéndole que firmó esa orden delante suya, lo cual sería verdad, pero que ante la nimiedad del asunto la ha olvidado.
-Muy bien, no pierdo nada por probar, pero le advierto de una cosa: como algo de lo que me haya contado sea mentira haré todo lo que esté en mi mano por hundirle en la miseria y más aún, si algo de esto perjudica a mi marido, a mi familia o a mí... ¿Me he explicado? –dijo con rostro hierático para dar mayor solemnidad a su amenaza.
-Sí, señora, se ha explicado perfectamente; le repito que si quiere confrontar todo lo que le he contado puede hablar con el jefe Goldman, con nadie más.
-De acuerdo, lo haré- se levantó de un salto y se fue con la determinación marcada en su rostro.

Cuando Daniela hubo abandonado el local, Mark se dispuso a ir a rescatar a su compañero, el cual entró en la cafetería justo en ese momento, acompañado de Teresa.
-Te voy a presentar a mi amiga Daniela - miró Teresa alrededor, pero por más que miró no la vio- ¡Jesús! que lleno está esto hoy – se dijo para sí misma.
En ese momento Mark se les acercó y con un tono serio le dijo a Don:
-Disculpe, señor, pero necesitamos de su atención inmediatamente para la redacción del informe de lo sucedido esta mañana.
-¿Se lo quiere llevar?- preguntó Teresa, mirando a Mark y a Don alternativamente.
-Señora, este señor ha sido testigo de un rescate en la piscina esta mañana y necesitamos que venga a las dependencias policiales para poder testificar lo ocurrido.
-¡Pero no me has contado nada! - exclamóTeresa, poniendo sus manos sobre el antebrazo de Don, todavía engarzada a él.
-Es que pensé que no fue para tanto, y que el hombre salió ileso - improvisó Don.

-Lamentablemente murió, señor – dijo Mark con fingida cara circunspecta.
-Vete entonces, dame tu teléfono y hablaremos más tranquilamente, cumple con tus obligaciones primero.
-De acuerdo -le dio un casto beso en la mejilla y acompañado de Mark salió de la cafetería, "olvidando" pulsar el botón para dar su número a Teresa.
-Gracias, colega, me has salvado -dijo Don, aliviado una vez estuvieron a solas.
-Tal vez te tenía que haber dejado ahí y que sufrieras tu particular penitencia.
-¿Por qué dices eso?
-Ya te contaré la que el Agente Ente me ha hecho pasar, el muy bribón.
-¿Qué ha sido? ¿Qué te ha hecho?
-Ya te contaré.
Ambos se alejaron camino al terminal de vehículos auto guiados. Don insistía divertido y Mark no soltaba prenda.

Al mediodía Daniela no estaba dispuesta a esperar más tiempo; si había algo malo relacionado con esa empresa llamada Mejora Mental Corp. lo mejor sería que se hiciera lo necesario cuanto antes para poder subsanar esa mal función – ¿Y si le afectaba a su marido en algún otro sentido?- pensó. No, lo mejor es ser pragmático, en este momento no puedo hacer nada más que lograr esa orden. Fue resuelta al buzón, cogió el correo y se lo llevó a la cocina. Había publicidad, alguna carta de algún suministrador de servicios como el gas, el agua etc. y un par de documentos que requerían ser firmados en un apartado recuadro marcado con el texto *"recibí";* los cogió, los puso en orden y metió en mitad de la correspondencia la orden de registro entregada por Mark. Se dirigió al despacho de su marido; éste trabajaba absorto en el escritorio mural y esperó a algún momento en el que atisbara la posibilidad de inmiscuirse sin molestar demasiado para no cortar del todo la concentración.
-Cariño.
-¿Hum?- dijo el juez, con el stylo en la boca.
-Necesito que firmes estos documentos.
-¿Qué son?
-Nada importante, facturas y algún documento en el que piden nuestra opinión; pero hay que firmarla, yo ya lo he hecho.
-Déjalas ahí, ya las firmaré.
-Cariño, si no te importa, te dejo las demás pero fírmame las que a mí me interesan ¿de acuerdo?
-Vale, de acuerdo – accedió sin dejar de mirar a la pantalla.
La mujer le extendió la hoja donde debía firmar y por debajo la orden; el juez firmó ambas sin mirarlas siquiera.
Daniella salió aliviada del despacho de su marido, fue a la cocina y llamó a Mark.
-¿Si?
-Hola Mark, es ese tu verdadero nombre ¿No?
-Sí, sí, por supuesto, ya le dije que no quería mentirla.
-Ya tengo la orden firmada.
En eso momento el juez entró en la cocina y Daniella se quedó lívida.
-¿De acuerdo como quedamos?
Daniella estaba paralizada, su marido se dirigió al frigorífico.
-¿Daniella? –insistió Mark.

-Sí, sí , un momento – respondió Daniella, había recuperado el brío.
Su marido la miró extrañado, cogió un botellín de agua negando repetidas veces y se fue tan distendidamente como apareció.
-¿Daniela? ¿Pasa algo?- Insistió nuevamente Mark comenzando a preocuparse.
-Era mi marido, estaba aquí, no podía hablar ¿Cómo le entrego la orden?
-En media hora, vaya a la terminal de vehículos auto guiados de su distrito, estaré allí.
-De acuerdo -colgó el teléfono y se fue a preparar para salir.

A la media hora Mark estaba feliz; por fin tenía la anhelada orden de registro en sus manos, con ese hito cumplido comenzaba una nueva fase en la investigación; únicamente esperaba que Mejora Mental Corp. no tuviera los tentáculos tan largos como para poder haber alterado la información del archivo central de implantaciones - Mañana será el punto de inflexión de esta investigación -pensó Mark- Será todo o nada – en su fuero interno intuía que si encontraba algo comprometedor sería el extremo del hilo del que habría que tirar para desenrollar toda la madeja y que en caso contrario todo habría acabado, no se le ocurría otra nueva alternativa para desenmascarar a Mejora Mental Corp. y conocer la verdad sobre la muerte del Doctor Frank.

CAPITULO XXIII – EL ARCHIVO DE REGISTROS

"El aumento del conocimiento depende por completo de la existencia del desacuerdo."

Karl Popper

Ciudad de la luz, Viernes 30 de Septiembre de 2.044
8:00 AM

Los dos amigos apenas habían podido dormir, sus mentes bullían como si fueran a hervir. A esas alturas ni uno ni otro buscaban solucionar ese nudo gordiano que les había amordazado sus vidas por el reconocimiento que pudieran obtener, tampoco les importaba demasiado ya que Mejora Mental Corp. pagara por sus pecados, aunque también este punto estaba en perspectiva. Lo que de verdad ambicionaban era simple y llanamente recuperar sus vidas, ver que el departamento volvía a ser el de antes, que no tuvieran por qué depender de ningún juez de lo mental, ni de ningún otro giro caprichoso que pudiera adoptar el destino.

Mark quería recuperar a Victoria, en su fuero interno ya le había perdonado la ignominiosa infidelidad, había interiorizado que no era ella quien gobernaba aquel enfermo cuerpo de la persona que tanto amaba, había comprendido que ella estaba indispuesta y que adolecía de cualquier posibilidad de control sobre los designios que su calenturienta mente le regía. Confiaba en que en el momento de sanar, ella se repondría y él no podía más que ayudar en esa recuperación evitando rememorar esos fatídicos hechos, si ella no quería afrontarlos al menos, él la comprendería y acompañaría lo más apaciblemente que pudiera en esa dura travesía a la normalidad, volvería a ser como antes.

Don soñaba con poder hablar de tú a tú con Erika, estaba perdidamente enamorado, sabía que era una mujer increíble, incluso tenía asumido que era una mujer fuera de su alcance, pero si veía una mínima oportunidad de redimirse, lo haría. Sin embargo, conociéndola como la conocía y habiendo probado el fruto prohibido, ahora en su mente no había mayor anhelo que estar con esa mujer, no a la ligera como antaño, sino para el resto de su vida. Con esta experiencia y la ayuda de Angie, por fin había comprendido por qué sus anteriores matrimonios habían fracasado; su falta de compromiso real. Nunca jamás había sentido lo mismo que ahora sentía, en las ocasiones anteriores él siempre creyó estar perdidamente enamorado. En unos casos era por una cara bonita, en otros por un ardiente cuerpo. Ahora era por un alma por lo que su amor era había crecido hasta la inmensidad, la quería a ella por todos sus poros, la amaba porque era bella, era inteligente, una persona integral, y tenía a su vez un cuerpo ardiente, amaba su esencia. Se percató de que hasta ahora se había conformado con partes de un todo, y ahora que tenía el todo ante sí no iba a parar hasta que Erika le diera el sí. Sin embargo esa determinación se enfrentaba frontalmente con el miedo al rechazo, la absurda teoría de los platos no valía esta vez, según su propia teoría, de alguna manera ahora él tenía alma de mujer, tenía un plato delante de sí y no estaba dispuesto ni siquiera a olisquear los demás.

Se levantaron temprano, se dieron una ducha por turnos, y ensimismados, cavilando con qué se iban a encontrar en el archivo de registros, después de un frugal desayuno en el que no intercambiaron más de dos palabras, salieron en silencio del apartamento de Don. El miedo a la incertidumbre, al fracaso, les hizo caminar como un par de autómatas carentes de expresar emoción alguna , se dirigieron a la terminal de vehículos auto guiados y mecánicamente dieron la dirección del registro central de descargas.

A los veinte minutos estaban ante el imponente edificio central de descargas; no imaginaban que fuera a ser algo tan grande, el coloso tendría unas diez alturas, no se veían luces en ninguna parte del edificio, los ventanales eran de tipo espejo, de manera que reflejaban todos los edificios colindantes y en la fachada principal solo se veía una puerta pequeña a la que ambos se dirigieron.

Una vez dentro, se encontraron en una caja de cristal, y cuando la puerta se hubo cerrado detrás de ellos una voz metálica les interpeló:
-Buenos días señores ¿Motivo de la visita?
-Consulta al registro central.
-¿Tienen la preceptiva orden de algún juez de lo mental?
-Sí señor, tenemos una orden firmada por el Juez Pablo Branson.
-Muéstrela al escáner si es tan amable.
Mark se sacó la orden del bolsillo interno de su chaqueta y siguiendo las instrucciones la mostró al escáner, un haz de luz leyó el documento en un segundo.
-¿Nombres?
-Mark Vela y Donovan Sanchez.
-Pueden pasar.
La puerta del fondo, la contraria por la que habían entrado, se abrió, Mark y Don fueron rápidamente conscientes de la seguridad de que ese edificio disponía y supusieron que se debía al contenido que albergaba, sin duda era muy valioso. Un corredor se iluminó ante ellos, pasaron por un detector de metales, un escáner corporal, tuvieron que dejar sus armas, brazaletes y demás enseres y tras diez minutos de registros, verificaciones y chequeos, finalmente se encontraron con un empleado del archivo de registros. Vestía uniforme de seguridad y por su comportamiento era fácil adivinar que no eran muy habituales las visitas, ya que en contraste con la pulcritud y eficiencia del edificio el hombre tenía una pinta más que ociosa.
-Buenos días, vienen a revisar un registro ¿Correcto?
-Sí señor, El registro de implantación correspondiente a Erika Steels.
-Bien, ahora les voy a dar un código –dijo el guarda expresándose con exasperante lentitud a fin de que el mensaje fuera captado por sus interlocutores- , van a montar en ese ascensor, el cual les llevará al centro del edificio.
-Lo del centro ¿es por algo en especial, o simplemente lo ha mencionado por rutina?

-No sé si son conscientes de lo importante que es la información aquí contenida, la función de este edificio es principalmente evitar que Mejora Mental Corp. implante cualquier conocimiento en las mentes de sus clientes, aquí salvaguardamos al cliente de que MMC únicamente implante el conocimiento por él solicitado.

-Lo sabemos , no obstante agradecemos su explicación- dijo Mark tratando de ganarse la simpatía del guarda.

-Bien, pues hasta ahora, inconscientemente han recorrido ustedes en horizontal la distancia correspondiente a situarse en el centro del edificio; ahora, en ese ascensor van a recorrer el equivalente en vertical. Estarán justo en medio de una sala, la cual está suspendida en el aire; por así decirlo, es como si fuera una cebolla y ustedes se fueran a situar en el epicentro. Cada capa de la cebolla es una capa protectora, unas los son contra ataques electrónicos, otras contra ataques físicos, nucleares etc.

-Comprendo, explíqueme una cosa si no le importa ¿Hay alguien o algo que vigile constantemente lo que se implanta?

-Eso es imposible, señor, básicamente por dos razones básicamente que le voy a explicar . La primera es confidencialidad; se supone que ni nosotros, ni nadie, debe saber lo que usted o cualquier otro cliente de MMC se ha implantado; y la segunda es por operatividad ¿Sabe cuántos clientes tiene Mejora Mental Corp. en el mundo?

-Lo desconozco.

-Más de dos mil millones, señor, y cada persona no se implanta un archivo, algunas se implantan únicamente uno, pero hay otras que se implantan cientos, se podría decir que ahora son súper sabias.

-¿Y el cerebro es capaz de absorber todo eso? – preguntó Don curioso - ¿queda espacio para los pensamientos?

-Yo soy un simple vigilante, señor, eso se lo tendrá que preguntar a los científicos.

-De acuerdo, gracias, ha dicho que tenemos que ir al ascensor ¿qué tenemos que hacer después?

-Tienen que introducir el código que les voy a dar en la consola que encontraran, y ahí verán el registro de lo que quieren.

-¿Nos podremos llevar una copia de ese registro?

-Siendo la orden de un Juez de lo Mental pueden hacer lo que quieran, excepto publicar en un medio de cualquier tipo ese contenido. Hubo un tiempo en el que la prensa amarilla aireaba las implantaciones de los famosos, lograban las órdenes judiciales en connivencia con algún que otro juez corrupto, y fue una tremenda barahúnda.

-¿Por qué fue un escándalo? Entiendo que se enfadaran esos famosos pero no entiendo por qué habría de llegar ser de una magnitud social -preguntó Don mientras apuntaba en su libreta de Piel.

-No le interesa la prensa amarilla ¿no? -dijo el guarda, mirando a Don, y viendo que este no levantaba la vista de su libreta acto seguido miró a Mark; éste negó con la cabeza.

-Pues fue un follón importante porque se descubrió que militares se implantaron conocimientos de macramé, amas de casa, mujeres de famosos se implantaron el Kama-Sutra ilustrado, jueces se implantaron técnicas para el desarrollo de drogas... Todos buscaron excusas: los jueces que querían conocer mejor los mecanismos de los malhechores, las amas de casa que querían retener a sus maridos con nuevos juegos

de cama, pero tener que explicar eso en público fue durísimo, y alguien tuvo que pagar.
-Ahora que lo dice, sí que recuerdo algo, los casos eran de los más variopintos, pero eso fue hace unos años ya ¿No?
-Sí, fueron las primeras implantaciones; pero con el escándalo las ventas de implantaciones cayeron y eso no interesaba ni a los que se implantaban contenidos ni a la empresa, con lo cual se introdujo una enmienda a la ley de contenidos cerebrales.
-Entiendo, gracias ¿Nos da el código, por favor?
-Sí, por supuesto, aquí lo tienen -era un código de veinticuatro dígitos con caracteres numéricos y alfanuméricos alternos , la seguridad era extrema, desde luego.
Ambos agentes se dirigieron al ascensor, subieron al centro neurálgico del edificio y entraron en una sala de unos dieciséis metros cuadrados; más o menos era un cubo, de cuatro por cuatro por cuatro, una exacta réplica a escala del edificio que lo albergaba. Las paredes eran blancas, el suelo estaba enmoquetado, y había dos sillas en la mitad de la sala. Ambos se sentaron y la pared tecnológica se encendió. Un cuadro de dialogo apareció en la pantalla: "Introduzca código" Mark y Don se sorprendieron de que no pidiera más información, pero rápidamente llegaron a la conclusión de que todas las preguntas que habían contestado anteriormente ya habían surtido su efecto; ahora únicamente tenían que introducir un código que les iba a dar la respuesta exacta a lo que habían preguntado, sin dar opción a salirse de los parámetros para los que estaban autorizados. Don introdujo el código y en la consola apareció un reporte de la implantación realizada.

Código, IS72453160D, Sujeto, Erica Steels, Fecha de la implantación, martes veintisiete de septiembre de dos mil cuarenta y cuatro, hora de la implantación, veintitrés cuarenta y nueve minutos, materia implantada, sicología del amor. Mark y Don se miraron con una cómplice sonrisa ¿La firme, fría y estoica Erika necesitaba saber acerca de la sicología del amor? ¿Buscaba entender algo relacionado con el amor?
-Esto lo hizo por ti- dijo Don a Mark
-¿Por qué dices eso? ¿Por qué no pudo ser debido a que simplemente buscaba comprender?
-Porque la implantación la hizo justo el día siguiente al que mantuvimos la reunión en tu apartamento, y en ese momento era evidente que ella estaba colada por ti, necesitaba comprender las rutinas del amor para luchar contra sus sentimientos para dejar de sufrir.
-Bueno, ahora mismo no podemos hacer nada al respecto, además eso es lo que tú supones, puede que no sea nada más que una vacua hipótesis.
-No podemos hacer nada, efectivamente, mejor dejémoslo así – cortó Don abruptamente dejando claro que no quería extenderse, prefería centrarse en lo que les ocupaba, Mark comprendió y calló.
Continuaron leyendo, sin embargo no había nada más escrito en el campo de descripción de la implantación, únicamente existía un botón que ofrecía leer el contenido del implante directamente. Un poco decepcionados porque la descripción no les diera una pauta pulsaron el susodicho botón. Al instante un luengo texto se desplegó en la pantalla del terminal; eran frases sueltas, salpicado de imágenes, las imágenes representaban a parejas etc. Pasaron mediante el scroll que aparecía al

costado del documento todo el texto, llegaron hasta el final, a priori no se apreciaba nada extraño.
-Nada- dijo Don cariacontecido dejando traslucir sus primeros síntomas de nerviosismo.
-No puede ser- replicó Mark con semblante grave por lo que aquello podía significar.
Al unísono ambos sintieron que el corazón les comenzaba a latir con brío, ¿Qué ocurriría si estaban equivocados? ¿O si Mejora Mental Corp. había alterado de alguna manera el registro? A pesar de todas las conjeturas del día anterior pesarosos comprendieron que sería su palabra contra la de ellos, con ellos se referían a los accionistas de Mejora Mental, los jueces implantados y posiblemente miembros del gobierno también, no tendrían nada que hacer , por seguir una corazonada se habían suicidado profesionalmente hablando.

-Volvamos al principio, leamos todo despacio, prestando atención desde el primer párrafo.

"El amor es una herramienta muy poderosa, es un sentimiento, más potente que el Sexo.
Es más fuerte nada, las personas no entienden lo que otros pueden llegar a hacer por él.
Mejor claudicar ante su potente fuerza que vanamente luchar contra el prefijado destino.
Qué ilusos los que pretendan luchar sin comprender qué extrañas fuerzas vienen y van.
A éstas afirmaciones se opondrán aquellos que otras respuestas crean poder encontrar.
Saborear los placeres de los labios de la persona amada son lo menos que recibirás de él.
Sexo es recibir vacíos impulsos básicos sin conexiones, el amor una corriente que fluye es,
Mil y una veces dudarás, pero amar una sola vez es mejor que fornicar montones de veces.
Mejor será que lo entiendas de una vez, lo demás es solamente gozar sin saber para qué.
Amar es lo mejor que puedes ofrecer, el resto es desperdiciar tu potencial alocadamente. "

-No lo entiendo-dijo Don cada vez más nervioso- no veo nada.
-A lo mejor los patrones de modificación de la conducta los implantan a través de otro mecanismo, no sé... quizá con la música, o con las fotos; echemos un vistazo a las imágenes.
Comenzaron a repasar el texto, concentrándose esta vez en las imágenes: una mujer sola en una playa, un hombre se acerca, hablan y se besan, una simple escena de amor.
- No es tan fácil- comprendió rápidamente Don.
-Lo sé, Don, pero seguramente el texto o el audio explicaran las actuaciones, o la interacción de ambos, o yo qué sé – comenzó a exasperarse Mark -, además no estamos aquí para analizar el mensaje público si no el oculto, si es que lo hay.
Comenzaron a darle vueltas a la cabeza, miraban y remiraban, pero por más que lo hacían y no hallaban nada.
-El guarda nos dijo que podíamos llevarnos una copia ¿no?- dijo Don desesperado a la par que fatigado.
-Así es.
-A lo mejor es algo simple, o a lo mejor es algo complejo como leer una página sí y una no... o hay que leer el texto del revés o traducirlo... Sea lo que sea, necesitamos tiempo.

-De acuerdo, quizá cambiar el momento nos haga ser conscientes de algo que hemos visto ahora sin percatarnos de ello -dijo Mark.
Hicieron la copia, abandonaron la sala y fueron al ascensor. Bajaron a la sala donde el guarda seguía con su rutina y al verlos les preguntó:
-¿Han tenido problema para acceder al contenido?
-No señor, todo ha funcionado como debe.
-Entonces ¿a qué vienen esas caras tan largas?
-Por nada en especial.
-Cuando llegaron ustedes se les veía excitados, tenían ganas de preguntarlo todo y ahora se les ve deprimidos, derrotados.
-Esa es la palabra, derrotados, simplemente es que no hemos hallado lo que esperábamos encontrar.
-¡Ah! Los caminos del señor son inescrutables ¿Quieren que les cuente un secreto?
-¿Cuál?- ambos se intrigaron, queriendo creer que quizá aquel buen hombre tuviera bajo la manga una posible explicación, guiados por su necesidad.
-La gloria no está en la meta, es en el camino donde se halla, busquen con ahínco y encontrarán.
-Buena frase hecha, lástima que no consuele; bueno, muchas gracias por todo, tenemos que dejarle, hay tarea por delante que hacer.
-Adiós señores, que tengan suerte en su búsqueda.
-Gracias, la necesitaremos.

El cielo había oscurecido en minutos, caía una tromba, todo parecían augures negros, el cielo, la lluvia, el asfalto ennegrecido y brillante por efecto de la lluvia, y lo más negro, sin duda su futuro. Un oscuro futuro en el que se veía a ambos retirados de cualquier servicio, fuera de la orbita de poder, fuera de la orbita de investigación de casos interesantes. En ese aciago momento a ambos amigos les entraron unas irreprimibles ganas de llorar y sentían un profundo arrepentimiento por no haber dejado el caso en manos de los de homicidios cuando estuvieron a tiempo. Quizá la ambición les había perdido, habían volado demasiado alto y como a Icaro se les habían quemado las alas.

Dos agentes abatidos salieron del edificio del registro central de descargas, empapados se dirigieron como autómatas a la terminal de vehículos auto guiados y se retiraron a casa de Don a lamerse las heridas. Tenían un largo fin de semana por delante. Si había algo en aquel documento tenían de plazo hasta el lunes para desentrañarlo, no podían pasar del asunto, no cabía hacer como que nada pasaba, porque la rueda del destino inexorablemente les iba a enfrentar a la cruda realidad de su situación.

Pasaron toda la tarde estudiando el texto, el cual se componía de más de cien mil palabras, cada uno estudiaba las frases en un terminal de lectura de periódico flexible; se habían repartido el documento por la mitad, descargaron la música, y archivaron las imágenes en una colección, de manera que pudieran pasarlas rápidamente, voltearlas, hacer el negativo de las mismas, para ver si en algún momento encontraban algo. Sus mentes les decían que sí, que algo tenía que haber, pero sus ojos no querían colaborar, o no podían porque no había nada que hallar, trabajaron arduamente hasta el punto de quedar exhaustos.

Ciudad de la luz, Domingo 6 de Octubre de 2.044

Llevaban dos días analizando la documentación, no habían descubierto nada, estaban muy fatigados, apenas habían probado bocado; había una palabra para describir su situación en mayúsculas: derrota. Lo habían intentado todo, habían encontrado algunas frases sugerentes relativas al sexo, pero no conseguían descifrar nada, era domingo por la noche, cansados... En un momento dado Don tuvo una intuición.
-¡Mark!
-Dime – dijo absorto en su texto sin apenas poder levantar los ojos debido a dos abultadas bolsas bajo los ojos.
-¿Qué le ha ocurrido a Erika después de implantarse esto?
-Que se ha vuelto una loca del sexo.
-Efectivamente, quizá debíamos haber empezado por ahí.
-No te entiendo, Don – dijo frotándose las ojeras a la par que bostezando.
-Subrayemos todas las palabras del texto donde ponga sexo y busquemos si nos rebela algo.
-De acuerdo, por intentar algo más... No creo que nos quede nada más por hacer.
Inmediatamente comenzaron a subrayar la palabra sexo; la verdad era que a pesar de ser un texto relacionado con el amor la palabra sexo se encontraba por todas partes, aunque también era cierto que ambas palabras están muy relacionadas. Una vez hubieron terminado el texto entero, contaron las veces que salía la palabra sexo, eran más de dos mil la veces escrita la palabra.
-¿Qué conclusión podemos sacar?
-La primera que me ha llamado la atención es que la palabra sexo está en todos y cada uno de los párrafos.
-Es verdad, tienes razón.
-La segunda es que casi siempre está en la primera o la última palabra de cada línea, independientemente del párrafo.
-¡Espera! - exclamó Mark exaltado- He leído innumerables veces la frase ¡en el principio y el final está la clave! Cómo si del Alfa y el Omega se tratara.
-En el principio está la clave, sexo es la primera palabra; leamos el texto leyendo solamente la primera y última palabra de cada frase.

*"**El** amor es una herramienta muy poderosa, es un sentimiento, más potente que el **Sexo**.*
***Es** más fuerte nada, las personas no entienden lo que otros pueden llegar a hacer por **él**.*
***Mejor** claudicar ante su potente fuerza que vanamente luchar contra el prefijado **destino**.*
***Qué** ilusos los que pretendan luchar sin comprender qué extrañas fuerzas vienen y **van**.*
***A** éstas afirmaciones se opondrán aquellos que otras respuestas crean poder **encontrar**.*
***Saborear** los placeres de los labios de la persona amada son lo menos que recibirás de **él**.*
Sexo** es recibir vacíos impulsos básicos sin conexiones, el amor una corriente que fluye **es,
Mil** y una veces dudará, pero amar una sola vez es mejor que fornicar montones de **veces.
***Mejor** será que lo entiendas de una vez, lo demás es solamente gozar sin saber para **qué**.*
Amar** es lo mejor que puedes ofrecer, el resto es desperdiciar tu potencial **alocadamente.
"

-¡El sexo es el mejor destino que van a encontrar! continuemos leyendo.
-¡Saborear el sexo es mil veces mejor que amar alocadamente!
-Hay que practicar sexo con todo aquel que se preste.
-Haz el amor y practica sexo con quien quieras.
-El sexo es la mejor medicina.
-Es un compendio de frases con contenido sexual, es como si fuera la publicidad subliminal de la lujuria.
-¿A qué te refieres?
-Me contaron una vez que en un experimento realizado por no sé qué universidad se proyectó una película a tres grupos distintos. Los tres grupos vieron la misma película; la diferencia estribó en que el primer grupo vio la película tal cual, sin subterfugios. Posteriormente, después de ver la película tenían un catering o un lunch a su disposición y estudiaron lo que la gente bebía; la proporción fue más o menos: un tercio bebió vino, un tercio bebió cerveza y el último tercio bebió refrescos.
-¿Los del segundo grupo?
-Los del segundo grupo tenían insertada publicidad subliminal en la película, es decir, cada vez que el protagonista iba a beber, bebía una cerveza fresca, lo hacía innumerables veces durante la película ¿Adivinas que sucedió en el catering?
-El consumo de cerveza creció.
-Efectivamente, la mitad eligió cerveza, el vino y el refresco se repartieron el veinticinco por ciento restante cada uno.
-¿Y qué hicieron con el tercer grupo?
-Utilizaron otra técnica más agresiva: además de que el protagonista bebía cerveza, cada vez que la película tenía un fundido a negro, subliminalmente, por una fracción de segundo, una espumosa cerveza aparecía en la pantalla. La gente no se percataba siquiera de la imagen emitida, pero sus subconscientes sí; y además de eso subieron gradualmente la temperatura de la sala, de modo que para cuando terminó la película la temperatura había subido cinco grados. No es demasiado, pero sumados todos los ingredientes ¿sabes cuál fue el resultado del catering?
-Dime, me tienes en ascuas - ironizó.
-Se bebieron toda la cerveza, dejando en un ridículo cinco por ciento al vino y a los refrescos. Creo que esto funciona de la misma forma; no eres consciente, pero a base de decirte que la clave está en el principio y el final, y sabiendo que el texto lo tienes en la mente, tu subconsciente leerá eso sin que tú te des cuenta.
-Increíble - dijo Mark- ¿Sabes que es lo bueno de todo esto?
-¿Qué?
-Que ya tenemos algo con lo que convencer al juez de lo mental, a Pablo Branson, y estudiando el resto de implantaciones por fin podremos determinar los contenidos que esos animales han ido implantando, y si en esos archivos hay alguna pista que nos aclare la razón o el causante de la muerte del doctor Frank.
-¿Has pensado que es posible que la muerte del Doctor Frank sea un suicidio simplemente? – preguntó Don.
-Sí que lo he pensado, muchas veces; si al final resulta que es así, nos habremos encontrado con un caso real oculto bajo un falso caso. Tiene su gracia ¿no?
-¿El qué?
-La semejanza. En definitiva es como si el suicidio fuera el contenido implantado y las implantaciones fraudulentas fueran el contenido oculto.

-Ahora que lo dices, sí, es muy curioso.
-Mañana es lunes, iremos a visitar al juez Branson para que nos autorice a descargar los registros que creamos necesarios.
-De acuerdo, ahora cenemos, llevamos dos días sin apenas comer ni descansar y creo que nos lo hemos merecido. Abrió dos cervezas, brindaron con la ilusión renovada y esperando a que por fin, esa maraña poco a poco fuera desenmarañándose.

Capitulo XXIV – El juez Sorprende

La mente domina el cuerpo; la mente no siempre domina la mente.

Frank Herbert (Dune)

Ciudad de la luz, Lunes 2 de Octubre de 2.044
9:15 AM

Un radiante día asomaba por el horizonte, la borrasca que los días anteriores había acompañado a la ciudad desapareció, dejando en su lugar una mañana fresca, limpia de nubes, parecía ser la señal de que aquel iba a ser un bonito día, que iba a funcionar todo a la perfección, que las piezas encajarían y comenzaría definitivamente a enderezarse el rumbo de las vidas de los agentes.

Tras un intenso fin de semana, ambos se dirigieron a la oficina central a hablar con el jefe Goldman; ahora que contaban con la prueba necesaria para poder acometer una investigación en toda regla tenían claros los siguientes pasos a dar. Una vez hubieron llegado al despacho del jefe, se plantaron ante él con sendas y orgullosas sonrisas.
-Buenos días, Jefe Goldman.
-Buenos días -ladró él. Al jefe Goldman no le gustaban los lunes y su humor no era el mejor con el que podían encontrarlo, bromeando solía decir que desde el lunes a la mañana hasta el café del mediodía del viernes no era persona- Díganme qué han encontrado para traer esas bobaliconas sonrisas a mi despacho.
-Hemos hallado la prueba, señor.
-¿La tienen? -dijo el jefe ofreciéndoles toda su atención- ¿Qué es exactamente lo que han encontrado?
-Aquí tiene –Mark dispuso un lector de documentos flexible sobre la mesa del Jefe Goldman.
El jefe comenzó a leer.
-Reporte, Erika Steels, fecha... ¿Por qué de Erika?
-Para no levantar sospechas, señor.
-Ya veo, no me han nombra... -continuó leyendo el reporte; cada vez hablaba menos y leía más.
Mark y Don lo contemplaban satisfechos.
Una vez hubo leído el informe el jefe Goldman los miró complacido y acto seguido le felicitó: Buen trabajo, muchachos ¿Cómo han logrado que el juez firme la orden de registro de la descarga de Erika? ¿No me han mentado para nada tal y como quedamos verdad?
-Ni media palabra sobre usted señor – el jefe sonrió más ampliamente aún – En cuanto a la orden, en realidad el juez no sabe que la emitió, señor.
-¿No habrán falsificado la orden? – preguntó con cara alarmada - Supongo que son conscientes de que de ser así esto no vale una mierda.

-No, señor, no hemos falsificado nada; la orden está firmada de puño y letra por Juez de lo mental, Pablo Branson, es original al cien por cien.
-Si él no sabe que la ha firmado ¿Cómo es que está firmada?
-Su mujer nos ayudó, señor; logramos abordarla pensando que ante alguien de confianza que pusiera un papel a firmar ante el Juez este lo firmaría sin demasiado remilgo, y de hecho así fue.
-Muy agudos ¿Por qué no está eso reflejado en el reporte?
-Señor, no podemos dejar rastro de la procedencia de la orden, por si la investigación se torciera ; la esposa del señor Juez corroborará ante quien haga falta que el juez la firmó.
-Entiendo la confianza que Erika tenía en ustedes, muchachos, siempre habla bien de ustedes, esperemos que con esta investigación la podamos recuperar.
-Eso esperamos nosotros también, señor -Se miraron ambos amigos relajados, cada cual rememorando su "objetivo" particular.
-¿Han encontrado algo relativo al suicidio del Doctor Frank?
-No, señor, por más vueltas que le damos no descubrimos nada concluyente.
-¿Qué creen al respecto? ¿Fue un suicidio?
-No lo sabemos, señor; tenemos pendiente una reunión con la Doctora Ana Marquez, queremos investigar más a fondo a Ángela Holles y ver si en los archivos de implantación del Doctor hay alguna pista al respecto.
-Pero antes me dijeron que la Doctora Ana Marquez estaba muy enamorada del Doctor, y que fue ella quien escribió el anónimo ¿no? ¿Quién es Ángela Holles?
-Verá, señor, es que el asunto es bastante enrevesado; Ángela Holles es la viuda del Doctor Frank.
-¿Viuda? ¿Pero no estaba con la Doctora Ana? Pardiez, esto se complica sobremanera, parece un culebrón de las telenovelas.
-El doctor Frank y Ángela Holles contrajeron matrimonio al poco de conocer el Doctor que se moría. Parece que no había una causa de amor en ese acto; estamos convencidos de que a quien realmente amaba era a la Doctora Ana; por eso queremos hablar e investigar a ambas. A la Doctora porque, en caso de conocer el matrimonio del Doctor, los celos pueden ser un potente móvil, y a Ángela Holles porque de la noche a la mañana se convirtió en su heredera, y a pesar de que nos ha dado una explicación para eso , creemos que puede haber algo extraño ahí.
-¿Cómo qué?
-Una posible implantación al Doctor para que cambiara sus sentimientos hacia Ana y se casara con Ángela, por ejemplo.
-¿Pero es eso posible? ¿Implantar al implantador sin que éste lo sepa?
-No lo sabemos, señor; no creemos que Ángela por si sola fuera capaz de hacer nada, pero ahí entra en juego Mejora Mental Corp. Quizá por algún otro motivo que desconocemos Mejora Mental Corp. se alió con Ángela para tener acceso a los bienes del Doctor en previsión de que éste hubiera ocultado algo relacionado con sus investigaciones.
-¿Protegiendo su inversión? No lo entiendo, me parece muy complicado y generalmente la vida no lo es tanto.
-Nosotros tampoco, señor, por eso queremos revisar todo lo referente a Mejora Mental Corp., a la doctora Ana, a Ángela, y ver los archivos de descarga, para ver qué

demonios nos puede enseñar, y ver si nos da la pista definitiva para concluir el motivo del suicidio o asesinato del Doctor.
-Repito ¿Puede ser que lo del Doctor sea un suicidio sin más?
-Esa posibilidad la estamos considerando seriamente, señor -dijo Don.
-Menudo lío; lo que sí parece claro es que hemos descubierto un crimen tecnológico de grandes proporciones sin quererlo ¿no?
-Sí, señor; lo del homicidio no está nada claro, pero lo que sí es evidente es que Mejora Mental Corp. no ha jugado limpio.
-Bueno, eso refuerza nuestra posición; está demostrado que hay un crimen tecnológico y no sabemos si también un homicidio; eso facilitará mi trabajo de cara a convencer al juez.
-¿Va a dejar de lado el homicidio?
-En lo que respecta a la solicitud que he de hacer, sí. De este modo, si me piden explicaciones acerca de las implantaciones tengo una prueba; si me piden pruebas acerca del homicidio no tengo nada. Sigan investigando, pero mucho me temo que, o es un suicidio, o quien lo ha hecho es increíblemente inteligente y ha tapado muy bien su rastro.
-Por desgracia o por fortuna, parece que en ese edificio el personal está sobrado precisamente de eso, de inteligencia.
-Denme un par de horas; les avisaré en cuanto tenga la orden para que puedan ir al archivo central de implantaciones a husmear.

Mark y Don salieron satisfechos del despacho del Jefe Goldman. Una investigación que se había enrevesado sobremanera, en la que pasó de tener un núcleo de investigación a tener dos. Ellos habían conseguido la pista que llevaría a desentrañar uno de los dos, y se vería con el correr del tiempo y los acontecimientos si el desentrañamiento de uno daría el hilo conductor para el segundo.

Se fueron a desayunar tranquilamente a la cafetería habitual, por primera vez en muchos días,por un par de horas, la pelota no estaba en su tejado. Cumpliendo con lo prometido, a las dos horas y media aproximadamente el jefe Goldman los llamó a su despacho. Ambos se dirigieron con el aire confiado de quien sabe a dónde van a ser dirigidos sus siguientes pasos; por un momento parecía que habían recobrado las riendas de sus vidas y eran dueños de su destino. Llegaron al despacho del jefe Goldman y este les recibió con el gesto contrariado, totalmente enfurruñado.
-¿Qué ocurre señor? – preguntaron los dos alarmados.
-No tenemos orden.
-¿Qué? -preguntaron al unísono, volviendo a revivir la angustia de los días precedentes.
-Parece que esas malditas implantaciones son mucho más potentes de lo que creemos.
-Pero eso echa al traste toda la investigación, señor.- afirmó impotente Mark.
-Efectivamente, lo sé , y créanme si les digo que he puesto todo mi talento para lograr esa maldita orden.
-¿No hay algún otro juez al que podamos recurrir?
-Lo he intentado, muchachos; el juzgado de lo mental se compone de cuatro jueces, y he hablado con todos . A dos los conocía el juez Pablo Branson, como ustedes saben: a la juez Ruth Lang y a la juez Manuela Chang , a la cual ni siquiera conozco

personalmente y a una cuarta que ni me acuerdo del nombre de lo nervioso que estoy y con la que no hay nada que hacer absolutamente.

-¿Qué le han dicho?

-Los cuatro han sido muy corteses; en sí, hemos tenido prácticamente la misma conversación en el caso de Lang y Chang.

-¿Y la del juez Pablo Branson?

-En esa creo que he perdido un amigo para toda la vida.

-¿Qué ha ocurrido?

-Al principio ha estado cordial, después, en cuanto he mencionado Mejora Mental Corp., se ha puesto a la defensiva, y cuando le he mencionado la orden del registro por él firmada, ha estallado. Ha perdido los papeles, ha comenzado a soltar improperios hasta el punto que he tenido que colgar; nunca lo había visto así.

-¿Y con las dos juezas?

-Las conversaciones, tal y como les he dicho, han sido calcadas, muy correctas al principio, una coraza impenetrable al final; mencionar Mejora Mental Corp. es activar todas las defensas habidas y por haber.

-¿Les ha explicado lo de la prueba del registro?

-Sí, y en ambos casos me han dicho lo mismo: que no es costumbre entre los jueces de lo mental pisarse el terreno y que si el juez Pablo es quien está instruyendo el caso, dictando las ordenes etcétera, ellas no le iban a pisar el terreno; han sido muy cordiales, pero mediante un digno ejercicio de corporativismo me han cerrado la puerta.

-En ese caso ¿abandonamos? - preguntaron unos desolados Mark y Don.

-Tenemos dos alternativas, tal y cómo yo lo veo.

-¿Cuáles? – le urgieron con la ansiosa mirada a decirlas.

-Una es investigar al margen de la ley, saltarnos todos los protocolos.

-¿Pero servirá de algo? ¿No es muy arriesgado?

-No creo que sirva para demasiado, sinceramente, y sí, es muy arriesgado. Todo lo que lográramos sería rechazado en cualquier tribunal, debido a las ilegalidades cometidas para la consecución de las pruebas.

-Entonces no tenemos dos alternativas, tenemos únicamente una ¿cuál es?

-Ir directamente a la fuente del poder , saltándose la jerarquía establecida.

-¿Directamente al gobierno?

-Sí, al gobierno; La separación de poderes es un hecho, no obstante es el gobierno quien tiene imperio sobre los jueces en un caso como este.

-entonces...¿Qué tenemos que hacer señor?

-Tenemos que encontrar a un ministro que no se haya implantado nada de Mejora Mental Corp., un ministro que además no tenga intereses en Mejora Mental Corp., alguien que dentro del gobierno tenga poder directo sobre los jueces de lo mental. Tendremos que explicarle la situación y lograr una orden de registro del archivo central de descargas.

-¿Sabe a quién hay que recurrir?

-Por desgracia, no. Eso lo dejo en sus manos; investiguen a los ministros y hagan una relación de los que cumplan con los requisitos que hemos establecido.

Ambos compañeros pensaron en el Agente Ente; esa era su especialidad, husmear en las vidas de los demás, era lo que mejor se le daba y necesitaban de su buen saber hacer.

-Muy bien, lo haremos – dijo Don- ¿Y después, qué?
-Yo pediré audiencia con el ministro que ustedes elijan, pero me tendrán que acompañar; las acusaciones que vamos a verter son muy graves, y en cuanto la orden se haga pública Mejora Mental Corp., si es que como parece tiene algo que ocultar, no se va a quedar esperando dócilmente. Hay que moverse rápido para no dar tiempo a que las defensas estén izadas; tenemos que entrar en el castillo mediante una maniobra relámpago. Nos jugamos mucho, señores; ahora mismo tenemos a un juez enloquecido deseando arremeter en contra nuestra, evitemos que un ministro también lo esté.

Nada más salir de las oficinas centrales llamaron al Agente Ente.
-¿Si? –contestó a la llamada el agente Ente.
-Buenas, Ente, soy Mark.
-Hola, Mark ¿Qué quieres? ¿Un poco más de ración de lengua? – dijo con su chillona risa de evidente buen humor en contraste con el del tenso Mark.
-Mira, Ente, eso ha quedado entre tu y yo, no quiero volver a oírte mentar el tema, ni en público ni en privado ¿de acuerdo? -Mark se exaltó, las malas noticias habían hecho mella en él; Don observó sorprendido la violenta reacción de su compañero, y mediante un gesto con la manos le pidió que se calmara.
-Cómo te pones –replicó Ente con voz chillona- No tuviste reparo en hacerme posar con mi escultural cuerpo en esa piscina de mala muerte; te lo hago pagar con una simple broma y te enfadas para los restos; pocas tragaderas me demuestras tener.
-Mira, Ente, me caes bien –dijo Mark una vez recuperada la calma- me parece que eres bueno en lo tuyo, pero ya me hiciste saber que la bromita era el pago por haber ayudado al caso; porque si hay algo que no has entendido es que este caso no es mio, no me hiciste el favor a mí, te recuerdo que este caso es de los *tres,* y haciendo el papel que hiciste has ayudado al caso. No obstante, para que veas que nos soy rencoroso, viendo que el resultado de la maniobra ha sido bueno, te perdono la bromita, pero también te repito que no quiero volver a oír hablar de ella, ya que de otro modo cogeré tu lengua, te la arrancaré y te la meteré por el culo ¿Entendido?
-De acuerdo –respondió Ente muy serio, cortando el tono de chanza empleado hasta el momento - ¿Qué necesitáis?
-Tenemos que conseguir la mayor información posible acerca del gobierno.
-¿Del gobierno? Eso es una definición muy amplia que me podría llevar meses completar ¡Qué digo meses, años! como me empiece a remontar en el tiempo o a profundizar en cuestiones presupuestarias puede ser asaz mortal.
-Ente, para.
-¿Qué?
-Necesitamos saber básicamente las rutinas de los ministros, y sobre todo cuáles de ellos no tienen casco de implantación y, más importante aún, quienes, a pesar de contar con el casco de implantación, no se han implantado nada en un servicio privado, en casa de un pariente etc.
-¿Cuánto tiempo tengo?
-Hasta mañana al mediodía
-¿Qué? -chilló el agente Ente por el teléfono- ¿Se te ha ido la olla o qué? ¿Sabes cuantos ministros hay?
-Creo que noventa y nueve ¿no?

-Afirmativo; localizar a todos, conocer sus rutinas, saber quiénes disponen de casco, me llevaría un mes al menos.
-De acuerdo, Ente, no tenemos un mes, te propongo lo siguiente.
-Te escucho–dijo Ente, negando y mirando hacía el techo en su despacho.
-Descarta a los ochenta y nueve que prefieras, siguiendo un criterio.
-¿Un criterio de probabilidades?
-De plausibilidades mejor, tenemos que ir aceptando ciertas características de los ministros del simple ejercicio de la observación, el primer punto de ese criterio es: ¿quiénes son más reacios a la tecnología? Mirando los videos del congreso podrás ver cuáles de ellos no usan dispositivos tecnológicos.
-Me parece lógico; si no utilizan aparatos tecnológicos será harto difícil que hayan aceptado ser implantados, pero ¿y si no encuentro a ninguno entre los diez que seleccione?
-Pues seleccionas a otros diez, zopenco.
-Claro, claro – dijo el agente Ente rascándose la cabeza - Para mañana al mediodía tendrás tu listado.
-De acuerdo, Ente, hablamos mañana, un saludo.
-Igualmente.
Don miraba a Mark con curiosidad.
-Dime, Mark ¿Qué carajo te hizo el agente Ente con la lengua?
-No lo quieras saber- advirtió Mark.
-Vamos, Mark, el otro día no me lo contaste, no seas cruel, si no pensaré cualquier barbaridad, dejar volar la imaginación con una lengua de por medio puede resultar muy dañino para tu reputación – dijo Don con ganas de chanza.
-Está bien –dijo Mark enfadado- el graciosillo se hizo el muerto cuando lo sacamos de la piscina.
-¿Y?
-Que estando fuera, se suponía que a salvo, en vez de reaccionar, continuó haciéndose el muerto y te puedes imaginar la mirada de Daniela echaba al socorrista que no acababa de reaccionar.
-Ya veo, le tuviste que hacer el boca a boca y el agente Ente... ja, ja –empezó a reírse Don a carcajada limpia imaginándose la situación.
-No te rías, y vámonos.
Don no podía parar de reír, se puso serio pero en menos de cinco minutos se tapaba la cara y estallaba en una carcajada.
-Jua,jajajaa... perdona, perdona amigo.
-Más te vale que te calles y que no cuentes esto nunca o te retiro la palabra ¿entendido? - preguntó un furioso Mark –no sé para qué te cuento nada.
-Me va a caer bien el Agente Ente este.
Mark lo miró furioso, pero terminó por reírse también, ambos amigos se abrazaron por los hombros y Don le dijo a Mark:
-Anda, venga, vamos a aprovechar que nuevamente nos hemos quitado la pelota de nuestro tejado, te invito a comer y de paso hablamos de las posibles estrategias para tratar lo que ente descubra.
-Estupendo. – dijo un todavía carcajeante Don.

CAPITULO XXV – LA LLAMADA

El mayor desorden de la mente consiste en creer que las cosas son de cierta manera, porque nosotros deseamos que así sean.

Jacques Benigne Bossuet

Ciudad de la luz, Lunes 2 de Octubre de 2.044
15:56 PM

Por extraño que les pudiera parecer, nuevamente disponían toda la tarde por delante, tenían media jornada ociosa para disfrutar puesto que no iban a contar con el nuevo informe del agente Ente hasta el siguiente día. Antes del caso que les ocupaba, antes de el caso en mayúsculas, solían disponer de muchas tardes ociosas. Investigar pequeños delitos tecnológicos no suponía la misma inversión de tiempo, ni merma espiritual, nada que ver con el asunto con el que se habían encontrado entre manos.

Aprovecharon las horas muertas para realizar algo que llamaban hacer una reunión-paseo, que tal y como su nombre indica, consistía en dar un largo paseo dirigiéndose a ninguna parte explayándose en rededor de la cuestión que a ambos más placiese. Los beneficios de estas andanzas eran múltiples, el ejercicio hacía que el corazón bombeara con mayor potencia la sangre recién oxigenada en los pulmones y de este modo la claridad de pensamientos era considerablemente superior.

Antes incluso de iniciar la caminata, ambos tenían claro que ese día el tema de conversación iba a ser exclusivamente el caso. Repasarían las notas nuevamente, revisarían las docenas de preguntas que se les iban ocurriendo y que Don apuntaba diligentemente para luego, llegado el momento, trasladarlas a la Doctora Ana. Sin embargo también estaban ansiosos por ver qué descubrirían en el registro central. También se figuraron que quizá la ayuda de Angela fuera más necesaria de lo que a priori podrían creer, ya que el mensaje oculto en la implantación de Erika había sido relativamente sencillo de descifrar, a pesar de llevarles dos días enteros lograrlo; pero pudiera ser que con la extensa información con la que posiblemente iban a contar -si el plan para lograr el apoyo de algún ministro funcionaba- la información cosechada en el registro central habría de ser terriblemente extensa; necesitarían ayuda extra para hallar más claves en los nuevos textos a analizar.

Llevaban media hora escasa de paseo, habían aclarado la forma de afrontar el encuentro con la Doctora y estaban estudiando posibles alternativas en el caso de no lograr el apoyo de ningún ministro, cosa posible también. Ensimismados, de pronto se percataron de la carrera en la que estaba participando .

Eran dos galgos corriendo por la arena de un coso: uno de ellos era Mejora Mental Corp., tratando de implantar su antivirus borrando todo ápice de rastro fraudulento, por decirlo de alguna manera, y el otro galgo eran los agentes de la ley, tratando que ese virus infectara las mentes haciendo público el contenido de las mismas, o al menos haciendo que estas fueran permeables a las ideas de la posible consumación de delitos muy graves por parte de MMC. En ese momento sonó el teléfono de pulsera de Mark, miró con un gesto mecánico y el corazón le dio un vuelco, tuvo que volver a mirar para cerciorarse que había leído bien.
-¡Es victoria! – le dijo anonadado a Don.
-¿Qué me dices? -miró Don, asomándose al identificador de llamada de la pulsera de Mark; Victoria estaba llamando con la función de video apagada, era una llamada semi anónima, por otra parte habitual puesto que a la gente en general no le gustaba mirar por la pantallita de marras al comunicarse, a pesar del adelanto tecnológico solían optar por hablar a la antigua usanza.
Mark, hecho una manojo de nervios, contestó con la voz más delicada que pudo.
-¿Vic?
No se oía nada al otro lado de la línea.
-¿Vic? -repitió; mientras Don miraba expectante.
-¿Eres tú, mi amor? responde –comenzó a elevar el tono de voz.
-Vic, contesta por favor-insistió una vez más.
De pronto la comunicación se cortó súbitamente.
Mark remarcó el número de Vic tan nervioso que no acertaba a pulsar la secuencia correcta de comandos.
-Por favor, por favor, que no le esté pasando nada- se dijo con una voz entre histérica y nerviosa por el inesperado acontecimiento.
-Tranquilo – trató de calmar Don a su excitado amigo.
-Vamos, vamos - golpeteaba Mark el teléfono del brazalete con mayor impaciencia aún.
-Tranquilo, estate tranquilo que responderá.
-No, algo raro pasa, tengo que ir, a lo mejor está metida en un lio.
-Te acompaño.
-No, Don, es mejor que vayas a casa y estés preparado por si me hace falta algo.
-¿Estás seguro? No sé si me parece buena idea dejarte en ese estado...
-Sí, Don, de verdad que te lo agradezco pero imagina que esté en apuros, o curada, o cualquier cosa; me haces más falta cubriendo la retaguardia, preparando la casa para acogerla si es necesario; y si simplemente es que se ha curado de la implantación tendremos mucho que hacer y celebrar también.
-De acuerdo entonces, te repito que no sé si estoy convencido pero te obedeceré.
-Gracias, Don.
-Llámame en cuanto llegues.
-De acuerdo, no te preocupes. Nos vemos luego.
-Hasta luego.

Mark salió raudo, corriendo como un poseso; pensó que, vista la distancia a la que estaba de cualquier terminal de vehículos, haría más rápido el trayecto a pié. Parecía que el diablo lo persiguiera y no fuera a parar hasta despistarlo o caer rendido a sus garras. El corazón se le salía del pecho, las piernas le dolían, al igual que los pulmones, sudaba copiosamente por todos los poros de su cuerpo. No llevaría más de un cuarto de hora corriendo cuando ya tenía la camiseta completamente empapada. Sin embargo, la adrenalina que su corazón bombeaba hacía que él no sintiera nada, absolutamente nada. La velocidad que desarrollaba era una minucia en comparación con la velocidad a la que su mente calculaba posibilidades, escenarios, y se preparaba para lo mejor y lo peor a un mismo tiempo.

Si le había llamado podía ser positivo, significaba se acordaba de él ¿Para bien o para mal? ¿Quería que volviera o presentarle a su nuevo novio? ¿Necesitaba un abrazo? ¿Alguien a quien poder golpear? ¿Necesitaba que la amaran? ¿O necesitaba odiar? Quizá alguien le hubiese hecho daño, o peor aún, quizá estuviera enferma, tal vez habría cometido una temeridad similar a la del aciago día , tal y como el agente Ente le relató. ¿Y si había adquirido una enfermedad de contagio por transmisión sexual? Necesitaba llegar ya, necesitaba estar con ella y aclarar por qué lo había llamado, de otro modo su cabeza iba a explotar. Tantos eran los sentimientos y pensamientos que se agolpaban y entrecruzaban en su cabeza que para cuando se dio cuenta estaba ante el portal de su casa, extenuado, el resuello perdido tres calles atrás, cuando de pronto cayó en la cuenta de que pudiera ser que ella no lo hubiera llamado desde casa. Se sintió molesto consigo mismo por haber sido tan visceral, no haber perdido un minuto para ordenar las ideas; la potencia sin control no sirve de nada, se dijo entre jadeo y jadeo, doblado por la cintura por el esfuerzo realizado. Trataba de recuperar sus doloridas piernas con bocanadas de aire puro que llenaran sus pulmones. Había tomado una decisión, acertada o equivocada, pero más vale equivocarse tres veces y llegar que pensar tres soluciones y ni siquiera partir. Se acercó al portal, y con el miedo de un novio que va a pedir la primera cita a la chica de sus sueños pulsó el timbre del piso que tanto les había visto compartir. Nada. Volvió a pulsar. Nada nuevamente. Finalmente tecleó la clave en la puerta del portal -esa no la había cambiado Victoria- y subió raudo con el ímpetu que un minuto de descanso le había concedido. Llegó a la puerta de su apartamento y puso el oído en la puerta. Nada, no se oía nada.

¿Le habría pasado algo a Vic? Quizá llamó cuando estaba en apuros y ahora era demasiado tarde, o se encontraba inconsciente en mitad de la casa... tal vez un malhechor había hecho daño a Vic y se había ido. Tocó el timbre, nada, se quedó callado unos instantes, esperó aguzando el oído pegado a la puerta, en un momento dado le pareció oír un ruido, silencio ¿Lo había oído o era su imaginación? Otro ruido, no era su imaginación.

-¡Vic! ¡Abre por favor! -rogó Mark ante la fría puerta.

Nada.

-¡Vic! - comenzó a llorar, se encontraba ante la puerta de su amada, que lo había llamado posiblemente para acudir en su auxilio y éste le estaba fallando, pero no porque él quisiera, sino porque ella no lo dejaba. Se encontraba sentado con la cabeza entre las piernas con la espalda apoyada en la puerta.

De pronto la puerta se abrió y Mark cayó hacía atrás. Se levantó como un resorte y miró alrededor, Vic estaba sentada en el sofá, estaba vestida con el albornoz y tenía la cabeza echada hacía adelante, el cabello le tapaba la cara. Mark cerró la puerta y se acercó lentamente, se sentó a su lado, no sabía cómo actuar, la abrazó suavemente al principio, ella sollozó, estaba llorando.

-Vic ¿Qué ocurre, cariño?

-Mark, yo... lo siento – fue la disculpa que mejor recepción podía obtener del lastimado corazón de Mark.
-¿Pero por qué lo sientes? ¿Qué has hecho?
Vic se derrumbó, comenzó a llorar desconsoladamente -lo siento, lo siento...
-Vic, cálmate, por favor, dime qué ha ocurrido. ¿Has cometido alguna estupidez?
-¡Muchas, Mark, muchas! – comenzó nuevamente a llorar con mayor sonoridad.
Maldita sea, pensó Mark, juro por lo que más quiero que esos malditos cobardes de Mejora Mental Corp. van a pagar por lo que nos están haciendo; de una forma u otra les voy a hacer pagar este dolor que nos están haciendo padecer. Agarró a Victoria por los hombros, la ayudó a mantenerse firme, le apartó el cabello de la cara, tenía el rostro desgarrado por las lágrimas, pálido, el rímel corrido, tenía una pinta deplorable, se le veían las pupilas dilatadas, artificialmente dilatadas, alguna droga, pensó Mark.
-Dime, Vic -dijo con toda la ternura posible- ¿Qué ocurre? Por muy grave que sea juntos lo superaremos.
-No lo creo, Mark -dijo entre sollozos entrecortados.
-Por dios, Vic, dime qué ha ocurrido, esta situación me va a carcomer por dentro, necesito saberlo, por muy grave que sea estamos vivos, y todo es solucionable excepto la muerte.
-Mark, no me lo vas a perdonar.
-¿El qué? -preguntó Mark, chillando, perdiendo los nervios y sobresaltando a Vic.
-Estoy embarazada! ¡Joder!¡Esa es la estupidez que he cometido!¡ Estoy embarazada y no sé de quién es el hijo!
Mark se quedó lívido...,pensativo, un hijo, un bastardo, sus peores pesadillas cobraban vida ante sí, se sintió impotente, ¿qué podía hacer?, en un momento dado entre lágrimas y nerviosas risas que ella no comprendió, la abrazó y le dijo: cariño ¿no te das cuenta?
-¿De qué? – dijo ella desorientada por la imagen de las lágrimas mezcladas con el sorber de mocos y las risas de Mark.
-De que por muchos hombres con los que hayas estado no ha pasado el suficiente tiempo para que ese niño sea de otra persona que no sea yo - anunció Mark sonriente.
-¿De veras? – preguntó ella con una voz gangosa que hasta ese momento Mark no había podido apreciar por los continuos sollozos.
-Dime ¿Estás drogada?
-Son los ansiolíticos que me ha recetado el doctor, me han despejado la cabeza un poco, tenía una confusión terrible.
Lo mismo que a Erika, los antidepresivos han calmado el instinto sexual agresivo de su mente -dedujo Mark.
-¿Por eso me has llamado?
-Sí, Mark, pero me daba tanta vergüenza... al recordar mi actitud de las últimas semanas una gran sensación de bochorno me embargaba, después de haberte llamado me arrepentí, te quiero tanto... pero no sé qué me ha pasado, lo siento.
-Calla, Vic, yo también te quiero. Tienes que saber que lo que te ha ocurrido es que el casco de Mejora Mental Corp. te implantó información para cambiar la actitud hacia mí y hacia el sexo. Bueno, en realidad no sé si es hacía mí, lo que sí sé es que es hacia el sexo y que quizá eso te hizo cambiar tu actitud hacia mí – pensó que en cuanto tuviera ocasión analizaría el archivo de implantación de Victoria para dar respuesta a esa pregunta.

-Pero... ¿Entonces eso significa que me perdonas? – pregunto ella secándose torpemente las lágrimas que le resbalaban por el demacrado rostro.
-Por supuesto que te perdono, de hecho creo que no hay nada que perdonar cariño.
-¿Cómo puedes ser tan bueno conmigo?
-No es una cuestión de bondad, cariño, es una cuestión de principios, desde el primer momento te he querido y sabía que tus acciones eran producto de la implantación y aunque ha habido momentos en que mi fe en nuestro amor se ha fisurado, finalmente ha resistido impoluto. Solo me preocupan un par de aspectos.
-¿Cuáles?
-Me has dicho que el doctor te recetó los ansiolíticos ¿Le has dicho que estás embarazada?
-Fue él quien me lo anunció.
-¿No tienes enfermedades de transmisión sexual?
-No –dijo Vic, bajando la vista avergonzada.
-¿Los ansiolíticos son compatibles con el embarazo?
-El doctor me dijo que habría que quitarlos cuanto antes, que no son recomendables, pero estando en la consulta en un arrebato traté de tirármelo, y como consecuencia me los recetó; me dijo – bastante enfadado - que lo primero era estabilizar a la desquiciada madre ¡qué vergüenza, dios mío! jamás podré volver a ir a esa consulta – Volvió a llorar.
-Calma, Vic. Tienes que seguir con los ansiolíticos, al menos hasta que solucionemos lo de la implantación.
-¿Por qué?
-Porque los ansiolíticos embotan tu mente y no dejan que la implantación funcione como es debido; es por ello que has recuperado la cordura.
-De acuerdo, pero entonces este sentimiento que me acogota ¿es curable?
-No lo sé, cariño, pero espero que sí.
-Rezaré para que así sea.
Mark pensó lo curiosa que es la naturaleza humana; ni Vic ni el habían sido demasiado religiosos y sin embargo, oyendo sus suplicas y las propias, la intención de rezar de una autoproclamada atea le sorprendió sobremanera. ¿Quizá la religión nos venga a socorrer cuando de verdad nos hace falta? O ¿Es un subterfugio mental porque al final en la naturaleza humana está la necesidad de creer en una solución más allá de toda lógica? No tenía clara la respuesta pero pensó que también él rezaría y en el caso de que se solucionase el terrible problema que tenían entre manos no estaría de más asistir de vez en cuando a celebraciones religiosas.

Ahora Mark tenía un motivo más, si es que no eran pocos ya, para esclarecer el asunto de Mejora Mental Corp. Tenía a su futuro hijo o hija para luchar por él, no solamente desde un punto de vista personal, desde un punto de vista social también. No quería una sociedad para su hijo donde la mitad de la ciudadanía estuviera controlada por una corporación, haciendo y deshaciendo según los intereses de los más poderosos, al servicio de aquellos capaces de pagar un canon "especial".

CAPITULO XXVI – EL MINISTRO LORENZ

Vacía tu bolsillo en tu mente, y tu mente llenará tu bolsillo.

Benjamín Franklin

Ciudad de la luz, Martes 3 de Octubre de 2.044
15:43 PM

Habían quedado con el Agente Ente después de comer; tenían que conocer los datos relativos a todos los ministros para lograr saber a través de cuál de ellos poder articular la orden de apertura del registro central de implantaciones. Mark y Don habían estado hablando acerca de la posibilidad de que Mejora Mental Corp. hubiera cubierto esa posibilidad.
-¿De verdad crees que Mejora Mental Corp. habrá logrado implantar sus datos a todos los ministros?
-Estoy convencido de ello -dijo Mark– me duele decirlo, pero de verdad estoy convencido de ello.
-¿Qué te hace pensarlo?
-Si yo fuera la persona de Mejora Mental Corp. que ha tenido algo que ver, o que ha ideado el tema de las implantaciones, digamos que soy el presidente, el director Manuel o ambos.
-U otra persona que desconozcamos aún. – apostilló Don.
-¿Qué harías para protegerte?
-Cubrir cualquier via que pueda poner al descubierto mis artimañas ¿No es así?
-Y eso pasa por tener bajo control a los jueces de lo mental y el poder superior que sobre estos exista.
-Comprendo , pero el poder superior que sobre ellos exista puede ser únicamente el grupo de ministros que tenga potestad sobre los temas que incumban a Mejora Mental Corp.
-En una emergencia nacional todos los ministros tienen potestad para poder emitir una orden de registro de los archivos centrales de implantaciones.
-Precisamente por ello, creo que va a ser complicado encontrar a alguno libre del virus de esa maldita corporación.
-¿Tu crees? habrá ministros que no sean amigos de estos chismes tecnológicos, al igual que yo -dijo esperanzado Don.
-Puede ser, y esperemos que estés en lo correcto.
En ese momento llegó el Agente Ente con una burlona sonrisa.
-Buenos días, querida –dijo mirando a Mark, sin ocultar su tono de mofa y contoneando la cintura un tanto.
-Agente Ente –dijo Mark muy serio-, aparque su tono de chanza inmediatamente si no quiere ver sus dientes bailando por toda la cafetería.

-Era una guasa, señor, por romper el hielo, creo que a estas alturas tenemos que tener cierta camaradería; al igual que lo cortés no quita lo valiente, lo profesional no ha de quitar unas gotas de humor.
-Esoty de acuerdo, Ente, pero enfoquemos el humor en otra dirección ¿le parece bien?
-Vale, vale.
Don miraba divertido la escena.
-Bien, agente Ente ¿Qué ha descubierto?
-Esta vez, y sin que sirva de precedente ha sido mucho más fácil de lo que pensaba – dijo Ente con un fingido aire de suficiencia abanicándose con el dossier.
-¿De veras?
-Sí señor, comencé a investigar los ministros existentes; según la ley, son noventa y nueve, más que nada por evitar un empate en las votaciones, ya que la abstención se prohibió hace tiempo por entender que no tenía sentido en un marco como ese; se estaba a favor o en contra de las disposiciones ministeriales.
-¿Le fue fácil descubrir cuáles disponían de casco?
-Muy fácil, hace dos semanas aproximadamente fueron entregados cascos a todos los miembros del Gobierno.
-Dos semanas aproximadamente; eso coincide con las entregas de cascos a nuestros compañeros, es como si hubiéramos activado un mecanismo de defensa por parte de Mejora Mental Corp.
-Sí, y todos tienen implantaciones, absolutamente todos.
-¿Cómo supo que todos los ministros se han descargado contenidos?
-Muy sencillo; parece ser que reciben las nuevas reglamentaciones, leyes etc. a través de implantaciones; se supone que es un sistema mucho más efectivo, ya que de éste modo tienen claro lo que votan y para qué es. Nadie puede alegar desconocimiento, alguien ha vendido bien el sistema.
-¿Pero eso significa que también han tocado a la cámara de lores?
-Efectivamente, han tocado a la cámara que emite las resoluciones para que sean debatidas y votadas en el parlamento.
-¿En ese caso no tenemos a quién recurrir? – comenzaron por enésima vez en el desarrollo de este caso a desesperarse.
-Tranquilos, sabéis que podéis contar conmigo ¿no?
-¿Qué quieres decir?
-Que he investigado más allá de los simples registros y he descubierto una brecha.
-Habla – le urgieron ambos ansiosos.
-Tal y como os he explicado, el gobierno se compone de noventa y nueve ministros, de los cuales uno lleva la presidencia rotatoria mensual, para que el poder no esté permanentemente en manos de una única persona ¿Me seguís?
-Te seguimos; este sistema se diseñó así porque la partidocracia imperante durante la primera mitad del siglo XXI se vio inoperante; desde la instauración de este nuevo sistema cada millón de habitantes se ve representado por un ministro, éste contacta con sus votantes por medio digital y expone, propone y logra votos para cada asunto importante a debatir en el gobierno, una vez que su base ha votado, base la cual es siempre la misma; él acude al gobierno con el voto delegado.
-Sí, efectivamente así es como funciona.
-Pues aquí entra en juego un pariente mío; el fin de semana, hablando con él, me dijo que su ministro no era el titular, que en la base estaban bastante molestos; se

comunican a través de un foro y estaban pensando elevar una queja a la cámara superior.
-¿Qué quiere decir todo esto? -preguntó Don.
-Pues que investigué la afirmación de mi pariente, y efectivamente, en este momento no hay noventa y nueve ministros, en este momento hay cien, pero únicamente noventa y nueve tienen derecho a voto.
-No lo entiendo.
-Pues que el ministro titular está convaleciente; el ministro Lorenz es un ministro mayor y por lo visto está ingresado por tener los primeros síntomas del alzhéimer, la única enfermedad antigua que no se ha logrado vencer aún. Ese ministro no ha recibido casco alguno debido a que no estaba en los registros oficiales.
- Y los de MMC lo desconocen ¡Genial! ¿Y mantiene sus poderes intactos?
-Efectivamente, puede emitir órdenes, no puede votar pero puede darnos autorización para lograr la revisión de los archivos.
-¡Bien! -gritaron dos aliviados agentes al unísono- Pero si es el único ministro que no puede votar ¿Cómo podemos lograr que el resultado que obtengamos del registro sea utilizable contra Mejora Mental Corp.?
-Eso no lo he pensado, habrá que improvisar algo.
-Pensemos; si logramos la orden de registro y descubrimos lo que creemos que vamos a descubrir ¿Cómo podemos proteger al ministro? Lo necesitamos como sea para que podamos obtener las órdenes futuras que necesitemos.
-Tendremos que hablar con el Jefe Goldman -propuso Don.
-No, mejor hablaremos con el ministro directamente; si le advertimos de que nadie le haga ponerse un casco de Mejora Mental Corp. me extraña mucho que él se lo deje hacer – dijo Mark.
-Sugiero que lo visitemos cuanto antes.
-¿Dónde está ingresado?
-En el hospital Nuestra Madre de la Santa Cruz, aquí en la ciudad.
-Vayamos inmediatamente, sin más dilación.

Los tres salieron en estampida de la cafetería, Mark y Don no podían contener el nerviosismo del que eran presa, caminaban a grandes zancadas y llegaron a la terminal de vehículos auto guiados en un abrir y cerrar de ojos. El Agente Ente no era capaz de seguir a sus dos compañeros, se metió en el vehículo con evidentes síntomas de agotamiento, todo el aire que sus peludas fosas nasales podían absorber le era insuficiente; pasaron la pulsera tecnológica por el lector y dieron la dirección del Hospital.

El ministro Manuel Conrado Lorenz era un anciano a punto de convertirse en nonagenario, de buena planta, era alto, casi llegaba al metro noventa, tenía la espalda ligeramente encorvada, pelo cano como la ceniza necesitado de un corte, y un mostacho igual de blanco bajo una ligeramente aguileña nariz. Tenía los brazos finos debido a la perdida muscular que nos obsequia la avanzada edad. Desde el año dos mil treinta y cinco aproximadamente la esperanza media de vida en los países desarrollados rondaba los cien años, sin embargo no eran pocos los casos en los que superar los noventa parecía imposible, y en caso de hacerlo la calidad de vida disminuía tan drásticamente que no se sabía en qué indefinible momento dejaba de valer la pena seguir en el mundo de los vivos.

Los tres agentes llegaron a la recepción del Hospital, preguntaron a una joven morena por la habitación del ministro Lorenz y se embarcaron en un ascensor en pos de conocer a su futuro aliado, sin perder ni un solo segundo elucubrando siquiera un plan de actuación.

-Buenas tardes, disculpe ¿Es usted el Ministro Lorenz?

Un alto anciano estaba terminando de vestirse la parte superior del pijama, daba la espalda a la puerta, su compostura mostraba las cicatrices que el tiempo dejan en el cuerpo de alguien que ha vivido mucho, tenía los hombros caídos por el efecto de la edad, y la espalda desnuda mostraba ufana una considerable escoliosis. El anciano, al oír pronunciar su nombre, terminó de vestirse parsimoniosamente, como si de un ceremonial se tratara. Finalmente, cuando hubo concluido, se levantó sobre sus piernas, rodeó la cama con paso dubitativo y se encaró con los tres interlocutores que habían venido a visitarlo. No reconoció a ninguno. Les hizo un gesto con la mano para que tomaran asiento en la mesa redonda que tenía en un luminoso rincón de la habitación; se sentaron los cuatro, sin saber por dónde empezar unos, y con viva curiosidad el otro.
-Díganme, amables caballeros ¿Quiénes son y a que debo su visita?
-Somos agentes de la ley, señor.
-Supongo que no vendrán a detener a un decrepito anciano en sus últimos días sin que éste conozca el motivo, eso me recuerda al maravilloso libro de Kafka *El proceso* ¿ lo conocen?
-No, señor - se sonrieron los tres como los niños que se miran cuando disfrutan escuchando el cuento que el abuelo les cuenta junto a un hogar. Una cálida sonrisa fue la primera respuesta del anciano, aquel hombre transmitía paz, incluso se podría decir que tenía un aura de santidad.
-No ¿Es la respuesta a la primera o a la segunda pregunta?
-A ambas, señor – se precipitaron a contestar queriendo dejar claras las buenas intenciones de la visita desde el primer momento.
-Je,je -una floja y cansada risa surgió producto del curioso sentido del humor del anciano- menos mal, porque en caso contrario, iba a empezar a soltar mandobles a un lado y otro con mi espada imaginaria – hizo el gesto de un ocho en el aire empuñando la simulada espada - y ustedes morirían a causa de sus imaginarias heridas – haciendo el gesto de clavarla al más próximo.
Se volvieron a sonreír los tres, este hombre era especial, inteligente, culto, con una honda y genuina calidez humana y fino sentido del humor, gustó a los tres inmediatamente. Reconocieron fácilmente los motivos y virtudes que hicieron que un millón de personas confiaran en él.
-Verá, señor, venimos a contarle una historia, una larga historia, y a pedirle ayuda después.
-¿Una larga historia? ¿A cuando se remonta esa historia?
-Tres semanas aproximadamente.

El anciano comenzó a reírse, suavemente, paladeando cada una de las palabras que había escuchado y del tan distinto significado que ellas tenían para los polos opuestos que en esa mesa cohabitaban, juventud y solemne madurez.
-Amigos míos, todo es relativo; un brillante pero equivocado -como a la postre se demostró- Albert Einstein lo dijo. Ustedes me anuncian que me van a contar una larga historia; a mí, que nací en mil novecientos cuarenta y cuatro, el penúltimo año en el que la mitad del mundo decidió acabar con la otra mitad, es historia está escrita con la sangre de millones de personas...
-Pero no sabrán apenas nada de esa historia, son ustedes jóvenes, dígame agente Mark, ¿Cuándo nació usted?
-Dos mil seis.
-¿Y sus padres?
-Ambos en mil novecientos ochenta y cuatro.
- Lo suponía, podría ser su abuelo, por otra parte es una fecha muy interesante la del nacimiento de sus padres.
-¿Por qué lo considera interesante?
-Porque es el título de otro interesante libro, esta vez hablamos del de George Orwell...
-¿Mil novecientos ochenta y cuatro? – preguntó Don curioso.
-Sí señor, trata de un hipotético futuro, creo recordar que pasado a estas alturas ya, en el que un gran hermano gobierna el destino de los humanos; Todos, absolutamente todos son controlados por él, y los humanos han de luchar contra la tiranía del control, el libre albedrío debe triunfar.
Mark, siendo el bibliófilo que era, estaba embelesado con la retahíla de recuerdos novelescos del ministro, apuntaba mentalmente los títulos con el objeto de leerlos cuando tuviera tiempo , a su vez pensó en que ahora con la estratagema de Mejora Mental, había un gran hermano real y oculto implantando mierda en las mentes de las gentes tratando de alterar el libre albedrío.
Me dicen ustedes que una historia de tres semanas es larga; señores, el tiempo lo relativiza todo; comprenderán que sus tres semanas son un suspiro para mí, no obstante, si de algo puedo presumir a estas alturas de mi vida es de paciencia y tiempo, los dos ingredientes necesarios para poder asimilar una larga –alzando las pobladas cejas, dijo- historia.
-Sí, señor, su sabiduría nos abruma –dijo Don con verdadera reverencia.
-Más sabe el diablo por viejo que por diablo, agente...
-Donovan, Donovan Sánchez.
-Agente Donovan, no soy sabio, he vivido mucho, y parece que ahora llego a mi fin ¿Sobre qué versa la ayuda que necesitan?
-Necesitamos que autorice un registro, ya que en su calidad de ministro tiene el poder para hacerlo.
-¿Por qué no siguen la estructura jerárquica habitual? ¿Los procedimientos establecidos? Sabrán que estoy convaleciente.
-Permítanos contarle la historia, aclarará muchos aspectos, después, si tiene preguntas hágalas – explicó Mark.
-De acuerdo entonces ¿Qué mal le va a hacer a un pobre anciano una historia más?
Los tres agentes se lanzaron a contarle lo sucedido las últimas semanas, le hablaron de MMC, del Doctor Frank, de la Doctora Ana, del director Manuel, del misterioso presidente, de Angie, de sus colaboradores, de los jueces de lo mental, de los

ministros, de las sospechas de asesinato enturbiadas por tanta implantación... El anciano escuchaba mesándose la incipiente barba con los ojos entrecerrados, en alguna ocasión a los agentes les dio la impresión de que incluso se había dormido, pero no, vaya si no lo había hecho. Era su forma de escuchar, escuchaba con tal atención que prescindía del resto de sentidos para concentrarse en el relato que le estaba siendo contado. Una vez hubieron terminado, tras unos instantes en los que parecía meditar él les preguntó:

-Entonces necesitan de mi ayuda para poder ir al registro de archivos, para poder así ver qué es lo que han implantado en las mentes de mis colegas ministros, incluído mi sustituto, al cual tengo que agradecer que un servidor no haya caído en esa trama.

-Así es, señor, necesitamos perentoriamente su inestimable ayuda – rogó Mark.

-¿Son conscientes de que si a mí me pasara algo, que aunque lograran esa información pudiera ser que los trataran como a unos locos conspiradores en vez de como a los salvadores de toda una sociedad? ¿y de que esta sería su manera de perder la libertad?

-Lo somos, señor.

-¿Qué les lleva a querer cumplir con la misión de eliminar esa malvada conspiración? Por favor, no me cuenten que la lealtad a un gobierno, a la forma de vivir y cosas por el estilo, he vivido demasiado para ver que una persona no arriesga más de lo necesario incluso si el premio es enorme; lo que de verdad mueve a las personas generalmente son dos sentimientos;el amor y la venganza, y hasta ahora no me han hablado de nada de eso.

Los tres se miraron sorprendidos, dos de los tres tenían un claro componente de amor y de venganza en su motivación para seguir adelante con el empeño de destruir esa terrible amenaza que parecía cernirse sobre la sociedad, y al tercero era precisamente la carencia de amor lo que lo empujaba a actuar, la ausencia de amor, y en esos dos compañeros no había encontrado el amor, pero si una profunda sensación de amistad, lo que no deja de ser cierta expresión de amor.

-Ha acertado de lleno, señor, son tres historias diferentes, pero las tres de una manera o de otra tienen un punto en común y éste versa sobre el amor y en cierto modo de la venganza.

-Prefiero centrarme en los sentimientos positivos, el amor tiene muchas caras, cuéntenme esas historias, les aseguro que para mí tienen mucho más interés que la otra que me han contado.

-¿Cómo puede ser?

-Sencillamente, porque de esas historias voy a sacar mucho más jugo que de la otra; no se equivoquen, no desdeño la primera, pero esa historia sin estas tres está huérfana, necesito el complemento, conocer la motivación para decidir arriesgarme a ayudarles.

-¿Por qué dice la palabra arriesgar?

-Je, je, je - rió el ministro- qué ingenuos que son ustedes los jóvenes, en cierto modo me dan ustedes mucha envidia ¿Creen que una conspiración a tan gran escala no tiene sus tentáculos? escúchenme bien –dijo, bajando la voz y acercando la cara a la mesa- ¿Creen que todo es libertad? Ni siquiera aquí, en un cementerio de elefantes, esperando su hora para ir a reunirse con quien sea que se supone hay allí arriba o abajo, o dónde sea, estamos libres de los tentáculos. En el mismo momento en el que yo firme una orden de registro, esa orden llegará a algún tentáculo de los

conspiradores para controlar el mundo y yo pagaré, no sé cómo, quizá con un castigo, quizá con la muerte.
-¿Cómo puede decir eso? No tendrán el valor de matarlo impunemente.
-¿Acaso no fue una muerte lo primero que empezaron a investigar? Qué creen que puede detener a una organización a simular la muerte natural de un anciano recién diagnosticado de Alzheimer?
El anciano había escuchado bien, y aunque enferma, su mente era lucida aún, desde luego que lo era.
-Afirmativo –aceptó el Agente Ente.
-¿Qué les hace pensar que es la única muerte? O ¿la última?
-¿Pero la nota de suicidio?
-No soy investigador pero, señores, eso se lo dejo a ustedes, pero tengan una cosa por seguro; en asuntos de gobierno, entre los que siempre los hay turbios, siempre hay muertes; otra cosa es que salgan a la luz o no, pero siempre hay muertes; ahora, cuéntenme esas historias, sus historias.
Mark contó emocionado la historia de Victoria, lo que le había supuesto perderla y que no podía imaginar una vida sin ella, que tenía que devolverla a su estado natural antes de que fuera demasiado tarde, y para ello necesitaba saber qué habían plantado en la cabeza de su novia y descubrir cómo recuperarla.
Don explicó su historia con Erika, la historia que no era historia, la amada que no era la amada. Don, con la ayuda de la terapia que Angie le había proporcionado y con el encuentro que tuvo con Erika, sumado a que la conocía de hacía tiempo, supo que esa era la única persona que él quería que estuviese en su vida. Ahora se encontraba recluída en casa, tomando antidepresivos para mantener a la bestia dormida. Don quería creer que la historia de amor con Erika podía llegar a ser verdadera. Mantener una relación de tú a tú con esa maravillosa mujer, sin menospreciarla, ni sobrevalorarla, en igualdad. Además había probado el fruto prohibido y aunque le diera vergüenza reconocer cómo había sucedido, quería a Erika en cuerpo y alma, su terapia lo había vuelto más espiritual, más puro, pero sin olvidar lo carnal.

El Agente Ente explicó que él creía que no tenía una motivación amorosa expresa, simplemente, que debido a su trabajo siempre había trabajado solo, era más ratón de biblioteca que agente de campo, y que en Mark y Don había encontrado los compañeros que nunca pudo tener en el departamento de homicidios, podía decirse que eran sus primeros amigos, si es que ellos lo consideraban así.

Tanto Mark como Don se quedaron atónitos ante la exposición del Agente Ente - esta reacción no pasó desapercibida al ministro- pero la verdad era que aquel hombrecillo despertaba la simpatía de ambos, y era eficaz en su trabajo. En el caso de que alguien hubiera preguntado a cualquiera de los dos, antes de la fecha presente, si ese hombre era amigo de ellos, ambos habrían rechazado tal posibilidad de plano, sin embargo esa difusa declaración de amor por parte del agente los tocó en lo más hondo de su ser y desde ese momento, si alguien se lo preguntara, ambos responderían inequívocamente que sí, que Ente era su nuevo y buen amigo.

-Bien, bien –dijo el ministro Lorenz- Escuchadas sus historias he decidido que les voy a ayudar; me han demostrado que son personas puras, de corazón. A usted, Mark, le deseo que recupere a su amada Victoria. A usted, Donovan, veo más difícil que Erika quiera inmiscuirse en una relación seria con usted, pero a tenor de lo que me ha contado tampoco la veo con nadie más, a no ser, - hizo una pausa de suspense antes de revelar el secreto de su sabiduría - que un acontecimiento especial e inesperado cambie su vida y de ese modo se replantee su vida, no obstante le deseo suerte. Ente, agente Ente, nombre rimbombante –repitió el nombre en tono reflexivo-, usted me ha sorprendido el que más, y creo que a sus nuevos amigos también les ha pillado por sorpresa –puso énfasis en la palabra nuevos- Creo que hoy he visto como un hombre tocaba el corazón de otros dos y, sinceramente, me ha conmovido. Son un excelente equipo de personas; espero por su bien, y de ahora en adelante por el mío, que también lo sean como profesionales.

Pidieron prestada una impresora; el ministro accedió a un registro de órdenes ministeriales a través de la pulsera tecnológica; después de dictar la orden, pulsó un botón y la orden se imprimió en la hoja que salió por la ranura correspondiente. La firmó allí mismo y después la digitalizó con la pulsera; acto seguido, la metió en el registro de órdenes nuevamente mediante la pulsera.

-¿Por qué nos ha dado la orden en papel?

-Porque es fácil que si esos tentáculos detectan la orden, aunque no puedan borrar directamente la orden, implanten a otro ministro una orden para que contradiga la mía; si van ustedes con el papel nadie dudará de que es real, pero si van con un código digital es posible que para cuando lleguen al archivo la orden esté revocada. Tardan un día en actualizar los registros digitalizados, eso les garantiza veinticuatro horas aproximadamente, alguna más probablemente, tienen hasta mañana a las ocho. Puede ser que nadie se percate y la orden siga vigente más tiempo, pero si sacan todo lo que puedan mañana, mejor.

-Muchísimas gracias -dijeron los tres- Despidieron y reverenciaron al anciano y tal y como vinieron se fueron; contentos, los obstáculos que habían surgido hasta el momento habían podido solventarlos y en su corazón llevaban la firme determinación de lograr su objetivo, tal y como el ministro Lorenz había dicho, por amor.

Capitulo XXVII – La verdad del archivo central

"Los hombres olvidan siempre que la felicidad humana es una disposición de la mente y no una condición de las circunstancias."

John Locke

Ciudad de la luz, Miércoles 4 de Octubre de 2.044
9:11 AM

Miércoles por la mañana, las suaves temperaturas de los días atrás habían dado lugar a una bajada de temperatura considerable, el presagio de un invierno frio se fraguaba en las mentes de los moradores de Ciudad de la Luz. Unas densas y oscuras nubes cubrían el horizonte, nada bueno se podía esperar de semejantes cumulo nimbos, a lo más una ligera y fría lluvia, a lo menos, una tromba de granizo, únicamente un improbable rolar del viento, de norte a sur, podía poner fin a los dos escenarios que en la mente de Don se dibujaban mientras miraba por el ventanal de su apartamento. Se duchó tomándose su tiempo, pensando en que si en pocas horas iba a estar calado hasta los huesos, el calor que ahora metiera en el tuétano de los mismos repelería la invasora oleada de frio. Se vistió, calcetines gruesos, de estreno para la temporada invernal, aparcó definitivamente las veraniegas sandalias y se calzó los duros zapatos de piel con suela de goma de una pulgada de espesor, los próximos meses dos centímetros y medio lo separarían del frio suelo.

Se reunieron los tres en la cafetería que acostumbraban, pidieron el mismo desayuno acostumbrado los tres, zumo de naranja para comenzar a segregar los jugos gástricos de sus estómagos, café con leche y croissant para calentar y llenar la panza, no sabían cuánto tiempo les llevaría la recolección de datos del archivo central de implantaciones. Hablaron al respecto, repasaron criterios de búsqueda para ampliar el espectro lo más ampliamente posible. Miembros del gobierno, de la oficina de delitos tecnológicos, de la plantilla de Mejora Mental Corp., de Victoria y Erika en especial, de los jueces de lo mental, y cualquier otro que se les pudiera ocurrir.

Eran las ocho y media, el archivo central de registros de implantación abría a las nueve, hora de ponerse en marcha. Pagaron la cuenta pasando la pulsera tecnológica por el lector de la entrada de la cafetería; no era necesario siquiera pedir la cuenta, en el mismo momento de hacer el pedido se pasaba la pulsera, posteriormente al ser servido el camarero pedía una nueva lectura de la pulsera para atestiguar que el servicio había sido prestado y finalmente, al salir por la puerta, los lectores de la misma cargaban en la cuenta del portador de la pulsera, receptor del servicio, el correspondiente importe.

Llegaron al edificio de Archivos centrales de descarga, tres envalentonados agentes pasaron por la misma puerta que la vez anterior, siguieron el mismo protocolo de seguridad donde la voz metálica les iba desgranando las instrucciones para poder acceder al interior del edificio, hasta que llegaron al puesto del agente que se hallaba justo en la mitad del edificio, mirándolo a éste desde una visión cenital en la planta baja.

-Buenos días, saludaron los tres.
-Buenos días ¿ustedes otra vez por aquí? ¿Están más animados que la vez anterior?
-Sí señor, además hoy venimos con un compañero más.
-Mucha gente ¿les espera mucho trabajo?
-Me temo que sí -dijo Mark, extendiendo la orden al sujeto.
-Fiuuu- silbó el guarda-, van a necesitar mucho tiempo ¿Van a revisar todos los archivos de implantación? pero eso es una locura.
-No vamos a revisar todos los archivos, pero la orden no podía ser más concreta porque dependiendo de quién sea el sujeto implantado decidiremos revisarlo.
-De acuerdo, es su decisión y disponen de la correspondiente autorización.
-Un pregunta, la última vez únicamente nos llevamos un archivo, no sé de qué capacidad estamos hablando ¿podría decirnos como llevarnos una copia de la información?
-No se preocupen, si les es necesario yo mismo les suministraré un disco duro portátil; ya saben que por seguridad está prohibido sacar nada vía internet, ni mucho menos conectar cualquier dispositivo externo; imagínense que un virus es introducido por esa vía; sería un desastre. A esos efectos disponemos de discos duros portátiles aquí , les crearé una carpeta virtual donde puedan ir insertando todos aquellos archivos que deseen y luego descargaré el contenido en el disco duro que haga falta; los tenemos desde cien terabytes hasta de un petabyte, será suficiente.
-De acuerdo, muchas gracias - se dirigieron al ascensor de la vez anterior.
Subieron y se encontraron en la misma sala que la vez anterior, con la salvedad de que en esta ocasión había tres sillas dispuestas para trabajar.
-¿Cómo lo hacen? – dijo Don al ver la tres sillas,
-Fácil, Don; mira, se ve un surco en la base de toda la silla, es escamoteable; con que el recepcionista marque cuantos vamos a venir a esta sala las sillas se despliegan automáticamente.
-Efectivo - dijo el Agente Ente.
Don calló perplejo pensando que ese sería buen sistema para su pequeño apartamento.
Se sentaron en las modernas sillas y comenzaron a desgranar todos los criterios de búsqueda que previamente habían recopilado; cuando la consola se encendió la moral de los tres agentes cayó al suelo; solamente existía la posibilidad de concatenar tres criterios de búsqueda: nombre, apellidos y número de identificación.
-Para encontrarnos con esto mejor habríamos estado toda la tarde de ayer jugando a las cartas - gruño Don.
-No te preocupes –dijo el Agente Ente–, el trabajo realizado siempre es válido; verás cómo en un momento u otro toda la información que has apuntado en tu libreta de piel te será útil.
-No lo sé, puede ser.
-¿Empezamos? - dijo Mark con un tono alegre; sabía que un mundo de posibilidades se iba a abrir ante ellos descubriendo el contenido de aquellos archivos; era como abrir

latas de caviar buscando la lata, o las latas que por una inoportuna entrada de aire habían arruinado el contenido de las mismas.

Pidieron los archivos del Director Manuel, el del presidente de Mejora Mental Corp., el Doctor Frank, la doctora Ana, Angie, los jueces de lo mental, los ministros cuyos nombres conocían, Victoria, Erika, de los compañeros de oficina, hasta incluso chequearon nombres aleatorios, como el de Lorena, la recepcionista de Mejora Mental Corp.. Metieron todos los nombres en el disco duro virtual que el agente de recepción les había configurado y se quedaron pensativos, en silencio, tratando de recordar si se les había olvidado alguien. Estuvieron un buen lapso de tiempo, y si no fuera porque rememoraron una y otra vez la frase que el ministro Lorenz les había dicho habrían desistido ya. Finalmente, se dieron por vencidos; con el sentimiento de que faltaba alguien en la lista abandonaron la sede del registro central de Implantaciones. Fueron raudos a casa de Mark a revisar los archivos. Don no había visto aún a Victoria y le hacía ilusión que Mark hubiera propuesto su casa para tratar de investigar las implantaciones; eso significaba que la relación de su amigo con Vic iba a mejor. Mark por su parte prefería pasar el mayor tiempo posible en casa, de ese modo mantenía vigilada a Vic, y esperaba que en algún momento ella se le acercara para ofrecerle ese amor que tanto anhelaba; sin embargo, Vic libraba una batalla interna a muerte entre mente y corazón, y cada vez que una dosis de barbitúricos noqueaba su mente ella intuía sentir unas sordas e irrefrenables ganas de abrazar a su querido Mark. No obstante, la maldita mente infectada, aunque abotargada, era muy poderosa y eso mantenía en un incierto limbo los sentimientos de Vic.; ello la hacía sufrir aún más.

Llegaron al apartamento de Mark, encontraron a Victoria tumbada con los ojos cerrados, las persianas bajadas -Vic se había vuelto fotosensible, demasiada luz le hacía daño-, vestía un pijama de Mark y tenía el pelo recogido en una coleta. Don se le acercó y en cuanto Vic apenas abrió un ojo, éste no pudo reprimir un sincero abrazo que ella devolvió; la visión de su amigo y amada enlazados transmitía tanto cariño que Mark no pudo si no apartar la vista para evitar que las lágrimas brotaran de sus ojos; a él todavía esos lujos le estaban prohibidos, en su más hondo ser deseaba que eso pronto cambiara.

-Buenas tardes, Vic, cariño -dijo Don con tierna voz, acariciándole el pelo.
-Buenas tardes, Don – correspondió Victoria, mirando al suelo con unos ojos vidriosos.
-¿Qué tal te encuentras?
-Mal, Don, rematadamente mal.
En ese momento Victoria alzó la mirada hacía Mark y aunque el primer reflejo fue el de una sonrisa, la sonrisa que el corazón le ordenaba mostrar, la mente borró el gesto de inmediato, ella era consciente de la pelea que en su interior se libraba y el hecho de no saber si su amado sería consciente de sus denodados esfuerzos por amarlo la entristecía aún más. Mark vio el sufrimiento reflejado en el bello rostro que tantas veces había mirado y no pudo reprimir abrazarla, sin embargo ella se quedó tensa como una estatua, inmóvil, sin transmitir nada más que un imperceptible temblor. Si no fuera porque Mark acababa de verla transmitir afecto a Don, pensaría que la enfermedad o el implante realizado le habían paralizado la capacidad de sentir nada. Victoria apartó la mirada y miró al Agente Ente, el cual observaba con indisimulada

curiosidad la amalgama de sentimientos y emociones embotadas que ante su persona estaban teniendo lugar. El Agente Ente no podía dejar de pensar internamente lo bien implantados que tenían que estar esos datos, o conocimientos, para hacer que una persona se comportara de ese modo. Ahora que lo tenía delante era consciente de ello, a diferencia de cuando entró a la oficina de delitos tecnológicos por primera vez; en aquella ocasión no había sentimientos embotados que descubrir. Era una ruda feria de falsos sentimientos, ocultando las verdaderas personas que no hacía demasiado fueron, y que esperaba volverían a ser y poder conocer.
-Perdona, Vic, no te he presentado; este es el Agente Ente, del departamento de Homicidios; nos ayuda en la investigación de Mejora Mental Corp. , Agente Ente, esta es Victoria, mi novia; ahora mismo no se encuentra muy bien, está tomando ansiolíticos y tiene la mente un tanto embotada.
-Encantada -dijo Victoria con una voz apagada y alargando una temblorosa mano que el agente estrechó.
-Igualmente, señorita, sepa que sé lo que le sucede y que no descansaremos hasta dar con una solución a su problema.
-Es usted muy amable, espero que estén en lo cierto, ya que de otro modo no sé si tendré fuerzas para seguir viviendo bajo estas circunstancias.
Una mueca de dolor se dibujó en el rostro de Mark.
-No diga eso, todo tiene solución menos la muerte, señorita, seguro que encontrará un modo de bregar con ese problema que ahora mismo parece irresoluble.
-Esperemos eso, Ente, esperemos eso; si me perdonáis, voy a retirarme a la habitación a descansar.
Los tres se apartaron silenciosamente; Mark la ayudó y posteriormente ante la expectante mirada de los presentes salió de la habitación con sigilo, casi de puntillas.
-De acuerdo -dijo Don una vez estuvieron solos - ¿Por dónde empezamos?
-Por hacer un listado de todas las personas que tenemos, sus códigos y los conocimientos descargados.
-De acuerdo.
Enchufaron el disco duro portátil a la consola del muro tecnológico de Mark y comenzaron con la labor; entraban en los archivos e iban anotando el contenido en una tabla que prepararon para ello: Nombre del sujeto, Fecha de Implantación, Código del Archivo, Archivo implantado.
Fueron rellenando la tabla hasta que llegaron al archivo de Implantación del Doctor Frank; el código era distinto, el archivo ilegible, había algo diferente, no entendían nada de lo que veían en pantalla.
-¿Estará corrupto? -preguntó el Agente Ente.
-No lo sé –dijo Mark rascándose la cabeza.
-No tenemos ni idea de lo que es eso ¿Puede ser un archivo que haya inducido al suicidio al Doctor? - preguntó Don.
-Ni idea, a lo mejor es un archivo que se ha implantado incorrectamente o que tiene un cifrado de seguridad especial y tal vez algo de eso hizo mella en el Doctor.
-No lo sé, hagamos una cosa –propuso Mark– Vosotros seguid recopilando pruebas de las implantaciones fraudulentas, yo voy a ir a visitar a una persona a la cual no podemos demorar más la visita.
-¿La Doctora Ana?- dijo Don inquisitivamente.

-Precisamente; se van acumulando las preguntas de carácter técnico y me gustaría estar con ella para que nos aclarara qué diablos pasa aquí; creo que no hay nadie mejor que ella para que nos guie en este serpenteante camino.
-De acuerdo, Mark, - dijo Don - ¿Qué es lo que quieres que vayamos mirando exactamente?
-Tenéis que buscar el contenido añadido implementado a cada persona.
-Conforme, déjalo de nuestra cuenta, ve tranquilo.
Mark se vestía la chaqueta, iba a salir, pero en el último momento se giró y dijo a sus compañeros.
-Otra cosa, cuidad de Vic, por favor.
-Descuida, amigo, la dejas en buenas manos.

Mark salió raudo en dirección a la terminal de vehículos auto guiados, comenzaba a impacientarse por la lentitud con la que se sucedían los acontecimientos y temía perder los nervios ante cualquier eventualidad, el estrés acumulado comenzaba a ser considerable ya.

Capitulo XXVIII – Nueva reunión con Dra. Ana

"Lo que caracteriza al hombre de ciencia no es la posesión del conocimiento o de verdades irrefutables, sino la búsqueda desinteresada e incesante de la verdad."

Karl Popper

Ciudad de la luz, Miércoles 4 de Octubre de 2.044
10:45 AM

-Buenos días, Dra. Ana, gracias por recibirme sin previo aviso.
-No hay de qué, Agente Mark, usted dirá que le trae por aquí.
-En primer lugar, quería hablarle del Doctor Frank.
-Bien, le escucho.
-¿Sabía que hace apenas tres meses, tres y medio, se casó?
La cara de la Doctora se transmutó en un instante, pasó de la serena escucha a la más absoluta sorpresa, su cerebro acababa de acelerar los procesos mentales de una velocidad de crucero a una velocidad supersónica, no se esperaba eso.
Mark vio la sorpresa en la cara de la bella Doctora, después la sorpresa dio paso a la ira y finalmente desembarcó en la confusión. Todo un poema.
Mark pensó que ni el mejor actor del mundo podría haber representado una actuación tan brillante, sin duda esta noticia era nueva para la Doctora ¿O no?
-¿Con... quién? -preguntó titubeante, con unos temblorosos labios- ¿Se casó? -afirmó ella lívida.
-Si no le importa prefiero guardar el secreto por el momento, simplemente quería descartar que usted lo supiera y hubiera asesinado al Doctor por celos.
-Pero qué... ¿Pero qué me está usted diciendo? ¿Qué soy sospechosa? Si así fuera ¿Cree usted que enviaría un anónimo cuando con la nota de suicidio se hubiera quedado todo en nada?
-Puede ser.
-¿Qué puede ser? -gritó ella encolerizada, comenzaba a cansarse de los juegos del agente que la interrogaba - ¿Qué yo matara al Doctor porque este se casó con otra mujer? ¿Cree usted que yo sería capaz de perder la cabeza hasta el punto de asesinar a una de las más brillantes personas que jamás haya conocido? Escúcheme bien, bastardo, el Doctor Frank era mucho más que mi amante, mi novio o mi pareja sexual, el Doctor Frank era la mente más privilegiada que jamás haya conocido la humanidad.
-¿No es un poco pretencioso? –pinchó Mark.
Ella estaba fuera de sí, Mark temió que lo fuera a agredir, pero sabía que solamente bajo esas circunstancias iba a lograr sonsacar a la Doctora la verdad.
-¿Pretencioso? ¿Qué va una calamitosa persona como usted a saber? El Doctor Frank era la persona más honesta, integra, trabajadora e inteligente que jamás haya conocido. No me refiero solamente a la inteligencia gnoseológica, a lo que el conocimiento concierne, me refiero a inteligencia emocional, inteligencia ecológica,

incluso epistemológica, una sensibilidad especial para con el espacio, las personas y la naturaleza.
-Episte.. ¿qué?
-Epistemológica, teoría del conocimiento, muy importante para lo que aplicamos aquí.
-Entiendo ,no sé si es usted quien habla o su amor por él, no obstante, disculpe mis preguntas; tiene que entender que forman parte de mi trabajo y en ciertas ocasiones he de ser un tanto grosero. Tanto si usted sabía, cómo si no, lo de la boda del doctor Frank, está usted inmiscuida en esto. Era su amante, pudo ser su asesina, su cómplice, o simplemente el desencadenante que como un catalizador hizo reaccionar al Doctor de una manera en la cual usted ni siquiera es, fue, o ha sido consciente.
Ella Calló. Lloraba amargamente, en silencio, rumiando su dolor, el escozor que le suponía imaginarse al doctor amando a otra se sumaba al ya inmenso dolor por la pérdida de éste. No soportaba tanto dolor y explotó en un amargo llanto, agachando la cabeza, ocultando su desgarrado rostro.
Mark se mantuvo impasible, había visto a muchos criminales actuar de forma similar en pos de un perdón por parte del captor. Sin embargo, a Mark cada vez le costaba más pensar que aquella mujer tuviera algo que ver con la muerte del Doctor, directa o indirectamente, no obstante, también antes había vivido esa sensación y en ocasiones había sido errónea. Su cuerpo pedía consolar a aquella hermosa y penitente mujer, más su mente le pedía que se mantuviera alerta. Decidió cambiar el curso de la conversación.
-Hemos tenido acceso a las implantaciones del Doctor Frank.
-¿Qué han descubierto? –Un halo de curiosidad calmó parcialmente el dolor.
-Hemos descubierto las implantaciones fraudulentas que Mejora Mental Corp. ha hecho en ciertas personas, estamos investigando otras.
-¿Ve cómo le dije que Mejora Mental Corp. no es lo que parece? ¿Qué han encontrado en las implantaciones del Doctor? –mostraba curiosidad, definitivamente el dolor había quedado relegado a un segundo plano.
-Efectivamente, Mejora Mental Corp. parece un monstruo al que hay que tener bien controlado porque es posible que tenga raíces hasta en el infierno.
-Desconocía lo que exactamente pasaba, pero sabía que había demasiadas cosas extrañas.
-¿Qué fue lo que le hizo sospechar?
-El hecho de que antes de lograr desarrollar el casco de implantación el laboratorio era una maravilla, todo se compartía. Ahora me doy cuenta de que era una época en la que estábamos diseñando la cazuela, el continente, el casco de implantación, pero en cuanto se empezó a diseñar el apartado correspondiente a la comida, el contenido, un secretismo increíble comenzó a imperar en nuestras relaciones.
-¿Compartía el Doctor esa sensación con usted?
-Sí, lo hablamos en más de una ocasión; él decía que a veces es mejor no conocer para no poner a prubea nuestras conciencias.
-¿Con lo cual, supone usted que él sabía algo de las implantaciones fraudulentas?
-No lo sé, porque como era tan inteligente y sabio no sabía si atribuir sus palabras a que sabía algo o que simplemente lo imaginaba o intuía. Discúlpeme, pero tengo que insistir, dígame por favor ¿Qué encontraron en las implantaciones del Doctor?
-Eso es lo curioso, que hemos sido capaces de leer las implantaciones de otras personas sin problema, además de encontrar las claves y rutas para las implantaciones

fraudulentas con relativa facilidad –dijo obviando el duro fin de semana que les supuso desvelar la primera.
-¿Y con el doctor no es así?
-No, con el doctor sucede algo extraño, su archivo parece erróneo, son un montón de caracteres en aparente desorden, es como si, al igual que en sus documentos manuscritos tenía esa peculiar manera de escribir, hubiera hecho algo similar en su cerebro, que pensara en clave.
-¿Puedo ver el documento?
Mark se lo pensó unos instantes, dejarla acceder a algo que el ignoraba podía significar un peligro, sin embargo pensó que tampoco tenía nada que perder. Accedió, tecleó unas órdenes en su pulsera tecnológica y después pidió permiso a la Doctora para proyectar el documento en la pared tecnológica de su vivienda. A los pocos segundos se podían ver desfilar un montón de caracteres en la pantalla; la Doctora se levantó de su sofá y se acercó a la pantalla, miraba con los ojos bien abiertos, tenía el cerebro trabajando a mil por cien, buscaba claves, secuencias, patrones; miró durante media hora, mientras Mark observaba sus reacciones.
-Nada, no veo nada -dijo la doctora.
Mark la escrutó para tratar de saber si mentía o no. No supo leer en aquel desdibujado rostro por la mezcla de lágrimas resecas, curiosidad y dolor la sinceridad o ausencia de ésta.
La Doctora se desplazó por el documento hacia adelante y hacia atrás; primero fue hasta el final del documento. Mark se fijó en que era extensísimo; en el documento implantado a Erika la extensión no iba mucho más allá de las veinte o veinticinco pantallas. A medida que la doctora iba dando al scroll, se veían pasar pantallas y pantallas, serían miles, cientos de miles, millones, no lo pudieron saber porque el final no llegaba, la doctora se cansó y volvió al origen, leyó los datos de la cabecera del documento, Nombre, Fecha, Código...
-El código, dios mío - dijo la Doctora.
-¿Qué ocurre, Doctora?
-El código ¿Lo ve?
-Sí lo veo, LS72453245W ¿Qué le ocurre?
-La primera letra significa la operación realizada, la segunda es S de sujeto, y después viene el código de identificación del sujeto.
-¿Qué hay de raro en este código?
-Pues que, si se ha fijado, la letra inicial normalmente debe ser siempre la letra I, I de implantación.
-Ahora que lo dice recuerdo que efectivamente el código de Erika empezaba por I, tiene razón ¿Y qué significa la letra L?
-Que no es una implantación, es una lectura - dijo con la mirada extraviada, fruto de las divagaciones que su mente comenzaba a pergeñar.
-¿Qué diablos quiere decir eso? – preguntó cada vez con mayor curiosidad.
La doctora no lo oyó, estaba muy lejos de esa habitación, en ese momento surcaba el mar de posibilidades que este descubrimiento brindaba a la sociedad.
-¡Doctora Ana! – zarandeó Mark a la anonadada mujer.
-Oh, perdone, estaba pensando en lo que este hecho supone.
-Pues sí que es verdad que se concentra mucho usted ¿Puede explicarme de modo que lo entienda, qué significa esa dichosa ele en el código?

-Qué el Doctor no se implantó conocimientos, sino que hizo una lectura de su mente.
-¿Pero es eso posible?
-Creía que no, he de reconocer que son demasiadas sorpresas en un día para mí.
-Perdone, pero ¿Qué implicación tiene eso?
-Imagínese usted que cae enfermo, y quiere dejar su legado a su familia, todo lo que usted supo, todo lo que usted fue ¿Qué mejor manera que dejarles un disco duro con sus recuerdos?
-Perdóneme otra vez, pero ¿se supone que ese archivo es igual que los de implantación?
-Efectivamente.
-¿Entonces eso puede suponer que alguien se pueda implantar la mente del doctor?
-Sí, es la posibilidad que ahora mismo estaba sopesando.
-¿Eso supone la inmortalidad?
-Bueno, en cierta forma sí, lo único, que si a usted le implantaran los datos del Doctor Frank tendría todos sus conocimientos, pero usted seguiría siendo usted; además, el hecho de tenerlos no significaría que recibiera usted la capacidad mental del Doctor.
-¿Por qué no?
-Porque el cerebro tiene dos características básicas, capacidad de almacenaje y conexiones neuronales.
-¿En qué influye cada una?
-La capacidad de almacenaje es inmensa en la mayoría de los cerebros. Esa característica es despreciable; es como si todos los coches pudieran correr a doscientos por hora, y en la carretera no se pudiera ir a más de ciento veinte; le daría igual qué coche coger para ir de un punto a otro.
-¿Y las conexiones neuronales?
-Esa es la característica clave; el cerebro funciona, por decirlo de alguna manera, como por departamentos, y las conexiones neuronales hacen que esos departamentos estén interconectados, de modo que si yo le menciono una idea sus conexiones empiezan a trabajar, haciendo una proyección mental de esa idea.
-Sí, ¿es cómo lo del elefante, no?
-No sé a qué se refiere.
-Que si yo le pido que no piense en un elefante, instantáneamente pensará en un elefante irremediablemente.
-Es buen ejemplo, sí. El tema en cuestión es que si usted pide a mil personas que no imaginen un elefante, las mil lo imaginarán porque saben conectar la palabra elefante con la imagen del mismo, pero si pide a mil personas que imaginen una conexión binaria a nivel de micro computación, probablemente novecientas noventa y nueve no lo harán porque no son capaces de hacerlo, simplemente porque sus compartimentos no disponen de la información requerida para hacerlo.
-Ya veo.
-Y si yo meto un montón de información en la mente de cualquier persona, la capacidad de interconexión de esta persona no se verá aumentada; entonces conocerá un montón de datos, cifras, números, características, pero no sabrá para qué sirven, no sabrá enlazarlos.
-¿Entonces es inútil hacer lo que el Doctor hizo?
-Así lo creo, no obstante, hay una cosa que me preocupa.
-¿Cuál?

-Que si alguien con muchas conexiones neuronales se implantara los conocimientos del Doctor, con el tiempo podría ser tan inteligente como él.
-Vale, de acuerdo, una pregunta más: usted está hablando de conocimientos, pero según he entendido, y por la longitud del documento así lo deduzco, el doctor hizo una lectura de todo su cerebro ¿Es así?
-Sí, es así.
-Entonces, si alguien se implantara ese archivo, con todos los conocimientos, pero también sentimientos, filias y fobias del Doctor ¿No sería algo así como que esa persona tuviera doble personalidad? ¿ una especie de Jeckyll y Mr. Hide?
-No lo sé, no llegamos a experimentarlo porque se suponía que no teníamos modo de hacer la lectura de una mente; supongo que nos adentramos en el inexplorado mundo de la mente, el alma, y probablemente dios o lo que sea que haya.
-¿Es posible borrar las implantaciones realizadas? -Mark pensó en Victoria y Erika sobre todo.
-No por el momento, esa fase es justo en la que el doctor estaba trabajando, pero, ahora que lo pienso, quizá el doctor pudo llegar a solucionar ese problema por sí mismo ¿Por qué no confió en mí? – La doctora mostraba su disgusto claramente.
-¿Qué le hace pensar eso?
-El hecho de que se hiciera una lectura de su propia mente me hace pensar en ello; el problema para borrar el contenido preciso era que no conocíamos la localización exacta del conocimiento implantado en la geografía cerebral, pero si el doctor ha sido capaz de leer toda su mente quizá sea capaz de borrar lo implantado, no lo sé, es todo tan confuso.
-Por lo que he entendido, si es que he entendido algo, saben borrar lo implantado , lo que no saben es localizar el material a borrar ¿No es así?
-En teoría así es. Sería muy peligroso intentarlo, pudiera ser que le enseñaramos matemáticas pero que hubiésemos borrado su capacidad para leer, o peor aún, pudiera ser que borráramos las instrucciones automáticas que su cerebro envía.
-¿Por ejemplo?
-Que su corazón siga latiendo, los pulmones respirando etc. y eso es incompatible con la vida.
-De acuerdo; además de asustarme sobremanera me ha ayudado mucho, Doctora, tengo que pensar seriamente acerca de lo que usted me ha dicho, sospecho que el doctor llegó en sus investigaciones mucho más lejos de lo que cree, pero la pregunta es "hasta donde", y si alguien más lo sabe.
-¿Por qué iba a hacer eso?
-Quizá porque lo que descubrió no le gustó, o quizá porque temiera por su vida; quizá descubrió algo y ese algo puso en peligro su vida, o tal vez la quiso proteger a usted... No lo sé, Doctora, es un enigma ahora mismo, cuanto más avanzo en la investigación más difícil de entender nada se me hace. Estoy atorado, después de tanto tiempo no sé si hay sospechosos de asesinato siquiera y esto comienza a ser surrealista. Sé que se han hecho implantaciones ilegales, pero desconozco el autor de las mismas, puede ser el director, el presidente, los accionistas, las fuerzas armadas...
-Quizá debiera hablar con el Director Manuel, no creo que sea una mala persona, todo el tiempo que trabajé con él jamás me dio la sensación de ser una persona con dobleces, creo que es una persona hecha a sí misma y que cree en el proyecto como si

de un hijo se tratara, pero sinceramente le digo que no creo que sea una mala persona.

-Podría estar de acuerdo con su afirmación, siempre he tenido la sospecha de que es una marioneta, pero, visto lo visto ¿Quién me dice a mí que no le han implantado a usted datos para que hable así de él?

-No creerá que me han manipulado... – Un nuevo ramalazo de furia atisbó en su mirada.

-¿Quién no sabía que el doctor se había leído la mente? ¿Quién no sabía que el doctor se había casado en secreto? ¿Quién pudo ser una marioneta más en el insondable juego que al parecer ha tenido lugar frente a sus morros?

-Touché -se calmó aceptando la posible cruda realidad - Es una maraña; espero por el bien de todos que aclaren este embrollo; ahora mismo me siento asqueada, me siento una apestada ¿Tenía orden el doctor de no contarme todo? ¿fue a iniciativa propia?¿Acaso les fallé? En cuanto pueda voy a hablar con el director Manuel, tengo que saber si él sabía algo de esto.

-No lo haga, no de momento.

-¿Por qué no?

-Porque desconocemos si el doctor fue asesinado o no, y el hecho de que usted se enfrente al director Manuel puede suponer que fijen el punto de mira en su persona.

-Entiendo, gracias. Es frustrante, muy frustrante.

-Ha sido usted de mucha ayuda; nuevamente le tengo que pedir que permanezca localizable, por favor.

-Espere un segundo ¿Es qué no me va usted a dar nada a cambio de la ayuda prestada? – dijo la doctora.

-¿Qué quiere? – preguntó Mark sin saber a qué se refería la Doctora.

-El nombre de la mujer.

-De acuerdo, se lo diré; de todos modos, cuando se abra el testamento y salga todo a la luz pública se enterará: La esposa del Doctor Frank , ahora la viuda del Doctor es Ángela Holles.

-¿Quién es Ángela Holles?

-¿A lo mejor le suena más si le menciono el nombre de...Angie?

Los ojos de la Doctora se abrieron como platos, fruto de la sorpresa mayúscula; nuevamente una mezcolanza de sentimientos se manifestó ante el agente Mark: confusión, ira, conclusiones...

-¿Angie? ¿La psicóloga que trabaja con nosotros cómo ayudante?

-La misma.

-Nunca me habló de ella. Me sorprende muchísimo, discúlpeme pero no me lo puedo creer.

-Créame que no la he mentido.

-No digo eso, simplemente es que se me hace muy difícil de creer.

-¿No sospechó siquiera por un momento que el doctor dejara su relación con usted por otra?

-No señor; como ya le dije anteriormente, amaba al Doctor, y el hecho de saber que estaba enfermo me hacía verlo mucho más vulnerable. Sin su consentimiento ni intención, se hacía querer más simplemente por el contexto en el que nos hallábamos inmersos.

-¿En ningún momento vio una muestra de afecto o de cariño entre el Doctor y Angie?

-No sé si es que no lo vi, o no lo quise ver, pero ahora mismo no soy consciente de haber visto nada de eso, lo siento.
-No tiene por qué sentirlo, lo que me sorprende que unos recién casados no tuvieran muestras de afecto en público, me da a mí que en ese matrimonio hay algo que huele mal, o son ustedes los científicos muy raritos.
-Piense que Angie siempre ha sido muy discreta, y probablemente el doctor no me amara, pero sin duda sentía un gran afecto por mí; no querrían hacerme daño.
-Puede ser, se me hace tarde, ha sido de gran ayuda pero ahora tengo que dejarla.
-Muy bien, agente.
-Una última pregunta ¿Hay algún modo de saber cuántas conexiones neuronales tiene una persona?
-Sí, haciendo un TAC craneal ¿Por qué?
-Por nada en especial, es solo una idea que me ronda la cabeza. Gracias, Doctora, permaneceremos en contacto. Hasta luego.
-Adiós.

En cuanto Mark hubo salido de la casa de la Doctora Ana llamó a Don.
-Dime.
-Don, tenemos que seguir el rastro del archivo de implantación del Doctor Frank.
-¿Seguir el rastro? No lo entiendo, Mark.
-No es un registro de implantación, es un archivo de lectura.
-¿Cómo?
-Es un archivo de la lectura de la mente del Doctor; tenemos que asegurarnos de que ese archivo no fue implantado a nadie, y en caso de que lo fuera, es importantísimo saber a quién, con qué fin y que resultados.
-Estoy aturdido ¿Se puede hacer eso? ¿Para qué?
-Voy para MMC, quiero hablar con el Director Manuel, luego te lo explicaré.
-De acuerdo.
-Hasta dentro de un rato.

Capitulo XXIX – Última visita al director

"Ningún conocimiento humano puede ir más allá de su experiencia."

John Locke

Ciudad de la luz, Jueves 5 de Octubre de 2.044
11:05 AM

Mientras hacía el trayecto desde la casa de la Doctora Ana hasta las instalaciones de Mejora Mental Corp. Mark tuvo que sentarse tranquilo, reposar las ideas, pero por más que lo intentaba la cabeza le daba vueltas y vueltas. Estaba totalmente confuso; a estas alturas el recurrente pensamiento de si tenía caso o no, de que no sabía si al doctor lo habían asesinado o no, de que no tenía pruebas de prácticamente nada le azoraba la paz de espíritu. Pensó nuevamente en que la nota de suicidio era claro que difícilmente podía haber sido copiada, la nota anónima la había escrito la Doctora Ana, Angie se había casado con el doctor Frank pero solo él sabía el por qué a ciencia cierta, el director Manuel era fiel a su amo... pero ¿Quién era su amo? Tenía que hablar con quien estuviera por encima de él. Las imágenes del Doctor, de la Doctora, de Victoria, de Erika, de Don, le venían recurrentemente a la mente, una y otra vez, pasando a cámara lenta primero, a cámara ultra rápida después; no encontraba la llave, eran todo puertas cerradas; finalmente decidió que si no había pruebas tenía que guiarse por su intuición, y la intuición le decía que la llave estaba donde todo había empezado, en Mejora Mental Corp.

Mark llegó sobre las once y media de la mañana, entró directo al mostrador donde Lorena solía recibirlos, no estaba, en su lugar había un chico joven un tanto desgarbado, no parecía una persona eficiente como Lorena, Mark pensó que habría coincidido con el día libre de Lorena o algo por el estilo.
-Disculpe, joven.
-¿Es a mí? -preguntó el joven, con cara de extrañeza.
-Sí, es a usted ¿Podría recibirme unos minutos el director Manuel?
-Ah, no –dijo el joven, un tanto turbado-, yo no soy el recepcionista, soy un informático que está haciendo el chequeo de los sistemas; Lorena ha ido a tomar café, en seguida volverá.
-Bien, gracias ¿Cómo se llama usted?
-Mariano, Mariano Rivas, disculpe, pero... Me ha dejado preocupado usted ¿Acaso tengo pinta de recepcionista?
-Si le soy sincero, no, tiene pinta de lo que es, un atolondrado informático despistado.
-Uff, me alivia usted, por un momento creí que me había vuelto igual de estirado que los recepcionistas, con sus idiomas, protocolos etc. Ya me entiende.
-Sí, sí –este tío es idiota, pensó Mark, mejor le iría siendo como Lorena; es patético ver que una persona por mor de dedicarse a una determinada profesión como por ejemplo informática tuviera la obligación de ser un descamisado despistado, o un

abogado vestir traje y corbata. Mark recordó el dicho que rezaba *"no me juzgues por mis tatuajes, pues los mayores ladrones visten trajes"*.
En ese momento llegó Lorena y para sorpresa de Mark besó discretamente al informático idiota. Se dirigió con paso firme y decidido a su puesto y se sentó en su sillón de trabajo; se tomó un par de segundos para chequear que todo estuviera en orden y entonces, como si acabara de ver a Mark, levantó la mirada y preguntó:
-Buenos días, agente Vela ¿En qué puedo ayudarle?
-Quisiera ver al Director Manuel.
-Espere un momento -pulsó un interfono y a través del imperceptible auricular que tenía insertado en el oído escuchó una voz preguntar al otro lado- Director Manuel, el agente Vela quiere verle - acto seguido alzó la mirada con un gesto de asentimiento – Puede pasar directamente, Andrea lo acompañará.
-Gracias ¿Por qué no está Angie? - preguntó el agente, con ánimo de sonsacar la respuesta oficial a la ausencia de Angie.
-Se despidió sin más, ya no trabaja aquí, la echaré de menos.
Al menos en eso no mienten –pensó Mark-. Andrea acompañó al agente Vela por los distintos pasillos del edificio hasta que estuvieron en la oficina del director Manuel.
-Buenos días, agente –preguntó en un tono hosco y seco el director Manuel; era evidente que la impronta dejada en la última visita no era la mejor que se podría dejar- ¿Qué se le ofrece?
-Buenos días, director Manuel, siento tener que decirle esto, pero en realidad no vengo a hablar con usted.
-¿No? -dijo el director, alzando las cejas a modo de extrañeza- ¿Con quiere hablar entonces?
-Con quien sea que esté por encima de usted.
-¿Con el presidente? ¿Los accionistas? ¿El gobierno? ¿Quién se cree usted que es?
-Con quien decida las implantaciones ilegales a realizar.
La cara del director Manuel se transmutó, pasó de un gesto adusto a uno totalmente rígido; vista la tensión que su mandíbula sostenía, el agente Mark pensó que se le podría voltear por encima de su rostro, como si fuera a auto fagocitarse.
-Pero ¿cómo se atreve? Iinsolente, maleducado, me produce usted el mayor de los desprecios, ignominia, asco; el desasosiego que siento solamente de pensar en lo triste que debe de ser su vida solo podría apaciguarlo viendo cumplido el mayor de mis sueños, viéndolo desaparecer, agente Vela.
-Oh, gracias, no puedo decir que el sentimiento sea recíproco hacía su persona, pero sí hacia esta abominable institución que han ustedes montado aquí.
-Haga el favor de salir de aquí, no queremos a personas de su calaña en esta noble y digna institución que solamente trata de ofrecer una gran mejora a la sociedad - acto seguido pulsó un botón y dos agentes de seguridad hicieron acto de presencia.
-De acuerdo, si no lo quieren por las buenas lo haremos por las malas; vendré con la orden de un juez, o ministro, junto con la acusación de asesinato, y así podré ver qué hay detrás de esa coraza de obstinado oscurantismo que les gusta lucir.
-¿Orden de qué? ¿Asesinar, Mejora Mental Corp.? Está usted loco, es inconcebible que alguien vierta esas acusaciones y quede impune, no sabe con quién se está midiendo, sepa que los amigos de esta casa - hizo un ademan señalando toda la instalación - son muy poderosos y que le vamos a enterrar en lo más profundo...

-¿De la tierra? - le cortó el Agente Mark – ¿Me van a matar al igual que hicieron con el Doctor Frank?
-Nosotros no hemos matado a nadie –dijo a voz en grito el director Manuel, salido totalmente de sus casillas.
En ese justo momento el teléfono pulsera del director Manuel sonó; tenía un auricular igual que el de Lorena inserto en el oído y vio en la pulsera de quién era la llamada entrante. Tragó saliva, se puso en pie, ajustó su traje, y tras pulsar un botón habló.
-¿Sí, señor presidente?
Mark miró expectante al director Manuel ¿El presidente había estado escuchando la conversación o era simple coincidencia?
-¿Ahora? Sí, señor... no sé si es una buena idea... de acuerdo, señor - colgó y miró a Mark.
-¿Y bien?
-El presidente quiere hablar con usted.
-Por fin voy a dejar de hablar con la marioneta y voy a hablar con el titiritero.
El director Manuel lo miró con todo el odio que pudo. Siendo un chico de origen humilde como lo era, se había jurado a si mismo, tras haber sufrido innumerables humillaciones, que su ego nunca jamás le permitiría que le hicieran de menos. Ese agente lo estaba haciendo; si no fuera porque era un agente de la ley, y él un representante de esa gran empresa, lo mataría con sus manos allí mismo, sin necesidad de armas; lo haría con sus manos. La adrenalina que corría por sus venas le hacía tener una fuerza descomunal; sería capaz de levantar un vehículo solo por impulso, aplastaría la cabeza de ese mequetrefe solamente con un gesto.
-Sígame - escupió las palabras, aderezadas con una mirada de desdén y la mandíbula prieta; Mark pensó en la auto fagocitación otra vez.
Lo guió a la puerta que estaba en su mismo despacho, pulsó en la consola el código secreto e hizo pasar al agente al despacho del presidente. Mark inmediatamente percibió que la estructura era simétrica excepto por la iluminación, que era bajísima; una habitación en una tenebrosa penumbra lo acogió.
-Buenos días -dijo una tenebrosa voz desde la oscuridad.
-La puesta en escena es un poco fantasmagórica ¿Lo hace adrede? –preguntó Mark con ánimo de soliviantar a su interlocutor.
-No, señor, disculpe la poca iluminación existente – hizo caso omiso a la provocación -, pero es debido a que sufro fotofobia; la oscuridad no obedece a una puesta en escena teatral, la causa es un simple motivo de salud.
-¿Podría verle? No me gusta hablar con una sombra.
-Hum... ¿Por qué no? A pesar de lo que usted crea aquí no tenemos secretos - el presidente se levantó y se acercó a Mark, que estaba ubicado en una posición cenital bajo la única bombilla que iluminaba el espacio. Ordenó con un gesto al director Manuel que pusiera dos sillas y se sentaron cara a cara.
Mark observó con atención al presidente, tenía los rasgos duros -un pasado duro, pensó Mark-, los pómulos salientes y una nariz recta, una frente despejada, pelo blanco abundante en el resto, bien peinado, un poco largo para lo que la moda en ese momento exigía, chaqueta y pantalón de excelente calidad hechos a medida, gafas de sol oscuras cubriendo sus ojos, y una frente surcada por una decena de profundas arrugas.

-Agente Mark,- hizo una pausa - le he estudiado –levantó la mirada mirando fijamente la reacción del agente.
Mark se revolvió en su silla. Ese hombre no le daba miedo pero si le ponía algo , le inquietaba.
-¿Y qué ha descubierto? – dijo lo más gallardamente que pudo.
-Muchas cosas, más de las que cree, pero hablemos un poco antes de entrar en materia, conozcámonos mejor, el cara a cara es más efectivo que la lectura de unos reportes o dosieres ¿Qué le parece nuestro proyecto?
-¿Quiere hablar?
-¿Por qué no? hay que tener a los amigos cerca y a los enemigos más; aún no sé qué calificativo ponerle; tengo la información precisa, pero como ya le he dicho muchas veces, la mayoría, un informe no expresa con exactitud lo que una persona es.
-Estoy de acuerdo.
-Por supuesto que está de acuerdo, porque tengo razón – Ese hombre era muy astuto, y había vivido mucho, era evidente.
-¿De qué quiere hablar?
-Le he hecho una pregunta ¿Le importa contestarla?
-No me gusta, su proyecto no me convence.
-¿Qué motiva ese posicionamiento tan categórico?
-Me parece que en vez de lograr la igualdad de oportunidades entre las personas las acrecienta; eso sin mencionar que creo que puede tener el potencial de ser una de las mayores amenazas para la libertad del individuo en la historia de la humanidad.
-¿Le parece que nuestra propuesta es mercantilista? ¿Y que tiene un posible uso maquiavélico?
–Buena definición; han hecho de la educación una mera mercancía, y sí, creo firmemente que puede ser una forma de esclavitud lo que ustedes venden como milagro.
-Permítame que le corrija; esto que hacemos no es educación, es implantación de conocimientos, lo cual es muy diferente.
-Tiene razón.
-Como en casi todo, amigo mío. Dígame una cosa ¿Cree usted que antes de que esta compañía existiera la educación no era objeto de mercantilismo?
-Quizá sí, pero no a esta escala.
-¿Ah, no? ¿Cómo puede ser que los hijos de las personas acaudaladas hayan tenido la opción de estudiar aquello que han querido, donde han querido, con los mejores profesores, que hayan tenido y además tengan el inmenso placer de viajar por todo el mundo, no como un turista que pasa una semana en Paris sacando mil fotos, sino permaneciendo en ese país durante dos o tres meses, incluso un año, absorbiendo la cultura, el paisaje, el idioma, la posibilidad de ver a un artista de relumbrón crear en vivo y directo su obra y no observarla a través de fotografías plasmadas en un libro?
-Porque sus padres tienen dinero, probablemente.
-Exactamente, señor Vela; nosotros hemos dado un paso más; hay personas muy válidas pero que carecen de medios para poder adquirir conocimientos; con nuestro sistema la gente sabe cuánto tiene que pagar por un conocimiento exacto, concreto, medible ¿Cuánto le costaría a usted enviar a un hijo a estudiar a la mejor universidad del mundo?
-Probablemente cientos de miles de Ameros.

-Algo que no podría usted pagar ni en el mejor de sus sueños. Yo y mi compañía le ofrecemos la posibilidad de gastarse la mitad de dinero y tener todos esos conocimientos implantados en un mes ¿Sabe lo que se ahorra?
-La estancia, la manutención...mucho.
-Y cuatro años de esfuerzos, para no saber si va a ser capaz de terminar los estudios porque en el tercer año a su padre, patrocinador o quien le beque, se le hayan agotado los fondos ¿Qué tiene entonces?
-Nada.
-¿Cambia esto su perspectiva de lo que aquí hacemos?
-Parcialmente.
-¿Por qué parcialmente?
-¿Qué bien hacen a la sociedad? ¿Qué aportan? Además, usted mismo ha dicho que la implantación de conocimientos no es lo mismo que educar, y posteriormente ha dicho que en la universidad o cualquier otra centro de formación si se educa; yo veo diferencias ¿Usted no?
-Yo no he dicho que fueran lo mismo. Procedamos por partes; dice que no hacemos bien a la sociedad ¿Conoce las aplicaciones terapéuticas de nuestro sistema?
-No, señor.
-Sepa usted, señor Vela, que podemos implantar positivismo a una persona depresiva, serenidad a una persona esquizofrénica, y un largo etc. De aplicaciones terapéuticas.
-De acuerdo.
-Por otra parte, si yo le implanto a usted todos los conocimientos que pueda adquirir en cualquier carrera en un mes, tiene usted otros tres años y once meses para auto educarse, hacer prácticas, que por cierto es donde más se aprende, y cuidar de usted mismo.
-¿Entonces, por qué matan?
-¿Matar? -dijo el presidente, perplejo ante tal afirmación ¿Quién le ha dicho que nosotros matemos? Pensaba que estábamos entendiéndonos y me sale con esa cacareada idea que usted postula.
-Tengo ciertas evidencias -pinchó Mark, tratando de ver la reacción de su contertulio.
-Evidencias... pero no pruebas; solamente tiene usted meras sospechas.
-Por el momento así es, pero eso cambiará.
-En ese caso, agente Vela, no tiene usted más que poner la correspondiente denuncia; veremos qué es lo que ocurre ¿Prefiere esperar o quiere que se lo cuente yo?
-Sáqueme de ascuas, por favor.
-Como quiera; sepa que dentro del consejo de dirección de esta sociedad hay personas muy influyentes, hay miembros del gobierno, y créame si le digo que una acusación de tal envergadura no quedaría impune una vez demostrada la inocencia de esta corporación.
-De acuerdo, me doy por vencido; únicamente les atacaré por implantar contenido fraudulento en las mentes de sus clientes.
El director Manuel carraspeó, se agachó y dijo algo al oído del presidente.
El presidente se mantuvo callado, bajó la cabeza un instante, y posteriormente pidió al director Manuel que los dejara solos.
-Verá usted, mequetrefe -lo había puesto nervioso, pensó el agente, había perdido la compostura- esta empresa está muy por encima de usted o de mí, la gente que maneja

esta compañía no tolerará acusaciones baldías gratuitamente, deduzco que no tiene usted pruebas tampoco de esta nueva acusación, solo conjeturas.
-Por una vez, señor presidente –dijo arrastrando la ese–, se equivoca; tengo pruebas del contenido implantado en la mente de ciertas personas, así como el archivo de lectura de la mente del Doctor Frank.
El presidente podría ser un buen jugador de póker, sin embargo la gota de sudor que corrió por su sien hizo pensar a Mark que andaba tras la pista correcta; había encontrado el hilo adecuado, y pensaba tirar con todas sus fuerzas de él.
-Señor Vela, temo que tendremos que dejar esta conversación aquí, siento que finalmente lo tenga que calificar como enemigo, aténgase a las consecuencias a partir de ahora, queda usted advertido.
-Usted sabrá por qué.
-Porque no es usted consciente de la misión que aquí cumplimos; tratamos de erradicar todos los pozos de ignorancia existentes en nuestra sociedad, así como cumplir con ciertos cometidos médicos, tal y como antes le he explicado. Gobernar una nave de esta envergadura supone tener que tomar decisiones, duras a veces, incluso contrarias a la ética.
-¿Está usted reconociendo las implantaciones fraudulentas?
-Eso lo dice usted, no yo – dijo furioso el presidente.
-Dígame ¿Descubrió el doctor esas implantaciones fraudulentas y tuvieron que matarlo para que callara?
-Hemos llegado al final de nuestra conversación; Andrea le acompañará.

El agente se levantó y se percató de que Andrea estaba a su lado; se sobresaltó. Qué diablos ¿es que aquí enseñan a todo el personal a ser etéreos como fantasmas y manifestarse cuando es preciso? –pensó.
La siguió, salieron por el laberinto de pasillos, Mark se percató de que las cámaras le seguían en su recorrido, eran cámaras móviles y seguían sus pasos hacia el exterior, había encontrado algo, probablemente al asesino, pero necesitaba pruebas, y las encontraría. Se dirigió al terminal de vehículos auto guiados, y cuando se disponía a montar una mano lo agarró por el hombro y lo arrastró a una esquina, fuera del Angulo de las cámaras de seguridad de la estación; era el director Manuel visiblemente nervioso y azorado.
-¿Viene a matarme?
-No diga tonterías y ándese con cuidado, Mejora Mental Corp. es muy poderosa.
-¿Viene usted por iniciativa propia o es el presidente quien maneja los hilos?
-Eso no importa, ándese con cuidado, se lo repito.
-¿Es una advertencia o una amenaza?
-Es una advertencia ¿Está usted ciego o es un insensato?
-No le comprendo.
-No sé si lo que ha dicho de las implantaciones fraudulentas es cierto o no, pero el hecho de que el presidente me haya pedido que abandonara el despacho ha despertado mis recelos.
-¿Usted no sabía nada de las implantaciones?
-No, le juro que no sabía nada.
-¿Ha venido a salvar su culo?

-Para nada... Bueno, en parte sí; verá, Mark, llevo veinte años trabajando para la corporación que creó Mejora Mental Corp. hace cinco; es una corporación muy hermética, con muchas vertebraciones en el gobierno, en la magistratura etcétera.
-Lo sé.
-Pues entonces sabrá que si va a atacar a Mejora Mental Corp. cara a cara tiene que tener las espaldas bien cubiertas. Cuando usted ha abandonado las instalaciones de MMC el presidente me ha ordenado activar la fase tres del protocolo de defensa.
-¿Fase tres del protocolo de qué? – preguntó sorprendido Mark.
-De defensa; la fase uno es de protección a baja escala, cierre de canales de comunicación, hermetismo de la compañía etc.
-¿En qué consiste la fase dos?
-Ataque suave: se dan agasajos a personas influyentes, cascos de implantación y programas de descarga gratuitos.
-Donde va el contenido fraudulento.
-Lo desconocía hasta hoy, suponiendo que sea verdad; pensaba que era más un regalo, una dadiva para ganarse a la gente.
-¿Y la tercera fase del protocolo?
-La desconozco; solo conozco el título de la misma: ataque total. Solamente dos personas conocen el contenido de esta fase, el presidente y un miembro del consejo de dirección.
-¿No tiene una idea de qué es?
-No lo sé, solamente sé que es totalmente secreto y se despliega en caso de amenaza grave para la compañía.
-¿Puede ser recurrir a la violencia?
-Puede ser, pero le repito que lo desconozco; por si acaso quería prevenirlo, para que si le ocurre algo deje un informe favorable de mi persona.
-¿Y si ha venido a cubrir su culo contándome esto y luego es quien ordena que me liquiden?
-No, por dios, le juro que he sido un trabajador fiel de esa compañía y le debo mucho; todo lo que soy lo se lo debo a ellos, pero si ello significa cometer delitos prefiero salirme del escenario.
-¿Se activó la fase tres con anterioridad? ¿Por ejemplo, el día de la muerte del Doctor Frank?
-¿Me está preguntando si MMC mató al doctor activando la fase tres? Puede ser, aunque de verdad le digo que no lo sé.
-Pero me acaba de decir que la orden se la ha dado el presidente a usted ¿hay otra forma de activar la fase tres?
-Hoy lo ha hecho porque tenía que salir urgentemente, imagino que a hablar con alguien. Me ha dado la orden, yo la transmito, pero lo hago a ciegas, no sé ni qué ni a quien trasmito la orden. Pero el presidente puede ordenar entrar en la fase tres igualmente y yo no saberlo.
-De acuerdo, agradezco su colaboración.
-¿Qué hago?
-Usted siga colaborando en la empresa igual, le daré instrucciones.
-Gracias, Agente Mark, muchas gracias -acto seguido desapareció con el mismo sigilo con el que llegó.

En cuanto hubo montado en el vehículo auto guiado llamó a Don.
-Buenas, Don.
-Buenas, Mark.
-¿Cómo va el análisis de los archivos?
-Seguimos en ello, Mark, esto es descomunal, es inmenso ¿Cómo te ha ido en MMC?
-Bien, he hecho un par de descubrimientos.
-Suelta.
-El director Manuel no sabía nada de las implantaciones fraudulentas, pero el presidente sí.
-Bueno, es bueno saber que el director no sabía nada, no sé si me sorprende o no, ¿Qué más has descubierto?
-El director me ha comentado que el presidente ha activado un protocolo de seguridad que puede poner en riesgo mi vida, aunque supongo que la tuya también.
-¿Cómo? – Preguntó Don totalmente alucinado por la nueva revelación.
-Creo que es lo mismo que le ocurrió al Doctor Frank: se sabía moribundo, no tenía nada que perder, iba a dar una rueda de prensa hablando de las implantaciones fraudulentas, y antes de que hablara lo mataron.
-En ese caso necesitamos protección las veinticuatro horas.
-Lo hablamos, voy para casa, tenemos que preparar la estrategia para atacar a MMC definitivamente.
-De acuerdo, como algo, me acerco a tu casa y hablamos.
-Llego en veinte minutos, dile al Agente Ente que se venga también, me temo que vamos a necesitar todos los efectivos.
-Hecho, cuenta con ello.

Capitulo XXX – El Consejo

"La noticia que a través de los sentidos adquirimos de las cosas exteriores, aunque no sea tan cierta como nuestro conocimiento intuitivo, merece el nombre de conocimiento."

John Locke

Ciudad de la luz, Viernes 6 de Octubre de 2.044
16:00 PM

El director Manuel no podía dar crédito a la reacción que la conversación mantenida con el agente Mark había tenido en MMC, en solo unas horas se habían mantenido reuniones de alto voltaje en la sede, el presidente había convocado al consejo de administración, reunión a la que rara vez el acceso le era permitido.
En una sala de reuniones de idéntica apariencia al resto de las salas de la sede, una quincena de hombres y mujeres se sentó alrededor de una mesa ovalada. El presidente, siguiendo el protocolo inglés, ocupaba la parte central de una de las curvas de radio más abierto; enfrentado estaba el máximo accionista. El director Manuel se encontraba en una esquina; tenía curiosidad por ver hasta qué punto el presidente iba a ser sincero; también fue consciente de que si había algo oculto en todo lo acontecido, en breves momentos, el director Manuel lo sabría.
Una vez realizados los protocolarios saludos con la debida cortesía, el presidente tomó la palabra: Buenas tardes, señores.
Recibió un murmullo por respuesta, alguna queja, y alguna que otra cara larga denotando cierta hostilidad en el ambiente. Tomó la palabra un señor mayor; de unos setenta años calculó el director, pelo blanco peinado y engominado hacía atrás, tenía la tez morena por haber pasado un tiempo en la playa o en la montaña, sin duda. Un mar de arrugas surcaba su veterano rostro.
-Buenas tardes, señor presidente ¿A qué debemos tanta urgencia? He tenido que suspender mi semana de asueto por atender a su precipitada convocatoria realizada a través de un alarmante mensaje.
-Sí, sí, no creemos que esta sea forma de lanzar una convocatoria del consejo de administración - terció una pelirroja de unos cuarenta y cinco años bien llevados, vestida con un traje de ejecutiva color rojo como el de su pelo, y carmín del mismo tono; el director Manuel no llegaba a ver sus zapatos pero apostaría una considerable suma de dinero a que también iban a juego.
El presidente hizo un gesto con ambas manos, pidiendo calma.
-Señoras, señores -una pausa-, si les he convocado de esta manera no ha sido gratuitamente. Ha sucedido una concatenación de sucesos que han desbordado todas las previsiones que este consejo tenía realizadas.
-¿Tiene algo que ver con la muerte del Doctor Frank? –preguntó el máximo accionista

-Efectivamente, tiene que ver con la muerte del Doctor Frank, y con su consecuente investigación.
-Sabía que ese maldito suceso no iba a quedar así, sin más ¿Qué consecuencias ha tenido esa investigación?
-Todavía ninguna. Simplemente ha desembocado en una serie de vacuas acusaciones.
-¿Por simples acusaciones se ha atemorizado usted hasta tal punto?
-Esas incriminaciones venían acompañadas de afirmaciones paralelas a la muerte del Doctor Frank muy graves.
-¿Qué tipo de afirmaciones? -preguntó la mujer pelirroja.
-Afirmaciones tales como que el Doctor descargó su memoria en un disco duro portátil y ese supuesto disco duro salió de aquí.
-¿Cómo? ¿Cómo es posible que haya empleado algo que se supone que nos pertenece por ser los inversores y que no seamos informados siquiera de la existencia de esa tecnología?
-He de decir en mi descargo que sencillamente porque también yo desconocía que el Doctor hubiera llegado a tal grado de desarrollo.
-¿Me está usted diciendo que tenemos un desgobierno de tal calibre y que usted no se hace responsable de ello? –dijo la mujer, mirando fijamente al presidente.
El presidente parpadeó un par de veces, se miró las manos y en silencio asintió.
-Tienen que tener en cuenta que yo no soy un científico, soy un gestor, y que la persona que tenía designada para espiar al doctor tampoco supo nada a pesar de ser una brillante científica.
-¿Se refiere a la doctora Ana?
-Efectivamente.
El director Manuel se encogió en su sillón ¿En qué clase de empresa estaba colaborando? ¿La adorable doctora Ana espiaba al Doctor Frank?
-¿Sabe ella dónde pudo guardar el Doctor Frank la información relativa a su investigación?
-Lo desconoce, he hablado con ella –dijo nervioso el presidente.
-¿Ha activado la fase tres del protocolo de seguridad?
-Sí, lo he hecho.
El director Manuel aguzó los oídos para ver si podía descubrir quién era conocedor del terrible secreto que en esa sala algunos, quizás todos, compartían.
-¿Y qué quiere de nosotros?
-Como sabrán, el contenido exacto de las maniobras que se realizaran en la fase tres del protocolo de seguridad únicamente la conocemos dos personas.
-No hace falta que dé más explicaciones, por dios -dijo el máximo accionista, visiblemente perturbado. El director Manuel estaba seguro de que esa era la segunda persona conocedora del contenido de la fase tres del protocolo de seguridad.
-No se altere, por favor, por el bien de todos no voy a dar ningún detalle.
-¿Qué es lo que quiere entonces?
-Como saben, el motivo de que únicamente dos personas conozcan el contenido de dicho protocolo es asegurar la inocencia de la compañía en el caso de que ésta, bien con conocimiento de causa o sin él, cometa delitos contra la ley de protección de contenidos mentales o de cualquier otra.
-Sí, sí, lo sabemos ¿A dónde quiere llegar?

-Quiero dar un paso más en favor de la compañía y de las personas del consejo aquí presentes.
-¿Un paso más? ¿A qué se refiere?
-Me refiero a compromiso, para ello quiero asumir el control absoluto, al menos hasta que la amenaza haya desaparecido.
-¿En qué sentido quiere el control absoluto? ¿Cómo en una autocracia?
-Repito que ante todo quiero dar los pasos necesarios para salvaguardar la integridad de esta empresa.
-¿Y sacrificarse en caso de que salga mal? -dijo la sagaz mujer pelirroja.
-Efectivamente; menos mal que además de mí hay alguien aquí que piensa.
-¿Qué quiere a cambio? Nadie pone su cabeza en bandeja por simple altruismo; algo querrá, e imagino que será algo difícil de complacer, o más bien pagar.
-Efectivamente, quiero algo.
Todos los consejeros se miraron inquietos ¿Qué diablos podría querer el presidente?
-Díganos cuáles son sus intenciones y pretensiones, y lo pensaremos.
-Tal y como yo lo veo, hay dos opciones: la primera es que todo salga bien y no ocurra nada, opción a la cual me gustaría concederle mayores posibilidades de que suceda, para lo cual necesito que digan que sí a mi propuesta.
-¿Y la segunda opción es?
-Que salga mal; si eso es así asumiré toda la responsabilidad, yo y nadie más que yo. Para lo cual redactaremos cuanta documentación y pistas inculpatorias sean necesarias, de modo que como cabeza de turco, voluntariamente, asumiré toda la responsabilidad de los actos delictivos que se imputen a Mejora Mental Corp.
-¿Qué está pensando hacer? ¿No pretenderá matar? Porque si es así, desde luego yo lo desapruebo –dijo la cauta mujer pelirroja.
-Usted no sabe nada -le dijo el presidente con desdén, mirándola ignominiosamente de arriba abajo– Es usted una mimada, y lo único que ha sabido hacer es recoger los pingües beneficios que hasta ahora mi actuación le han reportado.
El director Manuel anotó mentalmente que la pelirroja estaba en contra de matar; acto seguido supuso que ningún protocolo de seguridad público establecía asesinar en pos de salvaguardar a la empresa.
Además -continuó el presidente- ¿Cómo sabe usted que en alguna de las fases del protocolo está o no la orden de asesinar en nombre de la empresa?
La mujer pelirroja puso cara de asombro a la par que comprendió que ese punto fuera factible y estuviera apoyando un asesinato sin saberlo siquiera.
-¡Basta! – gritó un alterado máximo accionista– Le prohíbo que siga por ese camino.
El director Manuel no sabía que pensar ¿la Corporación mataba? u ¿Ordenaba matar?
-Dejémonos de cábalas y por dios díganos qué es lo que quiere de una vez –insistió el máximo accionista.
-Como les he dicho, estoy dispuesto a jugarme el pellejo por ustedes.
-Y por usted mismo, no me sea majadero –comenzaba a perder las formas el accionista.
-De acuerdo, por mí mismo también –lanzó una mirada asesina a su interlocutor–. Pero vista la tesitura si lo prefieren lo dejo aquí; quizá no sea mañana, quizá sea pasado o la semana que viene, pero cuando se aireen los trapos sucios de esta empresa la opinión pública no va a permitir que esta corporación siga funcionando como hasta la fecha, y

eso les va a afectar a cada uno de ustedes; perderán fortunas, prestigio y poder; si están dispuestos a ello, me retiro ahora mismo.
-¿Está renunciando? –preguntó el máximo accionista, visiblemente irritado por la pretenciosa puesta en escena del presidente.
-Estoy echando un órdago. O aceptan mi propuesta o me voy.
-A lo mejor tenemos que considerarlo –dijo desafiante el accionista.
-Si lo desean puedo retirarme para que lo deliberen –faroleó el presidente a su vez.
-Espere –dijo la pelirroja– Raúl –llamó por su nombre al máximo accionista– ¿Dónde vamos a encontrar a alguien que esté dispuesto a hacer lo que el presidente ha propuesto? Y no solo eso; aunque lo encontráramos, no tendría ni la experiencia ni el conocimiento acerca de esta organización y su pasado que el presidente tiene.
-Mire quién habla ¿Es usted o es su miedo a perder las rentas que esta empresa le proporciona quien está hablando?
-¡Ambos hablan! – gritó la mujer de cabellos rojos y tez pálida– Ambos ¿De qué voy a vivir si esto se cierra?
-Ha tenido tiempo de ahorrar suficiente durante estos cinco años.
-Usted no sabe nada de mí.
-Disculpen, nos estamos desviando del tema –cortó el presidente, sabiendo que claramente había ganado esa batalla.
-Esto nos va a salir caro -dijo el máximo accionista.
-No tanto como perderlo todo –dijo el ahora ufano presidente.
-Ya, ya ¿Cuál es su propuesta?
Oído regalado virgo regalado se dijo a sí mismo el presidente.
-Quiero el cincuenta y uno por ciento de las acciones de la sociedad.
-¡Está usted loco! Yo, como máximo accionista, tengo el sesenta por ciento ¿en qué lugar me dejaría?
-Ya lo he calculado, le dejaría en torno a un diecisiete por ciento, seguiría siendo el segundo mayor accionista. ¿Sabe cuánto supondría eso en dividendos?
-¿Unos mil millones anuales?- comenzaba a asumir la derrota ante el presidente.
-Aproximadamente.
En ese momento un señor de entorno a los cincuenta años, atlético, con el pelo rapado y traje de militar, se levantó y dijo.
-En mi calidad de representante del ejército, no puedo acepar reducir la participación del Gobierno del diez por ciento actual.
-Ya lo he pensado –se dirigió a los demás- Tiene razón el Mayor Grant; el ejército se quedaría igual, y usted seguiría cobrando lo otro igualmente.
El mayor se ruborizó, carraspeó, se sentó y dijo -En ese caso, por mi parte de acuerdo.
La mujer pelirroja preguntó al presidente -¿Ha calculado cuanto cobraría yo?
-No menos de cien millones al año.
-Por mí, vale -dijo precipitadamente, quería acabar con aquello y salir de allí a vivir su vacía y materialista vida, había dejado los principios aparcados en la terminal de vehículos.
Los demás consejeros, conociendo la cifra de la mujer pelirroja, pudieron rápidamente calcular lo que sus participaciones iban a suponer en cuanto a cobro de dividendos; todos fueron dando el visto bueno, uno a uno.
-¿Qué pasa con los pequeños accionistas?

-Esos son los más fáciles de "convencer"; haremos que las acciones caigan, ellos saldrán, y nosotros nos haremos con los paquetes convenidos; luego, las acciones volverán a subir y los pequeños accionistas volverán a comprarnos a nosotros, nos regalarán su dinero.
-Pero eso no es legal -protestó el mayor Grant.
-Tampoco lo es que un mayor cobre un sobresueldo en sobres quincenales.
-Entendido, pero nada de esto puede saberse jamás.
El directo Manuel pensó para sí mismo –menuda jauría que hay aquí- pero no llegaba a entender por qué lo habían invitado a ese consejo de administración. Era cierto que él solía asistir en ciertas ocasiones, pero nunca estuvo en uno como ese.
-Está bien, no me deja más opciones, acepto, pero con una condición –dijo el máximo accionista.
-¿Cuál?
-Si la cosa sale mal ¿Para qué quiere el cincuenta y un porciento de la sociedad? No pretenderá seguir administrando la sociedad desde la cárcel.
-No ¿Qué propone?
-En el caso de que salga bien, de acuerdo, pero en el caso de que salga mal su participación se verá reducida a un veinte por ciento; es mucho dinero para un recluso y su familia.
-La oferta que he hecho no está abierta a negociaciones. Lo toman o lo dejan.
-¿Qué se cree? ¿Qué no podemos contratar a otro como usted por mucho menos dinero?
-Que esté dispuesto a hacer lo que yo estoy dispuesto a hacer, no.
-Pues mi intuición me dice que sí; los demás ya han aceptado unas condiciones draconianas por su parte ¿Y si me postulo yo para ocupar su posición en las mismas condiciones?
La cara del presidente cambió, aquel no era un hombre fácil de doblegar, estaba claro.
-De acuerdo, no hay tiempo que perder, acepto entonces –reculó rápidamente confiando en poder sacar las cosas como él quería, una vez logrado el cincuenta y uno por ciento ya se haría cargo de ese malnacido.
-Bien. Tenemos otro problema.
-¿Cuál? -dijo el presidente.
-El director Manuel -dijo Raúl, el máximo accionista.
Todas las miradas se volvieron hacia él; el director sintió correr un sudor frio por la espalda, se hizo pequeño en la silla, las piernas le flaqueaban, no sabía dónde mirar.
-Todos ganamos algo con su apuesta, menos el director Manuel ¿Por qué lo ha invitado?
-No se preocupe, lo tengo pensado.
Manuel miró al presidente literalmente muerto de miedo ¿iban a proceder a ejecutarlo allí mismo? ¿Iba a ser aquello una ejecución con público? No, no podía ser, la pelirroja dijo que no quería asesinatos ¿Le iban a poner un casco de implantación y atontarlo? El presidente se acercó hacia él y lo agarró por el hombro, mirándolo con una sonrisa satisfecha.
-Es hora de que Manuel comience a vivir una mejor vida.
-No, yo no diré nada, lo juro –dijo tartamudeando el Director Manuel, empapado en sudor.

-Ja, ja, ja -rió el presidente- Me refiero, amigo Manuel, a que ya es hora de que sea usted miembro de esta familia.
-¿Cómo?
-Si hombre, sí. Que es hora de que sea usted accionista de esta compañía.
-Yo... -no sabía que decir, estaba bañado en sudor, su mente corría rápidamente.
-Mire, Manuel, piense en esto que le voy a decir. Usted aquí no ha oído nada; si yo le preguntara qué es lo que voy a hacer con la activación de la fase tres del protocolo de seguridad ¿Qué me respondería?
-Pues...
-Nada, Manuel, puede imaginarse tanto como quiera que nunca sabrá si está en lo cierto o no, no tendrá pruebas, ni testigos, nada. Por el contrario, si acepta ser accionista, digamos que con unos emolumentos anuales en forma de dividendos de entorno a los cincuenta millones, esos sí que los va a ver ¿Verdad?
-Sí, señor –dijo Manuel, más calmado.
-Además, va siendo hora de que esta Corporación comience a estar más unida, y no al contrario; si le he invitado es porque quiero que usted forme parte de esto, y le voy a dar mis razones. Usted no sabe nada ni de la fase dos, ni de la tres, pero sí sabe que si la cosa sale mal yo me llevaré toda la culpa y usted será accionista de la compañía igualmente, exactamente igual que la señorita María Red –señalando a la mujer pelirroja-. ¿Red? ¿Sería un seudónimo? -pensó Manuel- Ella va a seguir siendo accionista, esté presente yo o no. Tiene usted dos puertas, Manuel; una es la calle, la miseria, y la otra es la fortuna, el dinero ¿Cuál elige?
-¿Podría pensarlo? – tartamudeó Manuel.
El presidente se sintió contrariado, no quería dejar cabos sueltos en el caso de que algo saliera mal y si tenía al director a buen recaudo no testificaría contra él; sin embargo después de una fracción de segundo recuperó la sonrisa.
-Por supuesto, tiene usted hasta mañana para hacerlo. Pero yo de usted no me lo pensaría demasiado.
-Gracias, gracias.
-Con esto damos la reunión por zanjada. Antes de marcharse pasen por mi despacho por favor, a firmar el acta y los contratos que ya tendremos preparados.

CAPITULO XXXI – ANALISIS DEL REGISTRO

"En esta nueva era, lo que te hace libre es el conocimiento, no el trabajo."

Elfriede Jelinek

Ciudad de la luz, Viernes 6 de Octubre de 2.044
16:00 PM

La tarde era aciaga, un viento sur alzaba las temperaturas por encima de los treinta grados, a Mark, que había salido abrigado por la mañana, le sobraba toda la ropa, iba sudoroso, pero a la vez excitado, sabía que se estaba acercando a la verdad. Llegó a casa, se sentó junto a Victoria y la abrazó, esta se dejó hacer gustosa, Mark la miró, vio su rostro, su bello rostro oculto bajo una fina pátina de tristeza; en ese momento se percató de que un hilillo de saliva caía de la comisura de los labios de su amada.
-Vic, por favor, cariño, no tomes tantos calmantes, es peligroso para tu salud; además, sabes que pueden afectar al feto.
-Lo sé, Mark, pero es que es la única forma de acallar esta maldita voz interna que me tortura, una voz infernal que me empuja a odiarte y a hacer locuras.
-¡Maldita sea! cariño, lo sé, pero por el bien de ambos procura tomar menos calmantes; yo me ocuparé de hacer pagar a quien corresponda el daño que te han hecho y reparar esto.
-El daño que nos están haciendo, Mark –dijo una pálida y drogada Victoria.
-Tienes razón, cariño -La abrazó, ella se dejó hacer nuevamente por unos instantes, instantes que Mark disfrutó como si fueran a ser los últimos de su vida.

A los pocos minutos el timbre sonó, era Don; nada más subir al apartamento, Mark y él se sentaron a la mesa de la sala. Don sacó su cuaderno de notas y comenzaron a deshojar posibilidades. La investigación había avanzado poco, lo único que sabían era que una posible amenaza se cernía sobre ellos, pero desconocían lo que la fase tres del protocolo de seguridad comentado por el director Manuel podía suponer.

Victoria, a pesar de su alicaída actitud, les trajo dos cervezas, preguntó mustiamente si necesitaban algo más y después de dar un tímido beso a Mark, al cual le supo a gloria, se fue nuevamente a acostar.

Al poco llegó el Agente Ente, traía consigo un block digital, Mark creía que era en lo único en lo que Ente era más moderno que Don, dejó su sempiterna gabardina sobre el respaldo de la silla que ocupó, se arremangó, se mesó el cabello, ajustó las gafas y

posteriormente, después del ritual al que sus dos compañeros asistieron mirándolo en silencio, dijo:
-Bueno ¿Por dónde empezamos?
-He tenido un encuentro con el presidente de Mejora Mental Corp.
-¿Qué tal ha ido? ¿Qué le ha contado?
-Tal y como esperaba, trató de convencerme a la par que me analizaba; por más que presioné poco pude sacar en claro.
-Lástima ¿Qué nos dices del Director Manuel?
-Creo que no está enterado de nada.
-¿Por qué lo cree?
-Porque vino a advertirme que el presidente había ordenado la activación de la fase tres del protocolo de defensa.
-¿Puede ser una trampa?
-¿Se refiere a que el director viniera por orden expresa del presidente?
-Por ejemplo.
-Ya lo he pensado; de hecho, se lo pregunté directamente, pero ¿Qué conseguiría con ello?
-Suponga que es mentira, suponga que se lo dice para asustarlo y que deje de investigar.
-Me parece poco plausible; además, creo que por lo frenético que el director se mostró al hablar a hurtadillas conmigo, mostraba un nerviosismo genuino; no lo creo capaz de simular ese sentimiento, creo que habló con sinceridad.
-De acuerdo; demos entonces al director Manuel un voto de confianza y supongamos que no está en la trama.
-¿Qué hacemos? - preguntó Ente.
-Como siempre, vayamos por partes; necesitamos que la Doctora Ana testifique lo que sepa ante un jurado.
-Poco va a aportar; apenas nos ha contado nada ilegal que no se haga en otras empresas y no tiene forma de evidenciar nada.
-Le tenemos que pedir que logre pruebas de las investigaciones del doctor Frank. También la necesitamos para saber qué diablos contenía la memoria del Doctor Frank. Sobre todo, saber si él sabía si alguien llegó a amenazarlo.
-Pero eso dependerá de cuándo se hizo la lectura de la mente; puede ser que lo hiciera antes de que cualquier amenaza le fuera vertida.
-Sí, pero de todos modos hagámoslo.
-De acuerdo.
-También tenemos que registrar las casas del Doctor Frank, quizá escondiera algo allí; tenemos que hablar con Angie para que nos dé acceso a las viviendas.
-Apuntado -dijo Don.
-Por otra parte, necesitamos registrar la sede de Mejora Mental Corp., para lo cual necesitamos una autorización del ministro Lorenz.
-Dalo por hecho.
-Por lo demás ¿Qué han descubierto en los archivos mentales, agente Ente?
-Hemos descubierto las implantaciones realizadas a los jueces.
-Muy bien, eso servirá para que el ministro Lorenz se convenza.
-También hemos descubierto las implantaciones realizadas a los compañeros de su oficina.

-Son cargos suficientes para empapelar a los de Mejora Mental Corp.
-¿Han hallado el rastro de la lectura del doctor Frank?
-No lo sabemos a ciencia cierta, los criptógrafos están trabajando en ello, está todo codificado, quien lo hizo sabía muy bien lo que hacía.
-¿Pero es posible que fuera implantada a alguien?
-Es posible.
-Según me dijo la Doctora Ana, para que la implantación funcionara bien necesitaríamos conocer los perfiles de las personas con las mismas conexiones neuronales ¿Podríamos tener un registro de los Tacs que el Doctor mandara hacer?
-¿Tacs? ¿Qué es eso?
-TAC es el acrónimo de Tomografía Axial Computerizada; según me explicó la Doctora Ana, es la única forma de saber aproximadamente las conexiones que un cerebro tiene a nivel neuronal.
-¿Para qué querrían saber eso?
-Usted investíguelo, se lo diré si se da el caso, tengo una intuición.
-Cambiando de tema, usted ha dicho que el director Manuel le dijo que han activado el protocolo tres de seguridad de Mejora Mental Corp.
-Así es.
-¿Cuáles cree que serán las otras dos fases?
-Los hechos hablan por sí mismos; está claro que este reguero de implantaciones fraudulentas obedece a alguna de las fases de protección.
-Si eso es así creo que tenemos que tener cuidado, hemos de ser precavidos.
-¿Por qué lo dice?
-Si en la fase uno o dos, me da igual, han expandido implantaciones fraudulentas en un departamento de delitos tecnológicos, a los jueces, y a los noventa y nueve ministros, imagino que un grado más de protección significará mayor exposición.
-¿Violencia? ¿Asesinato? –preguntó Don.
-Puede ser, pero lo dudo; el presidente fue bastante contundente al decir que Mejora Mental Corp. no asesinaba.
-¿Puede ser que tengan una implantación preparada para que alguien mate?
-Lo desconozco, pero es otra posibilidad.
-Una posibilidad que sería muy aguda por parte de Mejora Mental Corp.
-¿Por...?
-Imagínate que yo quiero matarte pero no quiero implicarme; implanto un patrón de conducta en la mente de algún desesperado por algo de dinero y ese tío te odia desde ese momento. Si te mata ¿Quién lo va a vincular con Mejora Mental Corp.?
-Es una vertiente que no habíamos pensado, asesinos a sueldo sin que ellos lo sepan por ser cautivos mentales ¿Será posible?
-No lo sé, pero de serlo eso puede ser un negocio muy jugoso para Mejora Mental Corp.; un sujeto va a Mejora Mental Corp., paga porque se mate a alguien, MMC aleatoriamente escoge a uno de sus clientes y le planta el germen asesino. A no ser que se comprobara el archivo central de registros de implantaciones, sería imposible detectar eso.
-¡Por dios! –gritó el agente Ente – ¡serían sicarios mentales!
-¿Qué ocurre para que grite de ese modo?
-Me acabo de dar cuenta de que entre los registros había muchas implantaciones en las que el sujeto no se mencionaba, era un número sin más. Al principio pensamos que

serían implantaciones no realizadas, o dañadas, o simplemente archivos residuales; ahora creo que esos registros eran los relativos a los cautivos mentales que acabáis de nombrar. Tenemos que ver qué diablos hay detrás de eso; es fácil que tenga que ver con los casos de asesinatos tan famosos en los medios, que en mi departamento está trayendo locos a mis compañeros.

-De acuerdo, parece que algo estamos concluyendo, es una prueba contra un nuevo delito perpetrado por MMC, y este es suficientemente gordo para que nadie lo pase por alto.

-Voy a avisar a mis compañeros. Seguro que no han seguido este hilo de investigación, y les va a dar un alegrón en caso de que estemos en lo cierto.

CAPITULO XXXII – EL ATAQUE DE MMC

"El problema de tener una mente abierta es que la gente insiste en entrar dentro y poner allí sus cosas."

Terry Pratchett

Ciudad de la luz, Sábado 7 de Octubre de 2.044
12:00 AM

Sábado por la mañana, otro día azul con algunas nubes altas, ideal para salir a correr un poco. Mark se calzó unas zapatillas, se vistió con su atuendo deportivo, se puso unos micro cascos, los cuales iban insertados en el oído externo, y se puso a escuchar música a la par que a dar zancadas. No llevaría más de media hora corriendo cuando Don lo llamó.
-Buenos días, Don ¿Qué te cuentas?
-Tenemos que hablar, Mark, algo no va bien; me ha llamado Ente y es urgente que nos juntemos.
-¿Qué es lo que ocurre?
-Nos vemos y hablamos ¿Dónde te viene bien?
-En casa ¿dentro de media hora?
¿Qué podía suceder? -se preguntó Mark a sí mismo- ¿Tendrá que ver con la investigación? ¿Con Erika? ¿O con la dichosa fase tres del protocolo de seguridad de Mejora Mental Corp.?
El tono de voz de Don era de preocupación; sin duda ese maldito protocolo había empezado a funcionar. Fue trotando hasta casa y le dio el tiempo justo a ducharse ya que Don apareció antes de tiempo, visiblemente intranquilo y arrastrando al agente Ente.
-Pero, Don ¿Qué ocurre para que estés así de alterado?
-¿Qué ocurre? Parece que hemos despertado a la bestia.
-Habla ya, por dios – comenzó a ponerse nervioso Mark.
-Me ha llamado el jefe Goldman.
-¿El jefe Goldman un sábado? ¿Para qué?
-Dice que hemos cabreado mucho a alguien, que ha recibido la orden directa de que seamos suspendidos inmediatamente y que sea revocada cualquier orden que haya emitido nadie que esté en nuestras manos.
-¡El ministro Lorenz! Están cortando nuestras vías de ataque. Rápido, llama al ministro y dile que le necesitamos, que necesitamos nuevas órdenes urgentemente.
-No van a servir de nada.
-Claro, con las nuevas instrucciones recibidas, aunque las redactara no tendrían validez, seguro que ya han anulado los poderes del ministro con la excusa de que está retirado y ya tiene un suplente.

-No lo sabemos y en caso de que no esté anulado el ministro las ordenes que emita no serán anuladas, no al menos si van a mi nombre – dijo el agente Ente.
-Brillante, llama al ministro y pídele la orden a nombre del agente Ente.
Don se fue a la cocina a llamar al ministro.
-Tenemos que pensar qué otras cosas pueden haber hecho; seguro que esa no es la única táctica de ataque que han empleado.
-¿Habrán atacado al director Manuel?
-No si no saben nada de que haya hablado; le dije que disimulara y continuara con su rutina, tengo que contactar con él –acto seguido pulsó un botón en la pulsera para llamar al Director Manuel, la señal de llamada comenzó a sonar...

El director Manuel, en una habitación a oscuras, únicamente iluminada por el fulgor de la pantalla de su pulsera tecnológica, se agarraba con ambas manos la cabeza; toda su otrora digna compostura parecía haber sido guardada en un armario para una ocasión más propicia. Miraba su pulsera vibrar, el nombre del agente Vela en el display, no lo podía coger, estaba sumergido en un mar de dudas, no sabía que debía hacer, las dudas le corroían por dentro, sufría ardores en el estómago, sudaba copiosamente, el pelo alborotado y una mueca de sufrimiento cubría su rostro ¿Qué hacer? ¿Colaborar con la justicia y perder todo? Volver a ser un chico de la calle, pobre, despreciado por los poderosos pero honrado, no estaba preparado para coger la llamada... finalmente, para su tranquilidad, el teléfono dejó de sonar.

-Maldita sea, no coge el teléfono ¿Habrán sospechado de él?
-A lo mejor es simplemente que le ha pillado en un mal momento.
-Si no fuera porque hemos sido suspendidos de empleo y sueldo y perdido toda capacidad legal de deshacer este embrollo podría creer en lo que dice, pero a estas alturas he dejado de creer en las coincidencias.
Don apareció en la sala, rostro mustio, rascándose la cabeza.
-El ministro Lorenz ha desaparecido, nadie sabe dónde está.
-¡Maldita sea! ¡A pesar de las advertencias, qué ingenuos hemos sido al pensar que tardarían más tiempo en reaccionar!
-Solo han tenido que seguir el rastro de nuestras órdenes, y ver quién era el ministro que las había firmado.
-También hemos perdido probablemente al director Manuel –informó Mark a Don.
-Están quemando todas las naves.
-Sin duda, necesitamos a la Doctora Ana, y a Angie.
-Yo llamo a la doctora Ana, tú hazlo con Angie.
-De acuerdo -Don regresó preocupado a la cocina.
Mark comenzó a marcar para llamar a Angie.
-¡Mark! –gritó el agente Ente señalando su pulsera.
-¿Qué? –dijo Mark levantando la mirada de la suya.
-Han decretado una orden de busca y captura contra ti y Don.
-¿De qué nos acusan?
-Del asesinato del Doctor Frank.
-¿Cómo? –Mark se salió de sus casillas, comenzó a golpear los muebles de la sala con verdadera violencia; un ataque ciego de furia le hizo arremeter con todas sus fuerzas contra el sofá. El bullicio que montó hizo que Victoria se levantara y lo mirara

impávida debido al efecto de los calmantes, sin embargo grandes lágrimas corrían por sus mejillas. También Don se acercó a la sala y miraba aturdido a Mark; se dio cuenta del penoso espectáculo que estaba mostrando ante su novia, lo agarró por los hombros, y le pidió que se calmara.
-¿Qué ocurre, Mark? ¿Por qué estas así?
-Nos han acusado del asesinato del Doctor Frank.
Victoria soltó un grito ahogado y desapareció tras la puerta de su dormitorio.
-Eso es imposible ¡Tenemos pruebas de las implantaciones!
-Tenemos unos archivos que ningún juez nos va a aceptar, y ahora que el ministro Lorenz ha desaparecido ningún ministro lo hará.
-¡Dios! ¿Qué podemos hacer? Nos están aislando.
-¿Has conseguido hablar con Angie?
-No ¿Y tú con la doctora Ana?
-Tampoco; están cubriendo sus huellas muy bien.
-Esperad -dijo el agente Ente- Lo de la Doctora Ana lo puedo entender, pero lo de Angie no. Que yo sepa, en ningún momento hemos dicho nada al director Manuel de que ella haya heredado los bienes del doctor ¿Es así?
-Así es.
-Ella tampoco está trabajando para la corporación, con lo cual supuestamente es libre de hacer lo que quiera; a usted no le ha cogido el teléfono, pero ¿ha dado señal?
-No la ha dado.
-Si se encuentra en algún lugar...¿Puede ser que esté en la casa de la montaña?
-Puede ser, allí no creo que hubiera cobertura, pero ¿qué quiere decir?
-Lo primero, que tenemos que salir de aquí pitando.
-Por la orden de busca y captura.
-Afirmativo. Lo segundo, es posible que el Doctor guardara esos archivos en la casa de la montaña, vayamos a averiguarlo, son dos tres pájaros de un tiro, salen de la órbita legal, hablan con Angie y podemos buscar los archivos.
-Está bien -se Sorprendió Mark de la entereza que mostraba el agente Ente.
-Tercero, si Angie está allí pero los archivos no, podremos preguntarle donde podría haberlos escondido el doctor.
-Buena idea, Ente, vayamos cuanto antes.
Mark se levantó, cogió algunas ropas, las metió en una mochila, abrazó a Victoria, le dijo que la quería y que esperaba volver cuando todo estuviera solucionado, o de otro modo no volver.
-No, Mark, no –dijo Victoria en un pozo de lágrimas.
-Vic, entiéndelo, no voy a aceptar que seas una grogui el resto de tu vida y yo un reo en una penitenciaría de mala muerte.
-¿Y me vas a dejar siendo una esclava de mi calenturienta mente?
Mark la abrazó, no sabía que decir, ni que hacer.
-Volveré; si alguien pregunta por mí di que llevo una semana fuera, que estamos enfadados -le dio un beso y los tres agentes salieron raudos del apartamento.
Fueron a hurtadillas hasta la terminal de vehículos autómatas, Mark iba a pasar la pulsera cuando de repente una mano firme le agarró por la muñeca, Mark se giró ante la sorpresa, era Ente.
-¿Está usted tonto o qué? Le van a seguir el rastro si mete las coordenadas con su pulsera, apártese, yo lo haré.

Acto seguido, Mark asintió y el agente Ente pasó su pulsera por el lector e introdujo la dirección de la terminal exterior para ir a la casa del Doctor en la montaña.
Hicieron el trayecto en silencio, los tres pensativos, Don pensaba en que el nudo se iba apretando más y más y lo sentía incluso físicamente en su pescuezo, hizo un gesto mecánico de llevarse las manos al cuello para aflojar el nudo de una imaginaria soga, mas no había soga que aflojar. Mark estaba destrozado, sus pensamientos fluctuaban en un constante balanceo del odio a la venganza y de la venganza al odio, no sabía por cuál de los dos sentimientos decantarse. El sufrimiento que le estaban haciendo soportar a su querida Victoria era inaguantable para alguien que la amaba como él. El agente Ente pensaba en su futuro, trazaba posibles estrategias dependiendo de los hechos que fueran acaeciendo los siguientes días u horas, tenía que ayudar a sus amigos, pero también tenía que lograr salir indemne de aquel tremendo lio, no imaginaba cómo, estaba pensando en ello cuando en la consola del vehículo apareció la cara de Mark y Don.
-Mirad – indicó a sus dos amigos señalando la pantalla.
Ambos miraron a la consola.
-Sube el volumen, sepamos que dicen esos mentecatos.
"Los dos agentes de la ley pertenecientes al departamento de delitos tecnológicos están en búsqueda y captura por la muerte del doctor Frank y está siendo investigada su posible vinculación con los extraños asesinatos acaecidos durante las últimas fechas. En el supuesto de que esto sea cierto ambos agentes se enfrentarían a penas de cárcel a cadena perpetua"
-Lo están bordando. Nos endosan la muerte del Doctor y el asunto de los cautivos mentales. Desvían la atención para evitar que nosotros podamos si quiera movernos.
-Estoy empezando a creer que esa charla con el presidente fue un error –dijo Mark- Creo que debiéramos haber sido más cautelosos, más sibilinos.
-Puede ser, pero estamos donde estamos y no hay otra alternativa –dijo Don, tratando de animar a su amigo.

Llegaron a la terminal de las afueras y se encontraron con los vehículos de alquiler para conducir fuera de las grandes vías de circulación. Esta vez eligieron un vehículo parecido a un coche de principios de siglo, con capacidad para cinco personas. Se metieron en el vehículo y pusieron rumbo a la casa de campo del doctor Frank, ahora propiedad de Angie. No se percataron de que otro vehículo salía de la misma terminal y cogía exactamente la misma dirección que habían tomado ellos.

CAPITULO XXXIII – ANGELA

"Cada hombre debe restringir y limitar más su conocimiento a fin de competir con otros. El especialista sabe más y más sobre menos y, por último, sabe todo sobre nada."

Konrad Lorenz

Ciudad de la luz, Domingo 8 de Octubre de 2.044
11:13 AM

En poco tiempo llegaron a la casa de campo que perteneciera al Doctor Frank y ahora era de Angie. En apariencia la casa estaba cerrada, se veían todas las ventanas y puertas cerradas, las luces apagadas, no había rastro de vida en la casa.
-Maldita sea, nos hemos equivocado – anunció ásperamente Mark.
En ese momento una columna de polvo se levantó en el horizonte, un vehículo se aproximaba, los agentes decidieron estacionar el vehículo detrás de la casa y esconderse en previsión de que fuera un coche de la policía buscando a los fugitivos. Cerca de la vivienda, a unos veinte metros, había una hondonada donde crecían unas cañas de bambú, decidieron que aquel sería un buen sitio donde esconderse.
En breves minutos un vehículo igual al de ellos llegó al frente de la casa, un tipo de unos treinta y pocos años, pelo desaliñado, barba de varios días, camisa de manga larga remangada a medias, camiseta negra por el interior y unos vaqueros raídos, bajó del mismo. Por su forma de actuar, mirando en todas direcciones, rascándose la cabeza como si hubiera llegado al sitio erróneo, parecía confundido cuando se acercó a la puerta principal.
-Ese tipo me suena, pero no sé de qué –dijo en un susurro Mark.
-Calla ahora, mira allí- le dijo el agente Ente señalando una nueva columna de polvo en el horizonte.

Efectivamente una nueva columna de polvo se alzaba en la misma dirección por la que habían llegado ellos. La persona misteriosa estaba rodeando la casa mirando furtivamente por las ventanas, cuando de soslayo vio, por fortuna para él, la delatora columna de polvo en el horizonte, fue a montarse en el vehículo pero era demasiado tarde, el otro vehículo ya había hecho acto de presencia en la última recta de la carretera que llevaba a la casa. El joven decidió disimular, sacó un papel de un bolsillo y se puso a mirar a lontananza; cuando el otro vehículo hubo llegado, Mark y compañía pudieron distinguir que la conductora era Angie. Por la actitud de ésta, sin salir del vehículo, comprendieron que la sicóloga no se fiaba de la persona que se encontró en su propiedad; el joven parecía extenderle el papel que se había sacado del bolsillo y parecía preguntar algo a Angie, como si preguntara por una dirección; los agentes no podían escuchar la conversación; ésta en un momento dado se confió y bajó un poco más la ventanilla; en ese momento el joven agarró por el cuello a la desprevenida

Angie, mas esta reaccionó con rapidez, cerró la ventana atrapando el brazo al joven visitante, y una vez conocidas sus intenciones obró en consecuencia, metió la marcha atrás del vehículo y este comenzó a rodar. El joven chillaba despavoridamente, sin duda la maniobra le estaba haciendo daño. Al quedar la escena ligeramente cubierta por el propio vehículo, los tres amigos no se dieron cuenta de lo que sucedía hasta que oyeron el desgarrador grito del asaltante. Entonces salieron del escondite en el que se encontraban y raudos se aproximaron al vehículo. El joven los vio y por un momento pareció olvidar que sus huesos estaban siendo estrujados por la ventanilla del vehículo, pero rápidamente el dolor le recordó el lugar en el que su brazo estaba encajado. Angie, al ver que el joven había soltado su cuello y que luchaba más por liberarse que por atacarla, optó por abrir la ventanilla de modo que el joven saliera despedido. Angie emprendió una loca huída por la carretera que llevaba de vuelta a la terminal, el joven se montó con un brazo colgando en el vehículo y justo cuando los tres agentes llegaban al vehículo del asaltante, éste traccionó, y levantando una polvareda los dejó tirados, viendo dos vehículos dirigirse hacia allí donde la carretera doblaba para perderse de vista. Los tres reaccionaron y fueron corriendo a la parte trasera de la casa a montar en su vehículo para perseguir a la pareja fugitiva.

Angie no era demasiado diestra con el vehículo, apenas nadie lo era debido a lo poco que tenían que conducir, pronto fue alcanzada por el joven, el cual le hacía una señas desesperadas, pero al no poder soltar la única mano sana del volante Angie se sentía aún más nerviosa; en un tramo demasiado estrecho el vehículo de Angie se salió y fue a chocar con una piedra saliente. Angie quedó inmóvil, su cabeza golpeó el parabrisas y una fea brecha se abrió en su frente. El joven detuvo su vehículo derrapando y miró por la ventanilla hacía atrás, metió marcha atrás y justo en ese momento apareció el vehículo con los tres agentes al fondo de la recta levantando su propia columna de polvo.

-¡Mierda! -maldijo el joven para sí mismo, y cambió la palanca de cambio a directa, aceleró profundamente y el vehículo culeó levantando una polvareda.

-¡Mira! ¡Han tenido un accidente! –dijo Don al ver el vehículo de Angie.

-Sí, pero el otro vehículo huye.

-Párame al lado del vehículo y miraré como está Angie; espero que no haya muerto – dijo anustiado Don.

-De acuerdo, no podemos dejar que el otro vehículo huya, porque nos ha visto, y aunque desconocemos sus intenciones puede ser que nos denuncie, además tenemos que descubrir que quería de Angie.

Frenaron casi en seco, derrapando, y Don saltó, prácticamente con el vehículo en marcha. Acto seguido, sin haber acabado de frenar del todo, Mark metió la directa y nuevamente pisó a fondo, el coche con una derrapada impresionante salió en pos del vehículo precedente. Mark iba calculando: si el otro vehículo llegaba a la terminal, como los vehículos auto guiados iban todos a la misma velocidad no iban a poder alcanzar a aquel joven, tenía que darse prisa. Ente miraba aterrado la carretera, Mark conducía como un loco, más no podía decirle nada porque entendía el porqué de la premura. Un par de kilómetros más adelante llegaron a la altura del vehículo, Mark chocó con el suyo en la parte trasera del otro, pero este, tras una maniobra, se rehízo. Mark era hábil conduciendo, debido a su formación; para ser agente del departamento tecnológico primero había que ser policía, y allí se aprendían técnicas de conducción extrema. Mark aceleró y cuando las ruedas delanteras estuvieron a la altura de las traseras del otro vehículo giró bruscamente el volante golpeándolo en un costado, haciéndole perder la dirección; el coche se giró completamente pero debido a la velocidad siguió deslizándose en paralelo unos cuantos metros hasta que una fatídica curva llegó, y detrás de esta un terraplén; el joven no podía asirse a nada, tenía un brazo inutilizado; el coche dio un par de vueltas campana, el joven se golpeó en la región occipital y quedó inmóvil, sangrando profusamente de una horrible herida en la cabeza, además de tener doblado el brazo bajo su cuerpo, en una contorsión imposible en un brazo sano.

Mark detuvo el vehículo, se apeó del mismo y lo miró mientras iba camino del terraplén donde el otro vehículo había desaparecido; estaba dañado pero todavía era útil. El agente Ente, aun recobrándose del susto, también bajó del coche y fue tras Mark. Cuando hubieron llegado al límite del barranquillo, sin pensárselo dos veces se lanzaron hacía abajo en busca del conductor. El coche había quedado inclinado mostrando las ruedas hacía arriba y con la cabina semi aplastada por una gran roca. Mark se subió a la parte baja del coche que ahora estaba boca arriba, pasó al otro lado, saltó y miró por la ventanilla.

Viéndolo de cerca lo pudo reconocer -¡Es el novio de Lorena!

-¿Quién? –preguntó el agente Ente.

-El novio de la recepcionista de MMC. Pero me dijo que era informático, y además no sé qué hacía aquí, dudo que conociera a Angie.

-¿Está vivo?

Mark estiró la mano a través de la oquedad que había quedado en lo que antes era el parabrisas y pudo poner sus dedos en el cuello del pobre diablo; no sentía su pulso.

-Temo que ha muerto.

-¿Qué hacemos con él?

-Creo que por ahora lo tendremos que dejar aquí; vayamos a ver si Angie ha corrido mejor suerte; el coche, tal y como está, y estando donde está, es difícil de ver.

-De acuerdo, vamos entonces, ya mandaremos a alguien a recoger al pobre diablo cuando sea posible.

Ambos subieron por la escarpada hondonada y llegaron a su vehículo, se montaron y pusieron rumbo a donde Don se había quedado con Angie. Una vez llegaron, Don tenía a Angie fuera del vehículo. Parecía muerta; a Mark le dio muy mala impresión la fea herida que Angie tenía en la cabeza.

-¿Está muerta? – preguntó temeroso de saberse sin aliados para su defensa.

-No, creo que solo está inconsciente, pero no sé decir si es grave.

-Llevémosla a la casa y miraremos si tiene algo, y en caso de ir a peor llamaremos al médico ¿Os parece bien?

-Vayamos cuanto antes.

Montaron a Angie en el vehículo y se dirigieron a la casa. Buscaron las llaves entre sus pertenencias, la entraron en la vivienda y la tumbaron en el sofá del salón. Don fue a la cocina y trajo unos trapos mojados con los que lavó la cara a Angie. Después, puso un apósito sobre la herida y lo vendó con algo que encontró en el botiquín que descubrieron en el mueble del baño. Angie no daba señales de recuperar la consciencia; Mark se impacientaba, necesitaban respuestas, y las necesitaban ya.

-Voy a registrar la vivienda.

-Yo te ayudo -dijo Ente.
-¿Os parece correcto? ¿No deberíamos hacer algo con ella?
-¿Qué otra alternativa tenemos?
-Tenéis razón, id, yo cuidaré de Angie; si vuelve en sí os lo haré saber.
-De acuerdo.
Mark y Ente comenzaron a registrar absolutamente todo. Habitaciones, cocina, baño, armarios, miraban en todos los lados pero no lograban encontrar nada; mientras tanto, Angie abrió los ojos y Don, esperanzado, le dijo;
-Angie ¿Te encuentras bien?
No obtuvo respuesta.
-Angie, por dios ¿Te encuentras bien?
Angie levantó una mano e hizo un gesto señalándose la garganta.
-No puedes hablar – pensó que tal vez en golpe en la cabeza le afectó la zona destinada al gobierno de las funciones vocales.
Don sacó su libreta y se la dio; ella la cogió y comenzó a escribir.
Don leía en voz alta -¿Qué me ha ocurrido?
-¿No lo recuerdas?
-No –anotó ella.
-Has sufrido un accidente de coche ¿Estás bien?
-No, estoy mareada, tengo poca fuerza y no puedo hablar.
-Angie, necesito… , espera ¡Mark! ¡Ente! -gritó.
-¿Están aquí? -escribió Angie.
-Si –justo llegaron en ese momento– Angie, necesitamos tu ayuda, necesitamos saber si el Doctor Frank descargó su memoria en algún dispositivo.
-No lo sé - escribió.
-En caso de que así fuera ¿Dónde crees que pudo haberlo hecho?
-Probablemente en el casco que tenía en casa.
-¿Aquí?
-No, en el de la casa de la ciudad; decía que era un casco especial y que había que cuidarlo.
-¿Dónde lo guardaba?
-En la caja fuerte.
-¿Sabes la combinación?
-No la recuerdo.
-¿La tenía apuntada en algún sitio?
-Si, en un libro de su librería, pero no me acuerdo del título, creo que era algo relacionado con el espacio, no le di demasiada importancia y pensé que tendría mucho tiempo para buscarlo en el caso de que me hiciera falta.
-¿Una guía del espacio? ¿O un libro de divulgación de conocimientos del espacio?
-No, era una novela.
-¿Una novela relacionada con el espacio?
-Tiene que ser ciencia ficción.
-Vayamos a mirar.
Los tres fueron raudos a buscar un libro que tuviera que ver con el espacio; miraban y miraban, y por una vez el gusto de Mark por los libros sirvió de algo; había un libro antiguo, tendría en torno a sesenta o setenta años, una aventura que a él le encantó.
-Aquí está -dijo eufórico.

-¿Cuál es?
-El juego de Ender, de Orson Scott Card.
-¿Cómo lo has sabido? En el título no dice nada del espacio.
-Este es el libro que más gustaba al fundador de Facebook, Mark Zuckerberg; supe de este detalle por un libro de historia de Internet, y como el libro me pareció interesante también lo leí.
-No, si lo que no leas tu… mira que leerte un libro de la historia de Internet…
-Es muy interesante ver cómo hace cincuenta o sesenta años, con tecnologías arcaicas hacían cosas increíbles, movían masas; ese fue el comienzo de la verdadera democratización de la sociedad.
-Si tú lo dices… ¿Hay alguna clave en el libro? -preguntó Don.
Mark abrió la contraportada doblada y un cayó un papel con la combinación de la caja fuerte anotada con elegantes caracteres.
-Tenemos que ir a su vivienda rápido.
Volvieron a la sala y Angie se encontraba nuevamente inconsciente; el apósito que Don le había puesto estaba totalmente ensangrentado.
-Lastima, está inconsciente, quisiera haberle hecho unas preguntas -dijo Mark, frustrado.
-Maldita sea -dijo Don, sorprendido del poco tacto de su amigo- No la podemos dejar aquí, morirá.
-Hagamos una cosa, Ente, llamas a urgencias, te quedas con ella y nosotros iremos a ***la*** casa de él; cuando ella esté a salvo en Urgencias te reúnes con nosotros.
-¿Qué les cuento a los de urgencias?
-Qué venías con Angie a revisar la posible documentación que el Doctor pudiera tener aquí y que el novio de Lorena, aunque eso tú no lo sabes, es decir, un loco se cruzó en vuestro camino y chocasteis.
-Pero su coche está más lejos que el de Angie.
-No te preocupes, cuando nosotros vayamos hacía la terminal arrastraremos su vehículo hasta el barranco para que estén juntos los dos.
-Bien, de acuerdo.
Mark y Don recogieron un poco lo que habían revuelto, Don recuperó su libreta de piel y Mark pidió la pulsera a Ente para poder ir en el servicio de vehículos autómatas sin ser detectados hasta la vivienda del Doctor Frank – tú ya te las apañarás, diles que has perdido la pulsera en el accidente.

CAPITULO XXXIV – LA REVELACIÓN

"Mis creaciones son fruto del conocimiento de la música y del dolor."

Franz Schubert

Ciudad de la luz, Domingo 8 de Octubre de 2.044
15:38 PM

Gracias a que era domingo los dos agentes no tuvieron excesivos problemas para pasar desapercibidos; los días festivos todo se ralentiza, incluso las fuerzas de la ley y el orden están más relajadas, el tráfico es menor, la afluencia en horas punta mengua, ya que hay mucha gente que prefiere ir a contracorriente esos días. Mark y Don llegaron al portal de la vivienda del Doctor Frank y con sigilo, al tener la llave, entraron por la puerta del garaje para evitar ser vistos. Montaron en el ascensor y subieron a la décimo sexta planta del edificio. Salieron al vestíbulo y se encontraron con cuatro puertas iguales.
-Maldita sea, no sabemos cuál de las puertas es.

Antonia Whalkberg, de setenta y dos años, delgada, mayor, pero conservándose bien gracias a los largos paseos que daba por el anillo verde que circunvalaba la ciudad, esa tarde, después de haber echado una siesta reparadora, se encontraba en la cocina de su apartamento preparándose un té rojo. Además del té estaba preparando una bolsita con lo que solía llevar a su pequeña excursión, unos frutos secos, una cantimplora... cuando de pronto escuchó el ruido que la centralita emitía si alguien aproximaba una llave electrónica a su cerradura. Sigilosamente se acercó a su pantalla mural, la encendió y después de teclear las instrucciones para activar la cámara de la puerta vio a dos tipos sospechosos tratando de entrar a su vivienda. Sin siquiera pestañear, pulsó el botón de alarma silenciosa que todos los apartamentos tenían, y al momento una silenciosa llamada de socorro llegó a la policía.

-Probemos con esa otra puerta - dijo Don.
-De acuerdo.
Mark fue a la puerta contigua a la que habían tratado de abrir, pasó la llave electrónica, metió el código que Angie les había apuntado en la libreta de Don y la puerta, después de un prácticamente imperceptible sonido del electroimán que accionaba su resbalón, se abrió.

El piso del Doctor Frank era un elegante y amplio piso de unos ciento cincuenta metros cuadrados; tenía una sala grande con una elegante biblioteca, la cual tenía un vano en el centro, a través del cual se pasaba al estudio que el doctor tenía. La biblioteca, que por el lado de la sala albergaba libros de toda índole pero ninguno relacionado con su

profesión, tenía a su espalda, dando al despacho del Doctor, una biblioteca gemela, y esta sí se encontraba repleta de libros versados sobre la temática relacionada con la profesión del doctor. Había una mesa de trabajo en el centro con unas conexiones preparadas para lo que parecía una tableta, la cual no estaba, y el cuadro tras el que se escondía la caja fuerte. Retiraron el cuadro y, previa inserción de los datos por Angie dados, la caja se abrió.
-¡Qué diablos! –dijo Mark al ver el contenido de la caja.
En ese momento el teléfono de Don sonó. Era el agente Ente.
-Buenas, Ente.
-Estoy de camino. Parece que Angie está mejor.
-Dile que se dé la vuelta.
-¿Por qué habría de darse la vuelta? -dijo Don.
-Creo que Angie se ha dejado algo por contar -replicó Mark.
- Ente, vuelve al hospital ¿Angie ha despertado?
-Sí, pero la han sedado; creo que estará dormida.
-De acuerdo, vuelve y espera a que lleguemos -colgó.
-¿Qué crees que ocurre, Mark?
-No lo sé, pero Angie nos dijo que el casco estaría aquí y solamente hay una llave de lo que parece una taquilla.
-A lo mejor Angie se despistó debido al traumatismo y el casco está en otra parte.
-Puede ser, busquemos.
Ambos agentes comenzaron a rastrear el apartamento. Llevaban un buen rato haciéndolo cuando el sonido de un montón de sirenas les hizo mirar por la ventana; dos coches de la policía estaban en la base del edificio. Mark se dirigió rápido a la puerta y miró por la mirilla electrónica.
-Huyamos -dijo Don.
-Calla -dijo Mark.
En ese momento cuatro policías aparecieron en el rellano de la escalera y pulsaron el timbre de la puerta contigua. Mark y Don se quedaron muy quietos, en silencio, el pulso acelerado, la respiración entrecortada. En un momento dado uno de los agentes se dio la vuelta y pulsó el timbre de la casa del Doctor Frank. A Mark y a Don, a pesar de verlo venir, la sangre se les heló. Respiraban aceleradamente; Mark hizo un gesto de silencio acercándose el dedo índice a la boca. Don asintió. El policía volvió a pulsar el timbre; después de unos segundos desistió y se fue. Cuando hubieron terminado de hablar con la señora de la puerta contigua los policías se disponían a retirarse, cuando la pulsera de Don sonó; era Ente. Don cortó rápidamente y miraron por la mirilla; todos los agente excepto uno se habían ido, pero el agente lo había oído. Volvió a pulsar el timbre y golpeó suavemente la puerta con la porra.
-¡Abran, policía!
Mark y Don no sabían que hacer; el miedo los tenía paralizados. Mark hizo un gesto a Don, este asintió y se situó tras la puerta; Mark se puso un sombrero del Doctor y abrió la puerta.
-¿Si?
-Señor, hemos recibido un aviso de que dos personas estaban tratando de forzar la puerta de la casa contigua ¿Ha visto algo?
-No, señor agente.
-¿Es usted el propietario?

-No, soy amigo del doctor Frank -Con la simple mención del doctor Frank el agente se percató de que era uno de los agentes que estaba siendo buscado e hizo el ademán de atacar; cuando Mark se adelantó e hizo el gesto de cerrar la puerta el agente se abalanzó contra ella ; Mark la abrió de golpe y dio un paso atrás, de modo que el agente, al no encontrar oposición a la fuerza realizada, cayó de bruces al suelo, momento en el que Don se echó sobre él; Mark cerró la puerta y ayudó a su compañero. Golpearon al agente con la suficiente fuerza para dejarlo inconsciente y lo dejaron maniatado. Después, sin perder tiempo, antes de que los compañeros del agente de policía volvieran a buscar a su amigo, dejaron el apartamento, cogieron el ascensor y bajaron hasta la planta del garaje. Salieron discretamente, sin mirar atrás, y se dirigieron a la terminal de vehículos autómatas.

Una vez hubieron montado en el vehículo Don llamó al agente Ente.
-Hola, Ente ¿Has llegado al hospital?
-No, aún no, pero he recibido una llamada de mis compañeros.
-¿Sobre qué?
-Bueno, veréis; como les he echado una mano con el asunto de los crímenes extraños, el viernes me llamaron para decirme que estaban totalmente atascados.
-¿Por?
-Porque no encontraban a ningún juez que les autorizara a entrar en los archivos del registro central. Les expliqué la razón de ello.
-¿Y qué querían?
-Ver si les podía ayudar; les dije que si me ayudaban probablemente se estarían ayudando a sí mismos.
-¿Y qué les has pedido?
-Les envié los datos que teníamos recopilados y les pedí que hicieran un chequeo profundo del material, buscando el rastro de la memoria del doctor, cualquier otra cosa extraña y el tema de lo de los TAC.
-¿Han encontrado algo?
-Sí, lo del TAC; el doctor ordenó hacérselo a diez personas, pero solamente conocía a una, Ángela Holles.
-¡Dios! -exclamó Don.
-Eso significa que... la memoria del Doctor puede que esté en la mente de Ángela -dijo Mark a Ente- Rápido, Ente, tienes que volver al hospital y detener a Angie, creo que cada vez está más claro que ella sabe más de lo que ha contado.
-Nos vemos allí.

En el hospital los médicos trataban a Angie con urgencia y la debida cautela, si bien el caso parecía grave, creían poder recuperarla, después de haber estabilizado a la mujer mediante los apropiados vendajes la dejaron reposar para ver las primeras horas de evolución. A breves intervalos Angie recuperaba la consciencia, en uno de ellos acertó a pedir a un celador que le acercara un papel y un bolígrafo con la intención de pedirle un favor; cuando el celador lo hubo leído sin comprenderlo pulsó el botón de llamada de su pulsera y ante una voz masculina recitó el mensaje copiado: "la oveja está en el hospital de la Virgen del Carmen", la comunicación se cortó abruptamente, el celador no sabía a qué atenerse pero no le dio mayor importancia.

En unos minutos los tres agentes se encontraban en el hospital, Mark y Don acababan de llegar, y Ente salía por la puerta taciturno.
-¿Qué ocurre?
-Angie ha muerto.
-¿Qué? -Ambos agentes se quedaron anonadados, sorprendidos, disgustados.
-¿Muerto? -dijo Don, totalmente hundido; había desarrollado un sincero aprecio por aquella mujer y conocer el fin de su existencia era el golpe definitivo para ellos, más que nada por lo que aquello suponía.
Los tres se sentaron en un banco, totalmente abatidos; era el fin; sin Ángela, sin la Doctora Ana, sin el ministro Lorenz y con una orden de búsqueda y captura sobre ellos, no había nada más que hacer. Todo el esfuerzo había sido en vano. Mark estaba destrozado; Victoria no se recuperaría jamás, al igual que Erika; el destino no podía ser tan cruel. No podía ser que aquello terminara así. El agente Ente, con la cara más mustia que jamás le hubieran visto, les dijo:
-Amigos, nunca creí que fuera a decir esto, si queréis puedo ayudaros a huir del país.
-¿Huir? – dijo Don enfadadísimo- huir dices ¿Qué clase de país estaremos dejando atrás si dejamos que malhechores como los de Mejora Mental se salgan con la suya?
- eres consciente de la situación – argumentó Ente dejando el trato de usted aparcado por una vez ¿Cómo vas a lograr lo que todo el departamento de homicidios no ha logrado?
-No lo sé, la verdad -hundió la cabeza entre sus manos y comenzó a sollozar; Ente le pasó una mano por la cabeza.
En ese momento una enfermera de unos cuarenta años, uniforme de quirófano, cara pecosa y ojos azules, se les acercó.
-Disculpen, señores.
-¿Sí?
-Aquel señor que va en ese taxi les ha dejado esta nota; no entiendo nada pero supongo que ustedes sí.
Ni Mark ni Don tenían ánimos; el agente Ente alargó la mano y en un gesto de agradecimiento asintió con la cabeza, desplegó el papel y comenzó a leer; al momento, asombrado, llamó la atención de sus compañeros.
-¡Mirad!
Ambos levantaron las cabezas y miraron el papel que Ente les tendía.
-¡Es la letra simétrica del Doctor!
No eran capaces de leerla.
-¡Un espejo! Rápido, necesitamos un espejo.
Se levantaron precipitadamente y fueron corriendo al baño.
-Muévete, pon frente al espejo la nota ¿qué dice?
"Estimados compañeros, sin duda he disfrutado de vuestra compañía estos días"
-¿Quién escribe? ¿Está viva? O peor ¿Vivo?
-*"Al principio comencé con las sesiones terapéuticas a Don simplemente para saber cómo iba la investigación de mi supuesta muerte"*
-¡Es el Doctor quien ha escrito esto! Continúa, continúa.
-*"Pero después de ver lo controvertido de su personalidad, los conflictos internos que sufría, debido sobre todo a la maldición de su buen físico"*
Ente no pudo reprimir un mohín de sorpresa -¿Maldición? Ya la quisiera para mí.

-*"y el impacto de lo que éste generaba en las mujeres, me dio pena, le cogí cariño"*
-¡Angie era el doctor desde el principio! – dijo Mark
-Pero ¿cómo puede ser?
-Eso significa que no se implantó únicamente la memoria del Doctor, si no que borró la de Angie primeramente , mi intuición era que había descargado el contenido en Angie, por eso pregunté lo del TAC, pero no llegué a pensar en esto. -¡Y ahora la ha implantado en ese hombre! - *dijo Mark.*
Sus dos compañeros lo miraron confusos.
-Claro, ahora lo entiendo; el Doctor, al saberse enfermo, pasó su mente de su cuerpo enfermo al de Angie porque las conexiones neuronales eran las mismas, y ahora, al saberse descubierto, ha aprovechado la estancia en el hospital para hacerlo con ese señor. Pensadlo; aquí tiene todos los medios, tiene la posibilidad de hacer un TAC , tiene medicamentos para anestesiar a cualquier persona, etc. ¿Cómo se explica si no que él nos remitiera la nota?
-Pero estaba malherido ¿Cómo pudo hacerlo? – desconocían que Angie había recibido ayuda extra para realizar el trasvase de información.
-Solamente se me ocurre una posibilidad: que la persona a la que implantó su mente no se pudiera defender.
-¿Un anestesiado? ¿Alguien con muerte cerebral?
-Seguramente. Tendremos que seguir esa pista después, pero ¿sois conscientes de lo que esto supone?
-¡Dios mío! El Doctor salta de cuerpo en cuerpo ¡es inmortal!
-E inmoral, las personas a las que hace desaparecer mentalmente, son muertos – agregó Ente.
-O los verdaderos cautivos mentales, si ha retenido sus mentes en un casco, están cautivos en un contenedor tecnológico.
-Ahora mismo no podemos hacer nada; siga leyendo, Ente.

"Sinceramente les digo que han despertado mi más sincero aprecio, sin embargo tengo que preservar lo más importante, que no es otra cosa que mi mente. Es por ello que al saberme enfermo decidí dejar de trabajar para la corporación que quería hacer un mal uso de mis descubrimientos. Lo sé porque pusieron a la doctora Ana a espiarme"

-¿A espiarle? –dijo Mark sorprendido.
-Entonces, eso significa que la Doctora Ana estaba con la corporación ¡Nos mintió!
-Me parece que en este caso muy poca gente nos dijo la verdad.
-Continúa leyendo.

"Lo sé porque en los experimentos que hacíamos, cuando descubrí la posibilidad de leer la mente, sin que ella lo supiera, en un experimento preliminar lo hice con ella. El descubrir que me estaba engañando fue muy doloroso, pues la amaba, la amaba de verdad.

Pero a su vez, el descubrimiento me hizo ver la realidad de la situación. Entonces decidí elegir a Angie, una persona con una mente increíble y que sin embargo no hacía un uso adecuado de ella, era una persona triste, amargada de la vida, sola, y en más de una ocasión me dijo que pensaba suicidarse. Le ofrecí hacerlo dejándome su mente, y ella aceptó, dijo que sí, si su sacrificio servía para que la humanidad avanzara un paso, y que dejando que mi mente ocupara la suya lograría ser conocida en el mundo por algo útil y maravilloso. Por desgracia, las investigaciones que ustedes llevaron a cabo frustraron el plan y la pobre pasará a la historia sin pena ni gloria. Pero eso es algo que únicamente tiene que pesar en las conciencias de ustedes, ya que si no hubieran profundizado tanto en la investigación, seguiría tranquilamente en el cuerpo de Angie sin problema aparente y con mis bienes para seguir trabajando. Ahora tendré que empezar de cero en otro lugar, pero eso es lo de menos, si algo me sobra, es tiempo. El hecho es que hice una copia de mi mente y la implanté en la mente de Angie. Luego me casé con ella, es decir, conmigo mismo, a fin de heredar lo que ya me pertenecía"

-¡Fiuuu! –silbó Ente, alucinado.
-Continúa.

"Ahora que conocen mi realidad, quiero que en el fondo de mi ser no habite una mala conciencia, tuve que matar a mi otro yo porque el presidente de MMC era una mala persona y en cuanto supo de la enfermedad mortal que padecía me torturó, tratando de exprimirme al máximo, obligándome a dejar el máximo de información para su beneficio, así que decidí matar a mi otro yo antes de alejarme de la corporación. Por un lado, desde el mismo momento en el que implanté mi mente en Angie era como si un único río, mi vida, se hubiera bifurcado y ahora corriera en paralelo, y no podía permitir que mi otro yo revelara información sensible a ese reptil que es el presidente de MMC."

-Maldita sea, siempre ocurre lo mismo; es como lo que le sucedió a Einstein, que sabios científicos desarrollan una tecnología para ayudar al mundo, pero el destino siempre encuentra una mente maquiavélica capaz de hacer un uso maligno de lo que a priori fue concebido para el bien de la sociedad –dijo Don.
-Sigue, Ente, ya sabemos que el doctor se mató a sí mismo y a Angie, con esta declaración podemos descargar nuestra culpa ¿Qué más? –dijo Mark

"Tal y como les he dicho, me han caído ustedes simpáticos y no quisiera dejarlos tirados en el caos en el que sus vidas están ahora mismo, es por ello que les he dado la llave de la solución"

-¿Qué llave nos ha dado?
-La de la caja fuerte; por lo que veo, tenían razón todos los que hablaban de la inteligencia del doctor; dejó preparada la llave en el apartamento para lograr separarnos de sí mismo, dándole así tiempo a maquinar su fuga.

"Esa llave es de la taquilla número treinta y tres del gimnasio al que solía ir, en esa taquilla encontrarán un casco, un casco especial que lo que hace es borrar cualquier contenido implantado por el sistema por mí creado, utilícenlo como mejor crean pero por favor destrúyanlo después, ya que no quisiera que la Doctora Ángela tuviera la posibilidad de analizar su tecnología, ya que de ese modo MMC tendría la posibilidad de hacer en serie lo que yo he hecho, ya que para poder borrar los contenidos el casco primero ha de leer la mente, y esa tecnología, como queda demostrado con este escrito

puede ser extremadamente peligrosa. Espero por su bien y por el de toda la humanidad que lo destruyan después de recobrar sus vidas.
Sin más, reciban un afectuoso abrazo.
Doctor Frank"

-El Doctor Frank es un monstruo. –dijo Don.
-¿Es o era?
-No sé qué contestarte, habrá que redefinir ciertas palabras del diccionario, muerte, persona, personalidad, mente....
-Lo primero es lo primero, vayamos a por el casco -dijo Mark, entusiasmado al conocer la posibilidad de recuperar a su querida definitivamente.

CAPITULO XXXV – LA BRECHA DE MMC.

"El agua que no corre hace un pantano; la mente que no trabaja hace un tonto."

Víctor Hugo

Ciudad de la luz, Domingo 8 de Octubre de 2.044
18:49 PM

Los tres agentes llegaron al Gimnasio donde supuestamente se encontraba el casco justo a tiempo; al ser Domingo el gimnasio estaba abierto, pero a diferencia de los días de entre semana, en vez de cerrar a las diez, cerraba a las siete en punto. Fueron a las taquillas y buscaron el número treinta y tres, esperaban no tener más sorpresas esta vez. Se pusieron los tres frente a la taquilla; como la hora de cerrar estaba próxima había poca gente en el vestuario. Mark sacó la llave del bolsillo, la introdujo en la cerradura, giró a la izquierda y la taquilla se abrió. Ante ellos tenían una bolsa de lona dentro de la cual pudieron ver un prototipo de los cascos de Brain Improve; al menos, parecía que esta vez era verdad lo del casco. Tenían que pensar cómo actuar con el mismo.
-¿Qué hacemos en primer lugar?
-Primero tenemos que probar que el casco funcione.
-¿Con quién?
-Alguien que en caso de que fallemos, o sea mentira lo que nos han contado, no nos implique más problemas con la justicia.
-¿Erika? –preguntó Don.
-Puede ser, es nuestra amiga y a nadie dolería más que a nosotros que esto fallara.
-A mí me parece bien; además, Erika es lista y con los ansiolíticos es consciente de lo que ocurre; le explicaremos lo que queremos hacer y esperaremos que ella acepte.
Don albergaba una turbia mezcla de sentimientos. Por un lado, le daba miedo que funcionase y Erika fuese la fría mujer que conoció; por otro lado, temía perderla para siempre, que el casco friera su cerebro y tuviera que cuidar a un vegetal el resto de su vida. Mas no se le ocurría mejor solución.
-Me parece bien -Los tres agentes se dirigieron a casa de su jefa.

Una vez allí, explicaron todo lo descubierto a Erika; esta no salía de su asombro, y cuando le mencionaron la historia del casco que llevaban en la bolsa de lona no dudó un instante, y sin darles tiempo a más explicaciones les pidió que pusieran el casco en marcha. Hicieron todos los preparativos, y en la sala de la casa Erika hizo el proceso de inversión de lo implantado. Para tan mística tarea – para ellos a pesar de saber que allí se escondían toneladas de tecnología era algo mágico - pusieron la sala en penumbra. Don miraba ensimismado a Erika ¿Qué ocurriría? ¿Saldría bien? ¿Recordaría ella lo que

pasó en el baño de su oficina? ¿Querría seguir hablándole una vez hubiera pasado todo? Miraba sus preciosos labios y la nariz que tanto le gustaba, el resto del rostro estaba cubierto por el casco, pasaron los minutos y aproximadamente a la hora Erika se despertó de su ensoñamiento, se quitó el caso y miro en rededor, hasta que su mirada se cruzó con la de Don.
-¿Qué tal estas? –preguntó Don acongojado.
-Estoy bien, muy bien, jodidamente bien. Gracias, Don. Todavía estoy un poco aturdida por las docenas de pastillas que he tomado.
-Erika, me gustaría hablar contigo, quisiera que supieras que toda esta experiencia me ha cambiado...
-A mí también me gustaría hablar contigo, pero no aquí, vamos a mi dormitorio.
Mark y Ente se miraron con un leve alzamiento de cejas ¿De qué querrían hablar en privado?
Ambos se retiraron al dormitorio y a los pocos minutos un terrible grito surgió de la habitación. Mark y Ente, a los cuales el grito pilló por sorpresa, salieron disparados hacía la habitación, y al abrir la puerta se encontraron a Don y Erika abrazados, besándose apasionadamente con ríos de lágrimas por sus mejillas.
-¿Qué ocurre? –dijo un asustado y descolocado Mark – ¿no ha funcionado el casco? – dedujo al ver la apasionada escena.
-Nada, no pasa nada – anunció eufórico Don - Erika y Yo hemos decidido comenzar una relación; esto que nos ha sucedido ha sido lo mejor que nos podía haber pasado para cambiar el amatorio chip que ambos teníamos atorado.
-Enhorabuena, pero ¿por eso has gritado así?
-No, no. No ha sido por eso, ha sido porque vamos a ser padres – anunció Don con una sonrisa de oreja a oreja.
-¡Vaya! Enhorabuena, esto es increíble. Felicidades, de corazón.
-Bueno -dijo Ente-, ahora que hemos descubierto que el casco funciona ¿Cuál es el siguiente paso?
-Tenemos que ir a por los jueces de lo mental y lograr órdenes de arresto contra el presidente, saber que ha ocurrido con la Doctora Ana y el Director Manuel así como el ministro Lorenz.
-Muy bien ¿Cómo lo haremos? Dudo mucho que el juez nos deje entrar a su casa, y mucho menos que le pongamos un casco extraño sobre su cabeza.
-Creo que vamos a tener que volver a recurrir a la mujer del Juez.
-¿Nos creerá?
-¿Qué otra alternativa tenemos?

En ese momento, en el archivo central de implantaciones, un técnico de MMC, los cuales habían logrado acceso total porque estaban ayudando a investigar los extraños crímenes inculpatorios de Mark y Don, revisaba los archivos de los últimos días; en un momento dado le sorprendió ver que un código nuevo apareciera en la pantalla, pero aún le sorprendió más saber que era el código de borrado de las implantaciones realizadas a la Agente Erika Steels. El técnico pulsó una serie de teclas en su pulsera tecnológica y al minuto estaba hablando con el presidente de MMC.
-¿Si?
-Señor, ha habido una novedad.
-¿Qué ocurre?

-Ha aparecido un código relacionado con la agente Erika Steels
-¿Quién es la agente Erika Steels?
-Pertenece al departamento de delitos Tecnológicos, es compañera de los sospechosos de asesinato.
-Ya veo ¿Qué se ha implantado para que me llames directamente?
-Nada, señor, se ha borrado las implantaciones realizadas.
Silencio, unos segundos en los que el técnico podía oír la agitada respiración del presidente.
-Está bien, localiza donde se ha realizado el borrado, me envías los datos, y espera instrucciones.
-De acuerdo, señor –El Técnico conocía bastante bien al presidente, de hecho era el técnico en el que el presidente más confiaba, y éste conocía lo suficientemente bien al jefe supremo de su organización como para contrariarle preguntándole si en MMC disponían de esa tecnología.

Una vez hubo colgado, el presidente se giró y volvió a dirigirse a la esquina oscura acostumbrada, donde se sentó pausadamente. La Doctora Ana, se encontraba sentada en una silla enfrente, acercó su cara al único cono de luz que caía del techo y con voz áspera preguntó.
-¿Se te estrecha el cerco, papá?
La doctora Ana estaba atada a la silla.
-Maldita sea, Ana ¿por qué me haces esto? Cariño, sabes que odio hacerte daño ¿Por qué no me dijiste que había otro casco?
-Porque lo desconocía, de verdad te lo digo –dijo sorprendida por la cantidad de acontecimientos que habían escapado a su radar las últimas semanas.
-Ya no te creo, hija. El Doctor te quería ¿y me quieres hacer creer que no te confió hasta donde había llegado en sus descubrimientos?
-Fran, tu sabes bien que el Doctor no sé por qué perdió su confianza en mí, además también quiero recordarte que toda misión en la cual el objetivo empieza a ponerse por encima de las causas que lo originaron es una misión errónea, cualquier fin no justifica los medios.
-¡No digas tonterías, no sabes lo que nos jugamos! -gritó encolerizado el presidente.
-¿Qué te ha pasado? ¿Qué queda de papá? No comprendo cómo no te diste cuenta de lo que me hacías sentir cuando renuncié a tu apellido, estabas ofuscado en ganar y ganar, mientras estabas perdiendo a tu familia. Me acuerdo de que cuando empezaste con este proyecto, hace muchos años ya, eras una persona honesta, tenías puesta la vista en horizontes totalmente opuestos a los que actualmente optas. Te has vuelto un sucio materialista, has olvidado que lo que te trajo aquí era poder salvar a mujeres del Alzheimer, como el que mamá sufrió; por eso decidí apoyarte en un principio, pero ahora no te reconozco.
-Mira, hija, quizá tengas razón, pero solo yo sé que gracias a este proyecto, aunque a corto plazo parezca mezquino y haya que sacrificar algo, a largo plazo será beneficioso para todos. Ahora mismo tengo que sacrificar a unos pocos para que luego se salven otros muchos.
-¿Tú te oyes lo que dices? Si mamá te oyera sentiría nauseas.
El presidente Francisco no pudo contenerse y abofeteó a su hija.
-¡Papá! ¿Has perdido la cabeza?

-Déjame, Ana, déjame pensar, que ahora mismo tengo otros problemas de los que ocuparme, luego me encargaré de ti.
Acto seguido descolgó el teléfono y llamó al técnico.
-¿Sí, señor?
-¿Has descubierto dónde se realizó el borrado?
-Sí, señor, en la vivienda de la señorita Steels.
-Avisa a la policía, estos malditos han descubierto lo que yo buscaba.
-¿Qué digo, señor?
-Que hemos hallado el rastro de un casco robado y que creemos que los agentes acusados del asesinato del Doctor Frank están allí.
-De acuerdo, señor.

En ese momento Mark, Don, Ente y Erika salían del piso de ésta, camino a casa de Mark; habían decidido que primero tenían que liberar a Victoria. Para cuando llegaron al portal de la vivienda un montón de policía estaba ya acercándose; en primer lugar habían ido a casa de Erika, pero paralelamente habían enviado unidades a casa de Mark. Ellos, turbados por la emoción, no se dieron cuenta de que se estaban metiendo en la boca del lobo, en ese momento lo más importante era quitar esa porquería de la mente de Victoria.

Subieron al apartamento y, después de explicar a Victoria el proceso a seguir, repitieron el acto realizado con Erika, le pusieron el casco y comenzaron el proceso de borrado; a mitad del proceso alguien golpeó la puerta. Todos se quedaron petrificados.
-¡Abran, policía! – anunció una dura voz.
-¡Mierda! -dijo Mark– Guardad silencio.
-Mark Vela y Donovan Sánchez, sabemos que están ahí, abran o echamos la puerta abajo.
-Rápido, saquemos a Victoria por la terraza y pasémosla a casa de la vecina; se fue de vacaciones hace tiempo.
-¡Abran! ¡Es la última advertencia!
Pasaron entre todos a Victoria, semi-inconsciente, con el casco aún puesto, a casa de la vecina, a través de la terraza; después cerraron las puertas de la misma. Ente, Victoria y Erika se quedaron en casa de la vecina y apagaron las luces. Después, Mark y Don abrieron la puerta. Los policías entraron en tromba, arrestando a ambos amigos, y acto seguido comenzaron a buscar el casco.
-¿Qué ocurre? -preguntó Mark.
-Usted ya sabe lo que ocurre ¿Dónde están sus amigos?
-No sé a quienes se refiere.
-Me refiero al agente Ente y a Erika Steels.
-No sé dónde están.
-¿Dónde han metido el casco?
-¿Qué casco?
-Rápido, registren toda la casa.
Los agentes comenzaron a registrar toda la vivienda sin piedad; después de media hora buscando se dieron por vencidos; dejaron toda la vivienda patas arriba.
-Está bien -dijo el agente que estaba al mando- Nos vamos, y nos llevamos a estos dos con nosotros.

Ente, Erika y Victoria, ya finalizado el proceso de borrado de la implantación, vieron por la ventana como se llevaban a sus amigos esposados.
-Maldita sea -dijo Erika- ¿Qué vamos a hacer sin ellos?
-No se preocupe -dijo Ente- sé cuál era el plan.
-¿Usted?
-A lo mejor no le han informado, pero estas semanas he sido un apoyo vital para la investigación, además ¿Tiene usted algún plan?
-No, la verdad es que no, no se me acaba de pasar este mareo.
-Entonces, hoy dormiremos aquí y mañana por la mañana atacaremos a la mujer del juez Pablo Branson. No tenemos que levantar sospechas y es posible que hayan dejado a alguien vigilando, por si se nos ocurriera acercarnos, o salir.
-Está bien -dijeron ambas embarazadas- Pero ¿Podría contarnos antes de dormir todo lo que pueda acerca de lo que han descubierto en estas semanas de investigación?
-Por supuesto, es tarde ya y en poco más de una hora les habré puesto en al corriente.
-Podríamos hacerlo mientras cenamos algo – dijo Victoria, de un visible buen humor– Estoy cansada y mareada, pero feliz de saber que me he quitado ese peso de encima.
-Estupenda idea, revisemos el frigorífico de su vecina para ver qué podemos comer.
-Mejor el congelador, ella lleva fuera casi un mes –corrigió Victoria-.

Así, en poco más de una hora, entre exclamaciones de asombro, muecas de comprensión y tristeza, ambas se pusieron al día. Tuvieron un momento especial cuando las dos se enteraron de los embarazos correspondientes, y una inmensa alegría se apoderó de ambas, ya que sabían que a partir de ese momento, además de estar unidas por sus parejas, sus hijos y la experiencia vivida, se iban a evitar malentendidos futuros, entre Erika y Mark sobre todo.
El agente Ente se hallaba feliz entre aquellas dos bellas mujeres, se podría decir que era la mejor cita que había tenido en su vida; cenar con dos excitantes mujeres superaba todas sus expectativas, pero lo que en el fondo le hacía feliz era saberse amigo de Mark y Don para el resto de sus días. Únicamente una nube arrojaba la sombra de la duda, y esta no era otra que conocer el resultado de lo que el día siguiente iban a tener que hacer.
-Hasta mañana - se dijeron los tres deseándose las buenas noches.

Capitulo XXXVI – Reclusión

"Lo que se recibe, se recibe con la forma del recipiente."

Santo Tomás De Aquino

Ciudad de la luz, Lunes 9 de Octubre de 2.044
08:44 AM

Mark y Don se encontraban retenidos en el cuartel de la policía del centro. Estaban en los calabozos y ambos agentes tenían sentimientos encontrados. Don estaba feliz por saberse reconciliado con Erika y consigo mismo, esperaba tener un bonito futuro y parecía no darse cuenta de estar en la situación en la que se hallaba. Por el contrario, Mark, aunque contento por saber que Victoria se podía haber librado por fin de ese halo de tristeza que su situación mental le inducía, temía por lo que el presidente de MMC pudiera hacer todavía. Sabía que Ente conocía perfectamente lo planeado, pero temía que no fuera capaz de ponerlo en práctica; le reconfortaba saber que tendría la ayuda de una recuperada Erika para llevar a cabo el plan.

En ese momento, por la puerta principal de entrada a los calabozos asomó la cabeza el jefe Goldman; venía con un rostro oscuro, taciturno; se acercó a uno de los guardias que custodiaban las salas, y después de recibir instrucciones entró en una sala de visitas. El guardia se acercó a la celda de Mark y Don, y tras pedirles que se dieran la vuelta para esposarles los condujo a la sala de visitas.
-¿Podría dejarnos a solas, por favor? – inquirió el jefe Goldman.
El guardia asintió y con una voz áspera dijo:
-Cinco minutos.
-Serán suficientes, gracias.
El guardia se retiró.
-Muchachos, sé que en los medios y en los foros legales os tienen muchas ganas, pero también sé que de lo que se diga puedo creer la mitad de la mitad; decidme, por favor, que habéis descubierto, lo que hay detrás de todo este embrollo, y que sabéis como arreglarlo.
-Más o menos, señor ¿Por dónde empezamos?
-Por el principio, chicos; necesito que me ayudéis a ayudaros, pero tened en cuenta que el guarda nos ha dado cinco minutos, que con un poco de suerte si se despista lo justo serán diez; comenzad.

Ambos agentes se pisaban las palabras y hablando aceleradamente contaron al jefe Goldman todo lo que sabían: lo del Doctor Frank, lo de Angie, lo de la doctora Ana, el

presidente de MMC, lo del novio de Lorena, la recepcionista de Mejora Mental Corp., y la desaparición del ministro Lorenz.
-Bueno -dijo el jefe Goldman al haber escuchado todo-, por lo menos hay una buena noticia.
-¿Cuál, señor?
-Que el ministro Lorenz no ha desaparecido, no al menos por voluntad ajena a él, se fue a visitar a una hija, la cual vive en un pueblito.
-¿Cómo lo ha sabido, señor?
-Porque el ministro Lorenz es ministro por algo; es una persona inteligente y sabía que en el momento en el que firmó las ordenes que ustedes solicitaron "alguien" le buscaría. También decidió enviarme el mensaje a mí, porque sabía que era el medio más seguro de comunicárselo, pero por más que lo intenté no pude comunicarme con ustedes.
-Hemos tenido las pulseras apagadas para no ser localizados.
En ese momento el guardia volvió a entrar.
-Temo que se han acabado los cinco minutos, chicos -dijo el jefe, mirando al guardia- Espero que tengáis todo atado, tal y como me habéis contado; no obstante, yo trataré de ayudaros si hiciera falta.
-Gracias, señor. Una única cosa: si pudiera comunicar al Agente Ente la situación del ministro Lorenz... A lo mejor les viene bien tener su contacto, por si algo saliera mal con la mujer del juez.
-Hecho, cuídense mientras tanto.

Ciudad de la luz, Lunes 13 de Octubre de 2.044
07:10 AM

Erika, Victoria y el agente Ente se levantaron temprano, tenían un largo día por delante, sabían que tenían que tener mucho cuidado con los siguientes pasos que iban a dar, si fallaban podía suponer el fin de todas sus expectativas.
-Buenos días, chicas –dijo Ente.
-Igualmente, Ente – dijeron ambas risueñas por descubrirse totalmente liberadas de las implantaciones y de los efectos de los barbitúricos.
-Quiero hablar con vosotras acerca de algo que he pensado esta madrugada.
-¿Qué has pensado?
-Tenemos que tener claro quién es nuestro enemigo, cual nuestro objetivo, y cuál es el mal menor que estamos dispuestos a asumir.
-Está bien -dijo Erika-, imagino que habrás pensado algo; desembucha.
-Creo que el objetivo prioritario es dejar a nuestros amigos indemnes, pienso que ese es el mal menor aceptable.
-En cuanto a mi posición como madre del hijo de Don, estoy de acuerdo -dijo Erika– Pero como agente de la ley perteneciente al departamento de delitos tecnológicos me parece corto el objetivo.
-Precisamente por eso quería que lo habláramos, porque si a lo largo del día se da la circunstancia de que vas a tener que salvar a Don o detener a los malhechores de MMC, necesitamos saber por dónde vas a tirar, es más, creo que tú misma debieras

reflexionar acerca de lo que vayas a hacer para no fallarte a ti misma en el último instante.
-Es duro lo que me pides.
-Estoy de acuerdo, es duro, pero creo que necesario.
-Déjame que lo piense.
-No me lo tienes que decir a mí, lo tienes que decidir tú. Probablemente a mí no me va a afectar lo más mínimo la decisión que tomes, pero para ti y Victoria puede suponer vivir un futuro u otro totalmente diferente.
-De acuerdo, captado ¿Cuál es el plan?
-Tenemos que seguir a la mujer del juez, ver en qué momento es vulnerable, y la tendréis que atacar vosotras dos.
-¿Atacar? – dijo Victoria sorprendida– Yo no soy partidaria de la violencia.
-Perdona, no me he expresado bien, me refiero a que tenemos que hablar con ella, convencerla de la situación y pedirle que ponga el casco al juez.
-Bien, pero este caso es diferente.
-El juez no va a saber qué hacer con él, aparte de que a la mujer le va a costar convencer al juez de que se ponga un casco que borra todos los contenidos que se ha implantado, habiendo pagado tanto dinero por ello.
-Tienes razón, tenemos que pensar en la estrategia a emplear por la mujer para convencer al juez, y además, tenemos que convencerla de que es necesario que estemos presentes para poder manipular el casco.
-Van a ser muchas cosas...
-Lo pensaremos por el camino.
-En marcha.

CAPITULO XXXVII –EL FINAL

Ciudad de la luz, Lunes 9 de Octubre de 2.044
13:23 PM

Al mediodía, los tres se personaron en las dependencias policiales con una orden redactada de puño y letra por el juez cuyo contenido era de liberación inmediata de los presos Mark Vela y Donovan Sánchez. Cuando los dos eran guiados por el guardia que los custodiaba hacía el exterior no podían creer lo rápido que sus amigos habían conseguido la orden de excarcelación.

-¡Oh! Qué alegría veros libres otra vez, Mark y Don – dijo Victoria, emocionada.

Los cinco se unieron en un abrazo a las puertas de la comisaría de policía donde fueron liberados.

-Vamos, de prisa -dijo Ente-, tenemos que detener al presidente de MMC, Francisco Swarz.

-¿Cómo es posible eso?

-El Juez, una vez liberado de la carga de la implantación, primero se mostró sorprendido, en segundo lugar se mostró indignado, y entre otras firmó inmediatamente ambas órdenes.

-Pero ¿Cómo diablos lograsteis que la mujer del juez accediera tan rápido y que esta hiciera la implantación al juez?

En ese momento los tres se quedaron callados un segundo, se miraron, y ambas mujeres hicieron un gesto al agente Ente para que diera la explicación de cómo lo habían hecho.

-Veréis, hemos vigilado a la mujer del juez esta mañana; en primer lugar ha ido a desayunar a una cafetería que se ve que frecuenta; posteriormente ha ido a una peluquería, donde las dos chicas se metieron tras ella para ver si en la sala de espera pudiera ser que estuviera sola y poder así abordarla. Pero por desgracia no fue así, ya que parecía ser que tenía hora cogida. Después, de la peluquería se dirigió a unos grandes almacenes, bastante exclusivos, a comprar algo de ropa; por más que la siguiéramos, en ningún momento se hallaba sola. Pero cuando iba a la terminal de vehículos autómatas, antes de montarse, cuando ya pensábamos que la íbamos a perder, detuvo el cierre de las puertas intencionadamente. No supimos cómo reaccionar e hicimos como que pasábamos de largo, pero de pronto ella nos habló a través de las puertas abiertas.

-¡Disculpen!

-¿Si? -dijeron las chicas, haciéndose las sorprendidas

-¿Hasta cuándo piensan seguirme?

Los tres se pusieron colorados de la vergüenza,

-¿Nosotros? –dijo el agente Ente, haciéndose el extrañado y mirando a sus dos compañeras.

-Como quieran; si cierro la puerta de este vehículo y les vuelvo a ver llamaré a la policía, pero por el contrario, si se montan en el vehículo tendrán el tiempo del trayecto para pedirme lo que tengan que pedirme –ella intuía que iba a ser algo parecido a lo solicitado por Mark y Don.
-Nosotros ya no podíamos disimular, y tras una breve mirada entre los tres nos montamos en el vehículo. Una vez en él, comenzamos a contarle lo sucedido y la urgencia que teníamos para borrar las implantaciones del doctor.
-¿Y qué contestó ella?
-Por supuesto que lo haré –dijo Ente, rememorando el momento.
-Muy bien, entonces tendremos que acompañarla.
-Oh, no será necesario, gracias.
-¿Cómo va a operar el casco si desconoce su utilización?
-Se equivocan, ya he usado antes un casco como ese -dijo la mujer del Juez con suficiencia.
-¿Y cómo es eso? – preguntaron ambas sorprendidas
-Porque yo soy el Doctor Frank.
-En ese momento nos quedamos pasmados, petrificados, sin saber cómo reaccionar.
-¿El doctor Frank? Pero eso no puede ser, ayer vimos que se iba en un vehículo saliendo del hospital.
-Sí, puede ser, es que era yo.
-¿Cómo? -dijeron los tres, atónitos.
-¿Por qué creen que les he reconocido?
Ente, sin salir de su asombro, le dijo:
-¡Entonces tengo que detenerla!
-¿Por qué?
-Por el asesinato de Angie y por el asesinato del Doctor Frank.
-Ja,ja,ja -rió a carcajada limpia- ¿Qué va a explicar a la policía? ¿Que yo soy el Doctor Frank? ¿O que el hombre que ayer vieron, que hoy ha partido en un avión hacía un país extranjero, era el Doctor Frank? ¿También?
-¿Cómo? -dijeron atónitos los tres.
-Pero qué ingenuos son... Una vez cargada mi memoria en un disco duro ¿No se dan cuenta de que la puedo implantar en tantas mentes como quiera?
-Pero eso es cruel ¿Qué hay de la verdadera mujer del juez?
-Mi propósito es superior, mi propósito es evitar que esta tecnología sea utilizada por cualquiera de cualquier manera, y para ello tengo que asegurarme de que MMC se cierre definitivamente; para eso me he quedado, para ayudarles a hacerlo.
-¿Y el otro señor?
-Bueno, se me ocurrió que a lo mejor a alguien se le ocurría acusarme de asesinato, o peor aún, atentar contra mi vida, y si no hubiera hecho una copia de mí mismo y enviado al extranjero, a lo mejor mi proyecto quedaría inconcluso por una nimiedad. Decidí dejar fluir dos ríos en paralelo por precaución.
-¡Está usted loco!
-Puede ser, pero ahora mismo necesitan mi ayuda ¿La quieren o no?
-Tuvimos que aceptar, ya que de otra manera no habríais salido de la cárcel y no os tendríamos para parar a ese loco.

-¡Menuda historia! -Dijeron los dos agentes- Pero de todos modos, vayamos por partes, cerremos MMC y luego, - después de una pausa - ya iremos a por el Doctor o Doctores.

Las semanas siguientes, los escándalos se sucedieron en la prensa: Presidente de Mejora Mental Corporación detenido, Implantaciones fraudulentas detectadas en miles de clientes de MMC., descubierta la vinculación de las extrañas muertes con implantaciones realizadas por encargo de MMC. Sin embargo, poco tiempo después otro tipo de noticias comenzaron a aparecer en los medios: descubierta la inocencia del consejo de Administración en los casos de implantación fraudulentas de MMC. Se demuestra, por una carta de suicidio que el Doctor Frank escribió al saberse moribundo, que decidió auto eliminarse por amor. El Director Manuel es ascendido a presidente. El director Manuel se casa con la Doctora Ana Márquez. Ambos visitan frecuentemente al ex presidente Frank, padre de la Doctora Ana, en la cárcel. Los jueces para lo mental prometen una nueva batería de leyes para evitar que lo sucedido se repita. Los think tanks, junto con los lobbys se encargarían de enterrar cualquier noticia negativa acerca de Mejora Mental Corp. debidamente entre un montón de patrañas. La excesiva información genera desinformación, y eso algunos lo saben... muy bien, demasiado bien.

Costa cálida, Lunes 9 de Octubre de 2.044
11:15 AM

Mark y Don con sus respectivas parejas, ambas con unas incipientes barrigas, tomaban un refresco en las costas de un paradisiaco alojamiento turístico, mientras leían estas noticias en la pantalla que sus pulseras proyectaban en una superficie blanca.
-El jefe Goldman se ha portado dándonos estas vacaciones pagadas por una semana ¿verdad?
-La verdad es que leyendo las noticias tengo la impresión de que nada ha cambiado.
-Es triste pero siempre se repite la misma historia; hay un gran escándalo, corrupción del sistema, dinero a espuertas, timos, asesinatos. Cuando sale a la luz toda la basura, se buscan una apropiada cabeza de turco y parece que el resto de la corporación no se enteraba de nada.
-No me creo nada, la verdad.
-Volviendo al jefe Goldman, espero que no nos ponga a investigar de inmediato la fuga de los Doctores Frank López.
-Esperemos que no le haya dado por replicarse infinitamente hasta crear un gran ejército de horribles Doctor Frank-enstein en algún remoto país!
-Dejemos eso para otro momento ¿Quieres?

FIN

EPÍLOGO

Durante la redacción de este libro busqué información en diferentes páginas web, las palabras que introducía en los buscadores era tales como "implantación de conocimientos", "procesos mentales", "mente", y me encontré con varias páginas web donde se recopilaban frases de personajes célebres que me gustaron sobremanera. De este modo gracias sobre todo a www.literato.es/frases_sobre_la_mente/, pude encabezar cada capítulo con una frase que en su momento me hizo recapacitar, no obstante el desarrollo no dio suficientes capítulos para poder colocar todas las frases que hallé y es por ello que aquí dejo un compendio de otras que me gustaron. Espero que las disfrutéis.

"La ciencia no conoce país, porque el conocimiento pertenece a la humanidad, y es la antorcha que ilumina el mundo."

Louis Pasteur

"Con más conocimiento se gana, que con el brazo."

Luís de Camões

El fin de tener una mente abierta, como el de una boca abierta, es llenarla con algo valioso.

Gilbert Keith Chesterton

Sólo a partir de mi mente puedo transformar al paraíso en infierno o al infierno en paraíso

toy

La mente es como el paracaídas... sólo funciona si la tenemos abierta

Albert Einstein

No hay barrera, cerradura, ni cerrojo que puedas imponer a la libertad de mi mente.

Virginia Woolf

Prefiero que mi mente se abra movida por la curiosidad a que se cierre movida por la convicción.

Gerry Spence

Exígete mucho a ti mismo y espera poco de los demás. Así te ahorrarás disgustos.
Confucio

www.ingramcontent.com/pod-product-compliance
Lightning Source LLC
LaVergne TN
LVHW012049160826
845678LV00014B/2757

* 9 7 9 8 7 5 4 9 8 8 6 6 8 *